Une nuit de confidences

Un si attirant patron

NAIMA SIMONE

Une nuit de confidences

Traduction française de
MARINE SIERRA

PASSIONS

HARLEQUIN

Collection : PASSIONS

Titre original :
BLAME IT ON THE BILLIONAIRE

HARPERCOLLINS FRANCE
83-85, boulevard Vincent-Auriol, 75646 PARIS CEDEX 13
Service Lectrices — Tél. : 01 45 82 47 47

www.harlequin.fr

ISBN 978-2-2804-4033-2 — ISSN 1950-2761

- 1 -

Honore ton père et ta mère.

Grayson Chandler étouffa un soupir. Avec tout le respect qu'il devait à Moïse, s'il avait été forcé d'écouter sa mère critiquer sans cesse son manque de devoir, de loyauté et d'épouse, le prophète aurait peut-être demandé à Dieu de préciser ce commandement.

Jurer. Exclu.

La museler. Exclu.

Simuler une attaque cardiaque pour éviter ses complaintes. Zone grise.

L'espace d'un instant, une étincelle de culpabilité vacilla dans la poitrine de Grayson. Mais, à ce moment-là, il était dans la ligne de mire de sa mère. Les pitbulls aux mâchoires serrées n'étaient rien à côté de Cherise Chandler. Elle n'abandonnait jamais, que ce soit un projet, un sujet ou une rancune, tant qu'elle n'en avait pas fini. Ce qui ne présageait rien de bon.

Il avait trente ans et était le président de KayCee Corp, l'une des start-up de technologie les plus prospères du pays. Il n'était déjà plus un enfant à éduquer quand il avait quitté la maison de ses parents. Pendant des années, il n'avait répondu qu'à lui-même, n'ayant à fournir d'explications ni de justifications à personne.

Pourtant, rien de cela ne comptait pour le regard bleu cristallin qui pouvait le faire redevenir le petit garçon surpris à cacher un chien errant sous son lit pendant une semaine. L'enfer.

La culpabilisation parentale était une plaie.

— Grayson, ton entêtement devient ridicule, dit sa mère, une note d'irritation dans la voix.

Elle se rapprocha, et un petit froncement plissa ses sourcils.

— Vous avez prouvé que vous aviez raison avec votre petite entreprise, Gideon Knight et toi. Mais ton père a besoin de toi maintenant, ta famille a besoin de toi. Il est temps que tu arrêtes de jouer au P-DG, que tu progresses et que tu prennes ta place chez Chandler International. Il en va de ta responsabilité. De ton devoir.

Il serra les mâchoires, emprisonnant le flot de paroles acides qui lui brûlait la gorge. *Cette petite entreprise. Il est temps d'arrêter de jouer.* Comme si s'en sortir seul sans le support émotionnel ou financier de cette vieille et riche famille de Chicago était l'équivalent d'une partie de Monopoly. En quelques mots, elle avait balayé plusieurs années de travail acharné, de détermination sans faille et de succès. Il aurait dû être habitué à ce mépris assumé de sa réussite et de celui qu'il était. En tant que second fils, le bébé surprise de Daryl et Cherise Chandler, il était depuis la naissance une pensée après coup. Mais, d'une façon ou d'une autre, sa carapace ne lui avait jamais semblé aussi lourde à porter. Une autre case à cocher dans la colonne du « pourquoi Grayson n'est pas Jason Chandler ». Juste en dessous de rebelle. Égoïste. Et déloyal.

Peu importait qu'il ait participé à la création d'une plate-forme technologique utilisée par de grandes entreprises et qui les aidait à suivre leurs actions grâce à son logiciel inégalé. Peu importait que sa start-up soit l'une des plus importantes à avoir atteint la sphère financière ces cinq dernières années.

Rien de cela ne comptait, car il ne s'agissait pas de Chandler International.

Bon sang !

Grayson enfonça les mains dans les poches de son smoking et regarda ailleurs pour échapper au regard insistant de sa mère. La culpabilité et la honte lui nouèrent l'estomac. Il s'apitoyait sur son sort mais, au moins, il était vivant. Jason ne pouvait pas en dire autant.

Et, parce que sa mère avait perdu son fils préféré, il ravala la réplique cinglante qu'il avait sur le bout de la langue.

— Je prends ma position de P-DG et de propriétaire de KayCee Corp aussi sérieusement que papa le fait avec Chandler. Je comprends aussi mes obligations envers notre famille. Mais, comme je vous l'ai déjà dit à tous les deux, mon entreprise est mon héritage, tout comme Chandler est celui de papa.

— Ne soit pas délibérément obtus, Grayson. Ce n'est pas pareil…

— Mère, l'interrompit-il froidement. Ce n'est ni le moment ni le lieu pour avoir cette conversation.

Elle entrouvrit les lèvres, mais les referma aussitôt. Seuls le décorum et la possibilité d'être la cible potentielle de rumeurs l'empêchèrent d'avoir le dernier mot.

— Cherise, c'est merveilleux de vous revoir, lança une voix féminine.

Le ton plaisant et doux n'aurait pas dû le hérisser violemment, le salir d'une trace huileuse de dégoût. Il n'avait pas besoin de regarder derrière lui pour identifier la femme. Il aurait été capable de reconnaître ce ton doucereux, ce léger parfum floral n'importe où.

Le reconnaître, puis le crucifier.

— Adalyn, chantonna sa mère, un sourire effaçant son froncement de sourcils tandis qu'elle avançait vers la jeune femme, les bras tendus. Comme tu es ravissante !

Grayson pivota, étudiant sa mère qui embrassait chaleureusement son ex-petite amie. La femme qui avait failli devenir Mme Grayson Chandler avant de le poignarder si profondément dans le dos qu'il pouvait encore en sentir la douleur fantôme de la cicatrice, un an et demi plus tard.

Elle n'avait pas du tout changé. Toujours aussi incroyablement belle avec ses yeux verts en amande, ses traits délicats, sa jolie bouche et ses longs cheveux lisses, aussi noirs qu'une aile de corbeau, ou que son cœur.

Non, elle n'avait pas du tout changé. Mais lui, si.

Cette beauté ne provoquait plus de désir en lui. Les braises de sa passion s'étaient depuis longtemps transformées en poussière, incapables d'être rallumées.

— Grayson, ronronna Adalyn en se tournant vers lui et en prenant sa mère par le bras, je ne savais pas que tu serais au gala. C'est merveilleux de te revoir.

— Bonjour, Adalyn.

Au diable s'il mentait juste pour être poli.

— Tu m'as manqué, murmura-t-elle comme si sa mère avait disparu et qu'ils étaient seuls dans la salle de bal bondée. Il faut absolument qu'on dîne ensemble un soir, pour rattraper le temps perdu.

— J'adore cette idée, déclara sa mère en tapotant la main d'Adalyn.

La conversation était anodine, mais quelque chose semblait… étrange. Trop jovial. Trop soigné. Trop faux.

— Tu joues les marieuses, maman ? demanda-t-il,

distillant dans sa voix une lassitude qui ne reflétait pas la cacophonie de dégoût et de rage qui tourbillonnait en lui comme un nuage toxique. Tu ne crois pas que c'est un peu mesquin de ta part ?

— Pas quand tu insistes pour passer de femme en femme, répliqua-t-elle vertement.

Ce n'était pas la première fois qu'elle lui faisait ce genre de reproches. Gigolo. Play-boy. Embarras. Mais, encore une fois, l'insulte acérée l'aiguillonna comme les gratterons qui lui piquaient les doigts lorsque, enfant, il allait dans l'élevage de chevaux de sa grand-mère. À cette époque-là, il les retirait et balayait rapidement la douleur de la piqûre. Aujourd'hui, quand son ex était témoin du dédain de sa mère, ces morsures laissaient couler du sang. Plissant délibérément les lèvres en un sourire moqueur, il s'inclina légèrement.

— Merci, maman. À présent, dis-moi ce que tu penses vraiment parce que j'ai l'impression que tu te retiens.

Elle s'en moqua et tourna son attention vers Adalyn qui le fixait, une étincelle dans le regard. Des problèmes en perspective pour lui.

— Tu as trente ans, et il est temps que tu arrêtes ces comportements enfantins. Le futur directeur de Chandler International a besoin d'une femme à ses côtés pour le soutenir. Le conseil n'appuiera ni n'acceptera un homme dont le nom et les photos finissent sur Internet à la fois dans la colonne « scandale » et dans la section « affaires ».

Il se raidit. Le sourire qu'il offrit à sa mère était cassant, et pourtant prêt à se briser pile en son milieu.

— Eh bien, je suppose que c'est une bonne chose que je n'aie pas l'intention de devenir le futur directeur de Chandler International. De cette façon, il n'y a plus de problème. À présent, si vous voulez bien m'excuser, je vois plusieurs personnes avec lesquelles il faut que je m'entretienne, ajouta-t-il en baissant la tête et en déposant un léger baiser sur la joue de sa mère. Mère. Adalyn.

Et, sans attendre la diatribe sur son impolitesse, il pivota et s'éloigna rapidement des deux femmes. Le nœud qui s'était lentement resserré autour de son cou se détendit à chaque pas.

Il aurait dû s'en douter. Sa mère n'avait jamais été subtile sur son désir de le voir s'installer et se marier. Particulièrement ces six derniers mois. Depuis que Jason était mort.

Penser à son frère lui tordit le cœur, d'une douleur qui n'avait pas diminué. Avec treize ans de différence d'âge et vu que Jason était le préféré, ils n'avaient jamais été proches. Mais il avait aimé son grand frère, l'avait respecté. Et la tragique banalité de son anévrisme avait simplement rendu la mort de Jason plus dure à accepter.

Mais il n'avait pas eu le temps de faire son deuil que ses parents commençaient à le presser de quitter l'entreprise qu'il avait créée et de revenir dans le giron familial.

Le nœud qui avait commencé à se détendre autour de sa gorge se resserra soudain, et il agrippa violemment son nœud papillon. Bon sang, l'idée de retourner sous la coupe de son père, d'avoir à répondre à Daryl Chandler et à un conseil composé d'hommes comme lui… De se voir privé de son indépendance… D'avoir à vivre selon les règles strictes qui s'imposaient à un Chandler, l'une des plus vieilles et des plus riches familles de Chicago…

Il en suffoquait déjà.

Il avait besoin d'air.

Se déplaçant rapidement dans la salle de bal, il ne s'arrêta qu'une fois sorti de cet endroit rempli de célébrités de Chicago, censées être ses amis, ses contacts d'affaires, ses pairs.

Or tout ce qu'il voulait, c'était s'enfuir.

Les fuir tous.

- 2 -

Le dernier endroit auquel Nadia Jordan appartenait était ce somptueux manoir de la banlieue nord de Chicago, qui n'aurait pas dépareillé dans la campagne française. Et le vigile qui parcourait du regard ses longs cheveux brun foncé, ébouriffés car elle avait passé les doigts dedans, sa veste en cuir, son jean délavé et ses baskets, avait sans aucun doute l'air de son avis.

Mais pour sa défense, c'était samedi soir, et elle revenait d'un des matchs de basket de son frère lorsqu'elle avait reçu un appel urgent de son supérieur. En tant que sœur aînée et tutrice d'un adolescent, une situation d'urgence, c'était un hôpital, une attaque d'asthme ou des fractures. Mais évidemment elle et son patron, le vice-président des opérations de KayCee Corp, avaient des idées très différentes de ce qu'était une crise. Pour lui, il s'agissait d'un gala de la haute société, d'une chemise de smoking blanche et d'un cocktail de crevettes renversé dessus.

Lorsqu'elle avait reçu son appel, elle avait voulu lui rappeler qu'elle n'était plus en service. Il pouvait bien boutonner sa veste par-dessus sa chemise pour la soirée. Mais, bon, elle avait eu de la chance d'obtenir à Chicago un poste d'assistante dans l'une des plus importantes entreprises de technologie du pays alors qu'elle venait de la ville rurale de Tatumville en Géorgie, qui était aussi petite qu'elle en avait l'air. Et, avec un frère impliqué dans toutes les activités extrascolaires que son nouveau lycée offrait ainsi que les frais de scolarité à l'université qui se rapprochaient, elle ne pouvait littéralement pas se permettre de refuser les requêtes parfois délirantes de son supérieur. Être assistante n'était pas le métier dont elle avait rêvé. C'était la profession d'infirmière qu'elle aurait voulu embrasser. Mais aller à l'école d'infirmière et abandonner son frère à leur mère n'avait pas été une option. Nadia s'était occupée d'Ezra depuis que leur mère était revenue de la maternité avec lui, même si elle-même n'avait alors que sept ans. Se sacrifier pour lui afin qu'il puisse avoir un foyer stable et une chance de réussir dans la vie ne lui avait pas coûté. Elle aurait fait n'importe quoi pour s'assurer qu'il ait les opportunités qu'elle n'avait pas eues.

C'est pourquoi elle se tenait dans l'entrée de ce manoir tape-à-l'œil, une housse à vêtements avec une chemise propre dans la main, attendant que le vigile en costume noir lui permette d'entrer.

— Madame, votre nom n'est pas sur la liste des invités, annonça-t-il en étudiant l'écran de la tablette qu'il tenait.

Elle lutta pour ne pas lever les yeux au ciel. *Sans blague, Sherlock.* Elle appartenait à un monde de linoléum et de lampadaires. Définitivement pas à cet univers parallèle fait d'or et de marbre, qu'éclairaient de monumentaux lustres de cristal.

— Je sais. C'est mon supérieur, M. Terrance webber, qui est invité ici. Je suis son assistante, et il m'a demandé de lui apporter quelque chose.

Elle leva la housse à vêtements, pour désigner le « quelque chose ».

— Il m'a assuré qu'il laisserait une note à la sécurité pour que je puisse le lui apporter. Je ne serai pas longue du tout.

— Un instant, s'il vous plaît.

— Bien sûr.

Elle plaqua un sourire sur ses lèvres alors qu'elle avait terriblement envie de se plaindre. Elle aurait pu être roulée en boule sur son canapé, pelotonnée sous un plaid, prête à visionner un film d'horreur de série B.

Finalement, le vigile termina sa conversation et baissa les yeux vers elle.

— M. webber est actuellement dans les toilettes pour hommes de l'aile est. Il vous demande de le retrouver là-bas.

Il se tourna et désigna le fond du hall et un couloir qui partait vers la droite.

— Au bout du couloir, tournez encore à droite. Les toilettes pour hommes sont la dernière porte à gauche.

— Merci.

Plus elle se rapprochait de la fin de sa course, plus elle se sentait soulagée : elle allait pouvoir retourner à la vie réelle et se débarrasser de cette inconfortable gêne au creux de l'estomac.

En vérité, elle n'avait jamais ressenti cette sensation à Chicago. À Tatumville, elle la connaissait bien en revanche, cette impression de n'appartenir à rien, de ne rien mériter. Lorsque vous étiez la fille de la Jézabel de la ville, également alcoolique, les gens avaient tendance à vous ranger dans la catégorie « Bonne à rien ». Mais, lorsqu'elle avait quitté sa ville natale avec son frère pour qu'ils puissent recommencer leur vie à Chicago, elle s'était juré de ne jamais laisser quoi que ce soit ou qui que ce soit lui donner pareille impression d'insignifiance.

Dans le couloir, la musique devint presque inaudible. Son téléphone vibra dans la poche de son pantalon. Une grimace passa sur son visage lorsqu'elle lut le message.

Terrance webber : Où êtes-vous, Nadia ? J'ai besoin de cette chemise dès que possible. Le dîner est sur le point d'être servi.

Elle prit une grande inspiration qu'elle relâcha lentement. Se montrer brusque avec son patron était exclu.

Nadia : Je viens juste d'arriver. Je serai là dans une minute.

Elle tapa la réponse et se remit en route. Plus vite elle en aurait terminé mieux se ser…

Ouf…

L'air s'échappa de ses poumons lorsqu'elle percuta un mur qui venait de se dresser au milieu du couloir. Elle recula maladroitement, et la housse lui échappa. De grandes mains puissantes lui agrippèrent l'avant-bras, la rattrapant avant qu'elle suive la chemise de M. webber au sol.

— Merci. Je suis désolée pour…

Les mots moururent sur ses lèvres lorsqu'elle rencontra un regard unique. Hétérochromie, cela s'appelait. Elle avait fait quelques recherches dès qu'elle avait commencé à travailler. Un œil bleu vif et l'autre vert sombre. Étonnant et magnifique. Et un seul homme de sa connaissance possédait des yeux pareils.

Grayson Chandler. Président de KayCee Corp. Son employeur. Et l'homme qu'elle désirait en secret depuis plus d'un an.

Oh ! mon Dieu, vous ne pouvez sûrement pas être aussi cruel !

Mais, lorsque Grayson pencha la tête sur le côté et détacha le regard de son visage pour l'observer de la tête aux pieds, elle dut admettre que si, Dieu pouvait se montrer un peu mesquin. Sinon, pour quelle autre raison lui aurait-il permis de se retrouver face à ce très bel homme alors qu'elle était aussi chiffonnée ?

Il se pencha et attrapa la housse à vêtements oubliée sur le sol. En se redressant, il la lui tendit, un sourire aux lèvres. Waouh… cette bouche. Pleine, sensuelle. Ses doigts la démangeaient d'en faire le tour, pour en tester la douceur. Elle frissonna. Vu comme il la dévisageait, il devait avoir deviné ses pensées.

— J'ai déjà entendu parler de Cendrillon qui arrive en retard au bal, mais pas avec sa robe à la main, dit-il en levant la housse devant elle. Je crois que vous avez besoin d'une meilleure marraine fée.

— Oui, eh bien, Cendrillon était exigeante, murmura-t-elle en acceptant la housse.

Un bref éclat de rire échappa à Grayson, qui sembla pris au dépourvu, à en juger par la surprise qui passa dans les profondeurs bleues et vertes. Bienvenue au club.

— Et vous n'êtes pas exigeante ? demanda-t-il en glissant les mains dans les poches de son smoking.

Le mouvement entrouvrit sa veste noire, offrant un aperçu de sa chemise blanche immaculée tendue sur un torse large et puissant et un abdomen plat. Une chaleur lui noua l'intérieur du ventre, et elle lutta contre l'envie d'y poser les mains.

— Vous seriez la première, dans ce cas, dit-il.

Avant qu'elle puisse répondre à cette affirmation lourde de sens et au soupçon d'amertume qu'elle contenait, il poursuivit :

— Je n'ai jamais rencontré d'anti-Cendrillon auparavant et je dois admettre que je suis curieux. Après vous être changée, me permettriez-vous de vous escorter jusqu'à la salle de bal ?

La honte enflamma l'intérieur de sa poitrine et traça un chemin brûlant jusqu'à sa gorge avant de se déployer sur son visage. Évidemment, lorsqu'elle se retrouvait en plein conte de fées et rencontrait le prince charmant, elle ressemblait à la pauvre souillon de cuisine au lieu d'être la princesse magnifiquement parée. La seule chose qui lui manquait, c'étaient des traces de cendre sur le visage.

Resserrant son étreinte un peu plus fort sur la chemise de M. webber, elle releva le menton. Elle avait beau être embarrassée, elle n'avait pas l'intention de le montrer.

— En fait, je suis ici pour déposer cette chemise à mon responsable. C'est lui, l'invité, pas moi.

Il fronça les sourcils.

— C'est samedi. N'êtes-vous pas en repos ?

Elle haussa les épaules.

— En théorie, si. Mais lorsque le patron appelle…

— Êtes-vous payée en plus pour cette petite course ?

Elle garda le silence. Ils connaissaient tous les deux la réponse. Et, à en juger par l'assombrissement de son regard, qui passa d'irrité à orageux, il ne l'appréciait pas. Pourquoi est-ce que cela provoqua un frisson d'excitation le long de sa colonne vertébrale ? Particulièrement à la pensée que c'était l'employé de Grayson qui lui avait ordonné de venir ? Elle refusait d'analyser sa première pensée ou de partager la seconde.

— Quel est le nom de votre supérieur ? demanda-t-il.

Le ton dur et sec ne laissait pas de place au refus. De nouveau, le même petit picotement d'excitation. Seulement, cette fois-ci, il la brûla. La pointe de ses seins durcit, elle sentit son ventre se nouer et une drôle de chaleur entre ses jambes. Elle ne jouait pas avec les hommes. Pas après l'enfance qu'elle avait vécue et toutes les choses qu'elle avait vues entre sa mère et ses « petits amis ». Grayson lui rappelait ces hommes. Riches. Beaux. Des piliers de la communauté. Respectables. Intouchables. Sauf pour les rencontres furtives avec sa mère, dans des allées derrière des bars ou à l'arrière de voitures de luxe.

Oui, il ressemblait plus qu'assez à ces hypocrites, et elle aurait dû le fuir. Mais depuis le départ elle avait été attirée par ses yeux vairons, les angles saillants de ses pommettes, de son nez et de sa mâchoire. La perfection et la sensualité de sa bouche. Sa grande silhouette élégante aux épaules larges, à la taille étroite et aux jambes longues et puissantes.

Mais, contrairement aux hommes qui avaient ignoré sa mère sur Main Street sans pouvoir s'empêcher de la désirer sur leurs banquettes arrière, Grayson semblait posséder une véritable intégrité. Les rares fois où ils s'étaient croisés depuis qu'elle avait commencé à travailler à KayCee Corp, il n'avait été rien d'autre que respectueux, son regard ne s'arrêtant jamais sur sa poitrine généreuse ou sur son derrière tout aussi charnu. Il ne lui avait jamais fait de remarques déplacées ni de propositions indécentes. Cela avait été… rafraîchissant et n'avait fait qu'accentuer son béguin d'écolière.

Pourtant rien de tout cela ne justifiait sa réaction face au ton implacable de cet homme. Ni n'expliquait pourquoi elle imaginait qu'il lui prenait le menton dans ses grandes mains et l'immobilisait pour un baiser puissant et vorace tout en lui emprisonnant les bras au-dessus de la tête.

L'excitation la transperça, et elle serra les cuisses.

— Cendrillon, dit-il en faisant un pas en avant

tandis qu'elle levait les yeux vers lui comme une proie prisonnière du regard fixe d'un prédateur. Son nom.

— P... Pourquoi ? bégaya-t-elle.

Oh ! pour l'amour de Dieu ! Elle redressa la tête et les épaules.

— Pourquoi voulez-vous le savoir ?

Pourquoi est-ce important pour vous ?

— Pour que je puisse avoir une conversation très civile avec votre supérieur, afin de lui faire comprendre qu'il ne doit pas abuser de sa position de pouvoir, en s'attendant notamment à ce que ses subordonnés soient à sa disposition.

— Il y a beaucoup de gens concernés ici, marmonna-t-elle.

En secouant la tête, elle ignora le sourire qui montait aux lèvres de Grayson et la chaleur qui l'envahit comme du feu liquide. Et tout ça parce qu'elle l'avait fait sourire. À peu près. *Bon sang, Nadia, remets-toi !*

— Je ne peux pas faire ça. Primo, j'ai besoin de mon travail et, secundo, ce n'est pas si grave.

— Oh ! mais ça l'est, murmura-t-il. Et vous n'avez pas à vous inquiéter pour votre travail, Cendrillon. Peu importe qui il est, il n'aura pas l'audace de vous renvoyer.

L'arrogance et sa confiance en lui n'auraient pas dû être sexy, mais bon sang elles l'étaient. Même le fait qu'il ne se souvenait pas d'elle, bien qu'ils se soient rencontrés plusieurs fois, n'aurait pas pu diminuer le désir qu'il faisait monter en elle. Était-ce gênant ? Oh oui, et pas qu'un peu ! Mais elle travaillait pour son entreprise, pas pour lui directement. Et, si la vie lui avait appris quelque chose, c'était à se montrer réaliste. Les hommes constamment photographiés avec des actrices et des mannequins sophistiqués, minces et splendides, ne remarquaient pas une secrétaire provinciale, ronde et sans prétention.

Donc oui, qu'il ne la reconnaisse pas était logique. Cela la blessait pourtant. Chaque femme, même Cendrillon, désirait être mémorable. Particulièrement pour l'homme qui figurait dans chacun de ses rêves secrets, échevelés et érotiques.

— J'apprécie votre intérêt, mais mes lèvres sont scellées, et je dois vraiment…

— Que faudrait-il pour les desceller ? murmura-t-il.

Elle se raidit, paralysée par le choc, lorsque le regard de Grayson tomba sur sa bouche. Et y resta.

Nerveuse, elle se mordilla la lèvre inférieure, et quelque chose brilla dans son regard. Avec un autre homme, elle aurait appelé ça de la convoitise. Mais pas avec lui. Jamais.

— Dites-moi ce que je dois faire, insista-t-il.

Apparemment son esprit mal tourné lui fournissait réponse sur réponse, et aucune d'elles n'avait à voir avec des chemises propres, le nom de son patron ou du temps impayé. Elle se racla la gorge.

— Je n'ai pas…

Le couloir fut brusquement plongé dans l'obscurité.

— Mais qu'est-ce que c'est que ce bazar ? cria Grayson.

Oui. Que se passait-il ?

- 3 -

— Toujours pas de nouvelles ?

Grayson baissa les yeux vers la femme assise par terre dans le couloir. La lumière de son téléphone révéla son dos collé au mur, ses longues et bien trop belles jambes étendues devant elle et croisées aux chevilles. Seigneur, ce que cette fille faisait aux jeans…

S'arrachant à la contemplation de ses cuisses, il reporta son attention vers le téléphone dans sa main.

— Panne d'électricité dans toute la ville, répondit-il, la voix plus brute, plus abrasive que d'habitude.

De façon tout à fait inattendue et inopportune, le désir s'empara de lui.

— Je n'ai pas réussi à appeler, mais j'ai pu envoyer quelques messages. Selon mes amis, la police conseille à tous les gens de rester là où ils sont. Ce qui ne sera pas un problème pour nous. Il semblerait que le magnat de la technologie à qui appartient ce manoir ait fait installer un système de sécurité dernier cri qui n'a pas bien fonctionné et nous a enfermés à l'intérieur. Donc, jusqu'à ce que la panne soit réparée, nous sommes bloqués ici.

Il écrivit rapidement un message à ses parents, mais ne parvint pas à l'envoyer. Mince. Mais au moins, il savait qu'ils étaient en sécurité quelque part dans la demeure.

— Flûte, murmura-t-elle en passant la main dans ses épais cheveux bruns.

Non, pas bruns. C'était une description particulièrement inadéquate pour le magnifique mélange d'auburn, de cuivre et de noisette.

— Oui, j'ai bien peur que vous soyez coincée avec moi pour un moment, constata-t-il en s'asseyant par terre et en posant son téléphone entre eux pour que l'application lampe torche crée un petit cercle de lumière tamisée.

Relevant les jambes et posant les poignets sur ses genoux, il lui jeta un coup d'œil.

— Voyez le bon côté des choses. J'aurais pu être votre responsable.

Il buta sur le mot *responsable*, toujours en colère à la simple évocation de cet homme sans nom et sans visage. Quel égoïste pourri gâté baladait son employée jusque sur la Gold Coast pour qu'elle lui rapporte une chemise, un week-end ? Elle n'avait toujours pas révélé son identité, mais il avait bien l'intention de la découvrir. Et, lorsque ce serait fait, Grayson ne se priverait pas de glisser son nom de famille un peu partout pour que cet homme prenne peur.

— Bien vu, acquiesça-t-elle distraitement.

Mais un sourire illumina son visage, et un poids étrange et malvenu s'abattit sur lui. La beauté de ce sourire pouvait illuminer tout le bâtiment. Bon sang, le ciel de Chicago.

— Dieu merci ! Il est en sécurité.

— Qui est en sécurité ? demanda-t-il, car il était particulièrement curieux d'en apprendre plus sur elle.

Toute femme qui se présentait au gala de DuSable City dans une veste en cuir et un jean moulant était bien plus intéressante qu'une de ses semblables en robe de bal et couverte de bijoux. Au début, il ne pensait pas qu'elle répondrait, mais après quelques secondes elle lâcha :

— Mon frère. Je l'ai laissé à son match de basket, mais il est chez un ami et pas dans la rue.

— Avez-vous essayé de contacter vos parents ? Juste au cas où il n'aurait pas pu le faire ?

Dès que les mots lui échappèrent, il voulut les ravaler. Des émotions furtives passèrent sur le visage de cette jeune femme, si rapidement qu'elles avaient disparu avant qu'il puisse les déchiffrer. À l'exception d'une seule. La douleur.

— Il y a juste mon frère, Ezra, et moi, dit-elle, catégorique.

Il reconnut ce ton particulier. Trop bien.

— Je suis désolé, murmura-t-il en repliant les doigts dans ses paumes jusqu'à ce que ses ongles lui mordent la peau.

C'était soit ça, soit réduire la distance entre eux et prendre son trop joli visage entre ses mains.

— J'ai moi aussi connu la douleur de perdre quelqu'un.

Son regard, aussi noir qu'un expresso, s'adoucit. Elle secoua la tête.

— Toutes mes condoléances.

S'il ne l'avait pas étudiée aussi attentivement, il aurait peut-être manqué le léger mouvement de sa main sur ses genoux. Comme si elle aussi envisageait de le toucher, mais avait renoncé au dernier moment.

— Mes parents ne sont pas morts. Ils ne sont juste pas… là. Je suis la tutrice de mon frère, et nous avons déménagé à Chicago, il y a un peu plus d'un an. Il n'y a que nous.

D'autres questions s'amoncelèrent dans son esprit,

suscitées par la curiosité insatiable que cette belle femme avait éveillée en lui. Cela aurait dû l'alarmer. La dernière femme à avoir exercé ne serait-ce qu'un dixième de cette attraction magnétique avait laissé son cœur et son orgueil brisés et meurtris.

Pourtant, elle avait satisfait un peu de sa curiosité. Cette voix traînante et chaude, elle n'avait pas l'accent plat et saccadé de Chicago. La jeune femme n'avait pas mentionné d'où elle venait, mais il aurait parié sa bouteille de Glenlivet préférée qu'elle avait vécu quelque part dans un endroit chaud au sud de la ligne Mason-Dixon. Les voyelles légèrement exagérées et les consonnes douces glissaient sur sa peau comme une caresse brûlante. Il avait l'envie insensée de se déshabiller pour que cette voix puisse frôler chaque centimètre carré de son corps.

Il secoua la tête comme s'il pouvait d'une manière ou d'une autre déloger cette pensée de sa tête. Pourtant... Il ne pouvait empêcher son regard de vagabonder sur elle. Des années auparavant, il avait commencé la boxe pour se débarrasser de son agressivité et faire de l'exercice. Il se souvenait clairement de la première fois où il avait vu trente-six chandelles. Le poing de l'autre boxeur avait percuté son estomac, lui coupant le souffle, lui laissant les jambes caoutchouteuses et la tête étourdie. Lorsqu'il avait regardé les yeux brun foncé de cette jeune femme et son beau visage, il s'était de nouveau retrouvé à genoux sur le ring.

Des yeux aux longs cils légèrement relevés au coin. Des pommettes saillantes qui s'accordaient à la pente presque patricienne de son nez. En dessous, sa bouche charnue et absolument parfaite semblait appeler son pouce, pour qu'il puisse sentir la douceur de cette lèvre supérieure légèrement plus épaisse qui formait une moue naturelle. Cette bouche pouvait inspirer à la fois des poèmes d'adoration et des pièces érotiques.

Puis venait son corps.

Même la veste en cuir usé, le simple T-shirt blanc et le pantalon moulant troué ne pouvaient masquer la rondeur de ses courbes. Au contraire, ces vêtements simples mettaient l'accent sur le miracle de son corps. Grande, même en basket. Des épaules solides mais minces. Une poitrine magnifique et ferme qui aurait largement pu remplir ses mains et, bon sang, à quel point il aurait voulu découvrir par lui-même si c'était bien le cas ! Une taille fine qui accentuait des hanches bien dessinées que ses paumes brûlaient d'attraper. Pervers comme il l'était, il voulait enfoncer les doigts dans sa peau, laisser son empreinte sur elle. Des jambes incroyablement longues et charnues, et des fesses… Il ferma brièvement les yeux. Dieu ne donnait ce genre de fesses qu'à ceux qu'il aimait réellement… Il devait l'adorer. Rondes. Hautes. Sans défaut. Faites pour être vénérées.

Oui, il perdait la tête, le corps enflammé comme une flaque d'essence où l'on aurait jeté une allumette. Même Adalyn ne lui avait pas inspiré de telles réactions.

Assis là avec cette femme dans un endroit sombre et intime, il ne pouvait nier qu'il la désirait. Il voulait sentir son souffle sur ses lèvres, sur sa peau. Goûter sa bouche, cette peau amande dorée, découvrir quel goût elle avait par lui-même. Il voulait sentir ses courbes voluptueuses pressées contre son corps plus large et plus dur, collées à lui par la sueur. L'emprise du désir le fit mentalement reculer.

Rien d'aussi puissant ne pouvait être bon. Particulièrement pour lui et sa personnalité sujette à la dépendance. Durant son adolescence, ce furent les excès permis par la richesse et le statut social de ses parents. Plus tard, les femmes. Puis il avait déversé cette intensité et ce besoin dévorant dans la création et la construction de KayCee Corp. Puis il y avait eu Adalyn.

Oui, il sentait qu'il pourrait devenir follement accro à la femme assise à côté de lui, dont l'odeur de vanille et de terre, comme une brise fraîche après une tempête d'été, le tentait. Bon sang, une femme dont il ne connaissait même pas le nom.

Et cela le terrifia. Pourtant…

— Comment vous appelez-vous ? demanda-t-il.

Son hésitation fut brève, mais il la remarqua tout de même.

— Nadia, répondit-elle.

— Ravi de faire votre connaissance, Nadia, murmura-t-il en tendant la main vers elle. Grayson.

De nouveau, elle fit une pause, mais elle finit par glisser la main dans la sienne. Et, lorsqu'une décharge électrique lui traversa le bras et descendit directement jusqu'à son entrejambe, il regretta instantanément de l'avoir touchée. La fierté seule l'empêcha de retirer aussitôt la main.

Il détourna les yeux de leurs mains jointes pour la regarder, s'attendant à y lire le même choc. Au lieu de quoi, il perçut de la résignation. Et des ombres. Son estomac se noua. L'expérience lui avait appris que des secrets se cachaient dans les ténèbres.

Lentement, il la relâcha et reposa les mains sur ses genoux, pour résister à l'envie de serrer le poing et d'atténuer le picotement.

La quittant des yeux, il regarda droit devant lui l'obscurité qui les entourait.

— Pourquoi ne voulez-vous pas que je sache votre

nom ? finit-il par demander, mettant de côté le tact socialement acceptable qu'on lui avait inculqué depuis la naissance. Est-ce que l'on se connaît ?

Son souffle rauque ricocha à ses oreilles, et il lui fit face de nouveau, scrutant son visage pour détecter tout signe révélateur de tromperie. Mais elle était douée. Hormis sa respiration haletante, son expression restait fermée : soit elle n'avait rien à cacher, soit elle était une menteuse-née.

Il n'arrivait pas à décider que croire.

— Non, murmura-t-elle. Nous ne nous connaissons pas.

La vérité vibra dans sa voix, et l'étau qui emprisonnait sa poitrine se desserra légèrement.

— Et je suppose que je ne vois pas l'intérêt d'échanger nos noms. Sans cette panne d'électricité, nos chemins ne se seraient jamais croisés. Et, lorsque le courant sera rétabli, nous redeviendrons des étrangers. Apprendre à nous connaître, ce n'est pas ce que nous voulons vraiment. Ce n'est pas… sincère.

Son explication le frappa comme un coup de poing. « Sincère ». Que connaissait-il à la sincérité ?

Dans le monde où il évoluait, les mensonges étaient omniprésents, depuis les subtilités sociales de « cela me fait tellement plaisir de te voir » aux plans évasifs pour parvenir à un accord commercial. Il n'était pas habitué à cette franchise brute, or l'honnêteté de cette femme méritait qu'on y réponde.

— Vous avez raison, admit-il. Et vous avez tort. Si je n'avais pas eu besoin de m'échapper de cette salle de bal et que je ne vous avais pas percutée, nous ne nous serions jamais rencontrés. Vous seriez dehors, sans protection, sur le parking ou sur la route. Et j'aurais été piégé dans le noir avec des gens que j'aimerais ne pas connaître, sans doute en train de devenir fou. Donc, rien que pour ça, je suis heureux que nous nous soyons rencontrés. Parce que, Nadia…

Il s'abandonna au besoin qui l'habitait, depuis qu'il avait baissé les yeux sur son visage, et attrapa une mèche de ses cheveux pour l'enrouler autour de son doigt.

— Nadia, je préfère être ici avec vous, une inconnue que j'ai rencontrée par hasard, plutôt que dans cette salle de bal avec des étrangers familiers que je connais depuis des années.

Elle le fixait, ses jolies lèvres légèrement entrouvertes, ses yeux noirs écarquillés de surprise.

— Un autre point sur lequel vous avez raison et tort en même temps. C'est vrai, quand le courant reviendra et que nous partirons d'ici, nous ne nous reverrons probablement jamais. Mais en cet instant il n'y a rien que je désire davantage que d'en apprendre plus au sujet de cette Nadia, de sa bouche magnifique, de ses courbes sensuelles et de sa décevante marraine fée.

Peut-être n'aurait-il pas dû oser le commentaire sur sa bouche et son corps mais, s'il voulait se montrer honnête, il refusait de cacher combien il la trouvait attirante. « Attirante » ! Une description tellement pauvre de son envie dévorante d'explorer chaque partie de son corps afin d'être capable d'en tracer plus tard une carte détaillée.

Elle battit des cils avant d'abaisser les paupières pour dissimuler son regard. Il relâcha sa mèche de cheveux et lutta contre l'envie de lui relever le menton afin qu'elle le regarde.

— Pourquoi avez-vous eu besoin de vous échapper de la salle de bal ? demanda-t-elle doucement.

Il ne répondit pas aussitôt, mais attendit qu'elle lève les yeux pour rencontrer son regard.

— Pour vous trouver, murmura-t-il alors.

- 4 -

Nadia eut du mal à rester impassible. À ne pas laisser le désir ardent qui brûlait en elle transparaître sur son visage. Particulièrement sous le regard insistant de Grayson qui tentait d'abattre ses défenses soigneusement érigées. Elle avait passé des années à les bâtir et ne pouvait pas se permettre qu'il voie la femme peu sûre d'elle qui élevait son frère de son mieux, craignant constamment de l'abîmer comme leur mère l'avait fait avec elle.

Mais bon sang, il lui donnait tellement envie de baisser la garde, de s'abandonner à la douce invitation qu'elle lisait dans son magnifique regard. Cependant, Grayson Chandler, président de KayCee Corp, le fils prodigue de la vénérable famille Chandler, ne pouvait pas la désirer. Pas Nadia Jordan.

Cela n'avait rien à voir avec son estime d'elle-même concernant son corps. Si sa mère lui avait légué quelque chose, c'était une confiance dans ses courbes. Parce que Nadia avait hérité de la silhouette de Marion.

Dès que Nadia avait été assez âgée pour comprendre ce qui se passait, elle avait été témoin de la convoitise et du goût des hommes pour la poitrine généreuse de Marion, ses hanches larges, ses cuisses épaisses et son derrière tout aussi rond. Ces riches piliers de la communauté étaient capables de l'ignorer en public devant leur épouse et leurs filles, mais dans le noir, en secret, ils ne se lassaient jamais du rire effronté de Marion, de sa flamboyance, de sa sensualité désinvolte et, bien sûr, de son corps.

Lorsque Nadia avait atteint l'âge de la puberté, les regards concupiscents s'étaient tournés vers elle. Tout le monde dans sa ville natale s'était attendu à ce qu'elle suive les traces de Marion. Telle mère telle fille. Plus tôt qu'elle ne l'aurait dû, elle avait appris à esquiver les mains rapaces et baladeuses, à éviter les allées désertes et les coins sombres où les adolescents et les hommes plus âgés pouvaient la prendre au piège.

Voilà pourquoi elle s'était échappée de Tatumville à la première occasion. Pour déménager là où elle n'était pas vue comme la fille de sa mère et pouvait offrir à son frère une chance de grandir loin de tout jugement. Elle n'avait pas de problème avec son corps. Pourtant, elle avait vu des photos dans les magazines et les blogs people montrant Grayson avec des femmes qui étaient sa parfaite antithèse.

Et puis, il y avait le problème de sa richesse.

Il ne connaissait pas toute son histoire mais, d'après ses vêtements et la conversation qu'ils avaient eue, il devait se douter qu'elle n'appartenait pas, loin de là, à son monde.

Elle ne faisait pas confiance aux hommes riches. Trop souvent, elle avait vu sa mère non seulement utiliser ce genre d'homme pour de l'argent, des faveurs ou des cadeaux, mais aussi leur permettre d'abuser d'elle. Rien de ce qu'ils avaient donné à Marion n'avait été gratuit : les hommes riches ne donnaient rien sans attendre quelque chose en retour.

Fixant Jason, elle se força à se souvenir de ces leçons, afin de résister au murmure insistant dans sa tête qui lui soufflait qu'elle pourrait se laisser aller juste une fois dans sa vie. Qui cela blesserait-il si elle se faisait plaisir ?

— Vous ne me faites pas l'effet d'être le genre d'homme à croire en ces idioties de destin, lâcha-t-elle finalement, irritée par le son éraillé de sa voix.

— Ce n'est pas le cas, en effet. Je ne crois ni dans le destin ni dans la chance aveugle ou l'amour inconditionnel. Je trace mon propre chemin, je fais mes propres choix et je vis selon eux. Et il y a toujours des conditions attachées à tout. Rien dans cette vie n'est gratuit, conclut-il en écho à ses propres pensées. Vous savez en quoi je crois, Nadia ?

Elle secoua la tête.

— Dans ce que je peux toucher, voir… goûter. Si je ne peux pas, alors je n'y crois pas.

— Et pourtant…, répliqua-t-elle avant de laisser mourir sa phrase sur ses lèvres.

— Et pourtant, continua-t-il, ce n'est peut-être pas vous qui m'avez fait sortir de la salle de bal, mais je suis ici. Et je ne suis pas seul.

« Seul ». Le mot résonna en elle, gonfla jusqu'à vibrer aussi fort qu'un gong. Un homme comme lui ne devrait pas être seul. Cela lui parut… injuste.

— Il me semble que quelqu'un qui participe à un gala aussi en vue est rarement seul, objecta-t-elle en inclinant la tête. Sauf s'il le veut.

— Vous savez ce qu'on dit des suppositions, Nadia.

Il fit claquer sa langue, mais elle perçut la dureté derrière la taquinerie, comme s'il lui enjoignait d'abandonner ce sujet. Ce qui, de façon perverse, ne fit que renforcer son désir de poursuivre.

— Alors ne me laissez pas supposer, Grayson. Éclairez-moi. Dites-moi quelque chose à propos de vous. Quelque chose que personne ne sait. Quelque chose qui restera ici dans ce couloir, entre vous et moi.

Il l'étudia pendant un long moment, et elle soutint ce regard bleu-vert, en dépit de son envie de baisser la tête pour l'éviter. Et elle ne revint pas sur sa requête. Elle attendit, la poitrine serrée, dans l'espoir qu'il réponde. Même s'il s'agissait d'une idiotie dont toute la presse à scandale avait déjà connaissance. Pour l'instant, elle pourrait faire semblant de croire que c'était uniquement pour elle.

— Je déteste ce bocal à poisson prétentieux, factice et incestueux, finit-il par murmurer en ramenant ses jambes vers lui et en reposant les bras sur ses genoux. Non, pas un bocal à poisson. Un aquarium rempli de prédateurs attendant le moindre signe de faiblesse pour vous mettre en pièces. Savez-vous à quel point c'est épuisant d'être constamment sur ses gardes ?

— Oui, souffla-t-elle. Mais vous savez le truc au sujet des requins ? On les voit comme des tueurs implacables et obstinés, alors qu'ils ne le sont pas. Ils sont importants pour l'écosystème océanique. Dans un sens, ce sont des protecteurs. Les plus petits poissons dépendent d'eux pour survivre. Je pourrais même avancer l'argument que, s'ils n'existaient pas, les espèces plus vulnérables et plus faibles n'existeraient pas non plus.

Il la regarda de nouveau, et un faible sourire se dessina sur ses lèvres. La chaleur lui monta au visage. Elle remercia le ciel pour l'obscurité qui empêchait Grayson de voir à quel point elle était mortifiée. Malheureusement, sa bouche ne voulait pas s'arrêter de parler.

— Je regarde beaucoup la chaîne animalière, marmonna-t-elle. Peut-être que vous êtes dans cet aquarium pour protéger ceux qui sont sans défense afin qu'ils puissent prospérer.

Le sourire disparut du visage de Grayson, et elle regretta d'en être la cause.

— On m'a donné bien des noms dans ma vie, mais « protecteur » n'a jamais été l'un d'entre eux. Car je ne le suis pas, déclara-t-il avec de nouveau cette dureté dans la voix.

Cette froideur l'aurait peut-être incitée à s'éloigner du sujet, si elle n'avait senti la présence de quelque chose d'autre, qui avait le goût du désespoir, de… la douleur.

Cela l'attira à lui.

La presse peignait Gideon Knight et Grayson Chandler comme la lumière et l'obscurité, le yin et le yang de KayCee Corp. Gideon était le propriétaire intimidant et impitoyable tandis que Grayson était la moitié lumineuse et charmante. Mais après ce qu'elle avait entrevu de lui ce soir…

Qui était Grayson ?

Ce qu'elle avait entraperçu indiquait qu'autre chose se tapissait sous ce masque affable. Ce qui la poussa à poser la main sur la sienne.

— D'après mon expérience, les gens vous prévenant qu'ils ne sont pas nobles sont ceux qui ont bon cœur. C'est de ceux qui se vantent d'être honnêtes et moraux qu'il faut se méfier.

Les yeux de Grayson se posèrent sur sa main et remontèrent lentement, jusqu'à croiser son regard. Un frisson la parcourut, qu'il remarqua.

— Je n'ai pas bon fond, Nadia. Je suis égoïste. Cupide. Gâté. Et, si vous connaissiez les pensées qui me traversent l'esprit à votre sujet, vous retireriez votre main de la mienne, la prévint-il.

Elle s'en abstint. Même si son cœur battait très fort dans sa cage thoracique, elle ne tint pas compte de ses mises en garde.

— Allez-y, demandez-moi, murmura-t-il. Vous y pensez. Je peux le voir dans ces jolis yeux bruns. Demandez-moi ce à quoi je pense.

Le souffle de Nadia se bloqua dans ses poumons quand elle entendit la tentation dans cette voix. Là dans le noir, la prudence qui dominait sa vie commençait à s'étioler. Le petit refrain qui lui enjoignait de prendre grandissait en volume et en force. Dans ce couloir, coupée du monde réel, avec l'homme sur lequel elle fantasmait pour toute compagnie, elle était Ève tendant la main vers la pomme, même en sachant qu'elle ne devrait pas, que s'engager dans cette voie avec son employeur serait l'une des plus grosses erreurs de sa vie…

Elle croqua dans la pomme.

— Que pensez-vous de moi ? demanda-t-elle.

— Êtes-vous sûre de vouloir le savoir ?

Comme elle acquiesçait, il poursuivit :

— Vous m'avez bousculé tout à l'heure, mais seulement parce que je m'étais déjà arrêté. Je ne pouvais pas bouger. Vous regarder marcher, c'est du sexe à l'état pur. La foulée confiante de vos jambes hypnotise un homme, lui donne envie de savoir comment elles pourraient l'entourer de leur étreinte puissante. Vous êtes la corruption, ma belle. Le péché, le désir personnifié. Et je veux pouvoir m'agenouiller devant vous et vous supplier de m'expédier dans votre enfer. Parce que je veux brûler en vous. Avec vous.

Oh bon sang !

Le désir, brûlant et incontrôlable, se fraya un chemin depuis son ventre, remonta jusqu'à sa poitrine et se diffusa dans chacun de ses membres, la réduisant en cendre. Avec quelques mots, il l'avait rendue vibrante de la tête aux pieds. Dieu merci, elle était assise, sinon ses jambes tremblantes ne l'auraient pas portée, pas quand le sang dans ses veines s'était transformé en désir liquide. Pas lorsque l'air dans ses poumons s'était évaporé en fumée. « Je veux m'agenouiller devant vous… Parce que je veux brûler en vous. Avec vous. »

Maintenant, elle ne pouvait rien faire d'autre que de l'imaginer à genoux devant elle, sa tête altière rejetée en arrière, ses yeux magnifiques fixés sur elle. Ses doigts attrapaient sa fermeture Eclair et la descendaient lentement…

Elle ferma les yeux, non pour bloquer les images mais pour s'y attarder.

— Nadia.

Des doigts doux mais fermes lui soulevèrent le menton.

— Regarde-moi, ordonna Grayson.

Elle obéit et, lorsqu'elle plongea dans son magnifique regard, il hocha la tête.

— À ton tour. Dis-moi quelque chose que personne d'autre ne connaît. Quelque chose qui restera ici, dans ce couloir.

Elle s'était toujours félicitée de ne jamais reculer devant un défi. Mais ici, se montrer courageuse signifiait se montrer égoïste. Cela voulait dire prendre ce qu'on lui donnait… Pour une fois. Et bon sang, comme elle en avait envie !

Pouvait-elle s'y autoriser, juste pour cette nuit ? Appuyer sur le bouton « Pause » et vivre effrontément, sans penser aux conséquences ? Qui blesserait-elle ?

Peut-être juste elle-même, une fois que l'aube se serait levée ou que les lumières seraient revenues.

Mais elle était préparée à partir d'ici en acceptant de redevenir, le lundi suivant, l'employée sans nom et sans visage du vingtième étage.

Si elle pouvait passer un peu de temps avec Grayson, elle affronterait la douleur d'être de nouveau invisible.

— J'aime les shots de tequila, murmura-t-elle. Ce que personne ne sait, c'est que tu es comme un shot de tequila. Puissant à mort, chaud et fort comme un premier coup porté à l'estomac, et je me soûlerais volontiers avec, même en sachant que j'aurais la gueule de bois et beaucoup de regrets au petit matin.

Le silence s'épaissit entre eux et s'échauffa. La pression des doigts de Grayson sur son menton se raffermit et lui arracha un petit cri. Elle lut dans ses yeux le besoin qu'elle sentait pulser en elle. Sa bouche sensuelle avait pris une ligne dure sous l'effet de la faim.

— Comprends-tu ce que tu fais à un homme comme moi quand tu dis ça ? grogna-t-il.

— Un homme comme toi ? répéta-t-elle d'une voix rauque.

Il déplaça la main de son visage à ses cheveux et en attrapa une pleine poignée.

— Je suis cupide. Égoïste. Et je prendrai sans scrupule ce que tu es en train de m'offrir.

Il tira sur ses cheveux, et des picotements de plaisir parcoururent son cuir chevelu. Elle mordit sa lèvre inférieure pour étouffer un gémissement.

— Qu'est-ce que tu m'offres, Nadia ?

— Moi, souffla-t-elle. Pour cette nuit. Moi tout entière.

Comme si ces mots avaient brisé la chaîne tendue qui le retenait, Grayson fondit sur elle et écrasa sa bouche sur la sienne. *Oh ! bon sang !* Elle n'était pas préparée. Elle l'avait peut-être cru. Mais elle s'était trompée.

Elle n'était pas préparée à l'intensité, la faim et la dévastation. Il la faisait sombrer avec la pression de sa langue, l'empreinte dure mais sensuelle de ses lèvres sur les siennes. La prise de Grayson sur ses cheveux et sur son menton se raffermit. Il repoussa encore un peu plus sa tête en arrière, et son pouce pressa fermement sous sa lèvre inférieure. À la fois impuissante et volontaire, elle s'ouvrit davantage à lui, à sa langue. À sa possession, non seulement qu'elle accueillait, mais qu'elle implorait aussi comme sa prochaine bouffée d'oxygène.

Il lui était devenu vital.

Sa bouche abandonnant la sienne, elle le suivit avec un gémissement déçu. Il déplaça son emprise sur sa mâchoire et la tint immobile, serpentant le long de ses lèvres, puis de sa gorge, jusque dans le creux entre son cou et son épaule. Elle haleta lorsqu'une décharge électrique se répandit à travers son ventre noué, jusque dans la chair déjà prête et fébrile entre ses cuisses.

Tout en cherchant à se raccrocher à quelque chose dans ce maelström érotique, elle enfonça les ongles dans son épaule. Et tint bon.

— Approche, murmura-t-il.

Il abattit les mains sur ses hanches pour la tirer sur lui.

En un battement de cils, elle était à califourchon sur ses cuisses fermes, avec son érection longue et dure qui se pressait contre son sexe encore séparé de lui par son jean. Mince. Il était… Il était énorme. Et pour une femme qui n'avait pas fait l'amour depuis plus d'un an ? Intimidant.

Mais pour une femme qui ne s'était jamais permis

de faire l'amour sans s'inquiéter des rumeurs que son partenaire pourrait répandre sur son compte ? Enivrant. Libérateur.

En roulant des hanches, elle se pressa contre lui. Un long frisson se fraya un chemin en elle, et elle poussa un gémissement de plaisir. Ils étaient séparés par plusieurs couches de vêtements, mais cela ne l'empêchait pas de le sentir. Sa largeur, sa dureté, sa puissance.

Enfonçant les dents dans sa lèvre inférieure, elle se pressa davantage encore contre lui, frottant et ondulant, se perdant dans la montée du désir qui menaçait de la conduire rapidement à un orgasme se profilant déjà. Seigneur, elle allait se ridiculiser en jouissant trop vite et elle n'arrivait pas à s'en soucier !

— J'aime que tu m'utilises pour ton propre plaisir, ma belle, lâcha-t-il d'une voix à la fois douce et râpeuse qui caressait et écorchait sa peau en même temps. Ne te gêne surtout pas pour moi. Je veux entendre chaque son, chaque mot de ton plaisir. Ne me cache rien.

Oh ! Seigneur ! Il la poussait à sombrer de la manière la plus spectaculaire qui soit.

Avec des mains adroites qui démontraient de l'adresse et de la pratique, il lui enleva sa veste et son T-shirt. Quelques secondes plus tard, elle était assise sur ses genoux, son sexe dur entre les cuisses et son magnifique regard brillant posé sur le haut de son corps dénudé. Elle résista à l'envie de lever un bras pour cacher son soutien-gorge quelconque et croiser l'autre sur son estomac.

Non, elle n'avait peut-être pas honte de son corps, mais cela n'empêchait pas les doutes de remonter en elle pour lui rappeler sournoisement qu'elle ne ressemblait pas aux femmes avec qui il était pris en photo. Bien qu'elle fasse du sport et de la course, elle n'aurait jamais des abdominaux marqués à moins de les dessiner elle-même au feutre. Et son ventre à peu près plat portait de légères marques de vergetures, et ses seins…

— N'y pense même pas, lança Grayson dont les yeux lançaient des éclairs.

Remontant le long de ses bras, il lui serra les épaules avant de continuer jusqu'à sa poitrine, qu'il prit dans le creux de ses larges paumes.

— Peut-être aurais-je dû être plus précis lorsque je t'ai dit de ne pas te cacher.

— Tu es horriblement autoritaire, tu le sais ? répliqua-t-elle en haussant un sourcil. Est-ce que ça fonctionne d'habitude ?

Il frôla du pouce ses mamelons tendus et douloureux. Il en pinça le bout, lui tirant un petit cri.

— Oui, gronda-t-il. Et ça a l'air de fonctionner chez toi aussi. N'est-ce pas, ma belle ?

Elle ne répondit pas, mais baissa la tête et l'embrassa sur la bouche, faisant disparaître son sourire taquin. Il ne cessa de jouer avec son corps, en pinçant et en titillant ses mamelons jusqu'à ce qu'elle arrache ses lèvres des siennes et rejette la tête en arrière. Plus que tout, elle le voulait peau contre peau, sans barrière. Passant les bras dans son dos, elle dégrafa son soutien-gorge et le retira brusquement. Un grognement presque sauvage s'échappa de Grayson qui souleva ses seins, en porta un à sa bouche et le suça tout en continuant à jouer avec l'autre.

Chaque mouvement de langue et chaque suçon excitaient la créature insatiable qu'elle était devenue. Elle passa les doigts dans les cheveux de Grayson, les agrippa et hésita entre le serrer fort dans ses bras pour qu'il ne puisse plus la lâcher et le repousser, incapable de supporter l'aiguillon du plaisir.

Passant à l'autre sein, il embrassa le téton tendu et fit descendre sa main libre le long de sa poitrine, sur son ventre, et la glissa sous la ceinture de son pantalon. Le souffle de Nadia emplit le couloir, et elle s'immobilisa tandis que les doigts de Grayson s'insinuaient sous le jean et le coton pour se poser sur son sexe. Redressant la tête, il croisa son regard.

— Oui ou non ? demanda-t-il.

Le désir brûlait dans ses yeux vairons, mais aussi de la résolution. Ce regard lui faisait comprendre qu'il la désirait mais que, si elle disait « non », il renoncerait.

— Oui, répondit-elle, ferme et assurée.

Elle voulait le toucher. Lui. Ôtant la main des cheveux de Grayson, elle la glissa également dans son pantalon et recouvrit ses doigts des siens.

— Oui, répéta-t-elle.

Elle pivota les hanches, et leurs doigts entrelacés glissèrent sur sa peau. Deux lourds gémissements emplirent l'air, et elle ne put contenir le cri qui s'échappa de ses lèvres. Ensemble, ils caressèrent son sexe, glissèrent entre ses replis et s'insinuèrent en lui. Sur un juron, Grayson abandonna sa poitrine pour lui déboutonner son jean et en baisser la fermeture Eclair, afin de donner plus d'ampleur à leurs mouvements.

Les doigts enchevêtrés, ils effleuraient son clitoris. Mais ce fut lui qui la pénétra, étirant sa chair en une brûlure familière quoique presque oubliée. À présent, il avait les doigts profondément enfouis en elle, et elle se demandait comment elle pourrait continuer à vivre sans cette sensation.

Dans un duo aussi érotique que beau, ils tirèrent une mélodie de son corps.

— Touche-toi, ordonna-t-il.

Elle obéit et accentua les caresses sur le bouton gonflé de son clitoris.

Il gloussa doucement en la voyant sursauter et gémir.

— Recommence, Nadia. Nous allons te faire jouir ensemble.

Frissonnante, elle décrivit de petits mouvements circulaires sur la partie sensible, encore et encore, de plus en plus fort, plus…

— Oh ! mon Dieu ! coassa-t-elle avant de voler en éclats.

Tremblante de l'intérieur, elle poussa un cri. Grayson remplaça alors ses doigts par les siens, et elle devint molle, se laissant tomber sur son corps sans plus rien vouloir d'autre que se recroqueviller contre lui.

Comme si elle était une poupée de chiffon, il la souleva, tout en arrachant presque sa veste de smoking. Puis il la dévêtit de ses vêtements restants et la plaça sur un lit de fortune qu'il avait fabriqué avec sa veste. Il se tint quelques secondes au-dessus d'elle. La faible lumière de son téléphone soulignait la force de ses bras, de son torse, de ses abdominaux et de ses cuisses. Son pénis… Les poumons de Nadia se vidèrent de leur air à la vue de l'épaisse colonne de chair. Le désir qui s'était réduit à un bourdonnement dans son bas-ventre s'enflamma et crépita, ravivant un feu ardent. Il était sexy, parfait… Magnifique. Dieu merci, cela n'irait pas plus loin que cette nuit. Car elle avait le sentiment dérangeant qu'il pourrait très bien lui briser le cœur.

Grayson ouvrit le petit sachet en aluminium qu'il avait tiré de son portefeuille et déroula le préservatif. Cette vue virile et érotique chassa toutes les pensées perturbantes qu'elle pouvait avoir.

— Grayson, murmura-t-elle.

Une invitation. Une supplique.

— Gray, souffla-t-il d'une voix rauque en s'installant entre ses cuisses.

— Quoi ? gémit-elle tandis que son poids se pressait contre elle.

— Gray, répéta-t-il. Mes proches m'appellent Gray.

Mais nous ne sommes pas proches. Le sexe ne les rapprochait pas, ne lui accordait pas de privilèges. Sauf que c'était une nuit pour faire semblant. Pour le fantasme. Alors elle murmura encore :

— Gray.

La satisfaction brilla dans les yeux de son amant, et il s'installa plus fermement au-dessus d'elle.

— Qu'as-tu dit déjà ? Tu es prête à me donner quoi, Nadia ? grogna-t-il, son sexe à l'entrée du sien.

— Tout de moi, répondit-elle d'une voix éraillée. Prends tout de moi.

Alors il s'introduisit en elle d'une poussée longue, douce mais puissante.

Et il ne se retint pas, ne lui permit pas de se retenir.

Glissant une main sous ses fesses, il la souleva et se retira très lentement, ce qui alluma ses terminaisons nerveuses de feux d'artifice, avant de replonger ensuite en elle. Il vola son souffle. Ses mots. Sa santé mentale. Lui entourant le cou et les hanches de ses bras et de ses jambes, elle s'accrocha à lui et se laissa projeter dans la tempête qu'il créait à chaque poussée, chaque baiser qui laissait une marque sur elle.

Il la pénétrait avec force, prenant son corps, lui donnant du plaisir… brisant toute idée de ce qu'elle croyait être le sexe. Car elle avait déjà couché avec des hommes auparavant mais, tandis qu'il s'enfonçait en elle, encore et encore, la chevauchant jusqu'à ce que ses cuisses tremblent et qu'elle ne puisse plus reprendre son souffle, elle admit que cette expérience… dépassait tout. Elle n'avait jamais rien connu de semblable. Et, alors même qu'elle s'était promis de ne plus jamais recommencer avec lui, elle en avait de nouveau envie.

— Gray, hurla-t-elle, apeurée, craignant et accueillant la fin qui se rapprochait dangereusement.

— Laisse-toi aller, ma belle, ordonna-t-il. Laisse-toi aller et fais-moi profiter.

Comme si tout ce dont elle avait besoin, c'était sa permission, elle se plia à ses ordres et se laissa aller. Et l'extase la frappa comme un éclair. L'illuminant, la brûlant, la faisant voler en éclats.

Au-dessus d'elle, son cri enroué retentissait faiblement à ses oreilles, mais elle était déjà en train de basculer dans l'obscurité, qui l'embrasait tout entière.

Sachant qu'au matin elle ne pourrait se raccrocher qu'à ses souvenirs, au lieu de Grayson Chandler.

- 5 -

— Merci, Pete, dit Grayson à son chauffeur de longue date en descendant de la Lincoln noire étincelante.

Frissonnant un peu à cause de ce frais lundi matin d'octobre, il referma la portière avant que l'autre homme le puisse.

— Je devrais avoir terminé à 18 heures ce soir mais, si je reste plus tard, j'appellerai un taxi.

— Bien, monsieur, répondit Pete d'une voix traînante en touchant le bord de sa casquette noire que Grayson lui répétait qu'il n'avait pas besoin de porter. Mais appelez-moi lorsque vous serez prêt. Regardez ce qui s'est passé la dernière fois que je n'étais pas là pour vous ramener. Pris au piège dans un manoir verrouillé. Vous n'êtes visiblement pas en sécurité sans moi.

Grayson secoua la tête en gloussant. Pourtant, il aurait bien aimé que son chauffeur n'ait pas mentionné la panne ou le fait qu'il ait été coincé dans ce foutu manoir de Northshore. Il avait passé la veille et la nuit dernière à tenter d'exorciser cette soirée de son esprit, d'effacer de sa mémoire les souvenirs de Nadia et de la meilleure partie de jambes en l'air de sa vie.

Jusque-là, il avait échoué. Magistralement.

Peut-être que s'il ne s'était pas réveillé seul, frigorifié et à moitié en érection sur le sol en marbre, avec l'odeur de cette femme qui saturait encore ses vêtements, sa peau… Peut-être que s'il n'avait pas porté les marques de son désir sur ses épaules et son dos… Peut-être que s'il n'avait pas une érection chaque fois qu'une pensée fugace de ses yeux lui passait par la tête… Peut-être alors pourrait-il prétendre que cette soirée était un incident inattendu et agréable.

Serrant les mâchoires, il ignora les palpitations dans le bas de son corps. En tant que jeune garçon puis jeune homme qui avait vécu la plus grande partie de sa vie selon des règles édictées par quelqu'un d'autre, il veillait sur son self-control comme un dragon protégeant jalousement un trésor. Maintenant plus que jamais, alors que ses parents essayaient de reprendre en main sa vie et de le forcer à retourner dans le monde qu'il avait tenté si désespérément de fuir.

Se réveiller seul et sans aucun moyen de contacter Nadia, aucun moyen de la revoir, mettait en péril ce besoin de déterminer son propre destin. Parce que, même s'ils s'étaient mis d'accord sur une nuit, il avait menti. Après avoir goûté sa bouche appétissante et caressé son corps magnifique, il en voulait plus.

Ces heures dans le couloir avaient été l'interaction la plus honnête et sans filtre qu'il ait eue depuis des années. Il recherchait une honnêteté sincère autant qu'un érotisme brûlant. Et, si sa soif de reprendre contact avec une vraie étrangère pour avoir une conversation aurait dû être un cri d'alerte, il ne pouvait nier à quel point il en avait envie.

— Bonjour, monsieur Chandler, le salua le gardien de sécurité du hall depuis un large bureau noir.

— Bonjour, Gérald. Et bon retour parmi nous, répondit Grayson en s'arrêtant devant le bureau. Comment vont votre femme et votre nouveau-né ?

Le jeune homme rayonnait, d'une joie évidente dans son grand sourire.

— Ils vont tous les deux merveilleusement bien. Merci d'avoir demandé, monsieur.

— Bien. Félicitations à vous deux.

Grayson hocha la tête, puis continua vers les ascenseurs, une émotion inquiétante s'insinuant dans sa poitrine. L'amour évident du gardien pour sa famille le ramena à ses propres souvenirs. Le regard de ses parents avait-il jamais connu cette étincelle brillante d'orgueil, de bonheur, à la seule mention de son nom ? Pas qu'il s'en souvienne. Pour son frère, oui. Même quelques fois pour sa sœur, Melanie. Mais pas pour lui. Hier encore, la déception et la colère avaient coloré le ton glacial de sa mère quand il avait décliné son invitation, non, son ordre, d'assister au brunch familial. Il était déjà à vif à cause de la nuit précédente, et s'asseoir auprès de sa mère et de son père avec une armure corporelle saturée d'émotions était stupide. Et, contrairement à ce qu'ils croyaient, ils n'avaient pas élevé un idiot.

Le ressentiment, la fatigue et, oui, la douleur se disputaient dans sa poitrine, mais il les étouffa impitoyablement. Ressentir quelque chose était non seulement futile mais aussi compliqué. Refuser l'accès de votre cœur et de votre âme aux gens les empêchait de les manipuler comme un fruit sur les étals des supermarchés, de les presser, de les meurtrir, puis de les abandonner.

Il appuya un peu plus fort que nécessaire sur le bouton de l'ascenseur en voulant se dépêcher de monter. Comme si, en parcourant les vingt-cinq étages jusqu'à son bureau, il pouvait laisser ses pensées moroses dans le hall.

— … Un petit quelque chose, Gérald. Félicitations à votre femme et à vous.

Grayson se figea lorsque la voix douce et légèrement rauque lui parvint de l'autre côté du hall. L'ascenseur arriva finalement, mais les portes s'ouvrirent et se refermèrent sans qu'il fasse un pas à l'intérieur.

Cette voix douce comme du miel, nouvelle et bien trop familière, il l'avait entendue dans sa tête la nuit précédente quand il s'était brusquement redressé dans son lit, douloureux et en érection.

Ce n'était pas possible.

Comme il pensait à elle seulement quelques minutes auparavant, il s'agissait sans doute d'une hallucination auditive.

Lentement, il pivota. Ses yeux se posèrent sur le bureau du gardien et sur la femme qui se tenait devant lui et lui tendait un petit cadeau.

Même de l'autre côté du hall, elle paraissait grande. Ses beaux cheveux châtains étaient apprivoisés en une queue-de-cheval soignée. Une veste brun foncé qui semblait une taille ou deux trop grande flottait sur sa silhouette, effaçant presque les courbes en dessous. Des cheveux à la garde-robe, rien dans cette femme ne ressemblait à celle avec laquelle il avait passé une nuit inoubliable et hautement érotique.

Rien, si ce n'était cet accent mélodieux qui envoya son sang pulser dans le bas de son corps.

Oubliant tout, la réunion qu'il avait programmée avec Gideon, la téléconférence avec un éventuel client, il revint sur ses pas, vers le guichet de la sécurité. Avant qu'il atteigne sa destination, elle se retourna, un sourire aux lèvres. Puis elle leva les yeux, croisa son regard. Et son sourire disparut. Le choc résonna en lui, son écho devenant de plus en plus fort, jusqu'à ce que seul un bruit blanc emplisse ses oreilles.

Nadia. Dans son immeuble.

Son regard descendit vers l'insigne familier vert et blanc accroché au revers de sa veste. Une employée de KayCee Corp.

Le choc se transforma en colère doublée du dégoût amer de la trahison. Son employée.

Samedi, elle avait fait semblant de ne pas le reconnaître, mais elle savait qui il était. Pourquoi n'avait-elle rien dit ? Avait-elle prévu d'utiliser leur nuit ensemble contre lui ? De le faire chanter ?

L'une des règles de son code d'honneur personnel était de ne jamais sortir avec ses employées. Non seulement c'était peu professionnel, mais il n'était pas à l'abri d'une action en justice et, avec sa position de pouvoir, aucune relation ne serait jamais égale.

Mais, en gardant le silence, elle lui avait involontairement fait violer sa propre règle. Elle lui avait volé son choix. Cette prise de conscience alimenta sa fureur déjà chauffée à blanc.

— Nadia, la salua-t-il d'une voix glaciale.

Une alarme apparut dans ses yeux qu'il avait ridiculement pris pour honnêtes. Bien. Elle avait raison d'être inquiète. Il regarda son badge.

— Nadia Jordan. Quelle surprise de vous rencontrer ici ! Et avec ce badge.

— Monsieur Chandler, répliqua-t-elle en avançant à grands pas et en réduisant l'espace qui les séparait.

Elle redressa le menton, en signe de défi, mais croisa les bras, comme si elle voulait se protéger.

— Bonjour.

— Bonjour, répéta-t-il en arquant un sourcil. Vous m'avez l'air très douée pour faire semblant, lança-t-il en la reluquant de la tête aux pieds. En ce qui concerne ce déguisement, c'est un bon choix. J'ai failli ne pas vous reconnaître.

Elle baissa les yeux mais, un instant plus tard, elle redressa les épaules et le regarda de nouveau.

— Je n'ai pas…

— Quoi ? Menti ? Faites très attention à la façon dont vous terminez cette phrase, la menaça-t-il, abandonnant son ton moqueur. D'autant plus que ce n'est pas à un invité que vous parlez, mais à votre employeur.

Quelque chose qui aurait pu être de la culpabilité passa sur son visage, mais ce n'en était probablement pas.

— Je n'ai pas menti. Nous ne nous connaissions pas et nous ne nous connaissons toujours pas. J'ai travaillé pour KayCee Corp pendant un an, je vous ai parlé plusieurs fois, et vous ne savez même pas mon nom.

— Alors on joue sur les mots ? grogna-t-il en se penchant plus près. Soyez prudente…

— Grayson.

Il releva brusquement la tête au son de son nom prononcé par la voix claire et cultivée qu'il avait associée en grandissant au mécontentement et aux punitions. *Malédiction.*

Il gémit intérieurement. Les dents serrées, il regarda par-dessus l'épaule de Nadia.

— Maman.

Le regard bleu glacial de Cherise Chandler passa de lui, à Nadia, puis revint à lui en congédiant l'autre femme.

— J'ai essayé de t'appeler toute la matinée.

Oui, et lui l'avait ignorée. Au cours des derniers mois, sa mère avait commencé à le harceler sur les mêmes sujets : son retour à Chandler International, son mariage, ses devoirs. Il était… fatigué.

— Je suis désolé d'avoir manqué tes appels, mentit-il. Je ne voulais cependant pas que tu viennes jusque-là.

Vérité.

— Eh bien, sinon, comment étais-je censée t'inviter à déjeuner avec nous ? demanda-t-elle.

« Nous » ? Pour la première fois, il regarda derrière sa mère et remarqua la femme menue qui se tenait à ses côtés. Adalyn. *Seigneur Dieu !* Jusqu'à quel point ce lundi pourrait-il empirer ?

— Adalyn.

Il hocha la tête vers son ex.

Adalyn sourit. Prenant ses brèves salutations pour une invitation à s'approcher de lui, elle posa une main sur sa poitrine et se leva sur le bout de ses talons aiguilles pour l'embrasser sur la joue. Seule la politesse cultivée en lui depuis sa naissance l'empêcha de s'écarter et d'effacer l'empreinte de ses lèvres de son visage. À en juger par les étincelles dans ses yeux verts, elle l'avait deviné. Elle avait toujours adoré les jeux.

Il n'avait jamais divulgué la véritable raison de leur rupture à ses parents. Adalyn ne l'avait pas trompé mais, à certains égards, cela aurait été moins dévastateur si elle l'avait fait. Pourtant, il avait donné à ses parents la vieille excuse de « deux personnalités incompatibles », non pas tant pour protéger la réputation d'Adalyn que pour se protéger de leur mépris. Son père l'aurait qualifié d'imbécile, et sa mère lui aurait offert un regard plein de déception et un discours revenant à dire que « le mariage, c'est plus que de l'amour ».

Non, il s'était tu. Mais, à présent qu'Adalyn utilisait cette opportunité pour revenir dans sa vie, il regrettait sa décision. Son père et sa mère auraient pu se moquer de lui mais, au moins, ils auraient su pourquoi il ne pouvait plus supporter la présence de cette femme.

— J'étais tellement ravie quand ta mère m'a appelée et m'a invitée à venir te voir ce matin. Comme je te l'ai dit samedi, cela fait trop longtemps. J'adorerais rattraper le temps perdu, ronronna-t-elle.

Autrefois, ce ton sensuel et cette bouche boudeuse l'auraient poussé à trouver un endroit isolé. Mais c'était avant qu'il découvre que l'amour d'Adalyn était une mascarade. Qu'il était juste un compte en banque sur pattes. Elle avait brisé tout ce qui lui restait de sa croyance en l'intégrité inhérente des gens. Elle avait été un professeur brutal mais efficace.

— Je suis désolé, mais je ne peux pas déjeuner avec vous aujourd'hui, dit-il en reportant son attention sur sa mère sans s'embarrasser de répondre à Adalyn. Mon emploi du temps ne me le permet pas.

— Absurde, dit sa mère en balayant son excuse d'un geste de la main. Nous sommes ta famille, et tu peux déplacer tes réunions. J'ai déjà pris un rendez-vous à midi chez…

La colère, la frustration et, oui, il n'était pas vraiment fier de l'admettre, le désespoir s'insinuèrent en lui. Avant de pouvoir remettre en cause la logique de sa décision, il s'avança plus près de Nadia pour passer un bras dans son dos, la main posée sur la courbe féminine et ronde de sa hanche. Elle se raidit, mais il l'ignora, priant silencieusement pour qu'elle ne s'écarte pas de lui.

— Non, tu ne m'as pas bien compris. Mon déjeuner n'est pas un repas d'affaires. J'ai déjà des projets avec Nadia. Ma petite amie, précisa-t-il après une pause.

Sous sa main, Nadia se crispa, la tension, la fureur et le choc se disputant sans doute en elle. Et il ne pouvait pas lui en vouloir, il venait juste de la jeter sous un bus lancé à plein régime, la sacrifiant sur l'autel des entremetteuses. Dans les secondes assourdissantes qui s'écoulèrent, il aurait pu revenir sur son annonce, la faire passer pour une blague, mais il resta silencieux, espérant qu'elle jouerait le jeu avec lui.

— Ne sois pas ridicule, lança Cherise.

— Tu ne peux pas être sérieux, cracha Adalyn au même moment en laissant ainsi tomber le masque.

Les deux femmes le fixèrent méchamment, puis reportèrent leur regard sur Nadia. La nécessité de la protéger monta en lui, et il se rapprocha, resserrant son emprise.

— Bien sûr que je suis sérieux, répondit-il, le ton doucereux mais lourd de menaces. Pourquoi ne le serais-je pas ?

Adalyn bafouilla, écarlate, puis elle pressa les lèvres l'une contre l'autre, en gardant sagement le silence. Sa mère n'eut pas le même scrupule.

— Elle n'est pas vraiment ton genre, persifla-t-elle avant de poser la main dans le dos d'Adalyn.

Un sourire narquois retroussa les lèvres de son ex.

Il fronça les sourcils, une réplique cinglante sur le bout de la langue. Mais Nadia le devança.

— *Elle* n'est pas un genre du tout, lâcha-t-elle sèchement. Mais une personne qui se trouve juste devant vous.

— Alors comme ça, vous fréquentez mon fils ? demanda Cherise, aussi impérieuse qu'une reine.

Encore une fois, il ouvrit la bouche pour inviter sa mère à se montrer plus aimable, mais de nouveau Nadia fut plus rapide.

— Ce sont ses mots, répondit-elle.

Avec une telle douceur que Grayson aurait eu besoin

de prendre rendez-vous chez le dentiste pour un excès de sucre, elle ajouta :

— Il n'a pas pour habitude de mentir, n'est-ce pas ?

Il ravala le grondement qui enflait dans sa gorge. Elle venait de lui renvoyer sa propre accusation de mensonge au visage. Et bon sang, il ne savait pas s'il fallait lui crier dessus ou lui murmurer : « bien joué ».

— Grayson, je dois te parler, dit Cherise avant de marquer une pause et de jeter un regard significatif à Nadia. Seul.

— Je suis désolé, mère, s'excusa-t-il de nouveau. Je n'ai pas le temps pour l'instant. Gideon m'attend dans mon bureau. Je t'appellerai plus tard.

Il hocha brusquement la tête à l'intention de son ex, puis se retourna pour traverser le hall, un bras toujours autour de la taille de Nadia.

Cette fois-ci, lorsqu'il appuya sur le bouton de l'ascenseur, quelques secondes s'écoulèrent avant que les portes s'ouvrent, et il la guida à l'intérieur. Ce fut seulement lorsqu'ils commencèrent à s'élever qu'il laissa retomber le bras et s'écarta.

Il tenta d'ignorer qu'il pouvait toujours la sentir, comme si leur contact prolongé l'avait marqué au fer rouge.

Il aurait aimé pouvoir oublier la scène qui s'était jouée en bas. Mais impossible. Même s'il était toujours en colère contre elle pour son mensonge, et il ne pouvait pas s'empêcher de vouloir savoir pourquoi, il l'avait plongée au beau milieu d'une bataille familiale sans lui demander sa permission.

Cela faisait de lui un désespéré, doublé d'un sale type. Il savait déjà comment elle le voyait, comme un hypocrite.

Un an auparavant, il n'aurait eu aucun problème à

dire à sa mère de partir, d'arrêter de lui chercher une femme. Mais c'était avant la mort de Jason. Avant qu'il ait été témoin de l'effondrement de sa mère, pourtant si solide.

Il ne pouvait pas lui faire ça. Il ne pouvait pas non plus laisser son père diriger sa vie à nouveau. Il avait travaillé dur et s'était sacrifié pour cette entreprise et sa liberté. Bon sang ! Il serra le poing et regarda les portes fermées devant lui.

Il était si désespérément seul.

Hormis Gideon, faire confiance à quelqu'un s'était révélé une mauvaise idée par le passé. Alors il prenait seulement le peu qu'il s'autorisait à avoir. Quelques heures de sexe, serré contre quelqu'un comme s'ils étaient intimes et partageaient plus que du plaisir. Comme si, le lendemain matin, il ne la raccompagnerait pas à la porte sans promesse.

Il jeta un coup d'œil à la femme silencieuse à côté de lui. Dans ce couloir, il n'avait pas eu besoin de faire semblant. Et c'était peut-être pour cette raison qu'il ne pouvait se débarrasser de ce sentiment insensé de trahison.

Pour une fois, il n'avait pas fait semblant. Mais elle, si. *Concentre-toi*, se fustigea-t-il.

Il devait régler le problème qu'il avait créé et auquel il l'avait mêlée. Malheureusement, il ne voyait qu'une seule solution.

L'ascenseur s'arrêta au vingt-cinquième étage, et il s'avança en attrapant le coude de Nadia.

— Ce n'est pas mon étage, objecta-t-elle, raide sous sa main.

— Nous devons parler, expliqua-t-il. Je peux appuyer sur le bouton d'urgence de cet ascenseur pour que nous discutions ici. Avec un peu de chance, quelqu'un appellera les pompiers, ou nous pouvons aller dans mon bureau pour plus d'intimité. À vous de choisir.

— Est-ce vraiment un choix ? murmura-t-elle en avançant malgré tout.

— Je n'ai jamais prétendu que vous aimeriez l'une des deux options, dit-il sans chercher à masquer l'aigreur dans sa voix.

Il la guida dans le couloir silencieux jusqu'à son domaine réservé. Peu de gens étaient déjà arrivés, mais ceux qui étaient là jetèrent des coups d'œil curieux à Nadia. Il imaginait déjà les ragots qui se propageraient dès qu'ils seraient passés.

Quelques instants plus tard, il s'arrêta devant le bureau de son assistante. La femme âgée les considéra tous les deux, mais rien dans son expression ni dans sa voix ne trahit une quelconque curiosité. C'était l'une des raisons pour lesquelles il l'appréciait. Elle était la définition même de la discrétion.

— Madame Ross, pouvez-vous prévenir…

Il s'arrêta, en fronçant les sourcils.

— Qui est votre responsable ? demanda-t-il à Nadia.

Elle arqua un sourcil, et il réprima un grognement de frustration.

— Terrance webber.

Il acquiesça, il connaissait bien le vice-président des opérations. Et désormais, il savait avec qui il devait parler du travail des employés sollicités sans rétribution en dehors de leurs heures de service. Il devrait également s'assurer que Nadia soit dédommagée pour samedi soir.

— Voulez-vous appeler Terrance et lui faire savoir que Mlle Jordan est en réunion avec moi et sera un peu en retard ?

— Oui, monsieur, répondit Mme Ross.

— Merci.

Il attrapa son attaché-case et en sortit des livres de poche, qu'il poussa vers son assistante.

— Pour Jack. Vous m'avez dit qu'il venait juste de commencer la série *Lieutenant Eve Dallas* de Nora Roberts. J'ai vu ça et je les ai pris pour lui.

Un sourire chaleureux se répandit sur le visage de la femme et l'illumina. À soixante-trois ans, elle aurait dû se préparer à partir en retraite et pas à continuer de travailler. Mais son mari avait eu un accident de travail, quelques années auparavant, et malgré son assurance les factures s'étaient empilées. Elle s'en moquait d'être l'unique source de revenus de la famille, elle était dévouée à son mari.

— Merci, monsieur Chandler, murmura-t-elle. Il va les adorer. Je vais m'arranger pour que vous ne soyez pas dérangés, promit-elle avec un nouveau sourire, après s'être éclairci la gorge.

Hochant la tête, il se dirigea vers son bureau, tenant toujours le bras de Nadia. Une fois qu'il eut fermé la porte derrière lui, il la relâcha. Ce qu'il avait à proposer était déjà assez peu professionnel, pas besoin de rajouter des contacts inutiles.

— Asseyez-vous, je vous en prie, dit-il en désignant les deux fauteuils qui flanquaient son large bureau en verre.

— Si cela ne vous dérange pas, je préfère rester debout. De plus, je ne resterai pas longtemps, ajouta-t-elle. Vous allez soit me renvoyer pour ce qui s'est passé samedi, soit m'ordonner de prétendre que la scène en bas n'a pas eu lieu. Cela ne devrait pas prendre beaucoup de temps.

Elle souligna son argument d'un coup d'œil à la montre accrochée à son poignet.

Le fait qu'elle lui rappelle la nuit de la panne de courant raviva la fureur qui couvait dans sa poitrine.

— C'est là que vous vous trompez, Nadia, cria-t-il. Je ne peux pas vous renvoyer parce que j'ai eu des relations inappropriées avec une employée.

Mince. « Relations inappropriées ». Une description tellement anémique de l'étreinte cataclysmique qu'ils avaient partagée. Même s'il se tenait là avec elle, frustré et en colère, il ne pouvait nier la présence d'une troisième émotion qui tourbillonnait en lui. Le désir que lui inspirait cette bouche charnue serrée en une ligne sévère, cette poitrine rebondie qui avait rempli ses paumes, ces longues jambes musclées qu'une horrible jupe n'arrivait pas à dissimuler totalement.

— On pourrait prendre mes actes pour du harcèlement sexuel ou de la contrainte. Peu importe que vous m'ayez caché le fait que vous êtes mon employée.

Il inclina la tête pour étudier son visage impassible à travers ses yeux plissés.

— Allez-vous m'expliquer pourquoi vous ne m'avez pas mis au courant ? Que je vous aie reconnue ou non, vous m'aviez reconnu, de votre côté. Pourquoi n'avez-vous rien dit ?

Elle ne répondit pas immédiatement, mais imita son geste et pencha la tête.

Lorsqu'elle avait commencé à travailler chez KayCee Corp, elle avait lu tout ce qu'elle avait pu découvrir sur lui. Néanmoins, elle doutait qu'annoncer « parce que j'ai le béguin pour vous et que j'ai lu tout ce qui vous concernait » passerait comme une lettre à la poste. Bon sang, rien que de l'admettre elle-même lui faisait honte.

— Est-ce vraiment important maintenant ? demanda-t-elle en désignant le bureau derrière lui.

Avez-vous besoin de moi pour signer un contrat où je jure de ne poursuivre ni vous ni l'entreprise pour harcèlement sexuel ?

— Non, rétorqua-t-il.

Oui, rétorqua en même temps l'homme d'affaires en lui. Seigneur, elle le faisait se disputer avec lui-même !

— Je veux une réponse à ma question.

— Je n'en ai pas à vous donner, monsieur, s'obstina-t-elle.

— Vous voulez dire que vous refusez de répondre.

Voyant qu'elle restait silencieuse, il ravala un juron et se passa une main dans les cheveux. Quelques secondes plus tard, il lui fit face et la scruta. Tant de questions lui traversaient l'esprit. *Qui êtes-vous ? Quelles sont vos intentions ? M'avez-vous utilisé ? Faisiez-vous semblant ?*

Non.

Ses motifs pour rester dans ce couloir avec lui avaient peut-être été égoïstes, mais ses gémissements de désir, ses murmures enroués… Eux avaient été bien réels.

— À propos de ce qui s'est passé en bas…

Il inspira profondément et se concentra sur la raison pour laquelle il l'avait escortée jusqu'à son bureau.

— Je suis désolé de vous avoir mêlée à tout ça. Mais, maintenant que c'est fait, j'ai besoin de votre aide.

Pour la première fois depuis qu'elle avait franchi le seuil du bureau, une émotion passa sur le visage de Nadia. De la surprise. Rapidement chassée par de la suspicion. C'était une femme intelligente.

— Mon aide ? répéta-t-elle lentement. Quel genre d'aide pourrais-je bien vous fournir ?

— Que vous soyez ma fiancée. J'ai besoin que vous acceptiez de m'épouser.

- 6 -

Nadia fixait Grayson Chandler. Non, le regardait bouche bée. Parce qu'elle ne pouvait pas l'avoir correctement entendu. Il ne venait pas de… la demander en mariage ! Entre le moment où elle avait quitté son appartement ce matin et le moment où elle était arrivée au bureau, elle avait dû avoir un accident de voiture et se trouvait à présent à l'hôpital, en train de rêver sous morphine qu'elle était le témoin maladroit d'une confrontation pleine de tensions entre sa mère, lui et une femme magnifique qui, manifestement, le connaissait intimement. Et puis, elle avait rêvé qu'il la présentait comme sa petite amie. Et, maintenant, qu'il lui annonçait sa volonté de l'épouser.

Seules des drogues puissantes pouvaient expliquer cette hallucination.

— Nadia ?

Elle cligna des yeux et, non, Grayson se tenait toujours là devant elle.

— Qu'avez-vous dit ? murmura-t-elle.

Il soupira et se passa les doigts dans les cheveux.

Elle ne devrait pas admirer les angles saillant de ses pommettes, la pente arrogante de son nez et la plénitude sensuelle et criminelle de sa bouche. Pas quand il avait apparemment perdu la tête.

— Pas pour de vrai, Nadia, répondit-il en retournant son regard bleu et vert sur elle.

Bon sang, ces yeux ! Même si elle aurait aimé s'arracher à l'intensité de son regard, leur beauté unique la captura.

— Je n'ai pas besoin d'une vraie fiancée, je n'en veux pas d'ailleurs. Je vous demande de faire croire que nous sommes un couple heureux pendant quelques mois. Suffisamment longtemps pour que ma mère oublie cette idée de me mettre en couple avec Adalyn Hayes.

— Attendez, dit-elle en levant la main. Adalyn Hayes, votre ex ?

Le regard de Grayson se fit plus dur.

— Oui. Que savez-vous d'elle ?

— Qui ne la connaît pas ? répondit-elle en balayant sa question d'un mouvement de la tête. Alors, vous vous remettez ensemble ?

Il fronça les sourcils.

— Non. Mais ma mère ne semble pas prête à accepter qu'il se mette à geler en enfer avant que j'épouse Adalyn. Allez-vous m'aider, Nadia ? la pressa-t-il en avançant.

Elle réussit à contrôler son envie de faire un pas en arrière, pour maintenir l'espace entre eux. Elle avait besoin de cette distance, *vraiment besoin*. Sinon le parfum de bois de santal et de menthe qui émanait de Grayson l'enivrerait et l'inciterait à commettre des folies. Comme enfouir le visage contre sa poitrine. Elle avait combattu la même envie durant le plus long trajet d'ascenseur de sa vie. Elle n'allait pas tenter le diable dans ce bureau.

Encore une fois, elle secoua la tête.

— Je ne comprends toujours pas. Ça doit être une

lubie de riches, parce que les gens simples ne font pas ça. Pourquoi ne pas vous contenter de dire à votre mère que vous n'êtes pas intéressé ?

Une émotion passa rapidement dans ses yeux vairons.

— Pour l'instant, ce n'est pas une option, rétorqua-t-il.

Elle savait qu'il ne lui révélerait rien.

Mais, après tout, elle avait esquivé sa question sur les raisons pour lesquelles elle n'avait pas admis le connaître. Peut-être que, s'il avait été l'homme séducteur et chaleureux avec qui elle avait été enfermée, elle se serait sentie assez en confiance pour lui confesser ses raisons. Mais elle ne pouvait pas avouer à cette version froide et sur ses gardes de Grayson qu'elle avait égoïstement voulu une nuit pour elle, qu'il était son fantasme devenu réalité. Pour une fois, elle n'avait pas envisagé les conséquences de ses actes. Et elle ne pensait pas qu'il la reconnaîtrait si leurs chemins se croisaient de nouveau. Non, elle ne pouvait pas partager ce secret avec cet inconnu. Utiliserait-il cette information contre elle ? La renverrait-il ? Ou, pire, se moquerait-il d'elle ?

— Je suis désolée, mais je…

— Vous ne voulez pas savoir ce que dire « oui » signifie ? l'interrompit-il.

Son regard fixe la scrutait, et elle n'aimait pas cela du tout.

— Cinq cent mille dollars. Si vous acceptez d'être ma fiancée pendant quatre mois, je vous donnerai un demi-million de dollars. Et encore deux cent cinquante mille dollars après une rupture mise en scène.

Elle poussa un cri, aussi choquée que si elle avait reçu un sceau d'eau glacée.

— Sept cent cinquante mille dollars ? répondit-elle en inspirant bruyamment. Pour quatre mois ?

Il haussa une épaule, ce qui accentua sa large carrure.

— Appelez ce quart de million supplémentaire un bonus. Alors, quelle est votre réponse, Nadia ?

Bon sang, tout ce qu'elle pourrait faire avec cet argent ! Rembourser ses dettes, déménager dans un meilleur quartier, faire quelques folies pour Ezra et elle, économiser même. Pour un milliardaire prospère comme Grayson, sept cent cinquante mille dollars étaient peut-être de l'argent de poche, mais pour elle ? Pour Ezra ? Cela signifiait un changement de vie complet.

Mais qui pourrait bien croire que vous êtes en couple tous les deux ? Même sa propre mère a refusé d'accepter l'idée.

Grayson était un Chandler. Une femme d'une petite ville obscure de Géorgie, fille de la Jézabel du coin et qui ne savait même pas qui était son père, ne pouvait pas être en couple avec un homme capable de faire remonter ses ancêtres à avant le *Mayflower*.

Il avait besoin d'une femme comme son ex, sophistiquée, riche, dotée d'un réseau, magnifique… En regardant Adalyn Hayes, personne ne se demanderait pourquoi ils étaient ensemble. À côté d'une femme comme Adalyn, Nadia aurait l'air déplacée.

Et puis, il y avait eu la nuit qu'ils avaient passée ensemble. Baissant la tête, elle croisa les bras. À la fois pour cacher l'indécent durcissement de ses seins au souvenir de son corps nu contre le sien… En elle… Et pour se protéger de son examen minutieux. Elle ne pouvait nier l'excitation persistante que déclenchait sa présence. Même quand il la regardait, froid et calculateur, en lui offrant les trois quarts d'un million de dollars. Être près de lui pendant des mois signifiait « Danger » avec un *D* majuscule. Il serait une menace pour son équilibre mental et, bien qu'elle déteste l'admettre, pour son cœur. Ce perfide s'était débrouillé pour oublier que des hommes riches et beaux s'attendaient à dominer le monde et que, lorsqu'ils n'avaient pas ce qu'ils désiraient, ils laissaient la terre désolée sur leur passage.

Elle refusait d'être de nouveau une terre ravagée. Plus jamais.

— Votre offre est généreuse, mais je vais devoir la décliner.

Bien que l'expression de Grayson demeure neutre, ses yeux brillaient de colère.

— Pourquoi ?

Il la balaya lentement du regard, et elle s'ordonna de ne pas bouger lorsqu'il détailla son costume acheté dans une friperie. Avec un adolescent en pleine croissance sous son toit et des factures qui s'accumulaient, c'était tout ce qu'elle pouvait se permettre, et son armure aussi.

— Vous n'avez pas besoin d'argent ? demanda-t-il.

— Si, mais je ne suis pas une prostituée, asséna-t-elle.

Il haussa un sourcil.

— Je ne crois pas avoir dit que le sexe ferait partie de notre accord.

Bien sûr que non. La chaleur remonta dans son cou et se répandit sur ses joues. La nuit de la panne de courant avait été une aberration pour lui. Il avait beau avoir prétendu adorer ses courbes à ce moment-là, il en allait tout autrement désormais. Elle n'avait pas aperçu ne serait-ce qu'une lueur de désir danser dans ses yeux. De la frustration, oui. De la colère, oui, beaucoup. Mais pas le besoin qui était passé si vivement dans son regard, moins de deux jours auparavant.

Bien que la honte lui brûle le visage, elle redressa le menton.

— Vous avez raison, vous ne l'avez pas dit. Mais on peut se prostituer de plusieurs façons. En vendant sa compagnie. Sa fierté. Son âme. Et désolée, mais je ne suis pas disposée à le faire. Alors, si c'est tout…

— Vous voulez plus d'argent ? C'est ça ? la pressa-t-il.

La fureur et l'humiliation lui délièrent la langue.

— Comme vous l'avez dit plus tôt, vous êtes mon employeur. Lorsque vous m'avez mêlée à cette petite scène en bas, ce n'est pas comme si j'avais pu vous contredire sans compromettre mon emploi. Mais, maintenant que vous m'avez assuré que vous ne me renverrez pas, je me sens très à l'aise pour vous dire « non », déclara-t-elle en plaquant un faux sourire trop éclatant sur son visage. Maintenant, si c'est tout…, répéta-t-elle.

Sans attendre qu'il la congédie, elle pivota sur ses talons et sortit de son bureau.

Au moment où elle quitta les locaux de l'entreprise après sa journée de neuf heures, une migraine sourde lui battait les tempes. Deux aspirines, un verre de vin et son lit avec une série Netflix, c'était tout ce qu'il lui fallait, les seules choses qui pourraient éventuellement sauver sa journée.

Lorsqu'elle sortit de l'ascenseur, son téléphone portable sonna. Elle sourit, sachant déjà qui se trouvait à l'autre bout du fil.

— Je suis en train de partir, lança-t-elle à son frère en guise de bonjour. Et je vais nous préparer des spaghettis aux boulettes, ajouta-t-elle puisque l'une des questions favorites d'Ezra était : « Qu'est-ce qu'on a pour dîner ? »

Ezra s'esclaffa, et elle put clairement visualiser son large sourire et ses yeux noirs étincelants. À voir ses façons désinvoltes et affables, personne n'aurait pu deviner qu'ils avaient grandi dans la même maison, avec la même mère négligente. Ni qu'il avait vu en dix-sept ans ce qu'aucun enfant ne devrait voir. Même s'ils avaient la même mère, personne ne savait qui était son père, et Nadia aurait eu plus de chance de gagner à la loterie que de découvrir l'identité du sien. Ezra et elle avaient les mêmes yeux bruns et les mêmes traits hérités de leur mère blanche. Mais là où Nadia avait une peau caramel clair et des boucles lâches indiquant un père hispanique ou même métisse, le teint plus sombre d'Ezra et ses boucles plus serrées désignaient un père afro-américain ou afro-latino. Cela importait peu à Nadia. Il était son frère, lié à elle par le sang et l'expérience.

Elle l'aimait comme si elle l'avait mis au monde. Et elle le protégeait tout aussi intensément.

— Je ne t'appelais même pas pour ça, mais c'est bon à savoir, dit-il en riant de plus belle, ce qui la fit sourire. Je ne pouvais pas attendre que tu rentres à la maison…

Nadia s'arrêta à mi-chemin dans le hall d'entrée, devant le guichet de la sécurité. Son estomac se tordait, et ses doigts se resserrèrent autour du téléphone.

— Qu'y a-t-il ? souffla-t-elle.

— Je suis pris ! Je suis pris à Yale !

Le cri surexcité de son frère retentit dans son oreille.

— Oh mon Dieu ! s'écria-t-elle avant de se rappeler soudain où elle se trouvait.

Le gardien de nuit haussa un sourcil et montra du doigt le téléphone toujours collé à son oreille.

— Il a été accepté à Yale ! expliqua-t-elle pour s'excuser, mais seulement un tout petit peu plus bas.

Le gardien murmura des félicitations, et elle lui fit un signe du pouce.

— À qui parles-tu ? la taquina Ezra. S'il te plaît, dis-moi que tu n'as pas confié à un parfait inconnu que ton petit frère était accepté à l'université ?

— Non, s'esclaffa-t-elle avant de glousser. D'accord, à un presque inconnu. Ezra, murmura-t-elle, tandis que de la joie et un puissant élan d'amour se répandaient en elle. Je suis tellement contente pour toi. Tellement fière. Tu seras le premier membre de notre famille à entrer à l'université. Et pas n'importe laquelle. Yale.

— Tu aurais dû être la première, Nadia, nuança-t-il, loyal jusqu'au bout. Tu es brillante et tu aurais facilement pu intégrer n'importe quelle école. Mais, au lieu de ça, tu es restée à la maison. À cause de moi.

Clignant des yeux à cause d'un soudain afflux de larmes, elle agita la main devant son visage. Oui, elle lui avait sacrifié son rêve de devenir infirmière, mais elle ne l'avait jamais regretté.

— Si c'était à refaire je le referais, murmura-t-elle. Maintenant, ajouta-t-elle en s'éclaircissant la gorge encore serrée par l'émotion, raconte-moi tout.

Il lui lut la lettre, le ravissement audible dans sa voix normalement détendue rendue plus aiguë par l'euphorie.

— Et, Nadia, ils m'offrent une bourse d'études partielle !

— C'est fantastique !

Mais l'inquiétude enfonça les crocs dans sa joie pour y répandre son venin. Bourse partielle. Les frais de scolarité annuels à Yale s'élevaient à presque cinquante mille dollars. Lorsqu'il avait fait sa première demande, ils avaient compté sur le fait qu'il reçoive une bourse complète. Avec ses notes, c'était possible. Mais, même avec l'aide qu'ils lui proposaient, elle devait tout de même trouver les vingt-cinq mille dollars restants.

Et elle n'y arriverait pas. Lorsque Nadia avait eu dix-huit ans, elle avait essayé d'obtenir un prêt pour une voiture et découvert que sa mère avait utilisé son nom et son numéro de Sécurité sociale depuis des années. Si Nadia demandait un prêt pour lui, le taux d'intérêt en serait si élevé qu'elle le rembourserait même après son décès. Elle détestait l'idée qu'Ezra contracte des dettes avant même d'avoir terminé ses études. Seigneur ! Ils arrivaient à peine à boucler les fins de mois. Et le prix des cours n'incluait pas les livres, la nourriture et le reste…

— Ça va, sœurette ? dit-il comme s'il lisait dans son esprit. C'est déjà un honneur d'avoir été accepté. Je comprends si nous ne pouvons pas payer. Il y a plein de super universités ici à Chicago et…

— Ezra, dit-elle pour interrompre son adorable discours qui lui brisait le cœur. Arrête. Tu vas aller à Yale. Je trouverai l'argent.

— Mais comment, Nadia ? demanda-t-il. Si tu me laissais juste faire des demandes de prêt…

— Non, trancha-t-elle, inflexible.

Sa jeunesse ne devait pas être étouffée par des dettes qu'il mettrait des décennies à rembourser.

— Je vais m'en occuper, d'accord ? Je ne veux pas que tu t'inquiètes. Tu devrais être en train de fêter ça ! Alors oublie les spaghettis. Lorsque j'arrive à la maison, je t'offre le repas. Sois prêt, lui ordonna-t-elle. Je suis fière de toi, Ezra. Toutes mes félicitations.

— Merci, sœurette, dit-il avant de s'éclaircir la gorge. Je t'aime, ajouta-t-il.

Elle hoqueta alors même que des larmes lui piquaient les yeux. Cette fois, elle en laissa quelques-unes couler avant de les essuyer soigneusement.

Tandis qu'elle raccrochait et laissait retomber son bras, sa joie diminua, puis disparut, laissant la porte ouverte à la réalité et à la peur qui l'accompagnait. Une seule option serait capable de couvrir complètement les frais de scolarité et les dépenses d'Ezra.

Tout en rangeant son téléphone dans son sac à main, elle revint sur ses pas et rentra dans l'immeuble. Sur le trajet jusqu'aux ascenseurs, puis jusqu'au vingt-cinquième étage, elle se remémora pourquoi elle ne pouvait pas faire demi-tour et courir dans la direction opposée. Elle convoqua des images d'Ezra : un enfant de six ans aux dents de travers avec un fouillis de boucles indisciplinées ; un garçon de onze ans, les yeux écarquillés et déjà grand pour son âge ; un adolescent de quinze ans entrant dans sa chambre en tenant le bout de papier que leur mère avait laissé pour leur expliquer qu'elle était partie avec son nouveau petit ami. Le petit frère de Nadia avait déjà trop vécu, trop souffert, pour ne pas obtenir tout ce que la vie avait à lui offrir. Elle sortit de l'ascenseur et refit le chemin qu'elle avait emprunté ce matin aux côtés de Grayson Chandler. Elle se dirigea vers la double porte de son bureau et toqua. Peut-être avait-il déjà quitté l'immeuble. Seigneur, elle détestait l'idée de devoir recommencer le lendemain…

— Entrez.

Le timbre profond et autoritaire de sa voix l'atteignit à travers la porte, et elle ne put s'empêcher de frissonner. Pas de peur ni de révulsion. Loin de là. C'était une sensation sombre et perverse qui lui noua le ventre tout en se frayant un chemin bien en dessous de son nombril.

Oh ! pour l'amour de…

Elle devait se reprendre avant d'entrer dans ce bureau et de commettre un péché capital. Comme se jeter à ses pieds et le supplier de la toucher, de la faire jouir avec ses doigts experts, de la marquer avec sa bouche et sa…

Tu es ici pour une seule raison. Ezra.

Alors elle entra dans la fosse aux lions.

Grayson était assis derrière son bureau, concentré sur l'écran de son ordinateur. Un petit froncement de sourcils plissait son front, mais rien ne pouvait nuire à sa beauté. L'appréhension la frappa de nouveau, en plein dans la poitrine. Comment pouvait-elle espérer réussir ? Qu'est-ce qui lui faisait penser qu'elle pourrait s'en sortir ou que les gens la croiraient ?

Il leva la tête, remarqua qu'elle se tenait dans l'encadrement de la porte, et le V que formaient ses sourcils s'accentua.

— Nadia ? dit-il en se levant de sa chaise. Qu'est-ce qui ne va pas ?

— Qu'est-ce qui ne va pas ? Rien.

Mais il faisait déjà le tour de son bureau et traversait la pièce. Sa démarche féline et prédatrice produisit un effet totalement inapproprié sur ses poumons et son intimité. On aurait dit que les deux étaient mystérieusement liés et que le magnétisme sexuel de Grayson avait appuyé sur l'interrupteur pour activer la connexion entre eux.

Elle secoua la tête en refermant la porte derrière elle.

— Vraiment, ça va. C'est juste que…

Elle soupira, et il s'arrêta, scrutant son visage.

— Je voulais…

— Vous avez changé d'avis, finit-il à sa place.

Son visage était figé en un masque impassible qui ne laissait transparaître aucune de ses pensées.

De nouveau, elle se demanda qui était Grayson Chandler. Le fait de ne pas trouver la réponse la déconcertait.

— Pourquoi ? demanda-t-il.

— Est-ce important ?

Jouer cette mascarade signifiait lui donner accès à son temps, à son espace personnel et même à son corps s'ils prétendaient être un couple d'amoureux. Elle devait protéger certaines parties de sa vie. Et son frère entrait dans cette catégorie. Grayson ne pouvait pas y avoir accès.

— L'offre tient toujours ?

Il ne répondit pas immédiatement, mais continua à la scruter comme si elle était un problème comptable. Mais ce n'était pas le cas. Elle était juste une femme désespérée, décidée à sacrifier sa fierté pour celui qu'elle aimait, mais pas son âme.

Ni son cœur. Jamais.

Il croisa les bras sur son large torse.

— Elle tient toujours. Vous êtes sûre de vouloir le faire, Nadia ? Vous pourrez gérer tout ce que cela implique ?

— Oui.

Non. Bon sang, non !

— Je ferai semblant d'être votre fiancée pendant quatre mois, et à la fin nous romprons. Je recevrai de l'argent. Nous retournerons à notre relation employeur-employée.

Cependant, comment était-elle censée revenir au statut de secrétaire quelconque après avoir été « la fiancée du patron » ? Elle n'en avait aucune idée. Il ne semblait pas réaliste d'imaginer que tout reviendrait à la normale, mais elle y penserait le moment venu. Peut-être qu'elle chercherait un autre travail pendant ses fausses fiançailles.

— Qu'est-ce qui pourrait être difficile à gérer ?

— Comme nous essayons de convaincre mes parents et Adalyn, nous assisterons à des dîners, des galas et d'autres événements mondains. Nous supporterons le poids de l'examen et de l'attention sans flancher. Cela veut dire ne pas sursauter quand je poserai les mains sur vous. Et cela veut dire réagir lorsque je vous touche, faire croire à chaque photographe et à chaque journaliste que vous êtes avide de ce contact, de mes lèvres. Leur faire croire que vous me désirez. Pouvez-vous y arriver ?

En était-elle capable ? Faire semblant de le désirer n'était pas difficile. Il serait plus compliqué de l'empêcher de savoir à quel point elle le désirait.

Non, la partie la plus difficile serait de protéger son cœur afin qu'il ne confonde pas fiction et réalité, désir et affection. Elle avait déjà commis cette erreur une fois. On ne l'y reprendrait plus.

Mais bon sang, pourquoi devait-il décrire ce qu'il attendait en détail ? Maintenant, elle ne pouvait s'empêcher de penser à sa tête qui se penchait vers elle pour mordiller sa gorge ou balayer sa bouche de ses lèvres magnifiques.

— Je peux le faire, répondit-elle en forçant une fermeté dans sa voix, qui était plus de la bravade que de la certitude. Et vous, le pouvez-vous ? demanda-t-elle en plaisantant, alors qu'elle avait vraiment besoin de le savoir.

— Donner l'impression que j'ai envie de vous ? Est-ce que je peux faire croire aux gens que je vous tiens peut-être par la main, mais que je suis à deux doigts de vous traîner sur le lit le plus proche et de vous faire jouir jusqu'à ce que nous soyons tous les deux en sueur et tremblants ? Oui, Nadia, je peux le faire.

Un maigre sourire se dessina sur ses lèvres. Ses mots semblaient s'infiltrer dans l'air, s'enfouir dans les murs, se poser sur les meubles de son coin salon. Ils s'accaparaient la pièce, l'habitaient, elle, alors elle les respira et se noya en eux.

— Promettez-moi une seule chose, murmura-t-il, les mâchoires serrées. Ne tombez pas amoureuse de moi.

Elle cligna des yeux. Puis rit, d'une voix dure et étranglée.

— Eh bien, vous avez une haute opinion de vous-même.

Était-il sérieux ? Fort Knox n'était rien en comparaison de la forteresse qui dissimulait son cœur.

— Je ne pense pas que ce sera un problème.

— Bien, approuva-t-il, toujours de cette voix douce mais tranchante. Parce que je ne veux pas vous faire du mal. Je vous désire, mais je ne veux pas d'une relation. Alors ne me laissez pas vous faire du mal, Nadia. Protégez-vous de moi.

Sa respiration se bloqua dans sa gorge. Il voulait qu'elle se souvienne de sa place et qu'elle y reste. Contrairement à ce qui se produisait dans les contes de fées, les princes ne tombaient pas sous le charme des filles de cuisine.

Aucun problème. De toute façon, elle ne croyait

pas aux princes charmants et à leurs fausses déclarations d'amour.

— Comme je l'ai dit, ce ne sera pas un problème, lui assura-t-elle. Et, puisque nous établissons des limites et des règles, j'en ai deux.

Elle leva un doigt.

— Comme vous l'avez mentionné plus tôt, le sexe est exclu. Ce qui me convient.

Son entrejambe pulsa plaintivement. Ignorant son corps traître et avide, elle poursuivit :

— Mais cela signifie que vous ne fréquenterez pas d'autres femmes. Je refuse d'être la risée de tous.

Déjà vu, déjà fait. Non merci pour la répétition. Le visage de Grayson s'assombrit, mais, une fois encore, elle passa à autre chose.

— Et, deuxième point, à la fin des quatre mois, je romps avec vous. C'est à prendre ou à laisser.

Elle n'expliqua pas pourquoi il était important pour elle de mettre fin à cette relation, fausse ou non. De la rédemption peut-être. Ou de la fierté. C'était une chose de ressembler à Cendrillon avec son prince charmant. C'en était une autre d'être larguée par ledit prince charmant et d'être renvoyée à la cuisine et à la suie. Sa mine renfrognée se dissipa, et quelque chose qui paraissait proche de la compréhension apparut dans son regard. Elle lutta pour ne pas se tortiller ou pire, s'expliquer. Finalement il acquiesça.

— Les ressources humaines ont vos coordonnées bancaires, je vous ferai transférer cinq cent mille dollars de mon compte personnel demain.

— Non, répliqua-t-elle en secouant la tête. Je veux seulement deux cent cinquante mille.

Juste assez pour couvrir les quatre années de scolarité d'Ezra et un peu plus pour les frais annexes.

Une fois de plus, le mécontentement plissa le front de Grayson.

— L'accord portait sur un demi-million maintenant et un quart de million supplémentaire lorsque les quatre mois se seraient écoulés.

— Non, nous ne nous sommes pas mis d'accord sur ce point, car j'ai refusé l'offre initiale. Les termes de notre nouvel arrangement sont de deux cent cinquante mille dollars, expliqua-t-elle.

— Qui diable refuse autant d'argent ?

— Moi. C'est à prendre ou à laisser.

Quand tout serait fini, elle n'aurait pas l'impression d'être une croqueuse de diamants. Elle tendit le bras vers lui.

— Marché conclu ?

Il étudia sa paume avant de réduire la distance entre eux et de lui serrer la main. C'était juste sa main mais, bon sang, elle se sentait prise au piège. Ce petit geste lui rappelait la façon dont il avait entouré son corps de sa large silhouette, la serrant fort contre lui tandis qu'il la pénétrait avec avidité.

— Marché conclu. Et commençons donc par nous tutoyer.

Pourquoi cela sonnait-il comme un avertissement ? La pression ferme de ses doigts la sortit de ses pensées, et elle jeta un coup d'œil à leurs mains jointes et à son regard sensuel et trouble.

— Tu as des secrets, Nadia Jordan. Et je vais me faire un plaisir de découvrir chacun d'eux.

Maintenant c'était définitivement un avertissement. Elle ôta la main de la sienne, ne se souciant pas de la façon dont il interpréterait ce geste. Sa fierté exigeait qu'elle fasse quelques remarques incisives en sortant du bureau. Mais son instinct de conservation… Eh bien, il criait plus fort que la fierté pour le moment.

Avec un hochement de tête, elle se retourna et sortit presque en trombe sans oser regarder en arrière.

Mieux valait ne pas tenter le destin. Ni sa fragile résolution.

- 7 -

Un ballet.

Elle allait à un ballet.

Debout devant son petit placard, Nadia ferma les yeux et se pinça l'arête du nez. Elle compta jusqu'à dix et, une fois de plus, en examina le contenu. Des jeans, des chemises, des chemisiers, des jupes et quelques robes. Uniquement des vêtements appropriés pour le travail et les loisirs en dehors du bureau. Mais rien dans ce bazar exigu ne s'approchait, et de loin, d'une tenue appropriée pour aller voir un ballet.

Bon sang, chaque fois qu'elle le disait à voix haute ou dans sa tête, son estomac se soulevait et tanguait comme un bateau dans une tempête.

Lorsqu'elle avait décidé de prendre part à cette mascarade, elle avait imaginé avoir au moins quelques jours pour s'habituer à l'idée que sa vie ne lui appartiendrait plus durant les quatre prochains mois. Mais non, Grayson avait appelé dès le lendemain matin, ce matin, pour l'informer qu'ils allaient assister à un cocktail chez ses parents avant le spectacle. Bon sang, à quoi avait-elle pensé en acceptant ?

Ezra a besoin d'entrer à l'université sans être endetté. Bien. Si elle continuait à se le répéter, peut-être qu'elle pourrait survivre à cette soirée et à toutes les autres qui l'attendaient.

En soupirant, elle entra dans le placard et en sortit sa petite robe noire passe-partout. En la levant, elle regarda l'encolure modeste, les manches courtes et l'ourlet qui arrivait au genou. Simple et parfaitement respectable. Parfaitement ennuyeuse. En vérité, elle n'y pouvait pas grand-chose. Malheureusement son budget ne lui permettait pas de faire du shopping compulsif sur Magnificent Mile. En posant la robe sur son lit, elle attacha ses cheveux au sommet de son crâne et jeta un coup d'œil à sa montre avant de l'ôter. 17 h 30. Il lui restait une heure et demie avant que Grayson vienne la chercher. Entre-temps, elle devait prendre une douche, se maquiller et s'habiller. Elle allait être sans aucun doute juste à l'heure mais…

Le bourdonnement assourdissant de la sonnette la coupa dans ses pensées. Fronçant les sourcils, elle hésita avant de sortir de sa chambre et de traverser le couloir. Qui cela pouvait-il être ? Ezra avait un match en dehors de la ville et ne serait pas rentré à la maison avant 21 heures.

Comme elle ne vivait plus à Tatumville, elle jeta un coup d'œil à l'œilleton de la porte d'entrée. Une très belle femme vêtue d'un ensemble vert forêt parfaitement ajusté se tenait sur son seuil. La confusion et la curiosité se disputaient en elle lorsqu'elle lui ouvrit.

— Puis-je vous aider ? demanda-t-elle.

La femme, qui semblait avoir quelques années de plus qu'elle, sourit, et une sorte de familiarité la fit douter. Travaillait-elle chez KayCee Corp ? Était-ce là qu'elle l'avait vue ? Cela devait être le cas. Nadia doutait d'avoir rencontré cette femme sophistiquée et sans aucun doute riche à l'un des matchs d'Ezra ou à la supérette du coin.

— Nadia Jordan ? la salua la femme.

— Oui, acquiesça-t-elle en haussant un sourcil. Et vous êtes ?

— Melanie Chandler. La sœur de Gray, dit-elle avant de désigner de la tête le petit couloir derrière Nadia. Puis-je entrer ?

— Oh. Euh… bien sûr.

Bien qu'une multitude de questions se pressent dans sa tête, elle s'effaça pour laisser Melanie entrer.

— Je suis désolée si j'ai oublié que vous deviez venir. Je ne me souviens pas que Grayson ait mentionné…

Melanie arqua élégamment les sourcils et, à ce moment-là, elle ressembla tellement à son frère que Nadia se demanda comment elle avait pu ne pas immédiatement deviner son identité. Bien que les yeux de Melanie soient bleu ciel, Grayson et elle partageaient les mêmes traits et la même assurance.

— Pourquoi ne suis-je pas surprise ?

Melanie secoua la tête, puis jeta un coup d'œil par-dessus son épaule et fit signe à quelqu'un derrière elle.

— Ici, Pete.

En quelques instants, un homme plus âgé aux cheveux blancs, vêtu d'un costume noir, franchit le pas de porte étroit de Nadia. Il portait plusieurs housses à vêtements et une petite mallette. Avec un sourire pour Nadia, il entra chez elle et se plaça à côté de Melanie. Sa petite entrée sembla soudain beaucoup plus petite et minable.

— Où dois-je mettre ceci, madame ? demanda Pete à Nadia.

— Je ne sais pas ce que c'est, répondit-elle, troublée et un peu contrariée par le sentiment d'être prise en embuscade. Quelqu'un peut-il me le dire ?

Melanie soupira, puis croisa les bras.

— Laisse-moi deviner, non seulement Gray n'a pas mentionné mon arrivée, mais il ne t'a pas non plus dit qu'il m'avait demandé d'apporter plusieurs robes pour que tu puisses en choisir une pour ce soir ?

L'expression de Nadia devait refléter le choc qu'elle ressentait, car Melanie réprima un éclat de rire.

— Eh bien, c'est… bizarre. Pourquoi ne t'aurait-il rien dit puisqu'il m'a demandé de passer ?

— Probablement parce qu'il savait que je lui aurais dit que je ne suis pas une poupée qui doit être habillée. Je le fais très bien toute seule depuis des années, marmonna Nadia entre ses dents serrées.

La honte la brûlait tant que ses joues avaient sans doute viré à l'écarlate. Certes, elle n'était pas riche mais, bon sang, elle n'était pas un acte de bienfaisance. Il lui avait demandé à elle de jouer cette mascarade. Et maintenant, voir sa propre sœur à la porte avec des vêtements parce que, évidemment, ce que Nadia allait porter n'était pas assez bien… Il aurait tout aussi bien pu dire qu'elle n'était pas assez bien.

Le visage toujours brûlant, elle redressa les épaules et croisa le regard de l'autre femme.

— C'est vraiment gentil, mais ce ne sera pas nécessaire.

— Attends avant de nous mettre à la porte, ce que tu as tout à fait le droit de faire, objecta Melanie en levant la main. Je me rends compte que mon frère se montre très indélicat, mais ses intentions sont bonnes. Il t'aime et il veut être certain que tu sois à l'aise et sûre de toi, ce soir. Bien que tu sois une très belle femme et que je voie pourquoi il est si épris de toi, une robe magnifique ne fait jamais de mal. En plus… Tu n'as pas vu les chaussures, Nadia.

Melanie sourit, une lueur presque jalouse dans le regard.

Malgré la douleur persistante et l'embarras, Nadia éclata de rire. Melanie ne semblait pas être atteinte de la condescendance glacée de sa mère et elle ne méritait pas sa colère.

Capitulant, elle fit un signe de la main vers le petit salon.

— Ça a intérêt à être de sacrées chaussures, murmura-t-elle.

— Une chose que tu apprendras très vite sur moi. Je ne rigole pas avec la paix dans le monde et les chaussures.

Amusée, Nadia se laissa guider.

Une heure plus tard, elle se tenait devant la psyché de sa chambre à coucher. Et fixait son reflet.

Cela ne peut pas être moi.

Elle leva le bras et fut sur le point de poser des doigts tremblants sur le miroir, mais au dernier moment elle s'en empêcha. Penaude, elle jeta un coup d'œil par-dessus son épaule pour voir si Melanie avait deviné son geste idiot, mais la jeune femme était occupée à ranger sa trousse de maquillage. Regardant de nouveau le miroir, Nadia resta bouche bée devant la femme qui la fixait.

Bien qu'elle ait été au départ mécontente de la tactique cavalière de Grayson, à présent elle…

Oh bon sang, elle avait franchement l'impression d'être Cendrillon !

Au lieu de cacher ses courbes rondes, la robe argent foncé les accentuait. Le col bateau se transformait en un bustier ajusté qui embrassait sa poitrine et son ventre. La lourde jupe en satin fronçait à la taille avant de tomber au sol dans un magnifique drapé.

Melanie avait séparé ses cheveux au milieu pour en rassembler les mèches en un chignon bas sur sa nuque. Le bout pointu de ses talons aiguilles parsemés de strass scintillants était visible sous l'ourlet de sa robe. D'énormes diamants, qui la firent presque tomber en syncope, ornaient ses oreilles, et elle avait au cou un collier en argent incroyablement fin d'où pendait un diamant tombant dans le creux de ses seins.

Oubliez Cendrillon. Elle ressemblait à une déesse. Ce constat la ravissait et la terrifiait en même temps.

Oui, dans cette tenue, elle pourrait faire croire qu'elle appartenait à ce monde bien plus qu'elle ne l'aurait fait dans sa robe noire. Mais aucune robe, aucune paire de chaussures, aucun bijou ne pourrait changer le fait que ce n'était pas le cas.

Une vague de panique la submergea, et elle pressa la main sur sa poitrine. Et si elle les humiliait, Grayson et elle ? Elle ne savait comment se comporter avec des gens qui auraient tout à fait pu être d'une autre planète au lieu d'être d'une autre partie de la ville.

En un instant, elle se retrouva une fois de plus dans son ancienne maison de Tatumville avec Jared l'informant qu'elle ne l'accompagnerait pas à la fête d'anniversaire de ses parents, car c'était aussi ses fiançailles. Avec la femme digne de porter son nom de famille. Et cette femme n'était pas Nadia : il voulait bien d'elle dans le rôle de maîtresse secrète mais pas dans celui d'épouse.

La douleur, vive et brûlante, s'insinua en elle, et elle en eut le souffle coupé. Même maintenant, près de deux ans plus tard, ce souvenir avait encore le pouvoir de la mettre à genoux. Parmi toutes les leçons qu'elle avait apprises dans sa vie, celle-ci l'avait presque dévastée. C'était aussi celle qu'elle ne pourrait jamais se permettre d'oublier.

Le reflet de Melanie apparut derrière elle. Des mains douces entourèrent les épaules de Nadia.

— Tu vas bien ?

Nadia se força à sourire et, dans le miroir, son rictus fut aussi fatigué qu'il en avait l'air. Se détournant de cette vision accusatrice, elle regarda la sœur de Grayson.

— Merci beaucoup pour toute ton aide. Je ne peux pas croire que tu aies accompli un tel miracle en une heure.

— Je t'en prie, répliqua Melanie en riant et en serrant les épaules de Nadia avant de la relâcher. Comme si j'avais eu beaucoup à faire. Tu es magnifique, Nadia.

Melanie pencha la tête sur le côté pour mieux la regarder.

— Je dois avouer que lorsque Gray m'a demandé de t'aider pour ce soir j'étais curieuse. C'était une première. Tu es visiblement différente.

— Je sais, admit Nadia en faisant un geste de la main. Je suis pauvre. Je ne suis pas capable de reconnaître une fourchette à salade d'une fourchette à dessert…

— Oui, acquiesça Melanie, mais d'une façon tellement factuelle que Nadia ne pouvait pas s'offusquer. Tout cela est vrai. Mais tu es différente parce que mon frère tient à toi. Il n'avait jamais demandé mon aide auparavant et, à ma connaissance, il n'avait jamais choisi la robe de soirée d'une femme. Qu'il veuille te voir le plus à l'aise possible te rend… supérieure. Et la fourchette à salade, ajouta-t-elle, un petit sourire aux lèvres, elle a des dents plus longues mais un manche plus court. La fourchette à dessert, c'est le contraire. Dents plus courtes, manche plus long.

— Merci, murmura Nadia.

Et pas seulement pour le conseil au sujet des couverts. Les mots de Melanie résonnèrent dans la tête de Nadia. *« Mon frère tient à toi. Qu'il veuille te voir le plus à l'aise possible te rend… supérieure. »*

Leur marché. Grayson avait besoin de rendre leur mascarade aussi crédible que possible. Tout cela faisait partie du jeu.

Tout en se répétant silencieusement ce pense-bête, elle prit son sac sur le lit. Au moment où elle finissait de fixer la bandoulière, la sonnette retentit. Son nœud à l'estomac démentait les mots qui lui trottaient dans la tête. Elle s'inquiétait juste de la soirée à venir. Rien d'autre.

Menteuse.

— Voilà ton châle, dit Melanie en posant une étole en satin assortie à sa robe sur le bras de Nadia. Je te retrouverai là-bas.

Après lui avoir serré la main, Melanie sortit de la chambre. Nadia l'entendit vaguement saluer Grayson et, bien que son cerveau lui ordonne de bouger, ses pieds refusèrent de coopérer. En fermant les yeux, elle inspira plusieurs fois profondément. Pour Ezra elle pouvait tout faire, affronter n'importe qui, même l'élite fermée de Chicago et la mère de Grayson.

Avec l'image de son frère déambulant dans l'illustre campus de Yale, elle sortit de la chambre et se dirigea vers le petit couloir qui menait à la porte d'entrée.

Grayson lui tournait le dos, les mains dans les poches de son pantalon. Peut-être avait-il entendu ses pas étouffés sur le tapis ou le battement frénétique de son cœur contre sa cage thoracique… Que ce soit l'un ou l'autre, il pivota.

Et bon sang, qu'est-ce qu'il était beau !

Le parfait prince américain dans un costume noir bien coupé qui s'ajustait parfaitement à sa haute silhouette. Une chemise blanche accentuait la nuance dorée de sa peau, tandis qu'une cravate à rayures bleues et grises attirait l'attention sur le mur qu'était son torse. Un mouchoir assorti à la cravate ressortait de la poche de sa veste, et une montre en or à cadran noir ornait son poignet droit.

Elle avait enroulé les doigts autour de ce poignet tandis que sa bouche sensuelle lui avait donné du plaisir. Elle avait caressé ce torse, passé les lèvres dessus pendant qu'il plongeait en elle, encore et encore. Un écho des légers picotements de son plaisir résonna profondément en elle. Une fausse fiancée. Pas de sexe. Les frais de scolarité d'Ezra.

Prenant une grande inspiration, elle s'arrêta à plusieurs mètres de lui.

— Je suis prête, annonça-t-elle en passant les mains sur ses cuisses dans un geste nerveux qu'elle regretta.

Elle leva les yeux vers Grayson pendant que, de son regard bleu et vert, il l'inspectait de la tête aux pieds. Après un laps de temps interminable, il revint à son visage. Son expression resta aussi neutre que jamais, mais ses yeux… Le peu d'air qui lui restait dans les poumons s'échappa, chassé par la lueur qui allumait le regard de Grayson. C'était… bien. Assez pour faire semblant, en tout cas. Pour aider à convaincre les gens qu'il la trouvait attirante.

Mais, bon sang, ce n'était pas bon pour sa résolution de rester distante. Lorsqu'il la regardait comme ça… Elle toucha nerveusement le petit diamant qui pendait à sa gorge. Quand il la regardait comme ça, elle y croyait presque, elle aussi. Et c'était dangereux.

— Tu es renversante, déclara-t-il d'un ton froid qui contredisait la flamme dans ses yeux.

Il ôta les mains de ses poches et s'approcha. Elle baissa presque la tête. N'importe quoi plutôt que de remarquer la sensualité insouciante qui émanait de sa démarche confiante.

— Voici, lâcha-t-il en tendant une main au creux de laquelle se trouvait une petite boîte noire. Je ne veux pas que ma fiancée se présente à notre premier événement public sans sa bague.

Ses lèvres se retroussèrent en un sourire sardonique. Elle aurait dû être émerveillée par l'énorme diamant de plusieurs carats niché dans un lit de satin blanc. Le bijou aurait pu financer un petit pays en développement, mais il la laissa froide. Probablement parce qu'il était froid. Ce n'était pas un bijou soigneusement choisi avec amour pour la femme avec qui il comptait passer le reste de sa vie. Ou pire, peut-être était-ce le genre de bague qu'il avait achetée pour Adalyn à un moment. Dans ce cas, c'était incroyablement triste.

— Merci, murmura-t-elle tandis qu'il glissait le bijou à son annulaire gauche.

La pierre pesait sur sa main. N'était-ce pas tout à fait à propos ? Ce simulacre de relation était un fardeau à porter.

— C'est charmant.

Le demi-sourire se fit plus net tout comme le début d'un grognement.

— « Charmant », répéta-t-il en frottant le pouce sur la pierre précieuse taillée en carré. La plupart des femmes se seraient extasiées sur ce diamant de cinq carats, mais je reçois un « charmant » de ta part. Peut-être que si je te disais de le garder, une fois que les quatre mois se seront écoulés, tu serais plus enthousiaste, dit-il.

— Cela ne fait pas partie de notre marché, répondit-elle, piquée par le sous-entendu. Et je suis vraiment désolée si ma réponse n'est pas à la hauteur de tes attentes. Devrais-je me pendre à ton cou et crier de joie ? Ou peut-être me mettre à genoux en signe de gratitude ?

Quelque chose de sombre et… d'affamé passa dans ses yeux, et elle se raidit contre le feu du désir qui s'alluma en elle.

Il avança jusqu'à ce qu'un simple souffle les sépare. Tout en levant la main, il baissa la tête pour caresser la bague de sa bouche, et elle réprima à peine un gémissement au contact de ses lèvres douces dont elle se souvenait si bien sur sa peau.

— Lorsque tu te mettras à genoux devant moi, Nadia, ce ne sera pas par gratitude, susurra-t-il en lui caressant la peau.

Ce geste déclencha toutes les alarmes dans sa tête. Ce n'était pas une menace. C'était une promesse.

— Nous devrions y aller, souffla-t-elle en tirant pour libérer sa main.

L'espace d'une seconde, il ne la relâcha pas, et elle eut envie qu'il la serre contre lui, qu'il prenne sa bouche comme il l'avait fait dans ce couloir sombre et qu'il la possède, la réclame. La marque.

Sauf qu'il la relâcha, et elle expira longuement. Soulagée.

Ou du moins voulut-elle se convaincre qu'elle l'était

tandis qu'elle le laissait poser son châle autour de ses épaules et qu'ils sortaient de chez elle.

Du soulagement.

Pas de la déception.

- 8 -

— De l'immobilier de luxe, Grayson, fanfaronnait Harold Denson.

Grayson serra les dents alors que l'ami de son père radotait encore et encore à propos d'un accord qui devait être conclu. Pourquoi pensait-il que Grayson en avait quelque chose à faire ? Cela restait un mystère.

— Prêt à être récupéré et développé. Je parlais de ce projet à votre père, et il m'a dit d'en discuter avec vous puisque vous allez bientôt prendre la direction de Chandler International. Je suis heureux de l'apprendre et, si je puis me permettre, c'est tout à fait le moment. Cette petite entreprise qui est la vôtre est rentable, je vous l'accorde. Mais ce n'est pas Chandler. Sans votre frère…

— Si vous voulez bien nous excuser, le coupa Nadia à côté de lui.

La main qu'elle posa sur son torse enraya la montée de colère qui l'étranglait. Entre son père annonçant à qui voudrait l'entendre que Grayson reprenait l'entreprise familiale et la mention sans tact de Jason, il avait besoin d'espace, d'air et d'un verre. Et de s'éloigner de ce fâcheux.

— Désolée de vous voler Grayson, mais il m'a promis de me faire faire le tour de sa maison d'enfance avant de partir pour le ballet.

— Oh ! bien sûr ! Grayson, montrez donc cette merveille à cette jeune femme. Ne vous perdez pas, vous deux, ajouta-t-il avec un regard appuyé sur la poitrine et les hanches de Nadia.

Homme âgé ou non, ami de son père ou non, cet homme avait besoin d'une leçon rapide sur le respect dû aux femmes. Surtout une femme à son bras.

— Merci, répliqua Nadia en souriant.

Elle couvrait son poing de son autre main, en serrant doucement.

— Et si nous commencions par la bibliothèque ?

— Bien sûr, chérie, murmura Grayson en lui permettant d'ouvrir le chemin.

La bibliothèque se trouvait à l'autre bout de la demeure, mais à ce stade il s'en moquait. Il avait juste besoin d'être… ailleurs. Se concentrant sur le chignon de Nadia, il imagina le défaire et passer les doigts dans cette épaisse chevelure. La simple pensée d'en enrouler les mèches dans sa main et de tirer, pour entendre ce gémissement rauque et affamé, détourna son attention de la frustration et de la tristesse pesantes qu'il éprouvait depuis qu'il avait mis un pied chez ses parents.

Jason était partout. Dans les photos posées sur le linteau de la cheminée du salon d'apparat. Dans les diplômes encadrés et suspendus en évidence dans la salle de réception. Dans l'espace vide à côté de leur père lorsqu'il recevait ses invités. Tout le monde savait que la place de Jason était à la droite de Daryl Chandler.

Grayson ferma brièvement les yeux, puis les rouvrit, se concentrant à nouveau sur Nadia comme si elle était son point d'ancrage. Le vrai nord qui le guidait loin de l'abîme sombre des regrets qui l'attendaient pour qu'il glisse et plonge dans ses profondeurs.

— Tiens, dit Nadia en lui tendant un verre de vin rouge rubis, les jointures de sa main lui frôlant le torse. Tu sembles en avoir besoin.

— Seulement s'il y a du whisky dedans, grogna-t-il tout en avalant l'alcool malgré tout.

Il lui était reconnaissant pour le coin à l'écart qu'elle avait trouvé et la distraction que lui procurait la sensation de faire quelque chose avec ses mains. Sans cela, soit elles se seraient enroulées autour du cou de Harold, soit elles auraient attrapé les fesses de Nadia. Les deux options auraient procuré une immense satisfaction à Grayson, mais elles lui auraient également causé des ennuis dont il n'avait pas besoin.

— Tu veux vraiment faire le tour de la maison ?

— Non, dit-elle en portant son verre à ses lèvres.

Il secoua la tête et prit une autre gorgée de vin tout en l'étudiant par-dessus le rebord du sien. Une partie de lui voulait désespérément lui dire que la bâtisse était une création délirante. Même Adalyn, qui venait d'une famille aisée, avait été émerveillée par le manoir en pierre grise de la Gold Coast.

Mais Nadia était passée devant le grand portail en fer qui entourait la propriété et la fontaine presque sans les regarder. Une fois à l'intérieur, elle n'était pas restée bouche bée. Non, elle n'avait porté à la prospérité et à l'influence de sa famille qu'une maigre attention. Comme elle l'avait fait avec la bague.

Pourquoi son manque évident d'enthousiasme pour le bijou le dérangeait-il encore ? Il ne parvenait pas à se l'expliquer. C'était juste… comme ça. Il posa les yeux sur sa main gauche et le diamant serti qui valait plus cher que le salaire annuel de certaines personnes. Quand il avait acheté la bague, son intention première était de s'assurer que tous ceux qui la verraient prendraient ses intentions au sérieux. Dans son entourage, ou dans celui de ses parents, l'argent était beaucoup plus fort que les mots. Mais Nadia, semblait-il, ne se souciait pas de ce que cela disait.

Oui, il voulait qu'elle s'extasie. Qu'elle soit excitée. Ou du moins juste touchée. Parce que, sinon, cela voulait dire qu'elle était différente. Et il n'avait pas confiance dans le « différent », cela l'agaçait. Il n'arrivait pas à le comprendre, à l'analyser ou à lui donner un sens. Cela signifiait qu'elle ne resterait pas dans la cage qu'il avait soigneusement créée pour elle.

La dernière chose dont il avait besoin, c'était qu'elle représente plus que n'importe quelle autre femme. Qu'elle soit… différente.

— Tu n'as pas aimé la bague. Pourquoi ? la pressa-t-il.

Mince. Qu'est-ce qui lui prenait ?

Elle le scruta de son regard expresso impénétrable.

— D'après mon expérience, les gens riches utilisent leur argent comme une arme. Pour se protéger et protéger ceux qu'ils jugent dignes d'eux et faire la guerre à tous les autres. Ils utilisent leur argent pour rappeler les pauvres à l'ordre. Lorsque vous êtes à l'autre bout, savoir combien d'argent une personne dépense pour sa maison, sa voiture, ses vêtements et même pour vous importe peu.

Il la regarda fixement, chaque mot constituait une accusation contre lui, sa famille, son univers. Ils étaient tous coupables, et surtout lui. Ne la payait-il pas pour qu'elle mente ? Pour qu'elle prétende être quelqu'un qu'elle n'était pas dans son intérêt à lui ?

Il secoua la tête, comme si ce geste pouvait le débarrasser des pensées confuses et troublantes qu'occasionnait la culpabilité. Elle aurait pu refuser. Bon sang, elle l'avait fait, mais ensuite elle était revenue le voir pour accepter le marché. Et c'était juste ça, un marché dont ils profitaient tous les deux. Comme toutes les autres femmes de son passé, elle n'attendait que de l'argent de lui. Seulement, cette fois, il avait accepté en toute connaissance de cause. Aucun sentiment. Aucune promesse d'amour passionné. Aucun engagement.

C'était la transaction la plus honnête qu'il ait jamais conclue de sa vie.

— Si l'argent n'a pas d'importance, alors qu'est-ce qui en a ? répliqua-t-il, narquois. L'amour ? Je déteste te l'apprendre, Nadia, mais les deux s'excluent mutuellement.

— Dis-moi, murmura-t-elle. Cette bague est-elle pour moi… ou pour toi ?

Une réponse dédaigneuse lui monta aux lèvres, mais y demeura. Quelque chose en lui refusait de laisser filer ces mots acides. Au lieu de ça, il baissa les yeux vers son visage, apercevant dans son regard sombre une lueur de défi qui lui donna envie de lui rappeler qu'il était son employeur, l'homme qui la payait un quart de million de dollars…

Il voulait la supplier de cesser de regarder en lui et de voir les secrets, les blessures qu'il gardait jalousement.

— Grayson, lança une voix trop familière en interrompant sa confrontation avec Nadia.

Il détourna le regard de sa fausse fiancée pour rencontrer les prunelles vertes de son ex. Adalyn sourit, et la lueur affriolante dans ses yeux n'anima rien d'autre en lui que de l'irritation.

— Je n'ai pas pu te parler de toute la soirée, geignit-elle.

— Bonjour, répondit-il en hochant la tête.

Machinalement, il remarqua ses longs cheveux noirs

soyeux et sa petite silhouette serrée dans une robe de cocktail aux épaules dénudées. Inconsciemment, il la compara à Nadia avec sa grande taille et son corps sexy, parfaitement mis en valeur dans la robe argentée, que ses mains avaient rêvé de toucher toute la soirée. Il aurait voulu lui caresser les hanches. Étreindre sa peau douce quand il s'enfoncerait en elle.

Parce qu'il le pouvait, parce que cette mascarade lui en donnait la permission, il posa une main au creux des reins de Nadia. L'instant présent fusionna avec ses souvenirs encore vifs.

— Nadia, tu te souviens d'Adalyn ? Voici Adalyn Hayes, murmura-t-il.

En reportant son attention sur son ex, sa voix se durcit et perdit la chaleur qu'elle contenait lorsqu'il avait parlé avec Nadia.

— Adalyn, Nadia Jordan, ma fiancée.

L'intéressée jeta un coup d'œil à Nadia, puis à sa main. Si elle n'était pas devenue brusquement aveugle, elle n'avait pu manquer le diamant à son doigt. Sa bouche s'étira en une ligne fine avant de retrouver ce sourire poli de femme de la bonne société, qui pouvait signifier n'importe quoi.

— Oui, j'ai appris la nouvelle de tes fiançailles. C'est un sujet de conversation brûlant ce soir. Félicitations ! Comme c'est excitant ! lança-t-elle en lui posant une main sur le torse, ce qui demanda à Grayson un effort surhumain pour ne pas tressaillir. Je me souviens d'avoir porté autrefois le titre de fiancée de Grayson Chandler. L'expérience a été… palpitante, ajouta-t-elle en baissant la voix comme pour lui rappeler les moments intimes qu'ils avaient partagés.

Incapable de supporter qu'elle le touche encore, particulièrement avec le corps chaud de Nadia collé contre le sien, il recula. Le bras d'Adalyn retomba, et il ne manqua pas de remarquer l'éclat de colère qui brilla dans ses yeux.

— Nadia, c'est ça ? demanda-t-elle en se désintéressant de lui.

Il se raidit, mû par un instinct protecteur. Il avait déjà vu le dédain acerbe d'Adalyn à l'œuvre. Peu importait que sa relation avec Nadia ne soit pas réelle, il ne permettrait pas à Adalyn de la mettre en pièces avec le rasoir de sa langue.

— Je ne vous ai presque pas reconnue depuis la dernière fois que nous nous sommes vues. Votre robe est ravissante. C'est une Michael Kors ? J'ai entendu dire qu'il avait incorporé dans sa collection quelques pièces pour… des femmes bien en chair.

Grayson avança, furieux.

— Adalyn…, gronda-t-il.

— En fait, je ne connaissais pas le nom de ce couturier, les interrompit Nadia en passant un bras dans le dos de Grayson pour se rapprocher davantage.

Elle gloussa, et son rire était si léger, si délicat et doux, qu'il lâcha son ex des yeux et la regarda. Sa belle bouche dessina un sourire qui n'était pas seulement affectueux mais d'une sensualité qu'Adalyn ne pouvait absolument pas manquer. Alors même qu'il savait que cette expression était feinte et visait sa rivale, le souffle de Grayson se fit court, et son sexe durcit. Elle était… elle était dangereuse, et le sourire de cette bouche sensuelle s'avérait une arme puissante.

— Puis-je être honnête ? ajouta-t-elle, traitant Adalyn comme si elle était une amie proche. Je ne suis pas vraiment fan de mode. Mais, Dieu merci, j'ai un homme qui me connaît si bien qu'il choisit toujours des robes que je vais aimer. Ou, plus important, qu'il aime me voir porter.

Elle laissa traîner un doigt sur son torse, et sa chemise aurait tout aussi bien pu se désintégrer sous la caresse taquine. Il oublia d'applaudir silencieusement à son habile réponse à Adalyn, car le feu se propagea dans le sillage de ses doigts. Sans se soucier des apparences, il lui saisit le poignet et porta cette main à sa bouche pour y déposer un baiser. La surprise brilla dans les yeux de Nadia. Mais aussi du désir, ce qui provoqua une décharge électrique dans ses veines.

Le rire d'Adalyn ressembla à un morceau de verre brisé.

— Eh bien, n'est-ce pas charmant ? Je m'excuse si je vous ai offensée, Nadia. Mais puis-je être honnête malgré tout ?

Elle n'attendit pas que Nadia réponde et baissa la tête, comme si elle était sur le point de confier un secret. Encore une fois, Grayson lutta contre l'envie de se placer devant Nadia pour la protéger d'Adalyn.

— Je sais que cette soirée a probablement été un peu pénible pour vous, mais vous devez nous pardonner notre curiosité. Cette relation est sortie de nulle part. En général, Grayson est constamment dans les magazines à scandale. Or nous ne l'avons jamais vu avec vous. Presque comme s'il vous gardait secrète et vous cachait.

Le sous-entendu d'Adalyn était clair : il aurait eu honte de Nadia. Sa fureur décupla, et il ne put contenir le grondement menaçant qui lui échappa. Même Adalyn eut le bon sens de reculer d'un pas.

— Tu as raison, Adalyn, acquiesça-t-il, la voix calme mais glaciale. Il n'y a rien d'« habituel » chez Nadia. Elle ne ressemble à aucune autre femme avec laquelle je suis sorti. Je voulais la garder pour moi avant de la soumettre aux horreurs qui vont de pair avec le fait d'être ma femme. Elle est à ce point spéciale pour moi.

Faisant glisser la main depuis la hanche de Nadia vers le haut de son dos, il enroula les doigts autour de son cou, la rapprocha de lui jusqu'à ce qu'elle soit obligée de se hisser sur la pointe des pieds et de presser sa poitrine contre lui.

— Maintenant que tu as vu l'autre partie de ma vie, es-tu prête à me quitter ?

— Jamais, répondit Nadia avec la même passion taquine.

Pourtant ses yeux sombres reflétaient la confusion qui régnait en lui : jusqu'où irait cette démonstration d'affection ?

— Tant mieux, murmura-t-il.

Puis il effleura ses lèvres des siennes. Mais ce n'était pas assez.

Ce petit échantillon lui fit ignorer Adalyn et la salle pleine de monde, y compris ses parents et sa sœur. Il revint à la bouche de Nadia une fois de plus pour en avoir davantage, pour passer la langue entre ses lèvres entrouvertes. Il voulait retrouver ce que ses souvenirs ne le laissaient pas oublier et se familiariser de nouveau avec ses sensations, bien que sa logique lui souffle que cela ne serait pas aussi bon.

Au diable la logique !

Elle était chacun de ses désirs et de ses péchés enrobés de beauté et de lumière.

Ce fut elle qui rompit le baiser, gardant un minimum de décence et de retenue. Pas lui. Elle lui était tellement vite montée à la tête qu'il en était devenu ivre.

Bon sang !

Il leva les yeux et remarqua les regards, entendit les murmures. Adalyn avait disparu, mais il pouvait presque sentir le poids du mécontentement de ses parents. Malgré sa réputation de don Juan, il ne se comportait jamais ainsi, au point de perdre le contrôle et de se donner en spectacle. Jamais.

Cette femme mettait en pièces chaque résolution, chaque vœu qu'il avait prononcé. Il ne pouvait pas aller sur ce terrain-là avec elle. Délibérément, il convoqua une image de lui après sa rupture avec Adalyn, un an plus tôt. De sa déception. Elle ne lui avait pas seulement brisé le cœur en deux, elle lui avait volé toute capacité à se faire confiance, à croire en son jugement.

Et Nadia, même si elle le désirait, voulait simplement ce que toutes les autres femmes voulaient. Ce qu'il pouvait lui donner. Il ne devait pas perdre cette idée de vue. Jamais.

— Grayson, murmura Nadia.

Mais il ne pouvait pas la regarder. Impossible de croiser son regard parce que, malgré les rappels des raisons qu'il avait de se méfier d'elle et de lui, il serait capable de chercher la pièce la plus proche avec une porte et une serrure s'il entrevoyait du désir dans ses beaux yeux. Et au diable les conséquences.

— Nous devrions nous préparer à partir pour le ballet, marmonna-t-il en lui prenant le coude et en la guidant vers l'entrée du salon.

Il devait rétablir les bases de leur arrangement.

Cette relation était fausse. Elle avait une date d'expiration.

Nadia Jordan ne pouvait être rien d'autre qu'un moyen d'atteindre son objectif final.

- 9 -

— Monsieur Chandler, votre père est là pour vous voir, annonça Mme Ross à l'autre bout de la ligne. Il n'a pas rendez-vous, monsieur.

La remarque de son assistante, davantage destinée à son père qu'à lui, lui donna envie de rire. Sa désapprobation bourdonnait sous son ton froid, mais Daryl Chandler ne comprendrait pas. Il était le genre d'homme pour qui les autres bouleversaient leur emploi du temps. Le genre d'homme à l'exiger.

En se calant contre le dossier de sa chaise, Grayson ferma les yeux et se pinça l'arête du nez. Malheureusement il n'était pas choqué par cette visite. Il était davantage surpris que ce soit son père de l'autre côté de la porte de son bureau et non sa mère. Après la mise en scène que Grayson et Nadia avaient organisée au cocktail, trois soirs auparavant, il s'était attendu à cette « intervention ».

— Faites-le entrer, madame Ross, dit-il en raccrochant.

Il se leva, contourna le bureau et s'y adossa tout en se préparant mentalement. Son impression d'être un boxeur avant un combat en disait long sur la relation qu'il entretenait avec son père.

Quelques secondes plus tard, la porte du bureau s'ouvrit, et Daryl Chandler entra comme si c'était son nom qui était gravé sur la plaque en or, et non celui de Grayson.

Il avait hérité de Daryl Chandler sa taille et sa silhouette aux épaules larges et, bien que son père ne l'admette pas facilement, il lui devait aussi son sens des affaires. Mais, parce qu'il était né avec un défaut, des yeux de couleurs différentes, il était pour son père un être imparfait.

À une époque, il avait correspondu à l'image négative que son père se faisait de lui. Comme quand, adolescent, il avait décidé d'organiser une fête improvisée sur le yacht paternel. Ou quand il avait été surpris à fumer de l'herbe dans l'enceinte de son école privée. Mais ces coups d'éclat faisaient partie du passé. Au fil des ans, il avait prouvé qu'il pouvait non seulement se contrôler, mais aussi diriger sa vie ainsi qu'une entreprise florissante.

Cependant, rien de tout cela ne semblait avoir d'importance pour son père. Quand cela cesserait-il d'en avoir pour Grayson ?

— Bonjour, papa. En voilà une surprise !

Son père haussa un sourcil encore noir.

— J'en doute, Grayson.

Il leva un bras et fit un geste vers le bureau de son fils. Pour la première fois, Grayson remarqua le dossier brun dans la main de son père.

— Je ne serai pas long.

La curiosité et un pressentiment pesant se logèrent dans la poitrine de Grayson. C'était la première fois depuis que Gideon et lui avaient fondé KayCee Corp que son père visitait leurs bureaux. Cela n'augurait rien de bon.

Il conduisit Daryl jusqu'aux fauteuils en face de son bureau. Une paire d'yeux verts au regard dur l'étudiait, mais Grayson n'était plus un adolescent rebelle. C'était un homme de trente ans qui avait mûri, s'était construit son propre avenir et vivait selon ses propres règles. Si son père s'attendait à ce qu'il se tortille sous son regard, il en serait pour ses frais.

— Je crois que tu peux deviner pourquoi je suis ici, commença Daryl en posant le dossier sur ses cuisses.

Grayson essaya de ne pas le regarder mais, à ce moment-là, l'inoffensif fichier brun avait l'air d'être la véritable menace dans la pièce.

— Après cette… exhibition honteuse, l'autre soir, ta mère et moi avons jugé préférable que je te rende visite.

« Exhibition honteuse » ? À quoi faisait-il référence ? À ses fiançailles ? Ou au baiser ?

— J'ai bien peur que tu ne doives être plus précis, papa. Je suis venu comme maman me l'a demandé avec ma fiancée. Quelle partie t'a offensé ?

Daryl ricana. Une certaine irritation transparaissait dans ses yeux.

— Fais ton choix, Grayson. Tu nous as jeté cette plaisanterie de fiançailles à la figure et tu as fait de nous ses participants involontaires parce que tu savais que nous ne ferions pas de scène devant tous nos amis.

Bien que la colère lui noue l'estomac, Grayson appuya les coudes sur les bras de son fauteuil et la paume sous son menton.

— Des « participants involontaires » ? ironisa-t-il. Tu donnes l'impression que ma relation est un crime. Pourtant, l'époque où je devais vous présenter la femme que je fréquentais pour que vous l'approuviez est bel et bien terminée, ajouta-t-il en secouant la tête. Je peux à la limite m'excuser de ne pas vous avoir informés, maman et toi, de mes fiançailles dans un cadre plus privé. Je n'avais pas l'intention de vous embarrasser.

Simplement de dissuader sa mère de le mettre en couple.

Son père balaya ses excuses d'un geste de la main, comme pour les repousser.

— Compte tenu du nombre de femmes que tu fréquentes, nous te sommes reconnaissants de ne pas les avoir toutes amenées chez nous. Mais, lorsque tu envisages de donner à une femme notre patronyme et de la faire entrer dans notre famille, elle requiert certainement notre approbation. Et cette Nadia Jordan ne répond pas aux critères pour devenir une Chandler. Pas même de loin.

Son père prit l'enveloppe et la lui tendit.

— Prends ça, Grayson. Et lis.

Bien qu'il ait voulu dire à son père de laisser tomber, Grayson accepta l'enveloppe à contrecœur. La connaissance signifiait le pouvoir. Et, même si sa relation avec Nadia était une imposture, il la protégerait de ses parents, le cas échéant. Il ouvrit le dossier et en retira une mince liasse de feuilles. Un rapport d'enquête sur Nadia A. Jordan. La surprise vibra en lui, discordante et laide. Eh bien, ses parents avaient été sacrément occupés…

Quelques minutes plus tard, il releva la tête et rencontra le regard de son père, durcissant son expression pour en faire un masque qui, espérait-il, ne trahirait aucune des pensées qui tourbillonnaient dans sa tête. Père inconnu. Mère négligente, avec une réputation qui avait dû faire de la vie de sa fille un cauchemar. Arrêtée pour vol à l'étalage. Aucune éducation supérieure. Endettement.

En lisant ce rapport, ses parents voyaient une femme

pauvre et sans éducation qui tentait de planter ses griffes avides dans leur fils.

Lui décelait une femme qui, malgré les coups donnés par la vie, s'était chaque fois relevée pour, non seulement continuer mais s'en sortir. Elle avait plié parfois mais, passionnée et pleine d'énergie, elle ne s'était pas brisée.

Il voyait en elle une survivante.

— C'est censé me faire changer d'avis ? persifla-t-il en jetant le rapport sur son bureau. Même si elle n'est pas née avec un immeuble qui porte son nom de famille, cela ne la rend pas indigne de devenir une Chandler.

Le visage de son père devint écarlate, signe que sa colère enflait.

— Bien sûr que ça la rend indigne. Si tu veux coucher avec elle, d'accord. Mais l'épouser ? Une voleuse ? Et, d'après ce dossier, la fille d'une prostituée ? Dieu seul sait que la pomme ne tombe jamais loin de l'arbre. Non, Grayson, il est hors de question que tu l'épouses.

— Tu devrais t'arrêter ici, papa, rétorqua Grayson d'une voix catégorique qu'il n'avait jamais utilisée avec son père auparavant.

Il n'avait aucune intention d'épouser Nadia, ce qui rendait toute cette discussion stérile, mais en aucun cas il ne permettrait à son père de la dénigrer comme si elle n'était qu'un caillou au fond de sa chaussure.

— Vous avez votre opinion de Nadia, mais tu ne peux pas parler d'elle comme ça devant moi. Jamais.

Il avait du mal à rester respectueux. Pourtant, encore une fois, sa colère n'avait aucun sens.

Daryl s'éloigna de quelques pas de son fils qui s'était également mis debout.

— C'est de ça que je te parle, Grayson, rétorqua-t-il. Je peux voir pourquoi certains de ses… charmes attirent ton attention. Mais arrête de penser avec ton sexe, grogna-t-il en s'arrêtant devant lui. Il ne s'agit pas que de toi, il s'agit de notre famille, de loyauté, de respect envers le nom de Chandler et de tout ce que cela implique.

Comment ? En vivant alors que Jason est mort ? La question résonna dans sa tête comme le cliquetis des chaînes d'un fantôme refusant d'être exorcisé.

— Alors j'oublie mon propre bonheur, mon propre futur ? demanda-t-il doucement.

Ce serait dire adieu à son entreprise, à une existence loin du fardeau étouffant d'un héritage qu'il n'avait jamais demandé.

— Qu'attends-tu que je sacrifie ? insista-t-il alors.

— Ce qu'il faudra, répliqua son père. Nous faisons tous des sacrifices, Grayson. Particulièrement maintenant que Jason…

Inspirant profondément, il fourra les mains dans les poches de son costume gris, visiblement pour se calmer. Lorsqu'il reposa les yeux sur son fils, ils ne reflétaient rien de l'émotion qui l'avait étreint à l'évocation du nom de Jason.

— Je ne peux pas diriger Chandler International éternellement et je ne le veux pas. C'est un droit de naissance transmis de père en fils, et c'est à ton tour maintenant. Tu as le privilège et le destin de diriger cette entreprise et de la faire prospérer plus encore que je ne l'ai fait. Et tu as besoin de la femme adéquate à tes côtés. Aussi despotique que ta mère puisse être, elle a raison : Adalyn est un choix parfait. Elle vient d'une famille exceptionnelle, elle a fréquenté les meilleures écoles, elle est belle et connaît notre monde.

En outre, son père et moi sommes en train de discuter d'un accord commercial très lucratif. Cela signifierait donner à Chandler International et au groupe Hayes un énorme pouvoir sur les marchés financiers nationaux et internationaux. Je préférerais ne pas fâcher Thad Hayes parce que mon fils refuserait sa fille.

— Qui se prostitue à présent, papa ? Tu voudrais que je me vende pour le bien de ton entreprise ? gronda Grayson.

— Je veux que tu fasses ce qui est juste, lâcha Daryl. Ce n'est pas comme si Adalyn et toi n'étiez pas compatibles. Vous étiez fiancés auparavant, vous n'avez donc pas besoin de cette théâtralité.

— Comme tu l'as dit, nous « l'étions », le coupa Grayson. Et, si je ne l'ai pas épousée, c'est pour une bonne raison.

Son père secoua la tête.

— Je dois y aller. Mais débarrasse-toi de cette fille, Grayson. Commence à faire la cour à Adalyn. Si tu dois être photographié comme une vulgaire star de téléréalité, alors ça devrait être avec elle, et pas avec une poupée. En outre, ajouta-t-il en plissant les yeux, je m'attends à ce que tu assistes à la prochaine réunion du conseil de Chandler. Les administrateurs doivent comprendre que tu vas devenir le P-DG et ils ont besoin de se familiariser avec toi.

Sur ce dernier ordre, son père tourna le dos et sortit au pas de charge, laissant Grayson seul. En colère. Triste. Et complètement impuissant.

Il détestait son père. Et il se détestait plus encore.

Le devoir familial et la loyauté l'étranglaient, l'écrasaient sous leur poids pesant. En tant que « remplaçant », il n'avait jamais été le premier choix de ses parents.

Mais, à présent, il était le seul qui leur restait.

- 10 -

— Ezra, peux-tu ouvrir la porte ? demanda Nadia depuis sa chambre.

Elle venait juste de sortir de la douche, et répondre à la sonnette avec une serviette de toilette courte et élimée n'était pas une bonne idée. Le samedi, elle avait tendance à être décontractée, mais pas décontractée à ce point.

Comme à l'accoutumée, ce jour-là elle préparait un copieux petit déjeuner dont Ezra se chargeait ensuite de débarrasser les restes. Comme sa chambre était dans le même couloir que celui qui menait à la cuisine, elle l'entendit marcher vers l'entrée. Elle enfila un soutien-gorge et une culotte, puis un pull noir à col en V et son jean *boy-friend* préféré, délavé par l'usure et les multiples lavages. Alors qu'elle cherchait une paire de chaussettes parmi les esseulées, on frappa à sa porte.

— Entrez, lança-t-elle en récupérant triomphalement une paire assortie.

Une seconde plus tard, Ezra ouvrit la porte et passa la tête par l'entrebâillement, ses boucles sombres se balançant sur son beau visage perplexe.

— Il y a un type pour toi.

Son cœur bondit contre sa cage thoracique. Elle ne s'était pas fait beaucoup d'amis depuis qu'ils vivaient à Chicago et n'avait pas eu un seul rendez-vous. Donc le « type » ne pouvait être qu'une seule personne.

— D'accord, j'arrive tout de suite, dit-elle en insufflant du calme dans sa voix pour dissimuler son émoi.

Fronçant toujours les sourcils, Ezra sortit. Quelques instants plus tard, elle sortit à son tour. Bien que la fine moquette étouffe le bruit de ses pas, Grayson leva malgré tout les yeux lorsqu'elle approcha. Elle se sentit faiblir sous le pouvoir de ce regard.

Bien que plusieurs jours se soient écoulés depuis le cocktail et qu'ils aient eu très peu de contacts, elle sentait toujours sa bouche se presser contre la sienne et l'avidité de son baiser. Elle en avait rêvé. Même maintenant, elle dut contrôler ses mains pour qu'elles restent immobiles.

Au milieu du salon des parents de Grayson, elle avait eu très envie de passer les bras autour de son cou et d'exiger un contact plus profond qui remplirait les espaces vides en elle. Elle aurait voulu être consumée par le plaisir qui hantait son corps, son esprit. Le désir qui s'était enflammé entre eux durant la panne de courant n'avait pas faibli. Avant le baiser du cocktail, elle s'était convaincue que c'était le caractère exceptionnel des circonstances qui avait excité ce désir entre eux.

Le baiser avait réduit cette opinion à néant.

Même si elle croyait avoir aimé Jared, il n'avait jamais suscité en elle le besoin incontrôlable de s'abandonner comme avec Grayson. C'était… terrifiant. Parce que, avec sa sensualité innée, celui-ci était capable de lui faire perdre le self-control qu'elle avait si durement acquis. Il pouvait anéantir sa résolution de ne jamais mettre son cœur et son âme à la portée d'un homme capable de les utiliser.

Elle ne pouvait pas le permettre, car elle ne savait pas si elle s'en sortirait indemne.

Aucune chance qu'elle prenne le risque de le découvrir. Elle répéta cet avertissement dans sa tête tout en s'approchant de la haute silhouette de son visiteur. Son parfum de bois de santal et de menthe l'atteignit, et elle se maudit d'en savourer l'odeur.

— Grayson, quelle surprise ! lança-t-elle en s'arrêtant à côté de son frère. Je ne sais pas s'il s'est présenté, mais voici mon frère, Ezra. Ezra, voici Grayson Chandler, mon… euh, mon ami.

— Ton « ami » ? railla Ezra en levant les yeux au ciel, ce qui trahit l'adolescent en lui. D'accord, on va dire ça, ajouta-t-il en tendant la main vers Grayson. Enchanté, monsieur Chandler.

— Enchanté aussi, Ezra. Et c'est Grayson, répondit-il en serrant la main de son frère.

— S'il te plaît, Ezra, dit-elle en lui tapotant l'épaule. Sors d'ici et termine la vaisselle.

— Bien, grommela-t-il avant d'obtempérer.

Une fois qu'il eut disparu, elle reporta son attention sur son « fiancé ».

— Qu'est-ce que tu fais ici ? Avions-nous quelque chose de prévu ?

Il secoua la tête.

— Non, je suis passé voir si tu étais libre aujourd'hui.

— Pour ? demanda-t-elle. Quelle est l'occasion ? Un dîner ? Un gala de charité ?

— Aucun des deux. Je…

Il se tut brusquement, et un muscle se crispa dans sa mâchoire. Quelques secondes plus tard, il reprit :

— As-tu confiance en moi, Nadia ?

— Pas même un tout petit peu.

Certes, mais pas seulement. Quand il s'agissait de

lui, elle se faisait encore moins confiance. Un faible sourire flotta sur ses lèvres.

— Je le mérite. Et je le respecte. M'accorderais-tu un joker pour aujourd'hui ? Donne-moi une chance.

« Donne-moi une chance. »

Ces mots simples n'auraient pas dû être une tentation. Mais pour elle, ils l'étaient. Quand elle avait fait confiance aux gens par le passé, soit ils l'avaient déçue, soit ils lui avaient fait du mal. Elle n'allait jamais quelque part à l'aveugle, elle avait besoin d'une carte, de différentes portes de sortie et d'une trappe d'évacuation. Et pourtant…

Pourtant, lorsqu'elle croisa son regard hypnotique, elle voulut se placer entre ses mains, le laisser la soulager de l'épuisement de devoir se contrôler sans cesse. Même si ce n'était que pour un petit moment.

— D'accord, murmura-t-elle. Accorde-moi quelques minutes. Je reviens tout de suite.

Il acquiesça, son visage ne trahissant aucune émotion. Mais elle aperçut un éclat dans ses yeux, quelque chose qu'elle crut être du soulagement. Cependant, c'était probablement le fruit de son imagination. Elle essaya de se convaincre qu'elle n'était pas seule dans ces sables mouvants qu'on appelait sentiments.

En soupirant, elle retourna dans sa chambre et appliqua rapidement un peu de maquillage, enfila ses bottines et attrapa sa veste. Au dernier moment, elle saisit l'ostentatoire bague de fiançailles et la glissa à son doigt. Quelques instants plus tard, elle sortit de sa chambre et gagna le couloir.

— … Dites que vous êtes un « ami », mais je devine quel genre d'ami vous êtes.

La voix d'Ezra lui parvint lorsqu'elle s'approcha. Son frère faisait face à Grayson et lui tournait le dos.

Comme Grayson le dépassait de plusieurs centimètres, Ezra redressait les épaules et inclinait la tête en arrière.

— Je ne sais pas ce qui se passe entre vous, poursuivit-il, mais c'est ma grande sœur. Elle en a assez vu pour toute une vie. Je ne veux pas que vous en rajoutiez.

Nadia gémit discrètement. Son amour pour son frère et son instinct protecteur la submergèrent, mais elle avait aussi envie de le tirer en arrière pour le ramener à la cuisine. Elle était capable de prendre soin d'elle sans qu'il menace ses potentiels petits amis. Et pourtant… Elle adorait ce gosse.

— Je ne prévois pas de faire du mal à ta sœur, promit Grayson, sans aucun signe d'amusement dans la voix.

Il aurait pu facilement traiter l'adolescent avec condescendance, mais la sincérité s'entendait dans sa voix. Et une partie d'elle le croyait. Le seul problème, c'était que la plupart des gens ne prévoyaient généralement pas de nuire à d'autres personnes. Ils le faisaient simplement.

— Bien, admit Ezra en hochant la tête. Elle est tout ce que j'ai et elle a déjà été utilisée et blessée trop souvent par le passé. Pour une fois, elle a besoin de quelqu'un qui s'occupe d'elle et non l'inverse. Surtout après Jared…

Oh ! bon sang !

— Je suis prête, cria-t-elle en se précipitant dans le couloir.

Seigneur, pourquoi Ezra avait-il évoqué son ex-petit ami ? Grayson et lui se tournèrent tous les deux vers elle, et la culpabilité apparut sur le visage de son frère. Mais cela se transforma vite en une obstination qu'elle connaissait bien.

— Toi, dit-elle en enfonçant un doigt dans son

torse, vaisselle. Et si tu sors ce soir n'oublie pas de m'appeler pour me prévenir.

— Bien sûr.

Il l'embrassa sur la joue, puis jeta un coup d'œil à Grayson, lui offrant ce geste du menton qui semblait faire partie du langage masculin.

— Ravi d'avoir discuté avec vous, Grayson.

Quand il disparut une fois de plus dans la cuisine, elle se tourna vers Grayson.

— Je suis désolée, marmonna-t-elle avec une petite grimace. Il est un peu trop protecteur.

Mais Grayson secoua la tête et jeta un regard par-dessus son épaule dans la direction que son frère avait prise.

— Il aime sa sœur et veille sur elle. Il n'y a pas de quoi s'excuser. Vous avez de la chance de vous avoir l'un l'autre, murmura-t-il en lui posant ses grandes mains sur les épaules. Allons-y.

Bien que des questions sur son énigmatique déclaration continuent de lui trotter dans la tête, elle le suivit.

— Je devrais t'en vouloir maintenant, marmonna Nadia en se calant contre le dossier de la chaise que Grayson avait tirée de la table du restaurant.

Même si le faible bourdonnement des conversations leur parvenait, leur table d'angle, partiellement protégée des regards indiscrets par un mur de verdure luxuriante, dégageait une illusion d'intimité. Et, à cause des regards curieux qu'ils avaient reçus en entrant, elle s'accrochait à cette illusion.

Grayson attirait naturellement l'attention. Mais, avec elle à ses côtés, les regards semblaient plus aiguisés, les chuchotements plus fiévreux. Une partie d'elle-même voulait se lever de table et sortir. Mais son autre moitié, celle qui débordait d'une colère provocante, soutint les coups d'œil furtifs. Oui, elle avait osé pénétrer sur leur territoire feutré. Mais elle ne baisserait pas les yeux pour s'excuser d'être là.

Grayson leur commanda du vin et, tandis que le serveur s'éloignait, il se tourna vers elle.

— M'en « vouloir » ? répéta-t-il avec un demi-sourire tandis qu'il prenait place dans le fauteuil en face d'elle. Pourquoi donc ? Ne venons-nous pas de passer une belle journée ensemble ?

— Oui, soupira-t-elle.

Il haussa un sourcil, et elle se mordilla la lèvre inférieure en tripotant sa serviette sur la table.

— J'ai l'air d'une mégère ingrate et je suis désolée. Merci pour cette journée extraordinaire à laquelle je ne m'attendais pas. Ezra et moi sommes à Chicago depuis un peu plus d'un an mais, entre le travail, son emploi du temps et… Eh bien, la vie de tous les jours, je n'ai pas eu l'opportunité de visiter la ville. C'était une merveilleuse journée. Encore une fois, merci.

— De rien, Nadia. C'était un plaisir, murmura-t-il. Et maintenant, dis-moi ce que tu ne dis pas.

La tête penchée sur le côté, il l'étudia. Elle eut un rire saccadé qui lui fit mal à la gorge.

— C'est… ça.

Elle agita une main devant son buste, indiquant la robe fourreau bleu nuit qui moulait sa poitrine, ses hanches et ses cuisses. Oui, Grayson l'avait escortée partout dans Chicago pour une visite étonnamment amusante de la ville. Il lui avait fait passer une journée qui lui avait permis de se sentir libre et spéciale. Mais…

— La robe de soirée, celle-ci… Elles ne font pas partie de notre marché, finit-elle par lâcher.

C'était plus profond que de ne pas vouloir bénéficier de sa générosité. Tellement plus profond.

— Si, cela fait partie de notre marché, Nadia, la contredit Grayson. Je t'ai demandé de jouer le rôle de ma fiancée. Et cela inclut que tu ressembles au personnage. Et il en va de ma responsabilité puisque c'était mon idée, et non la tienne. Quel genre d'homme serais-je si je ne prenais pas en charge les besoins de la femme que je suis censé aimer ? Pas seulement ses besoins émotionnels et sexuels, mais ses besoins matériels aussi. Et pas parce que je lui dois quoi que ce soit, mais simplement parce que c'est un plaisir pour moi.

Elle n'avait pas de réponse, parce que son esprit avait cessé de fonctionner lorsqu'elle avait entendu « émotionnels et sexuels ». Plus que quiconque, elle savait à quel point il réalisait les désirs d'une femme, satisfaisait son corps.

— Mais tu n'es toujours pas tout à fait honnête, poursuivit-il en la fixant d'un regard perçant. Dis-moi. Ta répugnance à recevoir des cadeaux est-elle un problème général ou est-ce spécifiquement lié à moi ?

Elle l'observa attentivement, la largeur de la table semblant se réduire à celle d'un timbre-poste. Soudain, il était trop proche, sa présence trop grande, trop imposante. Trop… tentante. Tout en elle lui criait d'éviter ce regard, de se taire. Elle n'avait pas besoin de lui en dire plus sur elle que le strict nécessaire pour venir à bout de cette mise en scène.

Pourtant, prise au piège de son regard énigmatique et fascinant, elle ne put étouffer l'impulsion de se confier à lui. Même si c'était juste un infime détail. Parce que tout ce qu'elle pouvait se permettre avec cet homme était infime.

Défiant la voix qui l'avertissait, elle murmura :

— Les deux, je suppose.

Du bout du doigt, elle effleura le mince pied de son verre, concentrant son attention dessus plutôt que sur Grayson.

— J'ai grandi dans une petite ville de Géorgie. Le genre de ville où il y a encore une supérette, une pharmacie qui vend également des glaces et une église à chaque coin de rue. Comme tu peux l'imaginer, tout le monde connaît tout sur tout le monde. Pour certains, c'est peut-être l'endroit idéal pour grandir, mais lorsque ta mère est…

Elle fit une pause. Les lambeaux de loyauté familiale et de respect que sa mère n'avait pas totalement détruits ne lui permettaient pas de traiter Marion Jordan de catin.

— Populaire auprès des hommes, acheva-t-elle, ta vie peut être un enfer.

Elle quitta le verre des yeux pour regarder le visage de Grayson, à la recherche d'une réaction. De surprise ? De dégoût ? Mais son visage ne trahit rien de ses pensées. Cette absence de réaction lui donna le courage de continuer.

— Ma mère ne travaillait pas. Elle était prise en charge par les hommes qu'elle « fréquentait », déclara-t-elle en utilisant le terme de Marion. Surtout des hommes riches. Ils payaient son loyer, ses factures et, oui, ils lui achetaient des bijoux et des vêtements. C'est comme ça qu'Ezra et moi avons survécu, grâce aux dons de ces hommes. Mais seulement quand ma mère décidait de partager, quand elle se souvenait d'acheter de la nourriture ou des vêtements pour nous, quand elle ne dépensait pas tout l'argent pour elle. Une fois, à seize ans, j'étais tellement désespérée que j'ai volé un morceau de pain, des pots de beurre à la cacahuète et de la confiture dans un magasin.

Sa voix ne faiblit pas lorsqu'elle lui avoua son seul et unique crime, et elle ne baissa pas les yeux. Elle n'avait pas eu honte à l'époque, ni à présent d'ailleurs. Elle avait fait ce qu'elle devait pour que son petit frère ne se couche pas le ventre vide.

Non, Nadia avait accepté la peine, le mépris de la ville, s'était excusée auprès du propriétaire de l'épicerie, mais elle n'avait jamais baissé la tête de honte.

Elle ne commencerait pas avec Grayson.

— J'ai appris que ces cadeaux me coûtaient ma fierté, sachant ce que ma mère avait fait pour les gagner. Dès que j'ai été assez grande et que j'ai pu trouver quelqu'un qui soit prêt à m'engager, j'ai pris un emploi chez un dépanneur de station-service dans la ville voisine. Je passais mon temps à quémander pour que l'on me dépose ou à faire trente minutes de vélo à l'aller comme au retour. Afin de subvenir à nos besoins, j'étais moins disponible pour mon frère. Je n'ai pas terminé le lycée, j'ai abandonné toute idée d'université. Mais ainsi on ne dépendait plus des « dons ni de la générosité d'un homme riche ».

Le silence s'installa entre eux pendant plusieurs secondes. Son cœur battait dans sa poitrine, le pouls était devenu frénétique. En cet instant, les yeux plongés dans son regard unique, elle essaya de ne pas reculer. Elle se sentait plus exposée que lorsqu'il lui avait ôté ses vêtements dans ce couloir sombre. Non seulement elle avait avoué que sa mère était la prostituée de la ville, mais elle avait également admis avoir un casier judiciaire et abandonné ses études secondaires. Pas exactement le genre de fiancée bien sous tous rapports.

— Pourquoi voulais-tu aller à l'université ? demanda-t-il doucement, la prenant au dépourvu.

— Pour être infirmière, répondit-elle. Peut-être parce que j'ai toujours été celle qui prend soin de sa famille, ajouta-t-elle en haussant légèrement les épaules. Cela ne devait pas se faire. D'ailleurs, c'est Ezra le génie de la famille. Il a…

Elle ne finit pas la phrase, s'interrompant juste avant de révéler qu'il venait d'être accepté à Yale. Bien qu'elle ait partagé une partie de son passé, elle ne lui faisait toujours pas assez confiance pour lui parler de sa famille.

— Il est brillant. Spécial, ajouta-t-elle.

— Et toi, tu ne l'es pas ? défia-t-il avant de se pencher vers elle. Ma belle, d'après ce que tu m'as dit, tu t'es pratiquement élevée toute seule et tu as élevé ton frère. Tu as sacrifié ton enfance pour qu'il bénéficie du peu de sécurité qu'une adolescente pouvait réussir à lui offrir alors que son vrai parent ne voulait pas être dérangé. Tu as quitté la seule maison que tu avais toujours connue et déménagé à des milliers de kilomètres dans une ville que tu ne connaissais pas. Tu es une combattante, une survivante. Ne pas être allée à l'université ne veut pas dire que tu n'es pas aussi intelligente, moins motivée ni performante que les autres. À mes yeux, il faut plus d'intelligence et de détermination pour se créer la vie que vous avez, Ezra et toi, que pour considérer la richesse et les opportunités de sa naissance comme un dû. L'un donne du caractère, de la détermination et de la force, l'autre, c'est juste la roulette russe de la naissance et de la chance.

Elle ne pouvait pas parler. Seulement ressentir. De la surprise. De la joie. De la gratitude. De la tristesse.

Ces sentiments tourbillonnaient en elle et se bousculaient dans sa poitrine, enflant dans sa gorge.

Personne, absolument personne, n'avait jamais dit d'elle qu'elle était intelligente, forte ou une survivante. Et pour que cet homme prononce ces mots…

Elle esquiva son regard intense, préférant fixer le contenu or pâle de son verre à vin. Bon sang, elle voulait boire une gorgée. N'importe quoi pour se distraire du poids de son examen minutieux, de la profondeur presque terrifiante et du pouvoir de ses propres émotions. Mais elle n'osait pas tenter de soulever le verre de ses mains tremblantes.

— Nadia, insista-t-il.

Bien qu'elle évite son regard, la dureté qui émanait de sa voix excluait toute désobéissance. Elle leva les yeux vers lui, se laissant immédiatement piéger par les profondeurs bleues et émeraude.

— Je vais continuer à t'offrir des cadeaux. Pas parce que je te le dois, non comme une dette dont j'attends le remboursement.

Il tendit la main et passa ses longs doigts autour des siens pour qu'ils tiennent tous les deux son verre. La chaleur et la force de son emprise produisirent une étreinte qui enveloppa tout son corps et pas seulement sa main.

— Je ne vais pas m'arrêter, parce que tu les mérites : la fille que tu étais, l'adolescente qui a grandi trop vite et la femme qui porte toute la responsabilité du monde sur ses épaules mais pas assez sa beauté. C'est ce que je veux te donner. C'est un honneur pour moi de t'offrir un peu de cette beauté. Laisse-moi faire.

Incapable de parler, elle n'osait pas hocher la tête. Peu importe combien elle en avait envie. Bon sang, la tentation de capituler juste pour une fois et de laisser quelqu'un, non, pas quelqu'un, Grayson, en porter le poids et prendre soin d'elle la balaya comme la douce chaleur d'un jour de printemps.

À qui cela ferait-il du mal ? À elle.

Sur le long terme, cela la dévasterait. Parce qu'elle pourrait facilement s'habituer à compter sur lui. Et le jour viendrait, dans quatre mois pour être exacte, où il ne serait plus dans sa vie. Quand il disparaîtrait, elle aurait mal et désirerait avoir encore son épaule où poser la tête, son torse où enfouir le visage, au lieu de faire face à la réalité.

Non. Grayson n'était peut-être pas Jared, mais c'était toujours un homme riche et beau qui pouvait lui faire croire que les contes de fées existaient.

Tout en raccommodant les failles dans son armure, que ses mots et son désir avaient créées, elle se renfonça dans son siège, recréant une distance bien nécessaire entre eux. Elle prit son verre de vin et le sirota, tout en regrettant que l'alcool ne soit pas plus fort.

Grayson la fixait, et le feu dans son regard lui brûlait la peau, la consumait. Elle mordit sa lèvre inférieure pour retenir un cri. Comme s'il l'avait entendue, leurs yeux se croisèrent.

Elle voulait se protéger de l'intensité et de la chaleur qu'elle décelait dans les siens, mais aussi incliner le visage vers lui, comme si son désir était le soleil et qu'elle avait envie de s'y prélasser. Elle tenta d'ignorer le picotement dans sa poitrine, la torsion dans son ventre et le besoin douloureux entre ses cuisses.

— Je peux te poser une question ? demanda-t-elle.

— Bien sûr.

En dépit de sa permission, elle hésitait toujours.

— Pourquoi organiser toute cette comédie ? Tu as affirmé que dire à ta mère que tu n'étais pas intéressé par ces mariages arrangés n'était pas possible. Mais pourquoi ? Je sais que nous ne nous connaissons pas très bien, mais tu ne me sembles pas être le genre d'homme qui pourrait…

Bon sang, comment finir cette phrase sans l'offenser ?

Un petit sourire se dessina au coin de sa bouche.

— Quoi ? Permettre aux autres de me manipuler ?

— Oui.

Il ricana, mais le son était sombre, cassant et dépourvu d'humour.

— En général, je ne me laisse pas faire, en effet. Que sais-tu de moi, Nadia ?

Il saisit son verre de vin et le leva mais, au lieu de boire, il regarda dans ses profondeurs dorées.

— Comme je te l'ai dit, pas grand-chose, répondit-elle.

— Vraiment ? fit-il en arquant un sourcil. Tu ne t'es pas renseignée du tout ? Ma famille est très connue. Elle fait partie de l'histoire de Chicago : ce sont des pionniers du secteur financier. L'acier, les chemins de fer puis l'immobilier, avant de se diversifier dans une multitude de secteurs, de l'assurance aux médias. Chandler International est une puissance dans le monde des affaires. Et, depuis que mon arrière-arrière-grand-père a créé la société, il y a plus de cent ans, un Chandler a toujours siégé au conseil d'administration. Et jusqu'à récemment, six mois pour être exact, mon frère, Jason, aurait dû perpétuer la tradition.

Une ombre passa sur son visage, assombrissant son regard. La culpabilité d'avoir abordé le sujet et le besoin impérieux de le réconforter bouleversèrent Nadia. Avant qu'elle puisse s'en empêcher, elle posa une main sur celle de Grayson. Après une légère hésitation, il inversa la prise, et sa main à lui saisit la sienne. Comme s'il s'y accrochait.

— Mon frère aîné est décédé il y a six mois, d'un anévrisme cérébral. Sa mort a été complètement inattendue…

Il secoua la tête sans relâcher les doigts de Nadia.

— Mes parents… Sa mort a été un choc, comme tu peux l'imaginer. Jason était leur aîné, l'héritier, le favori. Et il aurait dû le rester. Nous avions treize ans de différence et nous n'étions pas proches, mais je l'admirais beaucoup, je l'aimais. C'était un homme bien. Intelligent. Respectable. Charismatique. Imposant. Parfait.

— Personne n'est parfait, Grayson, murmura-t-elle.

— Aux yeux de mes parents, il l'était, répliqua-t-il. Ils l'adoraient. Et lorsqu'ils l'ont perdu… Je ne les ai jamais vus aussi brisés. Ils ont non seulement perdu leur enfant, mais aussi leur préféré.

Elle le contredit encore une fois en se penchant en avant.

— Pas leur préféré. Peut-être qu'ils avaient plus de points communs avec lui, puisque c'était l'aîné. Ou bien ils passaient plus de temps avec lui puisqu'il allait un jour prendre la direction de l'entreprise. Mais les parents aiment tous leurs enfants de la même façon. Même ma mère, bien que cela ne prouve pas grand-chose. Ils auraient été tout aussi dévastés si, par malheur, c'était toi qui étais mort. Ou ta sœur. Leur amour est le même.

Un sourire maussade passa sur ses lèvres alors même qu'il levait la main et, après une pause, lui attrapait le menton. Il frotta la pulpe du pouce juste sous sa lèvre inférieure, et elle lutta pour contenir le gémissement qui tentait de s'échapper. Elle battit des cils, le corps cotonneux. C'était la première fois qu'il la touchait sans que cela fasse partie d'une mise en scène. Si elle voulait se montrer intelligente, elle reculerait. Au lieu de quoi, elle se laissa aller, tournant légèrement la tête pour que sa bouche lui caresse la partie bombée de la paume.

Même à l'autre bout de la table, elle surprit son souffle saccadé. Il étudiait son visage comme s'il voulait faire une thèse sur chacune de ses courbes et chacun de ses sillons. Elle trembla sous son inspection et, quand elle leva à nouveau les yeux, elle frissonna plus fort à cause du désir ardent qu'elle vit dans les siens. Ce regard recelait des promesses qu'elle le savait tout à fait capable de tenir.

— Comment est-il possible que toi, qui as toutes les raisons du monde pour ne pas voir le meilleur chez les gens, croies toujours en des choses comme l'amour et l'impartialité des parents ? murmura-t-il.

Après une autre caresse, il la relâcha et laissa retomber sa main sur son verre à vin. Il le souleva, sirota une gorgée, mais son regard inquisiteur ne la quitta jamais.

Elle n'avait pas de réponse à lui fournir. Pourtant, une fois encore, il ne semblait pas en attendre une.

— Pour répondre à ta question initiale, je ne peux pas dire à ma mère d'arrêter parce que, peu importe notre relation, je dois être gentil avec elle après ces derniers mois. Et, hormis dans les premières semaines, je ne crois pas qu'elle se soit laissée aller à sa douleur. À la place, elle a concentré toute son attention sur d'autres projets, dont celui de me trouver une femme. Je pense que, si Jason s'était marié, s'il avait eu des enfants avant sa mort, son désir de me voir m'installer avec quelqu'un n'aurait pas été si… passionné. J'imagine seulement qu'elle ne veut pas que l'histoire se répète. Et c'est peut-être égoïste, mais je préfère souffrir à cause de ses tentatives ennuyeuses plutôt que de la voir brisée à nouveau.

« Égoïste » ? Elle pouvait utiliser plusieurs mots pour le décrire : arrogant, exigeant, despotique, sexy comme pas permis, mais égoïste ? Non. Pas quand il avait mis en place de fausses fiançailles juste pour que sa mère ne retombe pas dans un profond chagrin.

Grayson Chandler était… compliqué. Un play-boy. Un gentleman. Parfois un sale type. Un séducteur. Un fils désintéressé. Un étranger énigmatique. Et, après chaque aspect de sa personnalité qu'elle découvrait, elle voulait en repérer un autre. Puis un autre. Elle aspirait à trouver le cœur de cet homme, à voir ce qu'il y avait en dessous. À voir la vérité qu'il n'avait révélée à personne.

En d'autres termes, elle voulait qu'il la trouve spéciale ! Elle était peut-être davantage la fille de sa mère qu'elle ne voulait bien l'admettre.

Quelques minutes plus tard, la table débarrassée et l'addition payée, Grayson l'escorta hors du restaurant, une main posée dans le creux de ses reins.

La chaleur de sa paume pénétra sa robe jusqu'à la peau en dessous. Ses vêtements auraient tout aussi bien pu être invisibles… Un désir, intense et affamé, montait dans le bas de son corps et chaque pas, chaque frottement de ses cuisses l'une contre l'autre accentuait ce besoin jusqu'à ce qu'elle en frissonne.

Oh oui ! Elle était tombée tout au fond du trou du lapin. Mais est-ce qu'elle voulait en sortir ?

Elle n'en savait rien. Et cette indécision signifiait une chose.

Les ennuis.

- 11 -

Grayson resserra les doigts autour du volant, tout en guidant sa BMW noire vers Bridgeport, le quartier ouvrier de Nadia. À l'intérieur de la voiture, il ne pouvait échapper à son odeur de vent et de pluie, ni s'empêcher de repenser au fait que cette odeur était plus dense, plus riche sur sa peau… entre ses cuisses.

Parfois il se réveillait la nuit avec ce parfum si addictif sur la langue. Et la main enroulée autour de son érection. Tout en maintenant sous clé le grondement qui roulait dans sa poitrine, il resta concentré sur la route devant lui. Parce que lui jeter un coup d'œil et apercevoir ses longues jambes, mises en valeur par sa robe, pourraient causer sa perte.

Quand il l'avait achetée, il avait imaginé comment elle glisserait sur la rondeur de sa poitrine, recouvrirait ses hanches féminines et s'accrocherait à la perfection de ses cuisses musclées, à la fois royales et sensuelles, puissantes et sexy. Mais il avait sous-estimé la façon dont le tissu caresserait chaque creux, chaque mont et chaque courbe comme la main d'un amant. La façon dont cette robe lui donnerait l'envie désespérée de la lui ôter pour exposer le rêve ambulant qu'était ce corps dont il n'avait pu jouir qu'une seule fois.

Étant donné les relations de la mère de Nadia avec les hommes, la vérité sur les raisons pour lesquelles elle portait des vêtements ternes et mal coupés l'avait frappé comme un uppercut à l'estomac. Ses finances jouaient sans doute un rôle, mais une femme avec son apparence et son corps de sirène avait probablement repoussé plus que sa part d'avances masculines. Surtout si l'on avait supposé en ville – comment son père l'avait-il formulé ? – qu'elle n'était pas tombée loin de l'arbre maternel.

Pourtant, il ne regrettait pas de lui avoir acheté la nouvelle garde-robe qui encombrait son coffre. Comme il le lui avait dit, elle le méritait.

Le dîner n'avait été qu'un test pour savoir combien de temps il pourrait prétendre être civilisé alors que tout ce qu'il avait envie de faire, c'était de l'attraper et de la dévorer.

Oui, l'épreuve n'était pas facile, mais il l'avait réussie, et pas à cause de sa propre force morale. Elle l'avait gardé dans son fauteuil avec sa vulnérabilité. Seigneur, elle lui avait donné une leçon d'humilité ! Le rapport de son père avait peut-être inclus tous les éléments de son histoire, mais il n'avait pas su capturer sa détermination, son feu, son esprit combatif, sa loyauté envers sa famille.

Quelque chose de déplaisant s'insinua en lui. Comment Nadia, qui avait sacrifié son éducation, son temps et son propre confort pour sa famille voyait-elle son refus à lui de se sacrifier pour sa propre famille ? Était-ce la peur de voir le dédain apparaître sur son joli visage qui l'avait empêché de se confesser au sujet de KayCee Corp et de Chandler ? Cette femme avait tout sacrifié pour son frère. Mais lui refusait de faire la même chose pour son père et sa mère. Pour Jason.

— Merci pour le dîner, lâcha Nadia dans le silence

qui envahissait la voiture. C'était le plus charmant auquel quelqu'un m'ait conviée.

— De rien, répondit-il calmement. Tu es une femme magnifique, Nadia. Et terriblement sexy. Tu as beau venir d'une petite ville, je ne comprends pas comment aucun homme n'a voulu de toi, ne t'a invitée dans les meilleurs restaurants, ne t'a offert le monde, ajouta-t-il parce qu'une curiosité malsaine le taraudait.

Il coula un regard vers elle, nota la ligne délicate mais ferme de son profil, la fierté dans ses épaules tendues, le relief de sa poitrine magnifique.

— Étaient-ils tous aveugles ?

— Non. Ils n'étaient pas aveugles.

Le mot, bien que prononcé doucement, comprenait un arrière-goût si douloureux qu'il dut lutter contre l'envie d'arrêter la voiture pour exiger qu'elle lui dise ce qui se cachait derrière ce ton lugubre.

Elle ne dit rien de plus, mais il remarqua qu'elle n'avait pas non plus répondu à sa première question, à savoir si quelqu'un l'avait désirée. L'omission le démangeait, enfouie sous sa peau. Il voulait toutes ses réponses. Sa vérité.

Il la voulait nue comme il refusait de l'être pour quelqu'un d'autre. Il était hypocrite et il s'en moquait.

Quelques minutes plus tard, il gara la voiture sur le trottoir devant sa maison modeste. Il aurait dû couper le moteur et la reconduire à sa porte.

Au lieu de ça, il resta assis derrière le volant, le moteur tournant au ralenti. À côté de lui, Nadia ne fit pas non plus un geste pour sortir. Le silence qui les avait unis pendant le trajet depuis le restaurant s'installa à nouveau entre eux, mais cette fois-ci chargé d'une tension épaisse.

— Ton frère est à la maison ?

L'idée de la laisser dans une maison vide le dérangeait. Elle n'avait pas mentionné un manque de sécurité dans le quartier, mais quand même.

— Non, dit-elle. Il m'a envoyé un texto un peu plus tôt. Il reste chez un ami ce soir.

À cran, il ôta les mains du volant et les posa sur ses cuisses, s'obligeant à les garder là pour qu'elles ne traversent pas l'habitacle et n'aillent pas toucher la peau délicate de l'autre côté.

— C'est triste, mais l'histoire la plus réelle que j'ai vécue est cette fausse relation avec toi, souffla Nadia d'un ton rauque dans la pénombre. J'ai construit un… un mur autour de moi parce que je le devais. J'ai appris à le faire. C'est comme ça que j'ai survécu. Mais cela m'a également empêchée de me rapprocher des gens. La seule fois où j'ai baissé la garde en plusieurs années, c'est la nuit de la panne d'électricité. Avec toi. Et c'était génial. Un tel soulagement, pour une fois, de ne pas avoir à me protéger car, même si nous travaillons au même endroit, je ne pensais pas que nous nous côtoierions vraiment à nouveau. Je me sentais… libre. Tu m'as demandé une fois si je ne voulais pas simplement lâcher prise, passer la main et laisser quelqu'un d'autre s'occuper un petit peu de moi. C'est ce que j'ai fait dans ce couloir, et je veux le refaire. Ce soir, précisa-t-elle en se tournant vers lui. Je ne veux pas être seule ce soir.

Un besoin et un désir profond et affamé se répandirent en lui, se tordant et se mélangeant jusqu'à ce qu'ils deviennent ce désir impérieux. Et tout cela à cause de la femme en face de lui et de ces huit mots : « Je ne veux pas être seule ce soir. »

Il comprenait la solitude. Il la combattait souvent.

Mais était-ce vraiment lui qu'elle voulait ? Ou n'importe qui aurait-il fait l'affaire ?

Je m'en moque.

Cette vérité se répercuta dans sa poitrine.

Il la voulait, non, il avait besoin d'elle. C'était le cas depuis qu'il l'avait vue dans le couloir de cette maison. Si elle souhaitait l'utiliser pour repousser la solitude, l'obscurité, il ne se demanderait pas pourquoi ni qui il remplaçait temporairement. Il lui offrirait ce soulagement. Et en garderait un peu pour lui.

Parce que, bon sang, il en voulait.

— Si tu rentres avec moi, je ne peux pas te promettre d'être capable de ne pas te toucher. En ce moment même, je dois me faire violence pour ne pas passer la main sous cette robe et réhabituer mes doigts à ta chaleur qui me rend si dur, lâcha-t-il en guise d'avertissement.

— Je ne t'ai pas demandé de promesses, murmura-t-elle.

Son regard se posa sur les cuisses de Grayson. Sur le renflement facilement reconnaissable de son érection. Quand elle releva la tête, ses yeux brillaient de l'excitation qui le parcourait.

Alors il lança sa voiture dans le trafic et s'éloigna du trottoir. Ni l'un ni l'autre ne parlèrent pendant tout le trajet jusqu'à son immeuble de centre-ville. Ils n'échangèrent pas un mot lorsqu'il se gara ni dans l'ascenseur pour se rendre à son *penthouse*. Les portes s'ouvrirent sur son grand salon et, attrapant son coude, il la conduisit à l'intérieur.

S'arrachant à la vue de l'horizon scintillant que l'on découvrait à travers les grandes baies vitrées de l'appartement, il concentra entièrement son attention sur Nadia, sur son visage, son corps. Il la scrutait pour déceler le moindre changement, son regret de l'avoir accompagné ici.

Son expérience avec les hommes riches n'avait pas été positive, et elle l'avait sans aucun doute classé dans la même catégorie que ceux qui avaient exploité sa mère. Pourtant elle se tenait ici, chez lui, sans que ses yeux ne contiennent ni mépris ni remords.

Juste du désir.

Un gémissement monta dans sa poitrine et dans sa gorge, mais il le refoula. Il lui donnerait une dernière chance de se retirer avant de la toucher. Parce qu'une fois qu'il poserait les mains sur elle la messe serait dite.

— Tu es sûre, Nadia ? gronda-t-il d'une voix rauque. Si tu as changé d'avis, je te ramènerai chez toi sans questions, sans pression et sans colère. C'est ton choix et le tien seul.

Bon sang, ces mots lui mirent la gorge à vif lorsqu'il les prononça, mais ils devaient être dits. Il n'attendait pas d'elle plus que ce qu'elle était disposée à donner, elle devait le savoir.

— Autre chose, ajouta-t-il en s'autorisant à la prendre par le menton, bien quc cette petite caresse provoque en lui un désir foudroyant. Cela n'a rien à voir avec notre accord. Tout ce qui se passe ou ne se passe pas ici reste entre nous. Compris, ma belle ?

Elle hocha la tête et, comme elle l'avait fait au restaurant, posa les lèvres au creux de sa paume. Et, comme un peu plus tôt, son corps se transforma en pierre, son érection pulsa.

— Dis-moi quelque chose que personne ne connaît. Quelque chose qui restera ici, murmura-t-elle.

Son regard accrocha le sien lorsqu'elle posa un autre baiser doux et sexy dans sa paume.

À travers l'étreinte presque douloureuse de l'excitation, il reconnut sa requête. Celle qu'elle lui avait adressée la nuit de la panne d'électricité. Le passé entra en collision avec le présent. Sur un grognement grave, il leva son autre main pour lui emprisonner le visage, jusqu'à ce que leurs bouches ne soient plus séparées que par son simple souffle.

— Personne ne sait que je n'ai pas été capable de t'effacer de mon esprit depuis cette nuit dans le couloir. Tu étais censée être la distraction d'une nuit. Mais, au lieu de ça, tu me hantes. Toi et ce besoin qui me réduit les tripes en bouillie, vous ne voulez pas me laisser tranquille. Je t'en veux et je te veux en même temps.

Nadia agrippa la ceinture de son pantalon pour s'accrocher à lui.

— À ton tour, gronda-t-il, un peu en colère contre lui-même d'avoir admis tout cela. Dis-moi quelque chose que personne ne sait et qui restera ici.

Elle lui prit les poignets, se hissa sur la pointe des pieds et écrasa sa bouche sur la sienne. Avec un grognement, il desserra les lèvres pour accueillir sa langue, la suçoter et lui extorquer un gémissement en retour. Seigneur, elle avait le goût de ses souvenirs les plus heureux et de ses moments les plus sombres.

De la dépendance et de la tempérance. De tout.

Cette pensée alarmante lui traversa l'esprit, et il la repoussa. Sa bouche, sa langue se mêlant à la sienne, c'était physique et tellement bon. Mais temporaire et simple cependant. Il n'y avait rien de plus simple que le sexe.

— Dis-moi, ma belle, lui ordonna-t-il contre ses lèvres.

— Tu fais partie de l'élite américaine, murmura-t-elle, les ongles plantés dans la peau fine et sensible à l'intérieur de ses poignets. Et tu me donnes l'impression d'être Cendrillon. Plus que ça, ajouta-t-elle après une pause. Je veux être ta Cendrillon. Juste un instant. Je veux faire semblant d'être désirée.

Le gémissement qu'il avait contenu jusque-là lui échappa, et il réclama sa bouche. Il la prit. Vorace. Il glissa la langue entre ses lèvres entrouvertes, conquérant. Non, pas conquérant, car elle ouvrit davantage la bouche, abattant toutes ses défenses et capitulant volontiers.

Le plaisir le traversa.

Pliant les genoux, il baissa les bras et les passa sous ses cuisses. D'un mouvement vif, il la souleva. Son cri bref et aigu retentit à ses oreilles, mais elle l'entoura de ses bras et de ses jambes. La position fit remonter sa robe sur ses cuisses, et le tissu se tendit. Il jeta un coup d'œil et entrevit de la dentelle noire. Réprimant un juron, il se dirigea rapidement vers sa chambre. Sauf que chaque pas faisait frotter ce sexe enveloppé de lingerie contre son membre déjà dur. Il dut lutter pour ne pas trébucher et se cogner aux murs.

— Je peux te sentir, ma belle, murmura-t-il contre ses lèvres. Tu me fais comprendre à quel point tu me veux. Bien, grogna-t-il presque. Parce que j'ai besoin de toi. Je n'ai pas arrêté de te désirer depuis que tu m'as laissé entrer dans ton corps doux et chaud.

En réponse, elle posa la bouche sur sa gorge et traça un chemin avec la langue jusqu'à la peau juste sous sa mâchoire, qu'elle suçota. Le plaisir remonta dans son érection, la durcissant encore. Il inspira brusquement et resserra son étreinte.

Comme elle se raidissait entre ses bras, il lui caressa les cheveux, sans pourtant réussir à masquer son irritation.

— Non, Nadia, dit-il brusquement. Quelles que soient les pensées qui viennent de te traverser l'esprit, débarrasse-t'en. Elles n'ont pas leur place ici.

Il la reposa délicatement. Une fois de plus, il enfonça les mains dans ses cheveux, pour la faire basculer en arrière.

Elle n'avait pas à se cacher de lui. Pas ce soir. Il fit glisser une main sur son épaule, passa le dos de ses doigts sur la rondeur de sa poitrine.

— Chaque vallée…

Il balaya d'une caresse le creux de sa taille et de son ventre.

— Chaque centimètre…

Il inséra la main entre ses cuisses et la posa sur son sexe brûlant.

— Mérite d'être vu. D'être vénéré.

Un gémissement échappa à Nadia et, dans la manifestation d'abandon la plus excitante de la terre, elle l'attrapa par les épaules et se laissa tomber contre sa paume.

Il gémit.

— Refais-le. Je veux que tu fasses la même chose. Mais sur ma bouche.

Avec des gestes qui auraient dû être plus délicats, il lui ôta rapidement sa robe, ses bottes et ses sous-vêtements. Il refusait de lui laisser le moindre vêtement. En quelques secondes, il arracha le couvre-lit et étendit Nadia sur ses draps, à l'endroit même où il s'était tant de fois réveillé en sueur, l'érection palpitante et douloureuse, rêvant d'elle. À présent le rêve devenait réalité. Et c'était tellement mieux.

Incapable de la quitter du regard, il se dévêtit à moitié puis avança jusqu'à ce que son genou s'enfonce dans le matelas entre les cuisses de Nadia et que ses mains lui encadrent les hanches.

Elle essaya de fermer les jambes, mais son genou l'en empêcha.

— Écarte-les pour moi, l'encouragea-t-il. J'ai besoin de te voir.

Il posa les mains sur ses cuisses. Tout en exerçant une légère pression, il attendit que ses muscles se détendent. Sa peau à lui palpitait derrière la fermeture Eclair de son pantalon, et il gémit à la vue du sexe humide de Nadia. Il ne l'avait même pas encore touchée et il était déjà prêt à jouir.

— Nadia, tu es si belle. Je veux…

Il ne termina pas sa phrase. Impossible avec son goût délicieusement capiteux qui lui emplissait les sens. Affamé, il se fraya un chemin en elle avec la langue. Sous ses mains, les cuisses de Nadia se crispèrent et se resserrèrent autour de sa tête. Le long cri aigu qui lui parvint ne fit que l'encourager. Ça, et l'appétit insatiable qu'elle éveillait en lui.

Il se repaissait d'elle comme un homme affamé attaquant le plus somptueux des festins. Il découvrait, goûtait, buvait et vénérait chaque partie de son sexe. Les replis soyeux, l'entrée étroite de son corps et le petit bouton de nerfs sensibles. Il la savourait avec des baisers, des caresses gourmandes et des assauts implacables. Il n'abandonna pas, ne s'arrêta pas jusqu'à ce qu'une litanie de cris échappe à son amante et que les jambes accrochées à ses épaules se mettent à trembler.

Se concentrant sur le nœud enflé et palpitant de son sexe, il le caressa du pouce et le suçota. Puis il enfonça doucement les doigts dans son intimité prête et étroite. Il gémit contre elle, et son sexe dur se fit douloureux au souvenir de la dernière fois. Le besoin criant d'être en elle le transperça. Il retira les doigts et les enfonça de nouveau, plus fort. Elle hurla de plaisir.

Un sentiment de satisfaction l'envahit, et il ne s'arrêta pas de lui donner du plaisir avant qu'elle ait cessé de trembler. Il ôta alors ses doigts lorsqu'elle se détendit, sauta hors du lit et se débarrassa du reste de ses vêtements. Il eut encore la présence d'esprit d'ouvrir le tiroir de sa table de chevet pour en retirer un préservatif.

Les yeux de Nadia, somnolents et profonds, croisèrent les siens lorsqu'il se pencha sur elle. Il baissa la tête et captura sa bouche. Lui offrant les gémissements qu'il adorait, elle glissa la langue entre ses lèvres, entamant un duel avec lui. Elle passa une main derrière son cou, le pressa contre elle et fit glisser l'autre main sur son épaule, son torse, ses abdominaux puis plus bas. Il inspira brusquement lorsqu'elle enroula ses doigts minces autour de la base de son pénis pour le guider jusqu'à l'entrée de son corps.

Il rejeta la tête en arrière, ferma les yeux dès que son membre sensible entra en contact avec sa peau. Lui laissant prendre le contrôle, il la suivit, se laissa posséder par chaque mouvement de ses hanches. Et, lorsqu'elle glissa les mains sous ses fesses pour les attraper et le presser contre elle, il s'enfonça complètement dans le paradis.

Malédictions, exclamations et prières lui remontèrent dans la gorge. Mais il serra les mâchoires pour les bloquer. Inclinant la tête, il cligna des yeux et la fixa, captivé par la sensation de son pénis enveloppé de son étroit fourreau.

— Grayson, souffla-t-elle en l'agrippant par les épaules.

Pourvu que ses ongles y laissent une trace. Il voulait apercevoir leurs petites demi-lunes gravées dans sa peau au réveil.

— Gray, corrigea-t-il, d'une voix rugueuse comme du verre brisé. Dis-le, ma belle : Gray.

La dernière fois, dans le couloir, il lui avait demandé de l'appeler par son surnom. Et elle ne l'avait plus fait depuis cette nuit-là. L'entendre prononcer le nom que seuls ses proches utilisaient, il ne savait pas pourquoi, c'était absolument vital.

— S'il te plaît… Gray, murmura-t-elle en se redressant et en frôlant de ses lèvres son épaule humide de sueur. Tu es tellement… Je ne peux pas…

Elle remua les hanches, et son sexe se contracta autour du sien.

— Si, tu peux, ma belle, répliqua-t-il, luttant contre le désir qui menaçait de le mettre en pièces.

Enroulant les bras autour d'elle, il la serra contre lui et se retira avant de s'enfoncer de nouveau en elle.

Il ne pouvait pas prononcer un mot de plus. Il redevenait l'homme des cavernes qui avait précédé ses ancêtres au sang bleu. Réclamer. Marquer. Posséder. Il avait basculé et ne vivait que pour chevaucher ce corps, plonger en lui, faire Nadia sienne. S'il n'avait pas été consumé par le plaisir, cette pensée l'aurait sans doute effrayé. Et ce serait peut-être le cas plus tard. Mais pour l'instant, avec ses cris qui retentissaient à ses oreilles, ses ongles qui lui striaient la peau, son sexe qui l'appelait, l'incitant à s'enfoncer plus profondément, plus fort…

Il n'existait plus que pour atteindre l'extase.

Nadia s'accrochait à lui, scandait son nom. Il ne pouvait pas tenir plus longtemps. Pas quand des décharges électriques couraient le long de sa colonne vertébrale, vibraient dans le bas de son dos, son sexe et même la plante de ses pieds. Il était vivant, bien plus vivant qu'il ne l'avait jamais été de sa vie, à l'exception de la dernière fois où ils avaient fait l'amour.

— Lâche prise, Nadia.

Il se pencha, passa la main entre leurs corps en sueur et caressa fermement le petit bouton de nerfs à vif. Une fois, deux fois…

Nadia poussa un hurlement et se raidit si fort dans ses bras qu'il craignit presque de la briser en deux. Son sexe l'enserra comme un étau, le suppliant de continuer à lui donner du plaisir.

Alors il capitula et s'abandonna.

Un sentiment de libération l'envahit et, avec un grognement rauque et saccadé, il s'enfonça violemment en elle pour prolonger l'orgasme qui la parcourait encore. Son corps s'engourdit soudain, le projetant dans un espace où rien n'existait en dehors d'elle et du plaisir qu'elle lui procurait.

L'air s'échappa de ses poumons lorsqu'il se laissa tomber et, à la dernière seconde, il roula à côté d'elle pour ne pas l'écraser de son poids, sans cesser de se blottir contre elle, toujours enfoui profondément dans ses replis.

À ce moment-là, il n'aurait pas voulu être ailleurs.

- 12 -

— Pourquoi est-ce que je ressens une soudaine affinité avec le pauvre agneau sur le point de rencontrer son créateur ? ronchonna Nadia tandis que Grayson ouvrait la portière passager de la voiture tout en lui tendant la main.

Il eut un rire amusé. Elle n'avait pas été aussi discrète qu'elle le pensait. Elle réprima un soupir et posa la main sur la sienne. Il ne la lâcha pas et entrelaça leurs doigts.

C'est pour de faux. Le spectacle de Grayson et Nadia, acte II. La voix froide mais frustrée de la raison lui chuchota à l'oreille, et elle y fit attention. Elle se répéta même l'avertissement. Pourtant, cela n'empêcha pas son cœur de battre et une chaleur douce de s'accumuler dans son ventre devant ces signes d'affection décontractés.

Pour entrer dans ce somptueux manoir au bord du lac, où les invités allaient du sénateur au milliardaire comme Grayson, en passant par des célébrités, elle avait besoin de ce lien. Cette fête d'anniversaire organisée en l'honneur de ses parents par un ami de la famille était d'un tout autre genre que les petits cocktails et dîners auxquels elle avait assisté jusqu'à présent aux côtés de Grayson. On avait déjà parlé d'eux dans quelques chroniques mondaines, des blogs et des sites Internet. Certains s'étaient montrés plutôt gentils à son égard, d'autres n'avaient pas été aussi charitables, mais la même pensée traversait toutes les chroniques : que faisait l'héritier des Chandler avec une inconnue comme elle ?

« Inconnue ». C'était l'expression la plus sympathique qui avait été employée. Les autres, beaucoup moins agréables, comprenaient « la personne », « la pulpeuse ingénue » et la très populaire « croqueuse de diamants ».

Elle n'aimait pas le monde de Grayson, certes élégant, mais froid, mesquin et cruel. Sa mère, qui avait perfectionné l'art des « gentilles méchancetés », n'avait rien à envier à l'élite sociale de Chicago. Depuis qu'ils avaient conclu ce marché, un mois auparavant, Nadia avait perdu le compte des fois où elle s'était répété : « C'est pour Ezra. C'est pour Ezra… » L'avenir de son frère était la seule chose qui l'empêchait de fuir et de retourner dans son monde plus simple, plus pauvre mais plus aimable.

Bon, Ezra… et Grayson.

Elle lui jeta un coup d'œil lorsqu'il l'escorta dans l'escalier en marbre. Grayson appartenait à cet univers. Avec sa beauté masculine et la confiance qu'il arborait aussi naturellement que son smoking italien parfaitement coupé, il était à sa place dans cet endroit fait de richesse et de prestige. En cet instant, elle eut l'impression d'être une petite fille déguisée. Elle était un imposteur tandis qu'il était authentique. Et pourtant… Elle continuait ce simulacre de fiançailles.

Car, aussi incroyable et impossible que cela puisse paraître, Grayson avait besoin d'elle. Et pas seulement pour éviter les stratagèmes de sa mère. Au cours des semaines passées à ses côtés, elle avait remarqué qu'il jouait au play-boy ou à l'homme d'affaires devant les gens sans jamais montrer sa véritable personnalité. L'homme taciturne, parfois sombre, à l'esprit vif et à la langue acérée, qui existait sous le vernis. Il lui accordait cependant de brefs coups d'œil, des aperçus rapides qu'il n'autorisait à personne d'autre. Il avait besoin de quelqu'un avec qui il pouvait se débarrasser de ses artifices, même si ce n'était que pour un court instant.

Elle mentirait si elle n'admettait pas, ne serait-ce que pour elle-même, qu'elle avait soif de ces instants.

Stupide. Tu es stupide d'en vouloir plus. N'as-tu donc rien appris ?

— Tout va bien ? lui murmura Grayson à l'oreille lorsqu'ils entrèrent dans la maison.

— Oui, répondit-elle en plaquant un sourire sur son visage, dont elle espérait qu'il avait l'air serein. Pourquoi me poses-tu cette question ?

— Parce que tu serres très fort mes doigts, dit-il à voix basse.

Immédiatement, elle desserra sa prise.

— Désolée, souffla-t-elle. Je n'avais pas réalisé.

— Nadia, reprit Grayson tout en lui prenant le menton et en lui relevant la tête afin qu'elle puisse croiser son regard. Dis-moi à quoi tu penses.

Elle essaya de calmer le picotement qui parcourait son visage, sa poitrine, et descendait plus bas encore. Et échoua. Cela faisait deux semaines qu'ils avaient fait l'amour dans son appartement. Depuis, il ne l'avait pas touchée plus que ce que requérait leur mise en scène. Une partie d'elle comprenait pourquoi. Après leur discussion au restaurant et ce qu'elle lui avait révélé de son passé, il ne voulait sans doute pas qu'elle se sente soumise à des pressions. Il respectait ses limites.

Mais l'autre partie d'elle-même se demandait s'il ne la désirait plus. Si l'attrait de la nouveauté avait disparu. S'il ne la trouvait plus désirable…

Elle secoua la tête, en essayant de déloger ces mots destructeurs de son esprit. Mais Grayson fronça les sourcils.

— Je pense que je serai chanceuse si je réussis à ne pas embarrasser l'un de nous, déclara-t-elle. Cette soirée est beaucoup plus importante que les autres.

Ce n'était pas un mensonge. C'était bel et bien ce à quoi elle avait pensé plus tôt.

Le froncement de sourcils de Grayson se détendit, et son regard s'adoucit. Une fois de plus, il posa la main dans le creux de son cou. Une brûlure parcourut sa colonne vertébrale, et elle réprima à peine un gémissement.

— Tu as les plus beaux yeux que j'aie jamais vus, dit-elle tout à trac, tentant de secouer son corps engourdi.

Mais ses propres yeux s'écarquillèrent lorsqu'elle réalisa ce qu'elle venait de dire.

— Ne fais pas attention à moi, s'empressa-t-elle d'ajouter. Je t'ai dit que j'étais nerveuse. Que cela te serve d'avertissement. Voilà dans quel état je vais être quand j'entrerai dans cette salle de bal.

— Alors ce commentaire à propos de mes yeux, c'était juste… des inepties, déclara-t-il froidement.

Ce fut à son tour de froncer les sourcils.

— Non, je le pensais vraiment. Tes yeux sont magnifiques, répliqua-t-elle en étudiant son visage parfaitement neutre. Tu ne me crois pas, conclut-elle.

Voyant qu'il ne répondait pas, elle hésita entre la curiosité et la vexation. De toute façon, personne ne prétendait que les deux devaient mutuellement s'exclure.

— La situation actuelle mise à part, je n'ai pas l'habitude de mentir. Tu veux bien m'expliquer pourquoi tu ne me crois pas ? Et n'essaye même pas de me raconter que tu ne sais pas de quoi je parle.

La bouche de Grayson se réduisit à une ligne, et il plissa les yeux. Le silence s'installa entre eux, mais, élevant un adolescent, elle pouvait se montrer plus têtue que lui.

— Mes yeux sont étranges, pas beaux. Tu devrais garder les compliments qui ne veulent rien dire pour notre public. Ils sont gaspillés lorsque nous sommes en tête à tête, déclara-t-il sur le même ton distant.

Il voulait la faire taire. Blesser ses sentiments et la forcer à laisser tomber le sujet. Sa poitrine lui faisait mal à l'endroit où cette flèche glacée l'avait frappé de plein fouet. Peut-être que, si elle n'avait pas remarqué la douleur sous-jacente dans sa voix, elle aurait laissé tomber.

Quelque chose qui aurait pu être du regret passa dans les prunelles de Grayson avant que des ombres les engloutissent. Au risque d'être rejetée, elle s'approcha et lui prit la tête entre les mains, pour, cette fois-ci, l'obliger à la regarder dans les yeux.

— Écoute-moi bien. Je ne sais pas quel idiot t'a mis en tête que tes yeux étaient bizarres, mais tu dois l'oublier. Non, tes yeux sont beaux. Magnifiques. Intelligents. Différents. Audacieux. Ils sont toi. Dans ce monde prétentieux où la conformité est confondue avec la perfection, tu es absolument parfait. Et quiconque affirme le contraire peut aller au diable.

Ses yeux brillèrent sous le choc, une incertitude déchirante, exaspérante et… délicieuse. Une joie qui aurait dû la terrifier, et bon sang c'était le cas, enfla dans sa cage thoracique. Craignant ce que son visage pouvait révéler, elle baissa les bras et se détourna, effectuant un pas dans la direction indiquée par un membre du personnel.

Cependant un bras musclé lui entoura la taille, et Grayson la rapprocha de lui, pressant fermement le torse contre son dos. Les revers de sa veste de smoking lui effleuraient la peau dévoilée par sa robe dos nu.

— Lorsque tu salueras mon père, je te suggère de ne pas lui dire d'aller au diable, lâcha-t-il avant de resserrer son étreinte et d'embrasser ses cheveux. Merci, murmura-t-il.

Il la relâcha, lui prit la main et la fit avancer.

Silencieusement, elle poussa un long et profond soupir. *D'accord.* Sentant toujours l'empreinte de son bras et la caresse de ses lèvres, elle redressa les épaules et leva le menton. Des brins d'espoir s'épanouirent prudemment en elle. Peut-être que cette nuit ne serait pas aussi mauvaise qu'elle le pensait.

Vous savez ce qu'on dit des suppositions…

L'ironie flotta dans l'air alors qu'elle se tenait près des immenses portes du balcon de la salle de bal.

En soupirant, elle détourna son attention des jardins et reporta le regard vers la grande salle remplie des gens les plus riches, célèbres et acclamés de Chicago. Pendant la première heure qui avait suivi son arrivée avec Grayson, il était resté près d'elle, refusant de la laisser seule. Et elle avait apprécié sa présence réconfortante. Il était plus facile de naviguer dans les eaux troubles de la bonne société avec lui à ses côtés. Mais, dix minutes plus tôt, son père l'avait coincé et pratiquement tiré hors de la pièce pour l'obliger à parler à des associés. Depuis lors, elle avait souri et murmuré des bonjours à ceux qui ne feignaient pas de l'ignorer, tel un fantôme flottant dans la foule.

Elle avait déambulé jusqu'à l'une des nombreuses photographies des parents et de la famille de Grayson, qui étaient accrochées dans la salle de réception. S'arrêtant devant un portrait de la famille au complet, elle l'observa attentivement. Les parents de Grayson étaient assis sur un canapé blanc, tandis que Grayson, Jason et Melanie formaient un demi-cercle derrière eux, Jason étant au milieu, plus grand de quelques centimètres qu'un Grayson plus jeune.

Son attention se concentra sur le frère aîné de Grayson. Sur cette photo, il semblait avoir la fin de la vingtaine. Beau, raffiné, un peu réservé. Mais il était le seul à toucher ses parents, une main posée sur l'épaule de son père et l'autre sur celle de sa mère. Cherise avait un bras levé, ses doigts minces recouvrant ceux de son fils.

Que le seul signe de chaleur sur cette photo se situe entre le fils aîné et ses parents était… révélateur. Et triste.

— Quel spectacle, n'est-ce pas ? fit une voix empreinte d'amusement et d'un soupçon d'autodérision.

Nadia quitta la photo des yeux pour regarder Melanie, qui se tenait à ses côtés. Elle avait été tellement absorbée par la photo qu'elle n'avait pas entendu la sœur de Grayson s'approcher. Melanie avait été la seule personne à la saluer chaleureusement, et une vague de soulagement l'envahit.

— Très digne, commenta-t-elle, optant pour la diplomatie.

Melanie eut le petit rire moqueur qu'elle partageait avec son frère.

— Tu voulais dire « guindé », non ? répliqua-t-elle en souriant, ses yeux bleus brillant de malice. Ce que tu ne vois pas, c'est Gray qui pince les fesses de Jason, pour essayer de casser son attitude austère. Papa et maman n'avaient aucune idée de ce qui se passait derrière eux.

Nadia se mit à rire en voyant la photo d'un œil neuf à la lumière de cette histoire. Elle perçut le rire dans les yeux de Jason, le sourire à peine perceptible de Grayson et le léger tressautement des épaules de Melanie, comme si elle se retenait de rire.

— Ça me rappelle mon frère et moi, dit-elle en souriant chaleureusement pour la première fois. Nous sommes tout le temps en train de nous taquiner, nous aussi.

La lumière dans le regard de Melanie s'éteignit, mais l'amour demeurait tandis qu'elle fixait la photo.

— Jason, Grayson et moi, nous avions une… relation compliquée. Mais nous nous aimions. Et il y a eu des moments comme celui-ci, où nous nous sommes bien amusés. Dans ces moments-là, tu comprends qu'il n'y a rien de plus important que la famille.

— Je ne saurais être plus d'accord, coupa Cherise Chandler en apparaissant à côté de sa fille.

Elle jeta un coup d'œil à la photo et, l'espace d'un instant, la douleur apparut dans ses yeux. Mais l'instant d'après l'émotion avait disparu, son regard bleu, si semblable à celui de sa fille, était dur comme le diamant quand elle se tourna vers Nadia.

— La famille est la chose la plus importante dans cette vie.

— J'ai raté l'occasion de vous souhaiter un joyeux anniversaire lorsque je suis arrivée, madame Chandler. Félicitations, dit Nadia avec un sourire.

Comme elle s'y attendait, on ne le lui rendit pas.

— Merci, lâcha Cherise en hochant la tête. Quarante-cinq ans non seulement de mariage, mais aussi de vie de famille, d'expériences partagées et de points communs. Et par-dessus tout de loyauté.

— Maman, murmura Melanie.

Sa mère lui lança un regard courroucé.

— Cela doit être dit, marmonna Cherise avant de reporter son attention sur Nadia. Il y a six mois, cette… cette mésalliance entre Grayson et vous n'aurait pas eu d'importance à mes yeux. Mais maintenant, vous êtes comme son entreprise : un caprice auquel il s'accroche. Il devrait se concentrer sur ce qu'il y a de mieux pour l'avenir de sa famille, mais il préfère jouer au P-DG de cette entreprise qui n'existera plus dans quelques années. Alors qu'il devrait envisager son avenir avec une femme dont il pourrait tirer des avantages sociaux et financiers, il perd son temps avec vous. Son entreprise et vous n'êtes que des divertissements, des diversions pour un homme qui n'assume pas ses responsabilités envers sa famille.

Chaque mot heurtait Nadia comme une fléchette empoisonnée et bien ciblée. Elle s'effondra presque de douleur et d'humiliation. Mais plutôt mourir que de laisser voir à Cherise Chandler qu'elle l'avait blessée. Plus tard, elle se pelotonnerait autour de sa fierté malmenée et essayerait de se reprendre. Mais pour l'instant, elle ne donnerait jamais à cette femme la satisfaction de la regarder s'effondrer.

— Ça suffit, mère, cracha Melanie, dont la colère était palpable. Nadia est l'invitée de Gray. Ce manque de respect est indigne de notre famille.

— Vous vous trompez, intervint Nadia, dont la voix ne trembla pas quand ses yeux rencontrèrent ceux de Cherise. Grayson ne joue pas au P-DG, il en est un. Son génie et son audace ont propulsé son entreprise vers le succès. Ils ont déjà changé le paysage de la technologie et de la finance. Et KayCee Corp continuera à le faire pendant des années.

La passion qui enflait en elle était disproportionnée pour une fausse fiancée, mais elle s'en moquait. Tout ce qu'elle disait était vrai, et c'était bien dommage que cette mère ne reconnaisse pas les mérites de son fils.

— Et vous pourriez très bien avoir raison à mon sujet. Peut-être ne suis-je pas une femme dont il tirera des « avantages sociaux et financiers ». Mais vous croyez qu'Adalyn soit cette femme ?

— Elle vient d'ici, de notre monde. Contrairement à vous, lâcha Cherise.

Nadia secoua la tête.

— Il a bien plus en lui que le nombre de ses ancêtres au sang bleu ou celui des zéros sur son compte en banque. C'est un homme de chair et d'os. Il a besoin de quelqu'un qui le comprenne, qui voie au-delà des apparences, qui le soutienne et l'aime inconditionnellement.

— Et vous croyez vraiment être cette femme-là ? s'enquit Cherise d'un ton railleur.

— Je ne sais pas, répondit honnêtement Nadia. Mais il ne croit pas que ce soit Adalyn. Et j'ai le cœur brisé pour lui, parce que je n'ai pas l'impression que vous soyez cette femme non plus. C'était très agréable de te revoir, Melanie, ajouta-t-elle en regardant l'interpellée. Si vous voulez bien m'excuser, toutes les deux.

Elle s'éloigna, sans un regard en arrière, ses mains tremblantes enfouies dans les plis de sa robe. Lorsqu'elle avait passé ce marché avec Grayson, elle aurait dû lui demander une prime de risque.

Grayson se rua dans le couloir. Loin du bureau où il avait autorisé son père à l'appâter avec la promesse de

« ça ne durera que quelques minutes ». Les quelques minutes s'étaient transformées en presque trente. Son père lui avait tendu une embuscade, invitant plusieurs membres du conseil d'administration à qui il avait été à deux doigts d'annoncer que Grayson revenait dans le giron de Chandler International. Seul le respect l'avait muselé. Ainsi qu'un sentiment de culpabilité toujours présent, parce que le fils que voulaient ses parents, le fils qu'ils aimaient vraiment leur avait été arraché. Non, ce n'était pas sa faute si Jason était mort si soudainement, mais il était bel et bien mort. Même si Grayson n'était que le prix de consolation, ne leur devait-il pas cela ? Un Chandler pour remplacer un Chandler. Un fils pour un fils.

La rage, l'impuissance et le chagrin lui retournèrent l'estomac, remontant dans sa poitrine et dans sa gorge jusqu'à ce qu'il soit obligé de ravaler convulsivement le hurlement de fureur qui l'étranglait, exigeant d'être libéré.

— Grayson ?

Au son de la voix féminine et douce qui l'appelait, il ne retint pas son grognement. S'arrêtant soudain, il pivota lentement pour faire face à Adalyn. N'importe quel homme qui regarderait son ex verrait en elle une belle femme confiante et sophistiquée. Il remarquerait les beaux yeux verts, les traits délicats et le corps élancé merveilleusement mis en valeur par une robe qui portait sans aucun doute la griffe d'un couturier en vue.

Ce qu'il pourrait manquer en revanche, c'était la lueur calculatrice dans ses profondeurs émeraude ou son sourire légèrement cruel. Quand Grayson était amoureux d'elle, il n'avait pas remarqué ces détails, aveuglé par la beauté et le charme. Mais maintenant, alors qu'elle s'approchait de lui d'une démarche sensuelle, il ne voyait que ses défauts.

— Que veux-tu, Adalyn ? demanda-t-il. Laissons tomber la partie où nous prétendons que cette rencontre est due au hasard.

La colère brilla une fraction de seconde dans le regard de son ex-fiancée avant qu'elle batte des cils pour dissimuler sa fureur. Et la vérité.

Sa bouche se tordit, révélant toute sa cruauté avant que son sourire revienne.

— Ça ne me dérange pas d'admettre que j'ai attendu toute la soirée pour avoir l'opportunité de m'entretenir en tête à tête avec toi. Tu as été tellement… occupé ces derniers temps que nous n'avons pas eu le temps de nous parler seul à seul.

Il soupira et enfonça les mains dans les poches de son pantalon.

— Parce que nous n'avons rien à nous dire, rétorqua-t-il. Nous avons rompu il y a plus d'un an. Puisque tu n'es pas venue me trouver pendant cette période, je vais supposer que ce que tu as soudain besoin de me dire n'est pas vital.

— Tu m'as manqué, murmura-t-elle en se rapprochant.

Autrefois, il aurait peut-être pu tomber sous le charme de sa voix douce, de la jolie supplication dans ses yeux, mais il était bien placé pour savoir qu'on n'en tirait que désillusions et douleur. Son cœur à lui s'était d'ailleurs transformé en pierre. Et il battait grâce à la méfiance et au dédain plutôt qu'avec du sang. Et de l'amour.

Évidemment, prenant son silence dédaigneux pour un encouragement, elle se rapprocha encore et posa une main sur sa poitrine, sur le cœur qu'elle avait trahi.

— Nous avons passé de bons moments ensemble, Grayson. J'aimerais que tu t'autorises à t'en souvenir. Je m'en souviens, moi. Je me souviens à quel point nous riions. Nous étions presque inséparables. Tu me traitais comme une reine, tu me touchais, me donnais plus de plaisir que n'importe quel homme avant ou depuis.

Sa respiration s'accéléra, et elle laissa traîner un doigt le long de sa mâchoire.

— Nous étions très bien ensemble. Tu ne peux pas le nier. Et tu ne peux pas nier que tu m'aimais.

Non, en effet, mais à l'époque il ne savait pas que le sexe était simplement un autre outil de son arsenal, un moyen de le mettre au pas.

— Et ce retour de souvenirs n'a rien à voir avec l'accord commercial entre ton père et le mien ? ironisa-t-il en haussant un sourcil. C'est juste une coïncidence ?

Elle haussa les épaules.

— Nos familles ont toujours été des partenaires commerciaux. À un moment donné, tu ne voyais rien de mal à renforcer ce lien par le mariage.

— Tu as raison. Il fut un temps où je n'y voyais rien de mal, acquiesça-t-il. Mais c'était avant, et maintenant je suis soulagé de ne pas avoir épousé une femme qui nous a trouvés interchangeables, mon compte bancaire et moi.

Il recula afin d'échapper à sa main, et la fureur durcit ses traits.

— Alors tu penses que cette vache est meilleure que moi ? Tout le monde se moque de toi.

— Et voici la vraie Adalyn. Je me demandais combien de temps il faudrait avant qu'elle apparaisse, lâcha-t-il d'une voix blasée. Et tu continues à croire que tu es intouchable. Ton visage et le nom de ton père t'ont persuadée que tu étais irréprochable. Mais je suis plus que disposé à être celui qui te traitera différemment. Et, si tu insultes Nadia une fois de plus, si je t'entends avec autre chose que du ravissement dans la voix, je te démolirai. Je t'arracherai ces soi-disant amies desquelles tu t'entoures. Je détruirai cette réputation si chère à ton cœur. Je démonterai la cage dorée où tu vis. Et sache que je m'en délecterai.

La laissant en état de choc, il pivota et s'éloigna. À chaque pas, la lassitude remplaçait lentement la colère. Bon sang, il était juste… fatigué de ces machinations. De ces jeux. Des intentions cachées.

Il avait besoin de fuir ce couloir. De fuir Adalyn.

Les beaux visages pouvaient être faux, et les relations n'étaient pas fondées sur l'amour, la confiance ou le respect : ce n'étaient que des systèmes de troc basés sur ce qu'une partie pouvait prendre à l'autre. Tout ce qu'il avait à faire, c'était examiner les preuves qui se trouvaient dans sa propre vie. Sa relation avec ses parents. Avec Adalyn. Avec Nadia. C'étaient des mensonges bâtis sur la cupidité.

Et il voulait tout raser.

- 13 -

Nadia jeta un coup d'œil à Grayson, les ombres des lampadaires glissaient furtivement sur ses traits saillants comme des vagues qui refluaient. Quand il était revenu dans la salle de réception et l'avait retrouvée, il y avait plus d'une heure, son comportement avait changé. Il était toujours poli et charmant, alternant le rôle du play-boy et celui de l'homme d'affaires charismatique, mais il s'était montré… plus froid. Plus distant. Une tension semblait émaner de lui, et cela la mettait à cran.

Que s'était-il passé entre le moment où son père avait demandé à lui parler et sa réapparition ? Même maintenant qu'ils approchaient de chez elle dans sa voiture, la question restait bloquée dans sa gorge. Comme si une partie d'elle avait trop peur de l'interroger, effrayée par la possible réponse. Détournant le regard, elle fixa le paysage derrière la fenêtre sans vraiment le voir.

« Son entreprise et vous n'êtes que des divertissements, des diversions pour un homme qui n'assume pas ses responsabilités envers sa famille. » Les mots de Cherise résonnaient dans sa tête, ricochant dans son âme et libérant des fantômes qu'elle avait crus exorcisés. Elle n'avait été qu'un amusement, une diversion pour Jared. Ses fiançailles avec Grayson

étaient peut-être une imposture, mais ses parents l'ignoraient. Ses amis ne le savaient pas non plus. Ces chroniqueurs et blogueurs non plus. Donc, aux yeux du monde entier, elle était redevenue une fois de plus celle qu'elle s'était promis de ne plus jamais être.

La « passade » de quelqu'un, parce qu'elle n'était pas digne d'être son « pour toujours ».

Elle prit une brève inspiration, s'accrochant aux vestiges en miettes de sa fierté et les drapant autour d'elle comme les guenilles de Cendrillon. Seulement, son histoire à elle ne se finirait pas comme un conte de fées. Lorsque cette comédie avec Grayson serait terminée, elle serait plus riche de deux cent cinquante mille dollars, mais elle serait toujours en bas de l'échelle sociale, et il retournerait dans sa tour scintillante et privilégiée.

La voiture ralentit, puis s'arrêta. Elle cligna des yeux en apercevant les maisons familières de sa rue. Grayson sortit de la voiture, en fit le tour et ouvrit sa portière.

— Je te raccompagne.

— Ce n'est pas nécessaire. Ezra est à la maison, objecta-t-elle, ayant soudain besoin que cette nuit se termine.

Elle avait des plaies à panser, une armure émotionnelle à renforcer.

— Je te raccompagne, répéta-t-il d'un ton sans réplique.

— Bien, murmura-t-elle avant de monter le petit chemin menant à son perron.

Elle prit la clé dans son sac à main et la glissa dans la serrure. Alors qu'elle la tournait et se saisissait de la poignée, un torse ferme se pressa contre elle. Même à travers ses vêtements, la chaleur de Grayson la brûlait, la réchauffant contre le froid de novembre. Il posa le front contre l'arrière de sa tête et, comme ses cheveux étaient ramenés sur son épaule, son souffle lui balaya la nuque.

— Gray ?

— Laisse-moi entrer, lâcha-t-il d'une voix rauque.

À l'exception de son front et de son torse, il ne la touchait pas, mais le désespoir dans sa voix la saisit aussi étroitement que s'il avait passé les bras autour d'elle.

Il fit une pause et déglutit.

— Je… J'ai besoin de toi.

Il n'y avait pas que du désir physique dans cette voix. C'était bien plus complexe. Une soif de connexion… d'elle.

— S'il te plaît.

La supplication résonna en elle. Fermant les yeux, elle tourna la poignée. Et ouvrit la porte.

Ils avancèrent ensemble, et elle chercha aveuglément sa main derrière elle. La trouvant, elle entremêla leurs doigts et le conduisit jusqu'à sa chambre. Grayson posa les mains sur ses épaules, la retourna et la plaqua contre le mur près de la porte fermée.

Son grand corps se colla contre elle et l'enveloppa. Puis sa bouche s'écrasa sur la sienne pour la dévorer.

Elle gémit sous ses lèvres, et il lui intima le silence, afin de ne pas déranger Ezra. Acquiesçant, elle inclina la tête et ouvrit la bouche plus grand sous la pression de son baiser vorace. Il était… affamé. Mais, Seigneur, chaque coup de langue, chaque caresse de la sienne, chaque pression sur ses lèvres… Elle n'avait plus besoin d'air. Pas lorsqu'il la nourrissait avec le sien.

Des mains avides ôtèrent son manteau de ses épaules, abaissèrent la fermeture Eclair sur le côté de sa robe et la lui enlevèrent. Elle était nue et vulnérable. Tremblante. Tout aussi vite, il se débarrassa de ses vêtements. La prenant de nouveau dans ses bras, il la fit reculer vers le lit et s'y laissa tomber, l'entraînant avec lui. Une fois de plus, il recouvrit son corps, calant les hanches entre ses jambes. Elle lui enlaça les épaules, le serrant si fort qu'elle aurait juré pouvoir sentir chaque muscle, chaque tendon et chaque battement de son pouls contre elle. Ils s'embrassèrent, leurs langues s'entremêlant, leur respiration se confondant. Il mordit ses lèvres, son menton, et elle réprima un gémissement lorsqu'il la relâcha. Mais il l'avait seulement quittée le temps d'enfiler un préservatif, pour revenir et reporter son poids délicieusement lourd sur elle. De nouveau, elle l'enlaça, les jambes autour des hanches de Grayson.

— S'il te plaît, le supplia-t-elle.

Sans honte. Elle avait tout autant besoin de lui que lui d'elle. Désirant si fort ces moments où elle ne se sentait pas si vide. Et seul Grayson réussissait cet exploit.

Elle enfouit le visage dans son cou, se noyant dans le plaisir et refusant de déterminer pourquoi Grayson pouvait lui donner la paix et le sentiment de sécurité qu'elle n'avait jamais trouvés avec qui que ce soit.

Il glissa une main derrière son cou, la tenant tendrement tandis qu'il la pénétrait. Elle attendit, le souffle court, prête à ce qu'il la détruise par la férocité de sa passion comme les deux fois précédentes.

Au lieu de quoi, il resta au-dessus d'elle, son grand corps en équilibre sur les avant-bras, le visage au-dessus du sien. Lentement, si lentement que le temps sembla s'étirer, il baissa la tête pour lui effleurer la bouche de ses lèvres.

Il avait toujours l'intention de la détruire. Mais avec de la tendresse au lieu de la fureur.

Offre-moi une tempête, pesta-t-elle intérieurement. Elle pouvait se perdre dans la tempête. Elle pouvait être ballottée et brisée par elle. Mais cette douce pluie… Elle voulait se baigner dedans, qu'elle s'infiltre sous sa peau et ses os pour étancher une soif née de la négligence et du rejet dont elle avait été l'objet. Une soif dont elle niait d'habitude l'existence. Sauf lorsqu'il l'embrassait avec tendresse.

— Qu'est-ce que tu m'offres, Nadia ? demanda-t-il, la ramenant à cette nuit de la panne d'électricité, lorsqu'il lui avait posé la même question.

Quand leur temps ensemble semblait devoir se limiter à ces quelques heures de plaisir. Avant qu'elle connaisse ce bel homme puissant et imparfait.

— Moi, murmura-t-elle. Tout de moi.

Sa réponse était la même, mais différente. La dernière fois elle avait ajouté « pour cette nuit ». Cette fois-ci, elle ne donna pas de limite, pas de date d'expiration, bien qu'ils en aient une. Et, vu le rétrécissement de ses yeux et son souffle court, il avait remarqué l'omission.

Il se retira, lentement, délibérément, puis il s'enfonça de nouveau en elle avec assez de puissance pour lui arracher une exclamation de surprise.

— Doucement, ma belle, murmura-t-il en couvrant sa bouche de la paume. Tu dois rester absolument silencieuse, ajouta-t-il en baissant la tête pour que ses lèvres lui frôlent l'oreille.

Puis il s'empara d'elle.

Elle se tendit sous chaque coup, recevant chaque pression de ses hanches comme si c'était son dû, sa récompense. Il prit possession d'elle, marquant son corps du sien. Et elle le laissa faire. Elle l'accueillit.

Lorsque le plaisir déferla sur elle, comme une vague prête à l'entraîner au fond de l'eau, elle l'accueillit également. Parce qu'il avait joui en même temps qu'elle.

— Tu fais ça à cause de ton frère, n'est-ce pas ? murmura Grayson.

Nadia arrêta de tracer des motifs aléatoires sur la poitrine de Grayson. Avec ses membres alourdis par la satisfaction et la léthargie, elle ne voulait pas se lever. Pas avec son corps sous le sien, la chaleur qu'ils partageaient.

Il ne précisa pas sa question, mais il n'eut pas besoin de le faire. Elle avait compris ce qu'il entendait par « ça ». Son esprit s'engagea dans une bataille contre son cœur pour la réponse. Il l'avait vue nue, l'avait touchée et avait embrassé chaque partie de son corps mais, quelque part, l'admettre l'aurait rendue plus vulnérable encore. Elle n'était pas sûre de vouloir lui offrir sa vulnérabilité. Et s'il utilisait ces informations contre elle ? Lui faisait-elle confiance ? En fin de compte, ce fut son cœur qui prit la décision. Et l'emporta.

— Oui, dit-elle. Comment as-tu su ?

— Je ne l'ai pas compris au début, admit-il. Mais je n'ai jamais cessé de me demander pourquoi tu avais accepté mon offre alors que tu avais commencé par refuser. Compte tenu de ce que j'ai appris sur toi, l'argent en soi n'aurait pas été suffisant pour te motiver, alors que tu as du mal à accepter une simple robe de ma part. Mais ton frère ? Tu as déjà tellement sacrifié pour lui. Tu ferais n'importe quoi pour Ezra. Y compris faire semblant d'être ma fiancée. Et supporter tout ce qui va avec.

Elle hésita, puis hocha la tête contre son torse.

— Ezra a été accepté à Yale. Je l'ai appris ce jour-là, après avoir quitté ton bureau. On lui a offert une bourse partielle, mais nous ne pouvions pas nous permettre de l'y envoyer sans nous endetter.

— Les deux cent cinquante mille dollars, dit-il doucement.

— Le montant des frais de scolarité pour quatre ans, acquiesça-t-elle.

Le silence se fit entre eux, et seuls les bruits sourds de leur respiration remplissaient la pièce. Mais il ne s'assoupit pas. Bien qu'il passe doucement les doigts dans ses cheveux, la tension raidissait son corps. L'envie de le réconforter, d'apaiser ce qui le dérangeait s'empara d'elle. Rassemblant tout son courage, elle se redressa sur un coude. Mais, avant qu'elle puisse l'interroger, Grayson leva son autre main vers sa mâchoire et en traça délicatement le contour.

— J'ai honte quand je te regarde, lâcha-t-il.

Elle tressaillit d'entendre le dégoût dans sa voix. Il ne lui était pas destiné, mais était dirigé contre lui-même. Même dans la pénombre de la chambre, elle perçut la lueur de colère dans ses yeux.

— Tu m'impressionnes et tu me donnes une leçon d'humilité. Je me sens coupable de te toucher, de prendre ce que tu me donnes sans réserve, sans retenue, alors que je n'en suis pas digne.

Abasourdie, elle s'assit, sans se soucier de sa nudité. Elle le fixa, en clignant des yeux. Le choc lui faisait l'effet d'une gifle glacée.

— Quoi ? Pourquoi dis-tu cela ? D'où te vient cette idée ?

Il avait retrouvé son expression fermée lorsqu'il se redressa lui aussi, le drap enroulé autour des hanches. La colère, la tristesse et la frustration l'envahissaient.

Elle voulait briser ce masque. Le réduire en miettes pour qu'il ne puisse plus se cacher d'elle.

Qu'est-ce que tu en as à faire ? Il reste trois mois, et ça n'a pas d'importance.

C'était important, bon sang !

— Tu donnerais tout et tu as tout donné pour ta famille. Même pour ta mère. Tu as élevé ton frère, tu as subvenu à ses besoins et tu ne les as jamais quittés. Tu as renoncé à ta propre éducation pour que ton frère puisse en avoir une. Tu as mis tes rêves entre parenthèses pour être sûre qu'il puisse poursuivre les siens. Tu as fait passer ses besoins avant les tiens. C'est ce que tu es. Ce n'est pas moi.

Il prononça distinctement les derniers mots, en dépit de sa mâchoire serrée.

— Lorsque Jason est mort, reprit-il après quelques secondes, ma responsabilité aurait été de reprendre là où il s'était arrêté. Chandler International n'est pas seulement un héritage, c'est une entreprise familiale. Et un Chandler en a toujours été à la tête, perpétuant l'entreprise pour la génération suivante. Sans Jason, la tâche me revient. Même si j'ai reçu ce droit par défaut. Même si je suis considéré comme une seconde option. La loyauté et le devoir doivent passer avant les besoins personnels. Je devrais être honoré de diriger cette entreprise. Mais je ne le suis pas. Je ne le veux pas. Je ne suis pas aussi désintéressé que toi, Nadia.

— Qu'est-ce que tu veux, Gray ? murmura-t-elle, ne trouvant aucun plaisir dans son compliment puisqu'il signifiait qu'il se condamnait lui-même.

— Être libre.

Elle entendit le désespoir dans sa discrète déclaration. Combien de fois avait-elle prié, supplié Dieu de la libérer de l'ombre pesante de sa mère, des attentes peu élevées des gens, du poids de la responsabilité ?

— Gray, j'aime Ezra de tout mon cœur. Mais je n'étais pas prête à être sa mère et sa sœur. Je n'étais pas prête à quitter le lycée pour trouver un emploi et subvenir à ses besoins. Je n'étais pas prête à quitter l'enfance, même celle que j'ai eue, et à entrer trop tôt dans l'âge adulte. Si j'avais eu le choix, je ne l'aurais pas fait. Et il n'y a pas de culpabilité ni de honte à l'admettre. Pourtant, si je devais recommencer dans les mêmes circonstances, je le ferai. Parce qu'il était plus vulnérable que moi. Mais, si on m'avait proposé une existence différente, une vie plus douce, je l'aurais choisie pour Ezra et pour moi. Une vie où notre avenir nous aurait appartenu, où nous aurions pu façonner et forger notre propre futur. Tu as le choix. C'est un pouvoir, ton pouvoir. Et tu ne devrais laisser personne te le voler avec ses attentes et ses exigences. Tes parents peuvent en avoir, mais tu n'as pas à les satisfaire.

Un demi-sourire sans joie flotta sur les lèvres de Grayson.

— À t'écouter, ça a l'air tellement facile.

Elle poussa un soupir impatient, à mi-chemin entre de la moquerie et de l'exaspération.

— Détrompe-toi. Décevoir ceux que nous aimons et respectons n'est jamais facile. Mais de quoi as-tu peur ? ajouta-t-elle en pressant le muscle ferme de sa cuisse.

Il secoua la tête, un petit rictus au coin des lèvres.

— Je n'ai pas…

Elle balaya l'air de son autre main.

— Si, insista-t-elle en l'interrompant. Oublie ces absurdités machistes. De quoi as-tu peur ?

La lutte intérieure de Grayson se reflétait sur son

visage, dans ses yeux. Bien qu'elle soit préparée à ce qu'il la repousse, elle entrelaça leurs doigts. Ce ne fut que quelques instants plus tard, lorsqu'il retourna la main et attrapa la sienne, qu'elle respira.

— De détruire le peu de fierté que mes parents ont pour moi, finit-il par dire, la voix rauque.

La dureté de ses aveux frotta sa peau comme du papier de verre. Et elle en fut reconnaissante.

— Perdre leur amour. Les perdre.

Comme il fermait les yeux, la frange épaisse de ses cils y créa des ombres plus profondes.

— Mais je crains tout autant le genre d'homme que je deviendrais si je cédais et que je revenais à Chandler.

Il ouvrit les yeux, et son regard se perdit dans le sien. Elle le croisa, bien que sa douleur austère soit presque trop difficile à soutenir.

— J'ai peur d'être piégé.

— Gray, souffla-t-elle.

Impulsivement, elle grimpa sur ses genoux pour se mettre à califourchon sur lui. Prenant son visage dans les mains, elle s'avança, pressa le buste contre le sien, le front contre son front.

Reculant juste assez pour pouvoir le regarder dans les yeux, elle murmura :

— Tu es… digne de l'amour et de l'acceptation de tes parents. Juste parce que tu es leur fils. Mais aussi parce que tu es beau, brillant, un témoignage du même esprit pionnier que celui du fondateur de Chandler International. Ne pas céder à leur demande ne fait pas de toi un homme déloyal. Cela fait de toi l'homme qu'ils ont élevé, un homme qui pense par lui-même. Qui a du succès, prospère dans des situations difficiles, se tient à ses engagements, à ses rêves et à ses décisions. S'ils ne sont pas capables de voir cela… S'ils ne peuvent être fiers de la personne que tu es, leur fils, c'est leur problème, pas le tien. Jamais le tien.

Elle passa les bras autour de son cou, se forçant à rester silencieuse.

Elle en avait assez dit. Un peu plus et elle pourrait révéler plus que ce qu'elle en avait l'intention et pouvait se permettre. Mais ensuite, elle caressa ses pommettes saillantes de la pulpe de ses pouces, les passa sur ses lèvres à couper le souffle, plongea dans son magnifique regard… Et elle ne put empêcher les derniers mots de s'échapper.

— Je ne te connais vraiment que depuis quelques semaines. Et, Gray, je suis fière de te connaître, lui murmura-t-elle à l'oreille. Toi. Si personne d'autre ne te le dit, je le ferai.

Elle déposa un rapide baiser sur la peau tendre derrière son oreille. Un autre sur l'arête de son nez. Un de plus sur son menton. Et en dernier un au centre de sa bouche.

Comme si cette dernière caresse venait de briser la chaîne qui le retenait, il enroula les bras autour d'elle, la serrant si fort que ses côtes protestèrent, mais elle ne lui demanda pas de la relâcher. Au contraire, elle serra plus fort, elle aussi. Et, lorsque la bouche de Grayson s'empara de la sienne, elle s'ouvrit à lui. Se soumit. Donna.

Tomba.

- 14 -

Nadia sortit de l'ascenseur à son étage lundi matin et se dirigea vers son bureau.

Tu ne peux pas marcher en souriant comme une imbécile. Bon sang !

Son rappel à l'ordre exaspéré ne parvint pas à atténuer la lumière dans son sourire. Pas quand la joie la plus insensée et la plus éclatante rayonnait dans sa poitrine comme une lampe réglée sur la puissance maximale.

Tout ça parce qu'elle s'était réveillée dimanche matin à côté de l'homme qu'elle aimait. Oui, elle était amoureuse de Grayson Chandler.

Un peu plus que de la panique infiltra son bonheur. Quelque part au cours de ces dernières semaines, elle avait ignoré tous ses avertissements, brisé chacune de ses promesses, ignoré chaque récit édifiant et elle était tombée amoureuse de l'homme dont elle s'était juré qu'il resterait hors d'atteinte. La dernière fois que ce sentiment d'excitation, de peur et d'espoir avait fait battre son cœur pour un homme, la fin de leur relation l'avait presque brisée.

Mais Grayson n'était pas Jared.

Donc oui, elle était tombée amoureuse de lui.

Et elle n'arrivait pas à décider si elle était parfaitement idiote ou s'il s'agissait d'un merveilleux acte de foi. Elle pouvait encore sentir la pression fantôme de son corps alors qu'elle s'assoupissait après avoir fait l'amour…

Elle retourna la phrase dans sa tête. Avaient-ils fait l'amour ? De son point de vue à elle, c'était bel et bien le cas. Du sien… Son ventre noué la tiraillait. Elle n'en savait rien. Grayson aimait avoir des relations sexuelles avec elle, mais la voyait-il autrement que comme sa fausse fiancée et sa partenaire de lit occasionnelle ? Pouvait-il l'aimer ?

Cet espoir insensé et volage vibra de nouveau en elle et massa un point sur sa poitrine. Directement sous ses doigts, son cœur battait un tempo nerveux.

— Bonjour, mademoiselle Jordan, la salua M. webber en s'arrêtant devant son bureau.

Depuis que la nouvelle s'était répandue au bureau que Grayson et elle étaient « fiancés », son supérieur était un peu sur la réserve avec elle. On aurait dit qu'il ne savait plus comment la traiter : comme une employée normale ou comme son futur employeur. En tout cas, il ne lui avait plus demandé de travailler le week-end.

— Bonjour, monsieur webber, répondit-elle en souriant. Y a-t-il quelque chose que je puisse faire pour vous ?

— Pouvez-vous m'envoyer le programme de la journée ? demanda-t-il.

Elle lutta contre l'envie de lever les yeux au ciel. Parce qu'elle lui envoyait l'agenda du lendemain tous les soirs avant de partir. Pourtant, au lieu de lui dire de vérifier ses mails, elle acquiesça et murmura :

— Bien sûr.

Son patron entra dans son bureau, et elle s'installa dans son fauteuil, prête à commencer la journée.

Ravalant un soupir exaspéré, elle ouvrit sa boîte mail

et composa un nouveau message, auquel elle joignit l'agenda de M. webber, et l'envoya. Elle déplaça sa souris sur le bouton pour réduire la fenêtre des mails, lorsqu'un message en gras dans sa boîte de réception attira son attention : il provenait d'une adresse qu'elle ne reconnut pas. Curieuse, elle cliqua dessus, fronça les sourcils. Elle ne comprenait pas ce qu'elle était en train de lire. Mais, si les mots prirent quelques instants pour qu'elle en comprenne le sens, les images attachées au mail eurent du mal à faire sens.

Son cœur battait si fort contre sa cage thoracique qu'il lui faisait mal. L'air se bloqua dans sa gorge. Dieu merci ! Parce que cela empêcha également un gémissement douloureux de s'en échapper.

Elle fit défiler les images l'une après l'autre. Grayson et Adalyn se tenant près l'un de l'autre dans un couloir, la main de la jeune femme à l'intérieur de sa veste de costume. Adalyn caressant amoureusement la mâchoire de Grayson, un sourire sensuel aux lèvres. Grayson, la tête baissée vers Adalyn, leurs visages si proches que leurs lèvres s'effleuraient presque.

Il y en avait dix en tout, qui révélaient un couple surpris dans un moment d'intimité.

D'après les vêtements qu'ils portaient, les photos avaient été prises à l'occasion de la fête d'anniversaire des Chandler. Où était Nadia lorsque Grayson et Adalyn s'étaient vus ? Était-elle en train de le défendre contre sa mère tandis qu'il cajolait une ex qu'il était censé haïr ? Cherise avait-elle fait diversion pendant que ces deux-là avaient arrangé leur rencontre ? Les questions fusaient dans sa tête, et elle voulait crier sous les coups. Elle se redressa d'un bond, si violemment que sa chaise tomba. D'une main tremblante, elle déplaça la souris et remonta jusqu'au message accompagnant les photos.

Je ne voulais pas en arriver là, mais tu ne me laisses pas d'autre choix. Si tu ne me crois pas, alors peut-être que tu croiras ces photos, car elles valent mille mots. Grayson n'a jamais cessé de m'aimer, comme tu peux très bien le constater. Quoi que tu penses avoir avec lui, ce n'est pas réel. Tu ne fais rien d'autre que te ridiculiser. Ressaisis-toi et pars avec le peu de fierté qu'il te reste.

Il n'y avait pas de signature, mais cela n'était pas nécessaire. Adalyn. Elle avait découvert l'adresse électronique de Nadia et la persécutait sur son lieu de travail avec les preuves des sentiments toujours vivaces entre Grayson et elle.

Non, Grayson avait été catégorique, lorsqu'ils avaient conclu leur premier marché : il ne retournerait jamais avec Adalyn. Si quelque chose s'était passé entre-temps pour qu'il change d'avis, il le lui aurait dit… Non ?

Si.

La partie d'elle-même qui voulait obstinément croire à son intégrité lui rappela vertement leur accord. Il devait y avoir une explication pour ces photos. Pour l'émotion et l'intensité qui semblaient vibrer entre eux.

Avant qu'elle puisse reconsidérer sa décision, elle imprima le mail et se dirigea vers les ascenseurs.

Elle avait besoin d'une réponse.

Quelques minutes plus tard, elle arriva à l'étage de la direction de KayCee Corp et se dirigea vers le bureau de Grayson. Mme Ross, sa secrétaire, leva les yeux lorsqu'elle s'approcha, un sourire poli mais accueillant aux lèvres. Nadia se força à lui rendre la pareille.

— Bonjour, madame Ross, est-ce que Grayson, je veux dire M. Chandler, est là ?

— Il s'est absenté à l'instant, répondit la femme plus âgée en levant la main vers les doubles portes fermées. Mais je suis sûre que cela ne le dérangera pas si vous l'attendez à l'intérieur. Il devrait revenir sous peu.

— Merci.

Une fois à l'intérieur, elle referma les portes derrière elle et soupira, en s'appuyant contre le bois.

Demande-lui. Je vais juste lui demander. Il va tout m'expliquer, et tout ira bien.

Il devait y avoir une explication. Elle n'avait rencontré Adalyn Hayes que deux ou trois fois, mais cela lui avait suffi pour comprendre que cette femme était manipulatrice et qu'elle n'hésiterait pas à mentir pour obtenir ce qu'elle désirait. La raison souffla sur les flammes de douleur et de l'humiliation qui crépitaient dans son cœur. Elle se dirigea vers le bureau de Grayson pour s'asseoir sur l'un des sièges visiteur en l'attendant.

— Mais qu'est-ce que… ? souffla-t-elle.

Elle fixait l'enveloppe brune où son nom était inscrit. L'idée de respecter l'intimité de Grayson et de ne pas ouvrir le dossier ne lui vint même pas à l'esprit. Avant qu'elle ait pu se convaincre du contraire, elle avait déjà ouvert le dossier et libéré la mince liasse de papier. Hébétée, elle lut le rapport du détective privé.

Marion Jordan, l'alcoolique et la prostituée de la ville. Deux enfants de deux hommes différents. Le dossier d'arrestation de Nadia Jordan. Décrochage scolaire.

Tout son passé inscrit noir sur blanc. Avec des détails surprenants et grinçants.

De la colère. De la douleur. De la honte. Ces sentiments la consumèrent. Elle ne pouvait plus ni respirer, ni penser, ni… Oh bon sang, elle ne pouvait plus !

— Nadia.

Les papiers glissèrent sur le sol lorsqu'elle pivota très lentement vers la voix grave qu'elle adorait… et à qui elle en voulait maintenant.

Grayson la regarda, le regard troublé. Interrogateur. Il savait ce qu'elle avait découvert, ce qu'elle avait lu.

— Tu as fait faire une enquête sur moi, déclara-t-elle, impressionnée par son calme.

Sa voix n'aurait-elle pas dû être un chaos, rauque à cause de tous ses hurlements internes ? Tout d'abord le mail de son ex, puis ce rapport. Ils l'avaient brisée émotionnellement tous les deux, sa voix aurait dû en être le reflet.

— Tu as prétendu ne rien savoir de moi, de ma mère, de ma vie en Géorgie, alors que tu savais tout depuis le début.

— Ce n'est pas moi qui ai commandé cette enquête. C'est mon père, répliqua-t-il, un masque impénétrable bien en place sur le visage à l'exception de ses yeux qui restaient alertes et vifs.

— Mais tu ne m'en as pas parlé non plus, l'accusa-t-elle. Et dire que pendant tout le chemin jusqu'ici je me disais que tu ne me mentirais pas. Que, si tu avais quelque chose à me dire, tu serais franc à ce sujet, tu ne me cacherais rien. Et puis, je trouve ça.

Comme dans un film au ralenti, elle se rejoua tous les moments qu'elle avait partagés avec lui, le dévoilement de son cœur. Et, pendant tout ce temps, il savait déjà, la jugeait déjà…

— De quoi parles-tu, Nadia ? demanda-t-il. Je ne t'ai pas menti. Cette chose ne veut rien dire pour moi, affirma-t-il en levant la main vers le rapport éparpillé sur le sol. Mon père a fait mener une enquête. Je ne me soucie pas de savoir où tu es née, ni qui est ta mère. Je ne m'intéresse qu'à la femme qui se tient devant moi. Tu devrais le savoir à présent.

— Et à propos de ça ? murmura-t-elle en prenant les photos où elle les avait laissées et en les poussant vers lui.

Il ne la quitta pas des yeux avant que ses doigts se referment sur les photos. Quand il lut le mail et étudia les photos, ses traits se durcirent jusqu'à ce que son air féroce soit capable de mettre le feu à tout le bureau. Finalement, il releva la tête, et la fureur brilla dans ses yeux.

— Où as-tu trouvé ça ?

Elle frissonna devant la rage à peine contenue qui vibrait dans sa question.

— Un mail d'Adalyn, je suppose. Cela m'attendait lorsque je suis arrivée au bureau ce matin.

— C'est n'importe quoi, grogna-t-il en jetant les feuilles sur le siège visiteur. Je ne sais pas comment Adalyn s'est arrangée pour que ces photos soient prises, mais elles sont trompeuses et fausses. Elle m'a coincé à la fête de mes parents, et nous nous sommes disputés. Elle s'est approchée de moi, m'a touché mais, ce que les photos ne montrent pas, c'est que je l'ai repoussée. Ils ne contiennent pas de fichier audio où je lui dis qu'un « nous » est désormais impossible entre elle et moi. Où je lui dis de ne plus te menacer et de ne plus t'insulter. C'est une garce vindicative qui ne voit que les dollars et refuse qu'on lui dise « non ».

Nadia ne put pas parler, la douleur provoquée par le mail et le rapport était trop fraîche. Elle était arrivée au travail avec espoir, heureuse. Mais à présent elle s'était repliée dans sa coquille, trop craintive pour exposer son cœur meurtri.

Il soupira, passant de nouveau les doigts dans ses cheveux, avant de laisser tomber le bras sur le côté.

— Tu veux savoir pourquoi j'ai mis fin à ma relation avec Adalyn ?

Il détourna les yeux un bref instant, avant de les reporter sur elle, des ombres voilant son regard.

— Je l'aimais. De toute mon âme. Quand j'envisageais l'avenir, je ne pouvais pas l'imaginer sans elle. Est-ce que je savais qu'elle n'était pas parfaite ? Oui, mais qui l'est ? Elle était tout pour moi. Jusqu'à ce qu'elle ne le soit plus.

Il traversa la pièce vers la baie vitrée derrière son bureau. Elle fixa son dos, ses épaules tendues. Une partie d'elle voulait le prier de continuer. Mais une partie, plus grande, la plus craintive, ne voulait pas l'entendre.

— Juste après nos fiançailles, nous avons assisté à celles d'une de ses amies. Je suis sorti pour prendre un appel et, quand j'ai eu fini, j'ai entendu Adalyn et son amie parler de l'autre côté du balcon. Je me suis dirigé vers elles, mais j'ai entendu des bribes de leur conversation. C'était à propos de moi. Et de Jason. Elle expliquait à son amie qu'elle avait réussi à me mettre le grappin dessus mais seulement parce que mon frère l'avait repoussée. Elle avait tenté de le séduire, sauf qu'il n'était pas intéressé. Alors elle m'a poursuivi et m'a séduit. Selon ses dires, un frère Chandler en valait bien un autre. L'homme importait peu, l'héritage oui. Je l'aimais, mais elle n'aimait que mon argent et le style de vie que cela lui procurerait.

— Gray, souffla-t-elle, accablée. Je suis vraiment

désolée. Personne ne mérite ce genre de trahison. Toi particulièrement.

— C'est fini. C'est du passé, trancha-t-il, les mains enfouies dans ses poches. Si je te livre ça, c'est pour que tu comprennes que peu importe ce que montrent ces images, il n'y aura plus jamais rien entre Adalyn et moi. Je ne t'ai pas menti.

Et elle le crut. Mais cela ne chassa pas la tristesse, ni l'avant-goût de perte qui la balaya, menaçant de l'étouffer. Parce que, si elle acceptait la vérité sur Adalyn, elle ne pouvait pas non plus nier une autre certitude.

Il ne pouvait pas l'aimer.

Elle ne serait jamais plus qu'une barrière entre sa mère, son ex-fiancée et lui.

La mort de ce sursaut d'espoir la poignarda, et elle inspira fort pour que la douleur se dissipe. Mais celle-ci ne disparut pas. Elle avait été une fois de plus une imbécile. Et cette fois-ci, c'était bien pire. Au moins avec Jared, elle n'avait pas su qu'il l'utilisait. Avec Grayson, elle avait conclu ce marché en toute connaissance de cause. Il l'avait même mise en garde de ne pas tomber amoureuse de lui.

« Je ne veux pas te blesser… Protège-toi de moi… » À présent, elle comprenait. Il ne pourrait jamais faire confiance à une autre femme. Pas après la profonde trahison d'Adalyn. Oui, il avait été clair sur ce qu'il attendait de Nadia et de leur marché. C'était elle qui avait oublié les risques qu'il y avait à rêver, à espérer…

Elle se força à se redresser et à se tenir loin du bureau. Bien que l'angoisse semble traverser chacun de ses membres, elle affronterait cette perte comme elle avait affronté Jared.

La tête haute. Avec fierté. En décidant de partir.

— Tu m'as dit une fois que ton plus grand désir était d'être libre, lui rappela-t-elle gentiment. Mais, tant que tu t'accrocheras au passé, tu ne le seras jamais complètement.

Il fronça les sourcils.

— Je ne me raccroche pas au passé. Après tout ce que je viens de te dire, tu penses encore que je veux Adalyn ? Nadia…

— Non, le coupa-t-elle en secouant la tête. Je te crois. Mais cela ne veut pas dire que tu n'es pas toujours coincé là-bas, enfermé avec elle.

Si elle était intelligente, si elle possédait ne serait-ce qu'un peu d'auto-préservation, elle partirait maintenant. Mais elle ne pouvait pas. Pas avant de s'être dévoilée.

Elle s'en irait, mais ce serait sans regret.

— Tu t'es confié à moi, alors je vais faire pareil. J'ai eu une Adalyn autrefois, moi aussi. Il s'appelait Jared. Il était le fils d'un conseiller municipal, riche et beau. Et il disait qu'il m'aimait. Je le croyais. Je voulais le croire. Que quelqu'un comme lui puisse me trouver belle, désirable…

— Tu es belle et désirable, lâcha Grayson.

Elle sourit, mais sans essayer de masquer la tristesse de son sourire.

— Il a été le premier homme à me le faire voir par moi-même. Jusqu'à ce que, comme toi avec Adalyn, je découvre la vérité. J'étais son sale petit secret. L'idiote que j'étais s'imaginait que nous étions dans une vraie relation, qu'il se moquait de qui était ma mère, de mon passé, qu'il m'aimait simplement. J'ai découvert beaucoup trop tard qu'il sortait avec la fille d'un des amis de son père et qu'il prévoyait de l'épouser. Je n'aurais pas dû m'inquiéter, continua Nadia avec un éclat de rire amer. Il avait l'intention de me garder, même si une autre femme était son épouse. À ses yeux, j'étais censée être flattée d'être avec lui.

— C'était un sale type, Nadia, gronda Grayson. Un petit garçon se faisant passer pour un homme. Tu ne mérites pas ce genre de manque de respect ou de douleur. Cela en dit plus sur lui que sur ce que tu vaux.

— Je ne pourrais pas être plus d'accord, renchérit-elle doucement. Je me suis promis de retenir la leçon : je protégerais mon cœur, j'exigerais mieux pour moi-même et je ne donnerais jamais mon corps ou mon âme à quelqu'un qui ne l'avait pas gagné d'abord. Qui n'en était pas digne. Au cours des dernières semaines, j'ai brisé mon vœu. Jared m'a trahie il y a des années, mais je me suis trahie moi-même à présent.

Il fit un pas vers elle en fronçant davantage les sourcils.

— Nadia. Qu'est-ce que tu racontes ?

Elle inspira, et le bruit sembla saccadé et douloureux.

— Je dis que je suis tombée amoureuse de toi. Malgré moi. Et l'homme que tu es…, dit-elle en appuyant la paume sur sa poitrine, sur son cœur. Bon sang, Gray, tu es si noble ! Mais, moi aussi, je mérite d'être honorée, chérie, valorisée, estimée, aimée.

Il la fixa, le visage de marbre.

— Nadia, tu ne veux pas dire ça.

— Oh mais si ! rétorqua-t-elle, la voix vibrante de douleur. Je comprends que tu ne peux pas me donner ce que tu n'as pas. Et peut-être que cela m'aurait convenu, il y a quelques années. J'aimerais penser que je ne l'aurais pas fait. Mais je n'ai jamais rencontré un homme comme toi, Grayson Chandler. Tu m'as fait croire de nouveau en l'amour. Être à tes côtés ces dernières semaines m'a fait prendre conscience de ce que je pouvais avoir. De ce que je rêve d'obtenir un jour. Et je ne veux pas me contenter de moins. Pendant longtemps, je me suis contentée d'une demi-vie, essayant désespérément de ne pas être comme ma mère tout en élevant Ezra. Sans jamais me concentrer sur qui je suis. Sur qui je veux être. Je veux plus. Je mérite plus.

— Bon sang, Nadia ! gronda-t-il en faisant un pas vers elle, avant de s'arrêter net. Qu'attends-tu de moi ? Que je te déclare aussi mon amour ? J'ai été honnête avec toi depuis le début. Est-ce que tout ce laïus est censé me fairc culpabiliser ?

Cette accusation lui fit l'effet d'une gifle. Mais, au lieu de frémir et de reculer, elle leva le menton plus haut.

— Je n'ai jamais demandé ton cœur ni ton amour, Grayson, répliqua-t-elle en utilisant son nom complet délibérément. Je ne t'offre même pas le mien, parce que tu ne peux pas t'y intéresser ni en prendre soin. Et je ne peux plus me permettre de prendre soin de quelqu'un qui ne valorise ni moi ni mon cœur.

Elle se retourna et, même si cela lui coûtait, elle s'éloigna et marcha vers la porte du bureau. Ce fut seulement quand elle saisit la poignée qu'elle s'arrêta et ouvrit de nouveau la bouche.

— La nuit de la panne d'électricité, je ne t'ai pas dit mon nom ni que je te connaissais parce que je voulais avoir cette nuit juste pour moi. Depuis que j'ai commencé à travailler ici, je suis attirée par toi. J'ai le béguin pour toi, aussi stupide et immature que cela puisse paraître. Tu as toujours été comme un cadeau pour moi. Et, pour une nuit au moins, je me suis fait ce cadeau. Mais cela m'apprendra à trop attendre. La chute, la rupture n'en valent pas la peine.

Elle ouvrit la porte du bureau et, sans regarder en arrière, le quitta.

Pour la première fois, elle faisait un pas vers elle-même.

- 15 -

Grayson desserra sa cravate, puis se dirigea vers le salon. Il s'arrêta assez longtemps pour se servir un scotch au bar avant de se diriger vers la fenêtre. Auparavant, la vue des toits de Chicago l'apaisait toujours. La force, la beauté et le courage de la ville, couplés au calme apaisant des eaux du lac Michigan. Ils s'équilibraient l'un l'autre, et l'équilibraient, lui. D'habitude.

C'était avant que Nadia quitte son bureau une semaine plus tôt après lui avoir annoncé qu'elle l'aimait. Mais qu'elle ne lui faisait pas assez confiance pour lui confier son cœur.

Non pas qu'il lui ait demandé son cœur. Ni qu'il le veuille. Parce que ce n'était pas le cas. Il avait déjà emprunté cette voie et il n'avait aucune envie de suivre le même chemin. Seul un idiot doublé d'un masochiste courrait vers ce genre de catastrophe et de douleur. Et il n'était ni l'un ni l'autre.

Mais quand Nadia lui avait dit qu'elle l'aimait… Il sirota l'alcool et en savoura la brûlure lorsqu'il glissa le long de son œsophage. La trajectoire du feu liquide lui fit oublier la précieuse seconde où une flamme de joie avait jailli dans sa poitrine lorsqu'elle avait admis son amour pour lui. Ensuite, il pourrait nier son existence. Et, pendant les longues heures qu'il avait passées au bureau depuis son départ, il avait feint de ne pas avoir ressenti cette seconde de joie incandescente. Avant de l'étouffer impitoyablement.

Il avala le reste de sa boisson en fermant les yeux. Adalyn l'avait presque détruit. Nadia finirait le travail, s'il la laissait faire.

Et il ne pouvait pas se le permettre.

L'Interphone relié aux portes de l'ascenseur sonna. Secouant la tête, il se dirigea vers l'entrée et appuya sur le bouton.

— Oui ?

— Monsieur Chandler, dit le vigile à l'entrée de l'immeuble. Il y a un M. Ezra Jordan qui veut vous voir. Dois-je le faire monter ?

Le frère de Nadia ? Le pouls de Grayson s'emballa. Il devrait dire « non ». Nadia avait quitté son bureau, puis démissionné, les abandonnant, lui et son entreprise. Elle avait mis fin à leur accord, alors de quoi Ezra et lui auraient-ils bien pu parler ?

— Faites-le monter.

Il ressentait le besoin d'être puni.

Il attendit près des portes pour saluer Ezra. Il regarda l'adolescent se diriger vers lui, la colère déformant ses traits harmonieux et faisant trembler sa silhouette. Ezra s'arrêta devant Grayson et repoussa les mèches de cheveux de son visage, le regard furibond.

— Vous lui avez fait du mal, aboya-t-il, la fureur brillant dans ses yeux sombres. Vous m'aviez promis que vous ne le feriez pas, mais vous l'avez fait quand même. Elle refuse de me dire ce qui s'est passé entre vous deux, mais elle n'est plus la même. Elle a quitté son travail, donc quelque chose a forcément dû se produire. Vous auriez dû la laisser tranquille si vous…

— Elle m'a quitté.

Grayson interrompit la tirade d'Ezra, submergé par l'impatience. Il avait besoin que ce garçon doté des mêmes yeux que Nadia s'en aille pour qu'il puisse retourner à sa morosité obsessionnelle.

— Mais vous devez avoir fait quelque chose. Vous êtes le premier homme avec qui elle sort depuis cette saleté de Jared. Elle ne fait pas facilement confiance et, évidemment, elle tombe encore moins facilement amoureuse. Et je ne suis pas aveugle. Elle vous aime. Mais vous avez juste rejeté son amour et elle avec.

— Je comprends que tu veuilles défendre ta sœur, Ezra. Et, si j'étais à ta place, j'aurais fait la même chose pour la mienne. Mais tu ne connais pas tous les détails de ce qui s'est passé entre ta sœur et moi, dit Grayson.

— Je m'en fiche, rétorqua l'adolescent.

Grayson fut submergé d'admiration pour lui. En raison de son pouvoir, de sa position et de sa richesse, la plupart des gens n'osaient pas lui parler comme venait de le faire le jeune homme. Mais Ezra s'en moquait. Tout comme sa sœur.

— Je n'ai pas besoin de connaître les détails. La seule chose qui compte, c'est que Nadia a déjà beaucoup souffert. Elle a trop donné. Elle mérite qu'on lui offre le monde. Et, si vous êtes trop idiot, c'est votre problème. C'est ce que je suis venu vous dire. Elle est la meilleure chose qui vous soit arrivée. Si vous êtes trop stupide pour la laisser partir, c'est dommage pour vous. Ça ne l'est pas pour elle.

Redressant le menton, il épingla Grayson d'un dernier regard noir, puis pivota sur les talons et rentra dans l'ascenseur. Grayson ne bougea pas quand il disparut derrière les portes. Il ne bougea pas alors que les minutes passaient et que les mots féroces et fiers de l'adolescent bourdonnaient à ses oreilles. « *Elle est la meilleure chose qui vous soit arrivée. Si vous êtes trop stupide pour la laisser partir, c'est dommage pour vous. Ça ne l'est pas pour elle.* »

Combien de temps resta-t-il là, immobile ? Il ne le savait pas. Il ne pouvait pas bouger alors qu'une vérité glaçante s'abattait sur lui, pour le rouer de coups.

Tout son corps était gelé à l'exception du battement rapide de son cœur.

Les images de ces dernières semaines passèrent devant lui en accéléré, et il lutta contre la sensation de vertige qui le poussait presque à se mettre à genoux.

Dès leur rencontre dans ce couloir, alors qu'ils étaient coincés pour la nuit par la coupure de courant, elle l'avait vu, vraiment vu, comme personne avant elle. Pas même sa famille. Elle l'avait défié, poussé pied à pied, protégé, taquiné, encouragé… Aimé.

« *Gray, je suis fière de te connaître. Toi. Si personne d'autre ne te le dit, je le ferai.*

Dans ce monde prétentieux où la conformité est confondue avec la perfection, tu es absolument parfait.

Je n'ai jamais rencontré d'homme comme toi, Grayson Chandler. Tu m'as fait croire de nouveau en l'amour. »

Oh ! bon sang ! Qu'avait-il fait ?

Il aimait Nadia.

C'était là depuis le début, mais il avait été si occupé à protéger son cœur qu'il ne l'avait pas compris. En vérité, elle avait capturé son cœur la nuit de la coupure de courant, où elle s'était offerte à lui en lui faisant confiance.

Elle le disait noble, alors qu'il était trop lâche pour surmonter sa peur et lui dire qu'elle n'avait pas à demander son cœur, qu'elle l'avait déjà.

Mais il n'en était pas encore digne. Cela ne voulait pas dire qu'il ne remuerait pas ciel et terre pour gagner le sien. Là où, autrefois, il aurait eu peur de risquer sa fierté et son cœur, cette peur ne le piégeait plus.

Pour Nadia, il prendrait tous les risques.

- 16 -

Grayson entra dans la maison de ses parents, un sentiment d'urgence lui picotant la peau. Quelques semaines plus tôt, il aurait été perclus de culpabilité, les épaules lourdes sous le poids de la déception, voire de l'échec. Mais désormais, alors qu'il se dirigeait vers le salon informel où sa famille était souvent réunie, il ne ressentait plus que de la détermination et de la patience. C'était une tâche dont il avait besoin de se débarrasser avant de passer à l'entreprise plus importante qui l'attendait : Nadia.

La scène qu'il vit était exactement celle qu'il avait imaginée. Son père, assis dans son fauteuil près de la cheminée, un livre ouvert dans les mains, les flammes dansant derrière l'insert. Sa mère, un calendrier posé à plat sur les genoux, installée dans une causeuse. Et sa sœur, assise à une extrémité d'un petit canapé, son ordinateur portable perché sur les cuisses. Oui, la scène était attendue et un peu triste. Ils étaient tous assis dans la même pièce, mais il n'y avait aucune interaction, aucun rire ni même aucune dispute affectueuse. S'il remplaçait son père et sa mère par Adalyn et lui, ce serait leur avenir.

Et il n'en voulait pas.

Son père leva les yeux de son livre lorsqu'il remarqua que Grayson était entré dans le salon.

— Tiens, lâcha-t-il, quelques petites rides creusant son front. En voilà une surprise. Qu'est-ce qui t'amène ?

Sa mère et sa sœur levèrent les yeux de leur travail, et Melanie reposa l'ordinateur portable sur la table basse. Elle s'approcha et planta un baiser sur sa joue.

— Contente de te voir, petit frère.

Il sourit, en serrant brièvement ses épaules.

— Merci. Je suis venu vous parler un instant. Au sujet du poste de P-DG de Chandler International.

Avec cette entrée en matière, il avait attiré l'attention de ses parents. Un soupçon de satisfaction brilla dans les yeux de son père. Sa mère acquiesça, comme si sa décision de diriger l'entreprise familiale était acquise d'avance.

— Je n'en deviendrai pas le P-DG ni ne prendrai ta place lorsque tu partiras à la retraite, papa.

Un silence assourdissant envahit la pièce, et son père cligna des yeux avant de le regarder fixement. Il ne lui fallut que quelques secondes pour devenir écarlate. Il se leva, scrutant Grayson. Sa mère se leva également, la main appuyée sur la poitrine. À côté de lui, Melanie lui effleura le coude, et cette petite démonstration de soutien occulta leur déception et leur colère.

— Je sais que ce n'est pas ce que vous vouliez entendre, mais c'est ma décision ferme et définitive. Je connais l'histoire et l'importance de Chandler International et je les respecte. Vous ne le verrez peut-être pas ainsi, mais je tiens à honorer cette histoire en créant mon propre héritage avec mon entreprise. Le même travail acharné, le même esprit et la même détermination que ceux qui ont présidé à la création de Chandler ont été transmis à KayCee Corp. C'est à moi. C'est quelque chose que je veux léguer à mes enfants avec Chandler international. C'est mon chemin, et je ne l'abandonnerai pas parce que je me sens coupable ou en raison d'un sentiment de loyauté mal placé.

— C'est inacceptable, Grayson, dit son père. Complètement inacceptable. Je ne veux pas en entendre parler.

— Tu vas devoir, papa, murmura-t-il. C'est peut-être inacceptable pour vous, mais vous devez l'accepter. Je ne suis pas Jason, ajouta-t-il doucement. Diriger Chandler était son rêve, pas le mien. Et je ne veux ni ne peux être simplement son substitut.

Le petit cri que poussa sa mère retentit dans le silence.

— Ce n'est pas ce que nous essayions de faire, répliqua-t-elle d'une voix enrouée. Nous avions juste besoin de te faire comprendre l'importance de la tradition familiale. C'est notre force, notre puissance.

— Non, la contredit Grayson en secouant la tête. Les personnes présentes dans cette pièce sont la force et le pouvoir de Chandler. Nous tous. Papa, ajouta-t-il en reportant son attention sur son père, tu étais tellement occupé à vouloir me mettre à la tête de l'entreprise que tu as oublié la Chandler qui a travaillé dur à tes côtés pendant des années. Celle qui connaît la société aussi bien que Jason et, plus important encore, qui veut y contribuer. Qui aime s'y trouver mais n'a jamais reçu aucun témoignage de reconnaissance.

Il jeta un coup d'œil à Melanie, qui écarquilla les yeux quand elle comprit où son frère voulait en venir.

— Oui, reprit-il. Melanie mérite de diriger Chandler International, pas moi, et, si vous ne la promulguez pas au poste de directrice générale du conseil d'administration, je ferai tout ce qui est en mon pouvoir pour la persuader de quitter Chandler et de rejoindre KayCee Corp.

Son père écumait de rage, mais Grayson n'avait pas fini. Il fixa sa mère d'un regard résolu.

— Et, maman, je t'aime. J'admets volontiers que je ne t'ai pas convaincue d'abandonner toutes tes tentatives de mariage, car je ne voulais pas te blesser ni te faire souffrir davantage. Mais ça suffit. N'essaye plus avec Adalyn ni avec aucune autre femme. Cela s'arrête ici. J'aime Nadia Jordan. Elle est tout pour moi, et je ne supporterai pas que vous lui manquiez de respect, toi, père ou Adalyn. Tu dois accepter cette décision et l'accepter, elle. Parce que, si tu ne le fais pas, si tu cherches encore à la blesser ou à la calomnier, tu perdras un fils. Comme je te l'ai dit, je t'aime mais, quand il s'agit de Nadia, la loyauté ne peut pas se diviser. Elle est mon premier et mon unique choix.

— C'est une femme charmante et gentille, et je suis heureuse pour toi, Gray, approuva Melanie en prenant sa main et en la serrant. Nous allons l'accueillir dans notre famille, n'est-ce pas ? demanda-t-elle en étudiant leurs parents.

Ni son père ni sa mère ne répondirent, mais la déception et la honte qu'il avait anticipées ne firent pas leur apparition.

— Bien, tu sembles avoir pris ta décision, et nous allons devoir vivre avec, lâcha sa mère, le ton glacial.

— Exactement, acquiesça-t-il.

Embrassant la tempe de sa sœur, il hocha la tête à l'intention de ses parents.

— Un jour, j'espère que vous comprendrez mes choix. En attendant, je dois aller reconquérir la femme que j'aime.

- 17 -

Nadia fixait les boutons de l'ascenseur, qui s'allumaient avant de s'éteindre au fil des étages. Finalement, elle arriva au quinzième et sortit de la cabine. Pourquoi les ressources humaines voulaient-elles la voir alors que cela faisait presque deux semaines qu'elle avait démissionné ? La nervosité lui tordait le ventre, et elle jeta furtivement un coup d'œil autour d'elle. Comme si Grayson risquait d'apparaître à chaque coin de couloir. Elle était restée neuf jours sans le voir, sans entendre sa voix, sans respirer son odeur de bois de santal et de menthe. Avec le temps, elle espérait arrêter de rêver de lui, de se réveiller bouleversée jusque dans son corps par sa perte.

La distance était son amie maintenant. La distance et le déni.

Non qu'elle regrette sa décision de mettre fin à leur « relation ». Ce n'était pas le cas. Oui, respirer était douloureux mais, pour une fois, c'était elle qui avait choisi.

En prenant une profonde inspiration, elle s'approcha du bureau de l'assistante de Marsha Fowler, la responsable des ressources humaines.

— Bonjour, dit-elle en saluant la jeune femme blonde de l'autre côté du bureau. Nadia Jordan. J'ai rendez-vous à 9 heures avec Mme Fowler.

— Oui, répondit l'assistante en souriant et en se levant de sa chaise.

Elle fit le tour du bureau et invita Nadia à la suivre.

— Ils vous attendent, mademoiselle Jordan.

« Ils » ? L'angoisse tordit et noua son estomac tandis qu'elle suivait l'autre femme dans le couloir. Qui ? Elle ne dut pas attendre longtemps pour obtenir une réponse à sa question. L'assistante frappa à la porte, puis l'ouvrit.

— Mlle Jordan est ici.

Tout en lui souriant, la jolie blonde s'écarta pour la laisser entrer.

Nadia pénétra dans le grand bureau avant de s'arrêter brusquement. Choc, confusion, colère et une déferlante d'amour s'abattirent sur elle avec une force inouïe. Marsha Fowler était assise derrière son large bureau. Melanie Chandler était assise en face. Et Grayson aussi.

Même si cela lui faisait de la peine de le regarder, de s'imprégner de la beauté de ses traits ciselés, de ses yeux sublimes et de sa bouche sensuelle, elle ne pouvait pas détourner le regard.

Pars. Son instinct de conservation resurgit quelques secondes trop tard, juste au moment où le mot *piégée* lui passa par la tête et où Mme Fowler lui fit signe d'entrer.

— Mademoiselle Jordan, asseyez-vous, s'il vous plaît. Et merci d'être venue si vite.

— Bonjour, Nadia, la salua Melanie avec un sourire chaleureux. J'imagine que tu as une tonne de questions. Je te promets que nous ne te retiendrons pas longtemps.

— Bonjour, Nadia.

Cette voix profonde comme du velours s'enroula

autour de son nom, et elle ferma presque les yeux pour s'abandonner avec délice dedans. Mais elle se força à croiser son regard et à acquiescer.

— Grayson.

Son regard bleu et vert brûla le sien. Dans ses yeux, elle vit ses espoirs brisés et ses rêves stupides. Incapable de le supporter, elle détourna la tête et s'ordonna de se concentrer sur les deux femmes dans la pièce. Cela devait être sa stratégie si elle avait l'intention de survivre à cette réunion et de s'en sortir indemne.

— Bien, mademoiselle Jordan, je sais que vous avez quitté votre emploi à KayCee Corp dans des circonstances… inhabituelles, commença Mme Fowler en se raclant la gorge, après un bref coup d'œil à Grayson. M. et Mlle Chandler m'ont demandé de vous appeler pour qu'ils puissent vous présenter une contre-offre.

— J'apprécie, madame Fowler. Mais j'ai bien peur que ma décision ne soit prise, répliqua Nadia en se préparant une nouvelle fois à se lever.

Melanie posa une main sur la sienne.

— Tu n'as aucune obligation d'accepter mais, s'il te plaît, écoute-moi, demanda-t-elle avant de poursuivre quand Nadia eut acquiescé. J'ai cru comprendre que tu t'intéressais au métier d'infirmière.

Nadia tourna la tête vers Grayson, qui n'avait pas dit un mot depuis qu'il l'avait saluée. Il ne cessait de la fixer, ne regardant ni sa sœur ni la directrice des ressources humaines.

— Oui, reprit Melanie, ramenant l'attention de Nadia sur elle. Dans un esprit de transparence, il m'a également expliqué pourquoi tu travaillais ici au lieu de préparer un diplôme dans ton domaine de prédilection. Plusieurs centres de soin relèvent du trust de Chandler International. J'aimerais te proposer un poste dans l'un des centres en tant que réceptionniste, pendant que tu suivrais des cours pour devenir infirmière. Chandler couvrira les frais de ces cours, bien sûr. De cette façon, tu poursuivrais tes études tout en travaillant activement sur le terrain et tu pourrais acquérir de l'expérience.

Abasourdie, Nadia fixait la sœur de Grayson. Sous le choc, elle pouvait à peine comprendre le sens de ces mots. Retourner à l'école ? Obtenir directement un travail dans son domaine de prédilection ? Des frais de scolarité payés ?

Déconcertée, elle désobéit une fois de plus à ses propres règles et quitta Melanie des yeux pour se tourner vers Grayson.

— Marsha, Melanie, finit-il par lâcher. Pouvons-nous emprunter le bureau quelques minutes ?

Les deux femmes s'éclipsèrent. Incapable de rester assise en face de Grayson, Nadia se leva à son tour. Mais son sentiment de vulnérabilité persista. Soudain, elle eut l'impression d'être nue, exposée. Et elle détesta l'effet qu'il avait encore sur elle, car il risquait de ne jamais disparaître.

— Pourquoi ? demanda-t-elle en tentant de couvrir le tourbillon d'émotions qui faisait rage en elle. Je sais que tu es derrière tout ça. Qu'est-ce que c'est censé prouver ?

— Rien, répondit-il. Non, je retire ça. C'est censé te prouver non seulement que tu es digne de bonnes opportunités, mais que tu les mérites. Que tu ne devrais pas toujours être celle qui apporte, protège et se sacrifie, mais que tu mériterais d'avoir quelqu'un qui garde tes arrières, te protège, te donne tout. Ce n'est pas un cadeau, Nadia, car il n'y a personne dans ce monde qui mérite plus ces choses que toi.

Elle réprima un sanglot, refusant de verser une larme de plus pour cet homme. Tout du moins pas devant lui.

— Ça a l'air bien joli, mais c'est fini entre nous, tu te souviens ? Je n'ai pas besoin de ces sentiments. Surtout quand personne n'est là pour les voir.

Il ferma brièvement les yeux.

— Tu veux te déchaîner contre moi ? Bien. Je peux l'encaisser. C'est plus que justifié. Non seulement j'ai été un imbécile qui a rejeté le plus beau cadeau que tu puisses m'offrir, mais j'ai été délibérément aveugle. Ce qui aggrave mon crime. Tu m'as dit que tant que je m'accrocherais au passé je ne serais jamais complètement libre. À l'époque, je ne voulais pas l'entendre. Je n'y croyais pas. Mais tu avais raison. J'en avais peut-être fini avec Adalyn, mais je ne m'étais pas débarrassé de la colère, de la peine, de la peur. Je m'étais créé ma propre prison. Et, plutôt que d'y échapper, j'avais simplement rajouté plus de chaînes sur les barreaux. Pour m'emprisonner à l'intérieur… en te laissant dehors.

Il fit un pas vers elle et ôta les mains de ses poches. Mais, quelques instants plus tard, il baissa les bras. Puis il leva la tête et… Sa respiration se fit saccadée. Fini le masque impénétrable, distant. Fini le regard fermé qui dissimulait ses pensées et ses émotions. Fini le charmant sourire affable qui était l'apanage de son personnage de play-boy.

La solitude. La douleur. Et l'amour. Tout cela creusait des rides sur son visage. Elle pouvait tout voir, son bouclier complètement brisé. Pour elle.

Les larmes les piquèrent les yeux, lui nouant la gorge. Elle serra les poings et les posa sur sa poitrine, balançant entre le désir, le besoin de se protéger et l'envie de lui tendre la main.

— Nadia, tu m'as dit que tu ne pouvais pas m'offrir ton cœur parce que je ne saurais pas m'en soucier. Ni le protéger. Et, une fois encore, tu avais raison. Sauf que c'était avant. Maintenant… Maintenant, je peux. Je vais le faire. Je n'ai pas le droit de te demander de me faire confiance, mais je le fais quand même. Je te supplie de croire en moi une dernière fois et de me donner ton cœur, tes rêves, ton avenir. Je vais les protéger avec ma vie, les protéger du danger. Je t'aime, chérie. Avec toi dans mon cœur, il n'y a plus de place pour la peur ou l'amertume. Si on me donne le choix entre vivre dans le passé ou avancer vers toi et vers l'avenir, le choix est fait. Ce sera toujours toi, d'abord et seulement. S'il te plaît, Nadia.

Sa voix se durcit, et il tendit la main vers elle. Ses doigts s'arrêtèrent juste sous son menton et sa mâchoire.

— Je ne veux plus être en prison.

Un cri lui échappa quand elle franchit les deux derniers pas qui les séparaient. Elle serra sa main dans les siennes et tourna le visage, pressant les lèvres sur sa paume. Et, parce qu'elle le touchait après avoir été sevrée de lui pendant près de deux semaines, elle l'embrassa de nouveau, puis posa la main de Grayson sur sa joue.

— Mon amour et mon cœur sont à toi, soufflat-elle contre sa peau. Ils l'ont toujours été. Et il n'y a personne d'autre à qui je préfère les confier pour les protéger.

— Tu ne douteras plus jamais de mon amour, ma chérie, murmura-t-il en levant l'autre main pour encadrer son visage.

Ses lèvres se posèrent alors sur les siennes. Puis il les déplaça sur sa joue, l'arête de son nez, son front.

— Je t'aime, murmura-t-elle.

L'espoir, en fin de compte, n'était pas fou.

Ni réservé aux contes de fées.

Épilogue

Un an plus tard

— Voilà quelque chose que personne n'aurait jamais cru possible, constata Shay Knight, songeuse.

Nadia suivit le regard de la jeune femme mais, à part les couples qui évoluaient sur la piste de danse du gala de DuSable City, elle ne remarqua rien de différent.

— Quoi ? demanda Gideon en passant un bras autour de sa femme.

Le partenaire de Grayson était plus impassible et plus intimidant que jamais, mais Nadia avait passé beaucoup de temps avec sa femme et lui. Il était capable d'effrayer les autres, mais pas elle qui avait vu à quel point il était dévoué à Shay.

— Darius King et Isobel Hugues ensemble. Et la famille Wells aussi, tous dans la même pièce et sans guerre ouverte, taquina Shay.

Devant le froncement de sourcils confus de Nadia, elle sourit.

— Je dois te mettre au courant de tous les commérages que tu as ratés. Ces gens auraient fait passer les Montaigu et les Capulet pour des amis proches. À présent, Darius et Isobel ont deux enfants, et les Wells sont des grands-parents gâteux.

— En parlant de grands-parents, maman et Olivia

viennent juste d'arriver, indiqua Gideon. Depuis que Shay leur a dit qu'elle était enceinte, maman est une grand-mère envahissante.

Mais son affection pour les femmes de sa vie brillait plus fort que les lustres de cristal.

— Nous vous rattraperons, plaisanta Grayson en frappant l'épaule de Gideon. Tu sais que je suis le préféré de ta mère et que si je ne viens pas lui dire bonjour elle va être anéantie.

Gideon lui lança un regard sévère, mais le sourire qui flottait sur ses lèvres ruinait la menace dans son regard. Grayson se mit à rire, imité par Nadia.

— On y va, Cendrillon, dit-il en se tournant vers Nadia et en levant la main qu'il tenait dans la sienne.

Le rire dans son regard la réchauffait, comme tout ce qui concernait son mari. Ils étaient mariés depuis neuf mois, et elle avait encore le souffle coupé à côté de lui. Le nom dont il l'avait gratifiée à ce même endroit, un an auparavant, lui convenait parfaitement. Elle était la Cendrillon qui avait obtenu une vie merveilleuse grâce au prince charmant.

— Me ferais-tu l'honneur de danser avec moi ?

Elle fit mine de réfléchir.

— Ça dépend. Est-ce que je peux diriger ?

— Toujours.

Et avec un sourire et un baiser sur son alliance, un tout petit diamant rose niché dans une bague ancienne, qui avait remplacé son ostentatoire prédécesseur, il la guida sur la piste de danse au milieu des autres couples.

— Juste au cas où je ne te l'aurais pas dit ce soir, murmura-t-il en l'attirant contre lui, tu es superbe.

— Merci, murmura-t-elle en passant une main sur sa nuque. Mais, puisque tu as choisi cette robe, j'ai l'impression que tu te sers toi-même le compliment.

Il se mit à rire.

— Peut-être. Cela étant, pour ma défense, tu m'as dit de choisir n'importe quoi. J'adore quand tu es plongée dans le travail jusqu'au cou. Cela me permet de me sortir de plein de situations.

— Quelque chose me dit qu'après mon diplôme ce sera très difficile de te contenir, murmura-t-elle avant d'éclater de rire. Entre Ezra et toi, je vais être très occupée.

Ezra, en première année à Yale, l'appelait toujours régulièrement pour comparer leurs emplois du temps, leurs devoirs et leurs examens. Il contactait également Grayson presque tous les jours. Ces deux-là étaient devenus aussi proches que des frères, et elle ne pouvait pas être plus heureuse. Entre son travail à la clinique, les cours, son mari et son frère, sa vie n'avait jamais été aussi remplie.

Ou aussi bénie.

Aussi parfaite.

— Tu imagines ? dit-elle en caressant les petits cheveux qu'il avait sur la nuque. À la même époque l'année dernière, nous étions coincés dans un couloir…

— À faire l'amour, la coupa Grayson avec un sourire malicieux.

Elle lui donna une petite tape sur l'épaule.

— Eh oui, à faire l'amour, confirma-t-elle en riant. Mais beaucoup de choses ont changé depuis.

— En bien, murmura-t-il en posant un baiser sur ses lèvres. J'ai trouvé l'amour de ma vie. Je suis plus heureux que je ne l'aurais jamais imaginé. Melanie est déjà en train d'améliorer Chandler. Et ma mère t'a souri la semaine dernière.

Nadia grimaça.

— Cherise est en train de s'y faire.

D'accord, elle embellissait un peu la situation, mais les parents de Grayson étaient en train de se détendre avec elle. Qu'ils l'acceptent ou non n'avait pas d'importance quand leur fils la regardait comme si elle était le joyau le plus précieux qu'il ait jamais vu.

— Après tout ce que nous avons traversé, nous aurons certainement des histoires à raconter à nos enfants à propos de ce gala… Et nous pourrons commencer dans environ sept mois.

Un instant, Grayson resta de marbre mais, quelques secondes plus tard, une joie si vive envahit ses traits que cela fut presque difficile de le regarder.

— Tu es enceinte ? demanda-t-il, la voix enrouée par l'amour aveugle qui brillait dans ses yeux magnifiques.

— Je suis enceinte, confirma-t-elle en souriant.

Il la souleva et la fit tournoyer sans se soucier des gens qui l'entouraient.

— Elle est enceinte ! cria-t-il.

Le rouge lui monta aux joues à cause des applaudissements, mais elle rejeta la tête en arrière pour mieux rire. Et, quand la bouche de Grayson couvrit la sienne, elle se perdit dans ce baiser.

Dans l'obscurité d'une panne de courant, elle avait trouvé la lumière de l'amour. Les fins heureuses n'étaient pas réservées aux Cendrillon.

Elle y avait droit, elle aussi.

Vous avez aimé *Une nuit de confidences ?*
Retrouvez vite en numérique l'intégrale de la série
« Secrets milliardaires » :

1. *Brûlant frisson*
2. *Un séduisant chantage*
3. *Une nuit de confidences*

JULES BENNETT

Un si attirant patron

Traduction française de
SOPHIE WATINE-VIEVARD

PASSIONS

HARLEQUIN

Titre original :
FROM BOARDROOM TO BEDROOM

Prologue

— Et l'ensemble des biens immobiliers ainsi que les activités économiques qui y sont rattachées reviennent à Miranda Dupree.

— C'est une plaisanterie, s'exclama Sophie Blackwood.

Elle n'avait en fait aucune idée de ce qu'il fallait dire ou faire, mais elle ne pouvait pas rester assise là sans réagir.

Qu'est-ce que la – très jeune – ex-femme de son père avait bien pu manigancer pour que l'héritage lui revienne dans son intégralité ? Elle n'était rien d'autre qu'une intrigante, une croqueuse de diamants.

C'était inacceptable.

Sophie et son père n'avaient jamais été proches, mais le fait qu'il ait tout légué à cette femme si jeune qui n'était même plus son épouse lui faisait l'effet d'une claque.

Même une fois mort, Buckley Blackwood n'en continuait pas moins de la décevoir. Sophie lança un rapide regard à la femme en question, qui avait même le culot de prendre l'air surpris. Franchement grotesque. Sophie avait toujours su que Miranda n'avait épousé son père que par intérêt.

Elle se tourna ensuite vers ses frères, qui écoutaient, médusés, l'avocat de leur père, Kace LeBlanc, lire imperturbablement la liste de chaque bien, comme si tout donner à une ex était parfaitement normal.

Rien ne l'obligeait à s'infliger ça plus longtemps. Si elle adorait ses frères, elle n'avait jamais aimé Miranda.

Étonnant d'ailleurs que sa si narcissique affreuse-mère (comme elle l'appelait en secret) n'ait pas entraîné jusqu'ici toute une équipe de tournage afin d'immortaliser ce moment de vie à diffuser dans *Secret Lives* - version new-yorkaise de *The Real Housewives* – dont elle était une des vedettes. Habituellement, elle était toujours suivie d'une équipe qui filmait ses moindres faits et gestes.

C'était d'ailleurs la goutte d'eau qui faisait déborder le vase. Miranda était déjà riche à millions. Elle n'avait aucun besoin de l'argent ni du ranch que Buck venait de lui léguer. À dire vrai, Sophie non plus n'en avait pas besoin, mais, bon sang, ses frères et elle étaient la chair et le sang du vieil homme. N'était-ce pas à eux que cela aurait dû revenir ?

Personne n'était-il donc lucide sur la véritable nature de Miranda ? Il devait bien y avoir un moyen de prouver qu'elle n'était pas aussi noble et généreuse que tout le monde le croyait. Bien sûr, dans son émission de télé-réalité, elle apparaissait comme une femme bienveillante et aimante… Mais Sophie ne croyait pas une seule seconde à ce portrait idyllique.

En sortant du bureau de son père, elle croisa les regards également furieux de ses frères, Kellan et Vaughn.

Ils étaient les êtres qui comptaient le plus au monde pour elle. Depuis leur plus tendre enfance, ils étaient soudés. Ils formaient une équipe. Elle savait très bien qu'ils allaient se serrer les coudes pour dénoncer cette caricature de testament, mais pour l'instant elle était trop en colère pour réfléchir, pour se concentrer sur la marche à suivre. Elle avait seulement besoin de s'éloigner de la maison de son père, maison où elle n'avait jamais été heureuse et où elle venait de vivre une trahison de plus. Il n'est pas rare d'avoir des regrets à la mort d'un de ses parents, et Sophie était bien sûr triste au fond d'elle-même, mais son père n'avait jamais rien fait pour entretenir l'amour entre ses enfants et lui. Et, visiblement, il persistait jusque dans la mort.

La journée était belle et ensoleillée, et Sophie fit glisser ses lunettes de soleil sur son nez. Elle avait besoin d'une pause. Elle voulait échapper à tout ça ne serait-ce que quelques jours. La ville de Royal au Texas était magnifique. Sophie l'adorait. Mais, comme dans toutes les petites villes, les commérages allaient bon train, et la dernière trouvaille de son père allait se répandre comme une traînée de poudre et alimenter toutes les conversations pendant des semaines. Partout où elle irait, les gens se mettraient à chuchoter en se poussant du coude. Cette seule idée lui donnait la chair de poule.

Mais les commérages peuvent fonctionner dans les deux sens, se dit-elle après un moment de réflexion. Si elle s'y prenait bien, peut-être pourrait-elle retourner la situation à son avantage. Si les gens bavardaient au sujet du scandale de l'héritage Blackwood, Miranda ne serait pas épargnée. Et, si Sophie pouvait découvrir quelque chose de peu reluisant sur Miranda – un scandale, un vilain secret, l'arme qu'elle avait utilisée contre son père pour le pousser à déshériter ses propres enfants —, peut-être pourrait-elle s'en servir pour faire invalider le testament.

Sophie s'installa dans sa voiture de sport et sortit son téléphone portable. Il était temps de passer à l'attaque.

- 1 -

C'est à peine si Sophie reconnaissait son reflet dans les miroirs de l'ascenseur. Elle se retrouvait à l'autre bout du pays, s'était complètement relookée et s'était inventé une fausse identité. Un sacré marathon, mais ses efforts seraient bientôt récompensés… Du moins, elle l'espérait.

Elle était venue jusqu'à New York pour espionner Miranda. À Royal, elle avait exploré toutes les pistes possibles, mais n'avait abouti à rien. Après deux mois d'efforts inutiles, elle avait compris qu'il lui fallait étendre le rayon de ses recherches et que, si elle devait découvrir quelque chose, ce serait à New York – et il faudrait pour ça qu'elle change d'identité. Personne n'avait envie de dévoiler les secrets de Miranda à une belle-fille connue pour la détester, mais peut-être réussirait-elle à passer sous le radar si elle se faisait passer pour quelqu'un d'autre. Sophie ne voyait pas comment faire autrement pour réunir des informations sur sa belle-mère. Il fallait qu'elle mette les mains dans le cambouis.

Depuis une semaine maintenant, elle avait changé d'apparence et s'entraînait pour son nouveau rôle, mais elle ne s'était pas encore habituée à être quelqu'un d'autre. Ça n'était pas dans sa nature de tromper les gens, d'être aussi calculatrice.

Mais aux grands maux les grands remèdes.

Tandis que l'ascenseur continuait de monter jusqu'au sommet du building où se situaient les locaux de Green Room Media, Inc., elle se demanda comment elle allait s'y prendre concrètement. Elle avait décroché un poste de consultante pour une durée limitée et elle espérait que cette fonction lui permettrait d'approcher les salles de montage et qu'elle pourrait se lier avec un ou plusieurs membres de l'équipe de tournage de *Secret Lives*.

Il fallait qu'elle trouve une info juteuse sur Miranda. Quelque chose qui permette de faire pression sur elle ou, mieux encore, de montrer à la terre entière qu'elle était bien la femme intéressée, fourbe et prête à tout pour attirer l'attention, que Sophie la soupçonnait d'être. Quelque chose qui permettrait à Sophie d'attaquer le testament et de rendre les terres des Blackwood à qui de droit – à savoir aux Blackwood.

Une femme qui étalait sans vergogne sa vie et ses biens matériels à la télévision n'avait besoin de rien, alors que Sophie et ses frères méritaient cet héritage. Il leur revenait de droit. Elle ne voulait pas faire jouer les violons, mais elle avait grandi à Blackwood Hollow, et la maison lui évoquait tant de souvenirs… Des souvenirs qui n'auraient jamais dû revenir à Miranda Dupree. Des souvenirs que ses frères et elle s'étaient construits avec leur mère avant sa mort et que Sophie voulait pouvoir transmettre un jour à ses propres enfants ou à ceux de ses frères. Cet héritage appartenait aux enfants Blackwood, pas à une seconde épouse. Sophie y tenait pour ses frères ; ils devaient recevoir ce qui leur revenait. Ce n'était pas une question d'argent… Ils étaient tous très à l'aise financièrement. Non, cela avait à voir avec le sentiment d'appartenance à une famille, dont Miranda n'avait à leurs yeux jamais fait partie.

Sophie ne croyait pas une minute au personnage doux et innocent que Miranda offrait au public. Cette femme n'aurait jamais participé à l'une des émissions les plus scandaleuses de la télé-réalité si elle avait été aussi parfaite. Il y avait forcément quelque chose. Malheureusement, Sophie avait tout fait pour éviter Miranda le peu de temps qu'avait duré le second mariage de son père. Autrement dit, elle ne la connaissait pas suffisamment pour savoir dans quel placard Miranda cachait son ou ses squelettes. Mais, s'ils se trouvaient quelque part, c'était sûrement ici, dans les locaux de l'émission qui constituait le centre de l'univers de Miranda depuis quelques années.

Secret Lives était une émission de télé-réalité très populaire basée sur la vie de femmes divorcées de Manhattan. Bien sûr, les taux d'audience grimpaient ou descendaient en fonction des remous que ces dames réussissaient à provoquer en dévoilant leur mode de vie extravagant. C'était kitsch et de mauvais goût, mais l'émission avait du succès et nécessitait une grosse équipe dans les coulisses. Et c'était là que Sophie avait trouvé sa couverture.

Elle avait postulé à un poste de consultante au sein de la société qui produisait *Secret Lives*. Étant donné le niveau de la sécurité, elle avait dû se montrer inventive ; il était évident qu'aucun Blackwood n'aurait jamais pu entrer dans ces bureaux. Pas alors que la mort de l'ex-mari de Miranda était si récente. Le seul nom de *Blackwood* aurait déclenché toutes les alarmes, et Sophie n'aurait même pas pu espérer mettre un pied dans la place.

Cet emploi temporaire était le cheval de Troie idéal.

Seule ombre au tableau, Sophie était désormais assez connue grâce à l'émission de décoration intérieure qu'elle avait créée sur YouTube ; il lui avait donc fallu changer d'aspect. Pour une fois, la célébrité jouait en sa défaveur. Si elle n'avait pas eu autant de fidèles *followers*, elle n'aurait pas été obligée de se transformer à ce point.

Mais des cheveux éclaircis, un maquillage parfait, une paire de lunettes très sexy, une veste élégante sur un jean moulant… et le tour était joué. Son style à elle, c'était plutôt les robes, qu'elle trouvait plus confortables que les pantalons. De même pour le maquillage. Elle préférait rester naturelle. Avec ce rouge à lèvres, elle sortait de sa zone de confort.

Et que dire de ses cheveux ? Finalement, elle adorait ce style. Légèrement dégradés autour du visage et décolorés en blond cendré. Ça lui donnait un peu de piquant. Et tant mieux ; nerveuse comme elle l'était aujourd'hui, elle avait bien besoin de se sentir à son avantage physiquement.

Non. Personne n'allait la reconnaître. Elle était prête à affronter sa première journée de travail et à assumer sa nouvelle identité. Qui sait, elle s'amuserait peut-être un peu plus dans la peau d'une blonde.

Mais bien sûr, il lui avait fallu aussi changer son nom. Et elle allait devoir rester toujours concentrée parce que, si quelqu'un s'adressait à elle sous son faux nom et qu'elle ne réagissait pas, elle serait démasquée.

L'ascenseur s'arrêta, et Sophie prit une profonde inspiration.

Non. Il ne fallait plus qu'elle se pense en tant que Sophie. Dans ce building et pour la semaine à venir, elle devait être Roslyn Andrews. Ça n'était pas si difficile à se rappeler. La combinaison de son deuxième prénom et du nom de jeune fille de sa grand-mère. Parfait. Elle avait choisi un nom qui ne lui était pas complètement étranger. Et puis, ça n'était que pour une semaine.

C'était le temps qu'elle s'était octroyé pour entrer dans la place, trouver l'information et ensuite disparaître. Cela lui déplaisait d'utiliser la ruse – c'était même tout à fait contraire à son caractère —, mais elle estimait que ses frères et elle avaient été lésés. Donc, une semaine pour fouiner.

Les portes de l'ascenseur s'ouvrirent sur les très chics bureaux de Green Room Media. La décoration dans les tons de blanc et le bureau semi-circulaire placé au milieu du vaste espace étaient à la fois simples et élégants. Levant les yeux de son ordinateur, le réceptionniste lui sourit. Elle lui avait déjà parlé quelques jours plus tôt quand elle s'était présentée pour son entretien d'embauche. Ils avaient visiblement besoin de quelqu'un rapidement parce qu'ils avaient immédiatement recruté Sophie.

— Mademoiselle Andrews. Heureux de vous revoir. Prête pour votre premier jour ?

Il n'avait pas idée à quel point. Est-ce qu'elle risquait de se griller si elle demandait à voir immédiatement les scènes coupées au montage ?

— Prête, dit Sophie avec un sourire. Dites-moi où je dois m'installer.

Craig – il lui semblait se rappeler que c'était son prénom – se leva et lui indiqua le long couloir.

— Vous allez travailler juste à côté du bureau de M. Townshend, petite veinarde. Il est formidable, mais il exige loyauté et précision. Son assistante personnelle est en congé maternité, mais ça n'est pas un problème.

Si vous avez besoin de quoi que ce soit, vous pouvez venir me trouver.

Elle allait travailler avec M. Townshend ? *Nigel* Townshend ? Elle allait être sa conseillère personnelle ? Sophie était partagée entre l'excitation et la terreur. Elle allait se retrouver au centre des décisions de l'entreprise… en contact direct avec ce milliardaire anglais un peu *bad boy* et très sexy qui faisait si souvent la une des magazines.

Le cœur de Sophie se mit à battre la chamade, et elle se sentit aussi excitée qu'une collégienne qui va à sa première fête. Nigel était un homme puissant, à la personnalité dominatrice. Après avoir passé son entretien, Sophie avait cru qu'elle était embauchée pour porter les cafés ou peut-être répondre au téléphone. Elle avait espéré mieux, mais il fallait être réaliste. Et au fond, tout ce qu'elle voulait, c'était mettre un pied dans la place.

Eh bien, voilà qui était fait. Maintenant, il fallait qu'elle réagisse et qu'elle se prépare mentalement non seulement à rencontrer le très sexy Britannique mais aussi à ne pas passer pour une parfaite idiote qui ne méritait pas ce poste. Elle ne pouvait pas se permettre d'échouer avant d'avoir obtenu ce qu'elle venait chercher.

Sophie suivit Craig dans le large couloir.

— Vous êtes certain que c'est bien le poste pour lequel j'ai été embauchée ?

Craig stoppa net, et Sophie faillit lui rentrer dedans. Après avoir jeté un rapide coup d'œil autour de lui, il se pencha et murmura à son oreille :

— Ce n'est pas moi qui vous l'ai dit, mais les audiences de *Secret Lives* ont un peu baissé, et Nigel a décidé de découvrir pourquoi. Il a besoin d'un regard neuf pour l'aider à régler le problème. C'est pour ça que vous êtes là.

Voilà qui ne lui mettait absolument pas la pression. Rien de tel que d'être précipitée dans le grand bain dès le premier jour. Heureusement, elle ne se sentait pas dépassée par le problème. Elle connaissait bien le sujet des taux d'audience ; et il ne fallait pas oublier que sa chaîne YouTube était en peu de temps devenue incontournable dans son domaine. Peut-être pourrait-elle aider à trouver une solution tout en déterrant le scoop dont elle avait besoin. Ce serait gagnant-gagnant.

— Et il n'a trouvé personne en interne pour l'aider ? demanda Sophie, toujours certaine qu'il y avait eu une erreur dans l'attribution de ce poste.

— Son assistante aurait sûrement été de bon conseil, mais elle n'est pas là, et Nigel veut quelqu'un de l'extérieur, fit Craig en baissant encore un peu plus la voix. Je pense que l'avenir de l'émission est en jeu. Il ne me l'a pas dit personnellement… mais j'ai mes sources.

Ça, il ne faisait aucun doute que le réceptionniste était au courant de tout et qu'il était une des meilleures sources de commérages. Peut-être qu'une petite conversation impromptue autour d'un déjeuner serait un bon départ pour son projet.

Décidément, les choses se présentaient mieux qu'elle ne l'avait espéré. Si elle travaillait directement avec le *big boss*, elle pourrait certainement avoir accès aux scènes coupées. Mais il lui fallait rester prudente. Elle n'avait pas droit à l'erreur et ne devait à aucun prix éveiller les soupçons. Et surtout, il ne fallait pas qu'elle croise Miranda. Même avec ses cheveux blonds, ses lunettes et sa nouvelle garde-robe, Sophie était convaincue que sa belle-mère la reconnaîtrait.

— M. Townshend vous attend, dit Craig en se retournant pour actionner les poignées dorées des larges doubles portes. Bienvenue à Green Room Media.

Les portes s'ouvrirent, et Sophie/Roslyn prit une profonde inspiration.

En scène.

Quand il avait demandé qu'on embauche quelqu'un pour l'aider, il ne s'attendait pas à ce qu'on recrute un top model métamorphosé en bibliothécaire, et la vision de la blonde pulpeuse aux lunettes sexy et au sourire plein d'assurance qui venait d'entrer dans son bureau lui fit l'effet d'un coup de poing dans le ventre. Il adorait aussi le gloss rouge sur sa bouche magnifique.

Et mettre ce genre de jeans aurait dû être illégal, mais ce n'est pas lui qui irait porter plainte.

Bon sang ! Il n'avait absolument pas le temps de se laisser distraire. Il n'avait même pas pu prendre quelques heures pour recevoir lui-même les candidats et avait délégué à ses employés les plus fiables la charge du recrutement ; il s'était contenté de demander quelqu'un de qualifié, de professionnel et d'élégant.

Le dernier critère était certainement rempli ; il ne lui restait plus à espérer que le reste de ses talents serait aussi impressionnant que l'emballage.

Il fallait absolument qu'il s'entende avec sa nouvelle consultante temporaire. *Temporaire* étant la notion primordiale. Ainsi que *intouchable*, parce que jamais il ne s'autorisait à engager une relation intime avec une de ses employées. Sa vie amoureuse, ou plutôt son art de papillonner – au grand dam de sa famille —, se cantonnait à la sphère non professionnelle.

Les Townshend ne comprenaient pas pourquoi

Nigel s'obstinait à rester à New York, à étendre son empire, plutôt que de rentrer en Angleterre et de s'y installer pour prolonger la lignée. Il adorait sa famille, l'admirait, et elle lui manquait beaucoup, mais il tenait absolument à construire sa propre vie, à ne pas se contenter d'être le descendant d'une dynastie. Cette entreprise et les émissions qu'elle produisait l'avaient jusqu'à maintenant comblé au-delà de ses rêves ; il suffisait qu'il maintienne cette tendance à la croissance et au succès pour prouver à sa famille que les objectifs qu'il s'était fixés en valaient la peine.

Écartant de son esprit le sujet de sa famille, il concentra toute son attention sur l'incroyable jeune femme qui se tenait debout face à son bureau. Il y avait de quoi mettre sa volonté à l'épreuve. Si elle devait travailler à ses côtés pendant les semaines ou les mois à venir, il faudrait qu'il veille à bien se rappeler qu'ils se trouvaient dans un contexte de travail. C'était ce qu'il exigeait de son personnel, et il se refusait à les laisser penser qu'il n'était pas capable de respecter les règles qu'il leur fixait.

Nigel se leva et fit le tour de son bureau. Il était le patron ; il était grand temps de s'en souvenir, de se comporter en tant que tel et de faire taire ces hormones d'adolescent. On le considérait un peu comme une brebis galeuse parce qu'il avait quitté le cocon familial, et il faisait de son mieux pour prouver qu'il valait mieux que cette mauvaise réputation. Ce n'était pas parce qu'un homme ne désirait pas se marier pour produire toute une flopée d'enfants qu'il était nécessairement un raté.

Mais, avec le mariage de sa sœur la semaine suivante – dont il serait le témoin —, le sujet ne manquerait pas de revenir sur le tapis.

Il n'en était que plus décidé à inverser la tendance et à ramener *Secret Lives* au sommet des taux d'audience. Peut-être alors sa famille serait-elle enfin fière de son travail.

— Vous devez être Roslyn Andrews, dit-il avec un large sourire tandis qu'elle lui tendait la main. Nigel Townshend.

— Très heureuse de vous rencontrer, monsieur Townshend.

— Monsieur Townshend, c'est mon père, précisa-t-il. Vous pouvez m'appeler Nigel.

— D'accord, Nigel, fit-elle en hochant délicatement la tête.

Il ne s'expliquait pas vraiment pourquoi il avait réagi de cette façon, mais entendre son prénom glisser entre ses lèvres alors que toutes ses autres employées l'appelaient *monsieur* fut aussi magique qu'il l'avait imaginé.

— Je ne savais pas que j'allais travailler directement avec vous, ajouta-t-elle. Puis-je me permettre d'être franche ?

Cette voix sensuelle couplée à la fermeté de sa poignée de main l'électrifia des pieds à la tête. Et la lueur qui s'alluma dans ses yeux noirs quand leurs mains se touchèrent ne lui échappa pas.

Voilà qui était intéressant.

Elle retira la main un peu précipitamment et rajusta la bandoulière de son sac sur son épaule, mais il devait reconnaître qu'elle ne s'était pas départie une seconde de son sourire.

Il trouvait l'assurance chez une femme très sexy. Si l'on ajoutait ça à son allure, il commençait à se dire que celle-ci risquait de lui poser des problèmes. D'ailleurs, c'était déjà le cas, puisqu'ils en étaient à s'appeler par leurs prénoms alors qu'ils ne se connaissaient que depuis à peine une minute. Certains de ses employés travaillaient pour lui depuis plus de dix ans et ne l'appelaient toujours pas Nigel.

— Je vous en prie, répondit-il. L'honnêteté est une règle absolue chez nous.

— Je suis encore plus nerveuse maintenant que je sais que je travaille en direct avec le patron, dit-elle en remontant d'un doigt ses lunettes en écailles. Mais je vous promets que ça ne m'empêchera pas de donner le meilleur de moi-même.

— Je l'espère bien, parce que je vais avoir besoin de toute votre compétence.

— Voilà qui ne me met pas du tout la pression, plaisanta-t-elle. J'espère que je serai à la hauteur de ce que vous attendez.

— Je n'ai aucun doute à ce sujet. J'ai lu votre CV. J'ai trouvé particulièrement intéressant le fait que vous travailliez dans la décoration intérieure parce que je pense que les décorateurs s'attachent à ce que tout soit parfait dans tous les domaines, et c'est exactement ce dont j'ai besoin. Enfin, je ne sais pas ce qu'on vous a dit à ce sujet, mais j'ai un caractère assez facile, malgré un sens de l'humour peut-être un peu caustique.

— J'ai deux frères plus âgés que moi. Croyez-moi, je peux résister à tout, quel que soit le type d'humour.

À en juger par sa franchise et par son sens de l'humour, Nigel était certain qu'ils allaient très bien s'entendre… Tant qu'il veillerait à bien se rappeler que cette association ne serait que purement professionnelle et provisoire.

— Asseyez-vous, dit-il en désignant le fauteuil en cuir placé de l'autre côté de son bureau. Comme je n'ai pas assisté à l'entretien d'embauche, j'aimerais en savoir un peu plus sur vous avant que nous nous mettions au travail. Mais je tiens à dire que votre CV m'a beaucoup impressionné et que mon équipe m'a chanté vos louanges.

— Je suis très flattée.

Et il y avait de quoi. Ils avaient fait passer de nombreux entretiens, mais Nigel avait rejeté les autres candidatures retenues. Et voilà qu'atterrissait dans son bureau la plus fascinante des femmes qu'il lui ait été donné de rencontrer. Bien sûr, il travaillait au milieu de femmes magnifiques tous les jours. Les participantes à *Secret Lives* étaient toutes éblouissantes à leur façon, mais la beauté saine et simple de Roslyn avait quelque chose de rafraîchissant.

Nigel défit ses boutons de manchette, roula les manches de sa chemise tout en allant se rasseoir dans son fauteuil. Il valait mieux remettre un peu de distance physique entre eux s'il voulait pouvoir se concentrer et aussi revenir à la raison pour laquelle elle avait été recrutée. Il avait besoin d'une vision nouvelle pour l'émission, et la seule façon d'y parvenir était de faire appel à quelqu'un d'extérieur à l'entreprise.

Pour autant, il n'était pas question de céder à l'attirance qu'il avait immédiatement ressentie. Amour et travail ne formaient jamais un bon cocktail. Et la dernière chose dont il avait besoin, c'était d'un procès pour harcèlement sexuel. Bien sûr, le scandale ne manquerait pas de faire grimper les taux d'audience, mais il n'avait aucune intention de faire honte à sa famille, de mettre sa réputation en péril et surtout de porter préjudice à une femme.

Il respectait profondément les femmes, et il n'y aurait pas d'exception pour sa nouvelle conseillère.

Et ce n'était pas parce qu'il la trouvait séduisante qu'il ne serait pas capable de garder le contrôle.

— J'ai vu que vous veniez tout juste de vous installer à New York, dit-il en se calant au fond de son fauteuil.

— Il y a environ un mois, acquiesça Roslyn. J'avais besoin de changement.

— Vous viviez au Texas ?

— Oui. Ma famille y possède un ranch. D'ailleurs, mes deux frères y habitent toujours.

— Et pourquoi ce besoin de changement ?

Un voile de tristesse passa sur son visage, mais elle redressa le menton et se reprit rapidement.

— Mon père est mort récemment, et ça m'a fait comprendre à quel point la vie est courte et fragile. Je m'étais toujours demandé à quoi ressemblait la vie dans une grande ville, alors j'ai décidé de sauter le pas.

Il aimait les gens capables de prendre des risques. Il était fait de cette étoffe-là, lui aussi, et il n'aurait pas aussi bien réussi professionnellement s'il n'était pas sorti de sa zone de confort. Il comprenait parfaitement le besoin qu'elle avait eu de prendre sa vie en main en s'éloignant de sa famille. Cette indépendance et cette force de volonté la rendaient encore plus séduisante à ses yeux.

— Je suis désolé pour votre père, dit-il, et je dois reconnaître que je suis impressionné que vous ayez eu ce courage.

— Il faut vivre dans le présent, répondit-elle avec un sourire plein d'assurance… qu'il trouva très excitant.

— Vous avez un diplôme en décoration d'intérieur, poursuivit Nigel en jetant un œil sur les photos qui s'affichaient sur son écran d'ordinateur et qu'il était en train de regarder quand elle était entrée dans son bureau. J'aime beaucoup vos réalisations. Pourquoi l'univers des médias, maintenant ? Juste parce que vous aviez envie de changement ?

— Rien ne m'empêche d'associer les deux. J'ai toujours adoré la décoration et je suis fascinée par le monde des médias. Qui sait ? Peut-être qu'un jour je pourrai décorer des maisons de star ou concevoir des décors. C'est un bon pas dans cette direction, en tout cas.

Nigel croisa les mains sur son bureau et se pencha vers ellc.

— Est-ce ce que vous venez chercher ici ? L'occasion de rencontrer des célébrités et de mettre un pied dans la porte ?

Roslyn ouvrit la bouche pour répondre, mais il leva la main en signe d'apaisement.

— Ça n'est pas une critique, se hâta-t-il d'ajouter. Au contraire, je trouve que c'est une idée brillante.

— Vous m'avez démasquée, répliqua-t-elle en riant. Il faut toujours que j'anticipe. Puisque je m'aventure dans quelque chose de nouveau, autant faire les choses à fond. Je veux acquérir des compétences variées pour être opérationnelle dans un maximum de domaines le jour où je créerai mon entreprise.

— C'est tout à fait l'état d'esprit que j'attends des membres de mon équipe, dit-il. Quel est votre plat préféré ?

Roslyn éclata de rire.

— Pardon ?

— Ce que vous préférez manger.

— Heu… Je ne sais pas. Les sushis, je dirais. Pourquoi ?

— J'aime les réunions de travail autour d'un dîner et je voulais m'assurer de choisir quelque chose qui vous plairait.

Personnellement, il détestait la plupart des sushis, mais on était à New York. Il y avait plein d'endroits qui en proposaient de toutes les sortes et où ils trouveraient tous les deux leur bonheur. Pour l'heure cependant, il n'avait aucune envie de mettre un terme à leur conversation, pas plus que de se mettre immédiatement au travail.

— Et si je vous faisais visiter ? proposa-t-il en se levant.

Normalement, c'était Craig qui se chargeait de montrer les lieux aux nouveaux employés, mais Nigel avait bloqué sa matinée pour le faire personnellement… Il regrettait maintenant de ne pas avoir laissé cet honneur à Craig.

— Pour commencer, il y a certains aspects de cette entreprise que vous devez connaître dès le premier jour, poursuivit-il. Je tiens à ce que vous vous sentiez à l'aise et que cet endroit soit un peu comme votre deuxième maison tant que vous y travaillerez. L'ambiance est détendue, et dans l'ensemble nous nous entendons tous très bien.

— C'est rare pour une entreprise aussi importante, dit Roslyn en se levant. Je suis très heureuse d'intégrer une équipe où règne un esprit aussi positif.

S'il était très attaché au fait que son équipe travaille dans l'harmonie, Nigel avait besoin de rebondissements et d'action sur le tournage de *Secret Lives*. L'émission ne pouvait pas être en permanence un étalage de bons sentiments et de gentillesse. Il fallait donner aux spectateurs l'envie de regarder l'émission suivante, les tenir en haleine. Mais comment ? Pour l'instant, il n'avait pas la solution.

Ce qu'il avait en revanche, c'était une nouvelle recrue curieuse de visiter les locaux, et il allait l'emmener dans l'appartement situé au sommet du building pour lui faire admirer la vue à couper le souffle qui s'offrait aux regards de là-haut. Comme il y avait une grande table de réunion et une cuisine équipée, le *penthouse* servait à l'occasion pour organiser des événements avec l'équipe. Mais il y avait aussi une chambre avec salle de bains, où il restait parfois dormir quand il travaillait particulièrement tard au bureau.

Il se hâta de chasser les idées qui lui venaient en pensant à cette chambre. Son objectif du moment était de sauver son émission et, même si cette femme était la plus jolie des consultantes qui aient jamais croisé son chemin, il avait besoin d'elle *professionnellement* et il ne ferait rien qui puisse mettre *Secret Lives* en danger.

— Nous allons commencer par le meilleur, dit Nigel en lui indiquant l'ascenseur dans l'angle de la pièce.

— Vous avez votre ascenseur personnel ? demanda-t-elle avec un demi-sourire. Je suis impressionnée.

— Il y a des avantages à être le P-DG.

Et, en tant que P-DG, il était de son devoir de rester cent pour cent professionnel, cent pour cent du temps.

Après tout, il travaillait au milieu de femmes magnifiques à longueur de journée. En quoi cela aurait-il dû être différent cette fois ? Et pourtant, ça l'était.

- 2 -

Debout tout près de Nigel dans l'ascenseur, Sophie avait du mal à gérer les émotions qui l'assaillaient. Elle aurait aimé savoir à l'avance qu'elle allait travailler directement avec lui. Elle aurait aimé savoir à l'avance à quel point cet homme dégageait une impression de puissance. Et surtout, elle aurait aimé savoir pourquoi elle ressentait une telle chaleur à travers tout le corps. C'était quelque chose de totalement inhabituel pour elle.

Bien sûr, elle était consciente que rien n'aurait pu la préparer à affronter ce regard un peu lourd, cette mâchoire puissante, cette dose parfaite de parfum et cet accent british si élégant.

Jamais elle n'aurait pu s'imaginer qu'une simple conversation avec un homme puisse être aussi troublante. Comment les femmes de son bureau faisaient-elles pour travailler ? Et *elle*, comment allait-elle pouvoir faire son travail correctement ? Il n'était pas question qu'elle en arrive à se faire renvoyer parce qu'elle aurait passé son temps à fantasmer sur son patron.

Il ouvrit la bouche, et un flot de pensées totalement déplacées envahirent son esprit. Mais non. Elle n'était pas là pour ça. Cela dit, rien ne lui interdisait de jouir du spectacle.

Nigel Townshend n'était pas seulement beau comme une gravure de mode, c'était un milliardaire un peu *bad boy* à la réputation de séducteur. Aux cérémonies, on le voyait toujours avec les femmes les plus sexy pendues à son bras. Il était aussi connu pour sortir avec les plus beaux mannequins mais, à sa connaissance, on ne l'avait jamais vu deux fois avec la même femme, ce qui l'incitait à croire qu'il ne cherchait qu'à s'amuser.

Exactement l'opposé de ce qu'elle était, elle, étant donné qu'elle n'avait jamais fréquenté aucun homme.

Quel effet cela ferait-il de sortir avec un *bad boy* ? Peut-être était-ce justement ce dont elle avait besoin ? Peut-être serait-elle capable de s'abandonner à un homme qui savait exactement ce qu'il faisait ?

Mais elle n'allait quand même pas annoncer à un homme qu'elle venait à peine de rencontrer qu'elle était toujours vierge. Elle n'avait pas honte de sa virginité et elle ne regrettait pas un instant d'avoir consacré ces dernières années à sa carrière et d'être devenue à force de travail une femme d'affaires respectée et une personnalité incontournable de YouTube.

En matière de sexe, elle ne croyait pas aux règles établies ni à la nécessité de se conformer à ce que faisait la majorité des gens. Elle y viendrait quand elle se sentirait prête ou quand un homme la fascinerait assez pour éveiller cette envie.

Malheureusement, son nouveau patron la fascinait plus qu'il n'aurait dû. Elle se l'imaginait en train de balayer d'un revers de la main tout ce qui se trouvait sur son bureau avant de lui arracher ses vêtements dans un moment de passion. Ses vêtements seraient irrémédiablement fichus, bien sûr, mais elle aurait sacrifié sans un regret son jean. Son *skinny* — si elle se conformait au terme en vigueur dans l'industrie de la mode. Ce qui voulait dire *maigre*. Alors qu'elle portait une taille 44, que le fameux jean mettait ses courbes particulièrement en valeur et qu'elle avait tout sauf l'impression d'être maigre.

N'empêche. Elle préférait se dire que Nigel la trouvait irrésistible et s'imaginer que les soirées passées à travailler seraient chargées de regards appuyés et de frôlements sensuels. Bien sûr, il n'était pas question qu'elle se conduise de façon inappropriée… Mais on avait bien le droit de fantasmer un peu, non ?

Les portes de l'ascenseur s'ouvrirent, et la petite musique qui accompagnait la manœuvre la tira de ses délicieuses rêveries.

Tant mieux. Elle avait d'autres problèmes à régler pour l'instant. Il fallait qu'elle se concentre sur la mission qu'elle s'était fixée. Ses frères comptaient sur elle, et s'encanailler avec le P-DG de Green Room Media n'était pas l'angle d'attaque qu'elle avait anticipé. En outre, elle s'était promis de rentrer chez elle une semaine plus tard et elle n'avait pas le temps de se laisser entraîner dans autre chose que le plan initialement prévu.

Nigel lui fit signe de sortir de l'ascenseur, et Sophie eut le souffle littéralement coupé par la vue qui s'offrait à elle.

— J'ai eu la même réaction la première fois, dit-il. On ne s'en lasse jamais. Il y a quelque chose d'intemporel, à la fois mythique et excitant, dans la *skyline* de New York.

L'appartement situé sur le toit-terrasse et sa façade de verre donnaient à Sophie l'impression qu'il lui suffisait de tendre le bras pour toucher le soleil. Il avait raison, il y avait quelque chose de bouleversant dans ce panorama. Il donnait une impression de puissance… d'être au sommet du monde et de pouvoir tout contrôler.

Et, même en ce jour d'hiver, elle était surprise de la luminosité du ciel vu de cet endroit.

Fascinée par le magnifique *penthouse*, Sophie l'explora à pas lents, en appréciant le luxe des canapés en cuir, des surfaces chromées et surtout la vue à couper le souffle sur toute la ville. L'appartement tout entier dégageait une atmosphère très masculine.

Elle avait menti en disant qu'elle avait envie de venir s'installer en ville. Elle préférait de loin la campagne et un style de vie plus décontracté qui correspondait à sa personnalité et à ce qu'elle concevait. La vie en ville était si bruyante, si rapide… et pas seulement à cause des voitures. Tout et tout le monde semblaient pressés ici. Elle avait l'impression que les gens étaient tellement occupés par leurs propres affaires qu'ils ne prenaient jamais le temps de vraiment s'écouter les uns les autres.

Sophie au contraire adorait le contact avec les gens. Elle aimait discuter avec eux et apprendre à les connaître. C'était un aspect de sa personnalité qu'elle avait dû cultiver pour développer son activité mais, avec les années, c'était devenu une seconde nature.

Et ce qui lui avait demandé un peu d'efforts au départ s'avérait être un des éléments clés de la réussite de sa chaîne YouTube. Elle était désormais classée parmi les dix meilleurs décorateurs d'intérieur du site et elle ne comptait pas s'arrêter en si bon chemin.

— Approchez-vous, dit Nigel en lui prenant doucement le bras pour l'attirer plus près des grandes baies vitrées. C'est ici que je m'échappe quand les choses deviennent trop stressantes en bas.

— Et moi qui m'imaginais que vous étiez capable de faire face en toutes circonstances, dit-elle, détournant le regard de la ville pour le poser sur Nigel.

— Surtout, ne trahissez pas mon petit secret.

— Rien de ce que vous direz ne sortira de ma bouche, promit-elle. Je ne suis pas ici pour vous juger, mais pour aider.

Elle n'était pas là pour révéler quoi que ce soit à son sujet… À moins qu'il ne soit directement mêlé à un scandale lié à Miranda. Et, même si c'était le cas, elle n'avait aucune intention de faire du mal à Nigel.

Sophie ne pouvait pas commencer à enquêter dès maintenant. Il fallait d'abord qu'elle se fasse accepter dans l'entreprise. Mais elle se promit que, dès le lendemain, elle passerait aux choses sérieuses. Il fallait faire vite ; elle n'avait pas de temps à perdre.

— J'imagine que vous ne manquez pas de raisons de vous échapper et de vous éclaircir un peu les idées, poursuivit-elle en concentrant son attention sur la vue. Même les gens les plus solides ont besoin de faire des pauses de temps en temps.

— C'est vrai que ce milieu est parfois impitoyable, reconnut-il.

— Trop de divas à gérer ? plaisanta-t-elle en espérant l'aiguiller sur ce terrain en particulier.

— Les femmes de l'émission ? dit-il en haussant les sourcils. Elles ne sont pas si terribles. Certaines sont parfois un peu exigeantes, mais dans l'ensemble elles ne posent vraiment pas beaucoup de problèmes.

Ça n'était pas ce qu'elle souhaitait entendre mais, après tout, son enquête en immersion ne faisait que commencer. Et devoir passer un peu plus de temps avec Nigel était loin de lui déplaire.

— Donc, vous vivez ici ?

— Oh ! non. Il m'arrive de dormir ici après une journée de travail particulièrement longue, mais la plupart du temps je ne monte que le temps d'une courte pause, dit-il en se tournant vers elle. Et nous organisons aussi des fêtes pour le personnel et des projections privées de *Secret Lives*.

— Ne vous méprenez pas, commença-t-elle, mais vous savez forcément que vous êtes un homme séduisant…

— C'est ce que *People Magazine* semble penser, oui.

Sophie ne put s'empêcher de rire.

— Je disais donc que je n'étais ici que parce que c'est une chance pour moi d'apprendre, d'apporter un peu de sang neuf dans votre équipe et de peut-être développer mes compétences personnelles.

Nigel leva un sourcil d'un air amusé.

— Mes compétences *professionnelles*, corrigea-t-elle, incapable de réprimer un sourire.

Oh oui, il avait tout d'un mauvais garçon, et elle ne pouvait pas s'empêcher de trouver ça charmant.

— Croyez-le ou pas, j'ai réellement besoin de conseils et je prends cette entreprise très au sérieux.

Il mit les mains dans ses poches et pencha la tête d'un air arrogant, un peu voyou. Nul doute que Nigel était un personnage, une force avec qui compter. D'ailleurs, il était connu dans le monde entier non seulement pour son charme et son apparence physique, mais pour la façon dont il avait lancé son entreprise et réussi à propulser les divorcées de la haute société qui participaient à son émission au rang de stars planétaires… Y compris Miranda.

— Mais puisque nous parlons en toute franchise, poursuivit-il, vous ne devez pas être en reste pour ce qui est de faire tourner les têtes.

Elle n'était pas vaniteuse, mais elle ne faisait pas partie de ces femmes qui feignaient de se trouver laides ou qui se dévalorisaient dans l'espoir de recueillir quelques compliments. Mais elle savait aussi parfaitement que certains hommes trouvaient les femmes rondes peu attirantes. Et elle n'avait pas de temps à perdre avec ce genre d'homme.

Elle était bien entendu ravie de savoir que Nigel n'appartenait pas à cette catégorie, mais elle ne désirait pas poursuivre sur le sujet. Elle ne voulait surtout pas se laisser détourner de son objectif et encore moins passer pour une intrigante flirtant avec le patron pour avancer plus vite. Ce genre de rumeur risquerait d'attirer l'attention sur elle, et il ne fallait absolument pas que Miranda sache que Sophie était dans les murs.

— Maintenant que tout est clair, j'espère que cette attirance mutuelle ne va pas être un problème, dit-elle en soutenant vaillamment son regard, l'honnêteté étant une valeur incontournable à ses yeux.

Enfin, sauf dans le cas présent, où elle mentait sur son identité et les raisons pour lesquelles elle se trouvait ici. Mais, malheureusement, la situation ne lui avait pas laissé le choix.

— Bien sûr que non, assura-t-il avec un sourire en coin et cet accent qui lui donnait des frissons.

Peut-être que la voix sensuelle de Nigel laissait tous les gens indifférents à Green Room Media, mais elle venait juste d'arriver et elle devait bien avouer qu'elle y était très sensible. Il allait falloir qu'elle érige ses défenses les plus solides pour ne pas se laisser déborder par ses émotions.

— Avez-vous d'autres choses à me montrer ? Peut-être l'endroit où je vais travailler ? Ou les projets que vous aimeriez que j'étudie ?

— Craig a installé un bureau à côté du mien. Puisque nous travaillons ensemble, je vais avoir besoin que vous soyez le plus près possible. Ça n'est pas immense, mais vous avez une fenêtre.

— J'ai mon propre bureau ? s'étonna Sophie.

Et qui plus est situé juste à côté de celui de Nigel ? Elle n'aurait vraiment pas pu espérer mieux.

Les astres s'alignaient presque trop bien. Mais il fallait qu'elle réfrène la force qui la poussait vers son nouveau patron et qu'elle se concentre sur ce qui l'avait amenée ici. Elle n'avait pas bouleversé sa vie et changé d'apparence juste pour séduire un beau gosse venu d'Angleterre. Sa priorité absolue était d'obtenir des informations sur Miranda.

— Ai-je aussi droit à un ascenseur ?

Les lèvres de Nigel se retroussèrent, et elle se fit la remarque qu'à chaque fois que quelque chose l'amusait une lueur s'allumait dans ses yeux bleus. C'était complètement ridicule de remarquer des détails aussi insignifiants, mais c'était plus fort qu'elle ; elle avait envie d'en savoir plus sur lui.

— Bien sûr. Celui que vous avez utilisé pour monter du hall à la réception.

Sophie leva les yeux au ciel.

— Ça n'est pas ce que je voulais dire, plaisanta-t-elle.

Puis elle reporta son attention sur la vue. Bien sûr, c'était à l'opposé de Blackwood Ranch et de ses champs verts s'étendant à perte de vue, mais tout cet acier mêlé aux bâtiments plus anciens, c'était beau aussi. Son œil de décoratrice enregistra les diverses formes et couleurs qui s'offraient à son regard et la neige blanche qui ourlait si joliment les balcons et autres reliefs des immeubles. Elle se demanda à quoi ressemblaient les rues quand la neige venait de tomber. Elles faisaient alors certainement la joie des enfants qui s'amusaient à se lancer des boules de neige.

Tout ce blanc lui remémora un chantier récent, où elle avait habillé tout un bureau de blanc et de bleu pastel, réveillés par quelques touches de vert.

— Vous étudiez toujours aussi soigneusement ce qui vous entoure ? demanda Nigel, la tirant de ses rêveries.

— Déformation professionnelle. J'aime la décoration et créer, alors mon esprit est toujours en éveil.

— Vous êtes vraiment parfaite pour ce poste.

Son commentaire remplit Sophie de fierté, mais elle sentit aussi l'aiguillon de la culpabilité. Si elle était ici, ça n'était pas pour le bien de *Secret Lives*, c'était pour pouvoir visionner les précieuses prises non diffusées de Miranda. Il y en avait sûrement qui révélaient des comportements ou laissaient deviner des secrets que les producteurs ne souhaitaient pas faire partager au public. Elle allait forcément découvrir quelque chose de bien juteux.

— Comme c'est votre premier jour, je vais vous ménager. Mais attendez-vous à beaucoup travailler dès demain, dit Nigel en lui indiquant l'ascenseur. Et si nous descendions voir votre bureau ? Ensuite, je commanderai à déjeuner. Sushis.

— C'est parfait, dit Sophie en hochant la tête.

Les mains dans les poches, Nigel contemplait la magnifique ligne d'horizon de la ville. Il avait été complètement idiot de faire monter Roslyn ici tout à l'heure. Jamais il ne se montrait aussi familier avec les membres de son équipe.

Mais, à la seconde où elle avait franchi le seuil de son bureau, quelque chose en elle l'avait irrésistiblement attiré. Elle était posée, sûre d'elle et raffinée, mais elle s'était aussi montrée pleine d'esprit et, quand elle avait souri la première fois, c'était comme s'il avait reçu un coup de poing dans l'estomac. Elle semblait presque trop parfaite pour être vraie.

Qui plus est, elle avait été honnête, presque brutale, quand elle avait parlé sans détour de l'attirance qu'il y avait entre eux. Une part de lui était impressionnée par tant de franchise, mais il devait bien s'avouer aussi qu'il aurait peut-être préféré qu'elle se laisse aller à ses instincts.

Mais qu'est-ce qui lui prenait ? Il ne pouvait pas se comporter comme ça, même pas en pensée. Son entreprise représentait tout à ses yeux. S'il était venu s'installer à New York, c'était pour créer son propre héritage, et il avait sacrément bien réussi. Il n'allait quand même pas jeter cette réputation aux orties parce que, tout à coup, il avait l'impression d'être redevenu un adolescent amoureux. Il fallait qu'il reprenne le contrôle de la situation, bon sang ! Roslyn n'était pas là depuis un jour qu'il en était déjà à s'imaginer avoir une liaison avec une employée.

Il fallait qu'il se concentre sur ses vrais problèmes, comme le fait que *Secret Lives* avait sacrément besoin que son taux d'audience remonte.

Son téléphone portable vibra dans sa poche. Il n'avait jamais le temps de se poser. Mais c'était bien normal en tant que P-DG de l'entreprise et étant donné qu'il travaillait avec plusieurs femmes très célèbres.

Il jeta un œil sur son écran où s'affichait le nom de Seraphina.

Seraphina Martinez – Fee pour les intimes – était une des protagonistes de *Secret Lives*. Elle menait grand train mais avait également un cœur d'or ; il n'y avait pas une once de mesquinerie chez elle, et les téléspectateurs l'adoraient. Notamment depuis la sortie de son livre de cuisine, *Loin de la cuisine de votre maman*, et ses ventes record.

Tournant le dos au panorama, Nigel répondit.

— Fee. Comment vas-tu ?

— Très bien, merci. Écoute, je voulais juste te dire que j'avais réfléchi à ta proposition et que je ne suis pas sûre d'accepter.

Mauvaise nouvelle. Seraphina était tombée amoureuse de Clint Rockwell, un cow-boy pure souche, et ils avaient pour projet de s'installer ensemble… au Texas. Quand elle lui avait annoncé qu'elle songeait à abandonner l'émission, Nigel avait essayé de la convaincre de rester à New York en lui offrant à la fois une grande campagne de marketing pour son livre, plus de temps à l'écran et une coquette somme d'argent.

— Attends un peu, chérie. Je suis sûr qu'on peut trouver une solution. Pour tout te dire, j'espérais que tu accepterais l'idée d'un spin-off.

— Un spin-off ? Mais Nigel…

— Je te demande juste d'y réfléchir, l'interrompit-il. Imagine un dérivé version texane de l'émission qui vous montrerait, toi et Clint, dans ce nouveau chapitre de votre vie. Je suis sûr que le public adorerait.

Sans oublier que ça pourrait être l'angle dont il avait besoin pour sauver son émission.

Nigel se frotta le front et laissa échapper un profond soupir. Il n'était pas parvenu à ce point de sa carrière pour se laisser décourager par quelques revers. Il n'y avait pas de place pour l'échec ni même la médiocrité. Dans cet univers des programmes de *prime—time*, on n'avait pas droit à l'erreur. Sinon, c'était la fin, et une autre émission prendrait immédiatement leur place.

Peut-être qu'explorer de nouveaux territoires allait

s'avérer salutaire. Les quelques épisodes de Noël tournés au Texas dans le ranch de Miranda avaient déjà fait remonter légèrement les chiffres d'audience.

— C'est Clint qui compte plus que tout pour moi maintenant, dit Fee. Je vais en discuter avec lui. Je ne suis pas sûre qu'il ait envie que des caméras filment tous nos faits et gestes à travers tout le Texas.

— Parle-lui, insista Nigel. Je parie qu'un épisode gravitant autour de votre mariage ferait un premier épisode sensationnel pour une nouvelle émission.

À l'autre bout de la ligne, Seraphina ne répondit pas, mais il la connaissait assez pour savoir qu'elle réfléchissait à cette nouvelle option. Il avait le cerveau en ébullition, excité à l'idée qu'il tenait peut-être enfin la solution pour donner un coup de fouet à son émission.

— Je ne sais pas trop, finit par répondre Seraphina. Clint et moi avons vraiment envie de nous éloigner des feux des projecteurs. On voudrait tout recommencer à zéro. Après les incendies qui ont ravagé Royal, j'avoue que ma vision de la vie a changé. Ça a tout remis en perspective.

Si les incendies auxquels elle faisait allusion avaient été à l'origine de leur amour à elle et Clint, ils n'en avaient pas moins mis toute la communauté de Royal en danger. La ville avait beaucoup souffert, et les travaux de reconstruction étaient loin d'être terminés. Tout le monde là-bas avait été affecté d'une façon ou d'une autre.

— J'en parlerai quand même à Clint, reprit-elle. Je sais que d'après mon contrat je vous dois encore du temps…

— Ne t'inquiète pas pour ça pour l'instant. Discute avec Clint et reviens vers moi.

— Merci, Nigel.

Il raccrocha, et son esprit revint immédiatement à sa nouvelle conseillère ; il se demandait ce qu'elle penserait de ce nouveau projet – en admettant que Fee accepte sa proposition. Il espérait vraiment pouvoir convaincre Fee et Clint de participer à un spin-off qui pourrait bien être la solution à tous ses problèmes, mais de toute façon il était trop tôt pour divulguer l'information.

Il ne lui semblait pas judicieux non plus de confier des secrets aussi importants concernant son entreprise à une toute jeune recrue. Comme il aurait aimé que son assistante soit là ! Merryl lui manquait ; elle savait toujours quoi faire et dire ce qu'il fallait. Mais voilà, elle était en congé maternité pour s'occuper de son bébé.

Cela dit, même si le spin-off se faisait et connaissait le succès, Nigel n'avait aucunement l'intention de renoncer à sauver *Secret Lives.* C'était l'émission phare de Green Room Media, et il en avait été personnellement à l'origine quand il avait pris les rênes de l'entreprise. S'il était venu à New York, c'était pour réaliser quelque chose de grand, qui ne doive rien au nom des Townshend, et *Secret Lives* était l'aboutissement de toutes ces années de travail acharné. C'était son bébé, et il ferait tout pour qu'il se développe.

Et, comme il avait pu constater que Roslyn possédait une intelligence très aiguisée et que son expérience dans le domaine de la décoration était impressionnante, il avait la ferme intention d'utiliser son esprit brillant et son talent pour s'assurer que *Secret Lives* reste à l'antenne.

Était-elle le miracle qu'il attendait ? Serait-elle

capable de réussir là où lui-même avait échoué ? Les réponses à ces questions, il ne les connaissait pas. Mais il y avait une chose qu'il savait… Il allait devoir passer du temps avec Roslyn, et l'idée même l'enchantait.

- 3 -

En arrivant au bureau le lendemain matin, Sophie avait été surprise de découvrir que Nigel était absent. Craig lui avait dit qu'il avait une urgence à gérer et lui avait donné toute une liste de documents à lire pour préparer sa réunion avec quelques membres de l'équipe.

Parfait. C'était le point de départ idéal parce qu'il ne faisait aucun doute qu'on discuterait du casting de *Secret Lives*, et Sophie avait l'intention de recueillir un maximum de renseignements sur Miranda.

Deux heures plus tard, Nigel n'était toujours pas arrivé, et Sophie se rendit compte qu'elle n'arrêtait pas de penser à lui.

Or, il n'était pas question qu'elle laisse Nigel prendre de la place dans sa vie… Sauf si cela pouvait l'aider à réaliser son plan. Malheureusement, elle ne réagissait pas du tout comme il aurait fallu. Aucun homme ne lui avait jamais fait autant d'effet que Nigel. Jamais elle n'avait eu autant envie de renoncer à sa virginité ; il éveillait en elle des sensations dont elle n'avait jamais eu conscience auparavant.

Peut-être était-ce dû à son côté mauvais garçon. Ou alors à sa façon de la regarder comme s'il était en train de l'imaginer nue. Ou bien encore à sa manière de plaisanter avec elle, avec autant de complicité que s'ils se connaissaient depuis des années.

Le fait est qu'elle n'avait jamais eu de vraie relation avec un homme, pas même une amourette, et c'était pour cette raison qu'elle avait tenu à être parfaitement honnête avec lui la veille. Elle ne voulait surtout pas que Nigel s'imagine qu'elle était ici pour lui ou le tromper sur qui elle était vraiment.

Du moins, sur le plan sexuel.

S'ils s'étaient rencontrés dans des circonstances différentes, où elle n'aurait pas été obligée de lui mentir, où elle aurait eu le temps d'apprendre à le connaître, elle aurait certainement tenté de voir où cette attirance mutuelle les menait.

Mais il était inutile de fantasmer, et il fallait qu'elle reste concentrée.

Sophie rassembla les documents qu'elle avait parcourus pour préparer la réunion et sortit de son bureau. Elle avait jugé les notes concernant le marketing et les idées de tournage à venir très intéressantes. Si ce genre d'émissions populaires avait été sa tasse de thé, elle aurait même probablement été une adepte de *Secret Lives* parce qu'à part Miranda, bien sûr, les femmes qui participaient à l'émission avaient toutes l'air sympathiques.

Sophie était tombée par hasard sur le *reality show* une fois ou deux, mais elle n'avait pas supporté de voir Miranda jouer les gentilles tout en étalant son côté bling-bling devant les caméras et avait changé de chaîne.

La salle de réunion se trouvant deux étages plus bas, elle prit l'ascenseur avec quelques employés qu'elle ne connaissait pas encore et qui échangèrent quelques potins de bureau qui ne lui étaient d'aucune utilité.

En arrivant dans la salle de réunion, elle repéra

un siège au bout de la longue table et sourit au jeune homme à côté duquel elle prit place.

— Vous êtes nouvelle, dit-il. Je m'appelle Miles.

— Roslyn, répondit Sophie. Enchantée de vous connaître.

— Ces réunions sont ridicules, murmura-t-il en se penchant vers elle. Tout ce qui s'y dit pourrait être partagé dans un mail, mais M. Townshend est en train de craquer complètement. Les chiffres d'audience n'ont jamais été aussi bas.

Sophie ne fit pas de commentaire et observa Nigel tandis qu'il entrait dans la salle de conférences. Son regard passa sur ses collaborateurs avant de s'arrêter sur elle, et elle réprima un frisson. Comment cet homme était-il capable de manifester une telle puissance d'un seul regard, et ce dans une pièce pleine de monde ?

— J'imagine que vous avez tous lu le rapport marketing, dit-il tout en s'asseyant dans le fauteuil qui présidait la table de réunion. Nous allons tenter une nouvelle approche en utilisant les réseaux sociaux, et je tiens à ce que tout le monde soit sur la même longueur d'onde.

Sophie écouta attentivement les échanges qui suivirent concernant les nouveaux segments et comment améliorer le contenu sur les réseaux sociaux et constata que Nigel prenait en compte les suggestions de chacun. Elle admirait sa volonté de ne pas traiter ses employés comme des pions et de ne pas utiliser la réunion pour imposer son propre point de vue sans écouter personne. Loin de traiter les gens avec condescendance, il réussissait à faire sentir à tous que leurs idées avaient de la valeur. Voilà qui en disait long sur sa manière de diriger son entreprise.

Sophie mourait d'envie d'intervenir et de leur dire

qu'ils prenaient tous le problème à l'envers. Grâce à son expérience personnelle, elle savait ce qui attirait les gens et comment s'y prendre pour atteindre une certaine cible du marché, mais le rôle de consultant consistait à prendre connaissance de toutes les données avant de faire ses propres suggestions. En outre, elle venait d'arriver dans l'entreprise et elle ne voulait froisser aucune susceptibilité dès le deuxième jour, aussi jugea-t-elle préférable de garder le silence.

En revanche, elle prit de nombreuses notes sur les sujets qu'elle désirait aborder ensuite avec Nigel en privé. Elle allait lui recommander de modifier l'angle d'attaque de leur plan marketing. Après tout, elle-même faisait un carton sur YouTube ; c'était donc qu'elle savait comment attirer et retenir l'attention du public. Bien sûr, elle devait également son succès à son talent, mais il avait quand même fallu qu'elle apprenne à se vendre et à définir son image de marque pour susciter l'intérêt.

Elle lança un regard à Nigel et…

Il était en train de l'observer comme aucun homme ne l'avait jamais fait – comme s'il avait voulu la mettre à nu, connaître le fond de ses pensées. Et ça dans une pièce pleine de monde.

Quelqu'un prit la parole, mais Sophie n'entendit pas un traître mot de ce qui se disait jusqu'à ce que Nigel rompe le charme en détournant les yeux. Après ça, jusqu'à la fin de la réunion, Sophie fut incapable de vraiment se concentrer.

Quand ce fut terminé, elle rassembla ses affaires et retourna dans son bureau. Cette réunion ne lui avait rien apporté qu'elle puisse utiliser pour ses plans. En fait, les vedettes de l'émission n'avaient été que très peu évoquées. Quand on avait abordé le sujet des tournages, il n'avait été question que des lieux et en quoi ils pouvaient être utiles pour donner un nouveau souffle à *Secret Lives*.

Puisqu'elle ne pouvait rien faire pour l'instant pour fouiller dans les sales petits secrets de Miranda, autant se concentrer sur le marketing et rassembler quelques idées et suggestions pour l'émission.

Bien sûr, elle ne comptait pas s'éterniser à Green Room Media, mais elle éveillerait les soupçons si elle n'avait rien à proposer. Il fallait qu'elle conserve sa légitimité aux yeux de Nigel si elle voulait passer assez de temps ici pour espérer déterrer quelque chose d'intéressant au sujet de Miranda.

Sophie disposait du programme qu'elle avait utilisé quand elle s'était lancée sur YouTube. Il s'agissait en gros de ce qu'il fallait faire et ne pas faire en matière de promotion d'une marque ou d'un produit ; le marketing ressemblait à une sorte de jeu de stratégie et, si les joueurs ignoraient quels coups jouer et dans quel ordre, toute l'opération pouvait être réduite à néant.

À Green Room Media, toute une équipe travaillait sur le sujet, mais Nigel avait compris qu'il avait besoin d'un regard neuf, et c'était là qu'elle était entrée dans le jeu.

Sophie pénétra dans son bureau, fit le tour de sa table de travail et poussa un petit cri de surprise.

— Je vous ai fait peur ? Désolé.

Nigel était appuyé contre le chambranle de sa porte, les bras nonchalamment croisés sur sa large poitrine et les cheveux un peu en bataille, comme s'il s'était passé la main dedans après la réunion.

Apparemment, elle avait été si absorbée par ses propres pensées qu'elle ne s'était pas aperçue qu'il était juste derrière elle quand elle était entrée dans son bureau.

— Tout va bien, répondit-elle en posant ses affaires. Je suis heureuse que vous soyez là.

— Vraiment ?

— Je voudrais vous parler de quelques suggestions concernant le marketing, dit-elle, faisant mine de ne pas remarquer qu'il restait là, debout, à la fixer du regard, comme s'il avait envie de n'importe quoi sauf de parler travail.

— Pourquoi ne pas avoir partagé ce que vous pensiez au cours de la réunion ? demanda-t-il en fronçant les sourcils.

— Eh bien, mon travail consiste à écouter tout ce que l'équipe a à dire avant d'émettre une opinion, déclara-t-elle. De plus, comme je ne suis là que depuis hier, je n'étais pas sûre que vos employés aient envie d'entendre que je pense que la plupart de leurs idées sont mauvaises.

Nigel la dévisagea quelques instants avant d'éclater de rire.

— Vraiment, j'adore votre franchise, dit-il en décroisant les bras. Mais, si nous devons discuter, je propose de faire ça autour d'un déjeuner. Retrouvez-moi au *penthouse* dans une demi-heure.

— Plutôt quarante-cinq minutes, dit-elle. J'ai quelque chose à vous montrer.

Il demeura immobile un moment à la regarder. L'atmosphère était chargée, et cela n'échappa pas à Sophie. D'accord, elle était là sous une fausse identité, mais il fallait qu'elle soit prudente parce qu'elle avait toujours eu beaucoup de mal à cacher ses émotions. Et à mentir.

— Écoutez, commença-t-elle. L'attirance entre nous est…

— C'est vrai, l'interrompit Nigel avec un sourire. Mais jamais je ne me permettrais d'avoir une relation avec une employée. C'est un principe chez moi. D'autant plus actuellement, quand je dois absolument résoudre le problème de *Secret Lives*.

— C'est parfait, acquiesça Sophie, parce que je ne suis pas venue pour ça. C'est juste que j'ai du mal à supporter une telle tension, alors j'ai préféré crever l'abcès.

— Et j'apprécie votre franchise.

— Et pourtant, il y a beaucoup de gens que ça rebute.

— Des hommes ?

Elle hocha la tête.

— Ce sont des imbéciles, alors.

Ça recommençait… Cette électricité presque palpable dans l'air. Elle attendit qu'il en dise davantage, mais apparemment il n'en avait pas l'intention. Il avait déjà clairement exprimé qu'il ne s'engagerait pas dans une relation personnelle avec une de ses employés. Dommage qu'elle ne puisse pas lui dire qu'elle ne faisait pas réellement partie de son équipe, mais il serait sans doute furieux s'il connaissait les vraies raisons de sa présence dans son entreprise. Peut-être que c'était mieux comme ça. Il ne pouvait rien se passer entre eux, d'accord, mais au moins elle savait qu'il en aurait eu envie.

— Je vous retrouve là-haut dans quarante-cinq minutes, dit-elle pour mettre un terme à cette situation un peu embarrassante.

Nigel lui sourit, hocha la tête et quitta le bureau. Quand il eut tourné les talons, Sophie put enfin respirer librement. Remettre sur le tapis l'attirance qu'ils ressentaient l'un pour l'autre ne les avancerait à rien. Elle devait rester centrée sur son problème et lui aussi.

Avait-elle sérieusement songé à se lancer dans quelque chose – dans une amourette – avec son faux patron ? Soit elle manquait de sommeil, soit elle perdait complètement son self-control dès qu'il s'agissait de Nigel, parce que jusqu'à présent elle s'était très bien débrouillée sans homme dans sa vie. Était-elle vraiment prête à sauter à pieds joints dans une aventure juste à cause d'un accent très sexy et de quelques regards troublants ?

Non, elle ne devait pas perdre de vue les raisons qui l'avaient amenée ici. Sa mission consistait à découvrir les éléments qui leur permettraient, à elle et à ses frères, de récupérer ce qui leur revenait de droit. Rien de plus.

Si maintenir sa couverture impliquait que ses idées aident Nigel et son équipe à redresser la barre concernant l'émission, tant mieux. Elle considérerait ça comme un bonus. Elle se dit que comme ça tout le monde sortirait gagnant de cette histoire.

Nigel avait toujours le sourire aux lèvres quand Roslyn arriva dans le *penthouse*. Il aurait dû proposer un déjeuner dans son bureau pour que tout ça reste très professionnel, mais il avait parlé trop vite, et le résultat était là.

Cette femme était vraiment incroyable. Il la connaissait peu, mais tout ce qu'il avait découvert jusqu'à maintenant le fascinait. Le fait qu'elle ait quasiment traité son équipe de bande d'incompétents l'agaçait et l'amusait à la fois, et il avait hâte qu'elle lui expose en quoi elle pensait pouvoir surpasser les plans soigneusement élaborés par toute une équipe très professionnelle et expérimentée… et qu'il avait en outre personnellement formée.

Peut-être ses idées vaudraient-elles la peine ou peut-être était-elle totalement imbue d'elle-même. Quoi qu'il en soit, il l'admirait d'avoir eu assez confiance en elle pour parler ouvertement… Comme s'il avait besoin de plus de raisons encore pour la trouver séduisante.

Aujourd'hui, elle portait un pantalon ajusté noir qui s'arrêtait à la cheville, avec une veste noire et des ballerines rouges assorties à la couleur de son rouge à lèvres. Elle ressemblait à une pin-up des années 1950, et lui, comme un idiot, avait fait en sorte de se retrouver seul avec elle. Cela dit, il avait le sentiment que même si elle s'était accoutrée d'un survêtement et de baskets il l'aurait trouvée aussi éblouissante, parce qu'il n'était pas attiré que par son apparence… Elle était aussi intelligente et courageuse. Des qualités qu'il ne pouvait pas ignorer.

Et là, c'était *lui* qui faisait preuve de bien peu d'intelligence. Du moins s'il tenait à garder le contrôle sur ses émotions. Parce qu'il fallait absolument qu'il fasse taire son désir et qu'il ne tienne pas compte des réactions de son corps quand son regard se posait sur lui. Il avait déjà assez de problèmes avec les chiffres de *Secret Lives*, il n'avait pas besoin du scandale qu'il provoquerait s'il avait une liaison avec sa consultante.

— J'ai fait monter de quoi déjeuner, dit-il quand elle sortit de l'ascenseur. Tout un assortiment de plats. J'imagine que vous ne vous nourrissez pas exclusivement de sushis ?

— Il m'arrive de manger autre chose, vous savez, répliqua-t-elle avec un sourire tout en allant déposer son ordinateur et son téléphone portable sur le bureau en verre aux pieds chromés. Et comme je n'ai pas pris de petit déjeuner j'ai une faim de loup.

Tandis qu'ils composaient leurs assiettes, il observa ce qu'elle aimait et les aliments qu'elle ne regardait même pas. Il réalisa qu'il avait envie de tout connaître d'elle… et de se servir de ces informations pour lui faire plaisir dans les jours à venir.

— Alors, dites-moi ce que vous savez que mon équipe de super professionnels ignore. C'est ce que j'attendais d'un consultant extérieur. J'ai besoin du regard neuf de quelqu'un qui ne travaille pas dans l'industrie mais qui demeure attentif à chaque détail.

Ils s'assirent face à face au bureau. Au lieu de commencer à manger, Roslyn ouvrit son ordinateur et le retourna pour lui montrer le graphique qu'elle avait créé.

— Ce n'est qu'une ébauche, mais j'ai entré quelques chiffres pour illustrer ce que je voudrais vous expliquer.

Curieux, il ne toucha pas non plus à son assiette et la regarda pointer une zone de couleur après l'autre. Visiblement, les chiffres qu'elle avait utilisés étaient les derniers taux, ceux dont ils venaient juste de discuter en réunion. Comment avait-elle fait pour compiler et utiliser les données aussi rapidement ?

— Comme vous le voyez, les spectateurs cibles vont sur les médias sociaux principalement à ces heures-là. Alors que Green Room Media poste ses messages à des heures différentes et manque la cible.

Puis elle cliqua sur son écran, et un autre graphique apparut.

— Les messages sont bons, poursuivit-elle, mais la plupart d'entre eux se perdent dans le reste des contenus.

Elle pointa ensuite les quelques *posts* les plus proches des créneaux horaires qu'elle lui avait détaillés plus tôt.

— Regardez le nombre de réactions. L'augmentation des *like*, des *retweet*, des réponses. Si vous faites paraître les *posts* avec le plus de contenu dans ces créneaux horaires, je pense que les résultats seront énormes.

Nigel scrutait l'écran tout en écoutant chacune des paroles qu'elle prononçait. Tout ce qu'elle disait était parfaitement logique… et il se demandait pourquoi son équipe si grassement payée n'avait jamais songé à cette stratégie.

— Et vous avez fait tout ça depuis le moment où on s'est parlé tout à l'heure ?

— Je reconnais que je n'ai pas tout noté par écrit lors de la réunion, donc il se peut que j'aie laissé passer quelques éléments, mais c'était surtout histoire d'entrer quelques chiffres. J'ai pris pas mal de cours sur le marketing en ligne et je me suis servie de ce que j'ai appris. Comme je vous l'ai dit, ce n'est qu'une ébauche, mais je peux préparer une démonstration avec davantage d'exemples concrets pour la prochaine réunion, si vous voulez.

Sexy, raffinée et intelligente. Les nuages s'amoncelaient au-dessus de sa tête.

— Donc, vous avez pris des cours de marketing ? finit-il par lui demander au bout d'un moment.

Elle hocha la tête, fit glisser son ordinateur sur le côté et plaça son assiette et sa bouteille d'eau devant elle.

— J'adore la décoration, mais je savais que je ne pourrais pas m'agrandir et atteindre plus de clients si je ne comprenais pas comment fonctionnait le système des médias sociaux. J'avais besoin de savoir comment interpréter les données. J'ai beau penser que j'ai de bonnes idées en matière de décoration, je n'arriverai nulle part sans maîtriser tous les aspects de mon métier.

Plus elle parlait, plus il la trouvait sexy. Elle remonta ses lunettes, non par coquetterie mais tout simplement parce qu'elles avaient glissé sur son nez. De même qu'elle replaça d'un geste une mèche folle de cheveux blonds échappée de son chignon.

— On peut aussi appliquer la règle des 20/20/20, poursuivit-elle, sans s'apercevoir que l'écouter parler d'une manière aussi professionnelle l'excitait de plus en plus. Il s'agit non seulement de poster durant les bons créneaux mais aussi d'interagir avec les *followers*. La règle, c'est vingt nouveaux *followers*, vingt nouveaux commentaires, vingt nouveaux *like*. Évidemment, étant donné la popularité de *Secret Lives*, on peut augmenter ce nombre. Les spectateurs ont besoin de se sentir importants, d'avoir l'impression qu'ils ont une relation ou un lien particulier avec leurs vedettes.

Elle prit une framboise juteuse dans son assiette et la porta à sa bouche. Nigel n'avait jamais été aussi jaloux d'un fruit.

— Je pense que les femmes qu'on voit dans l'émission devraient appliquer cette méthode également. Elles sont votre porte d'accès à de nouveaux spectateurs. Si elles ne réussissent pas à faire parler de *Secret Lives*, personne ne peut y arriver.

— Elles sont très actives sur Internet pendant la saison, répliqua-t-il.

— Oui, mais qu'est-ce qu'elles font en dehors des saisons ? Et est-ce qu'elles postent les bons contenus ? Est-ce qu'elles donnent envie aux spectateurs de voir l'épisode suivant ? Est-ce qu'elles savent les mettre en appétit pour les pousser à regarder la suite ?

En même temps qu'elle lui parlait, Nigel faisait

défiler les comptes sur les réseaux sociaux de ses vedettes et il s'aperçut très vite qu'elle avait raison ; il fallait que leur contenu soit mieux travaillé, plus précis. Dire qu'il avait toute une équipe de spécialistes du marketing à son service et qu'en moins de deux jours Roslyn avait réussi à pointer du doigt exactement ce dont ils avaient besoin et qu'elle avait même déjà produit un graphique pour étayer sa théorie.

Après un long moment de silence, Nigel reposa son téléphone et fit glisser son assiette vers lui. Tout en mangeant, il repassait dans sa tête les informations qu'il venait d'apprendre.

— Si je suis allée trop loin…

— Non, dit-il en levant les yeux vers elle pour croiser son regard.

Elle n'avait pas l'air embarrassée le moins du monde, et il l'en admira encore davantage.

— Vous n'êtes pas allée trop loin du tout. Ce sont des choses que j'ai besoin de savoir, et vous avez même dépassé mes attentes en si peu de temps…

— Tant mieux. Je ne veux marcher sur les plates-bandes de personne, mais si j'ai été embauchée ça ne doit pas être pour rien.

Son respect pour sa nouvelle recrue monta encore d'un cran. Peut-être était-elle à la hauteur des apparences finalement. Peut-être était-elle réellement merveilleuse et avait-il touché le gros lot.

Plus il passait de temps avec elle, plus son intelligence le séduisait encore davantage que sa beauté. L'apparence physique était importante dans la vie, mais Roslyn possédait bien d'autres atouts.

Quel dommage de ne pas pouvoir entamer une relation personnelle avec elle ! Sa position était trop prestigieuse, et il avait enfin atteint les sommets qu'il visait en arrivant à New York ; pour rien au monde il ne mettrait sa réussite en danger. Il voulait que la famille qu'il avait laissée derrière lui en Angleterre soit fière de ce qu'il avait accompli. Il ne voulait pas qu'ils pensent qu'il n'avait traversé l'Atlantique que pour passer d'une femme magnifique à l'autre. Oui, il avait des liaisons, mais il n'étalait pas sa vie privée dans les médias et, surtout, il se gardait bien de sortir avec une femme de l'émission… ou de son équipe.

Roslyn était exactement le type de femme qu'il recherchait sans même le savoir. Si elle n'avait pas été son employée, il aurait aimé apprendre à la connaître sur un plan plus personnel et bâtir une relation de confiance avec elle. La confiance était une denrée tellement rare dans ce milieu, où chacun devait jouer des coudes pour faire avancer sa propre carrière.

Mais, même s'il ne pouvait songer à établir quelque chose d'intime entre eux, rien ne l'empêchait de profiter de la compagnie de Roslyn. Peut-être un peu plus qu'avec les autres employés.

— Si je prends le compte de Seraphina par exemple, dit Roslyn en tendant son téléphone à Nigel, même sa bio pourrait être un peu plus excitante.

Nigel sentit une migraine poindre et secoua la tête.

— Seraphina ne fera peut-être bientôt plus partie de l'émission.

Il n'avait pas eu l'intention de lui parler de ça au départ, mais son instinct lui disait qu'il pouvait avoir confiance en Roslyn. Elle avait fait beaucoup d'efforts pour lui prouver son implication et, s'il voulait qu'elle puisse l'aider à faire augmenter les chiffres, il fallait qu'elle dispose de toutes les informations importantes.

— Oh ! je ne savais pas, dit Roslyn. Et vous n'étiez pas obligé de me le dire.

— Mais si, répliqua-t-il. En fait, j'ai appris très récemment qu'elle songeait à nous quitter. Et bien sûr, nous n'avons pas du tout envie qu'elle s'en aille. Je lui ai parlé au téléphone ce matin pour lui faire une nouvelle proposition. C'est pour ça que j'avais quelques minutes de retard à la réunion.

— Mais pourquoi veut-elle quitter l'émission ? Qu'est-ce qu'elle compte faire après ?

Nigel avait bien entendu posé la même question à Seraphina.

— Elle part s'installer au Texas avec un cow-boy qu'elle a rencontré lors d'un tournage là-bas. Elle et Clint vont se marier.

— C'est une excellente nouvelle pour eux… et pour l'émission, dit Roslyn avec un sourire. Tous les spectateurs adoreraient ça. Une belle histoire d'amour qui se termine par un mariage, ça vaut de l'or.

— C'est bien pour ça que je voudrais qu'elle et Clint fassent un spin-off, confia-t-il. J'en ai parlé à Seraphina, mais elle n'est pas sûre que Clint soit très chaud.

— Vous avez raison, un spin-off, ça serait parfait. Il n'y a rien de tel qu'une histoire d'amour dans la vraie vie, et les gens ont tellement besoin de croire aux contes de fées.

— Aux contes de fées ? s'étonna-t-il. Vous ne croyez pas à l'amour ?

— C'est tellement rare, dit Roslyn en haussant les épaules. Bien sûr, j'aime mes frères, et ils m'aiment. Et c'est vrai que l'aîné a trouvé l'amour, mais personnellement je pense que c'est une exception. On ne peut pas dire que j'aie reçu beaucoup d'amour de la part de mon père, et je peux vous assurer qu'il n'a pas aimé ma mère. Il la trompait sans aucun scrupule et n'a jamais exprimé le moindre regret même quand elle est morte d'un AVC. Disons que je suis sans illusions.

Intéressant. Roslyn était si passionnée dans son travail. Apparemment, c'était exactement le contraire en ce qui concernait sa vie personnelle.

— Donc, si un homme vous couvrait de bouquets de vos fleurs préférées, vous ne seriez même pas tentée de tomber un tout petit peu amoureuse ?

Roslyn éclata de rire, posa son téléphone et prit sa bouteille d'eau.

— Un bouquet de fleurs, c'est tellement banal. Si un homme m'offrait une seule fleur accompagnée de mots d'amour vraiment sincères, ça aurait bien plus de sens pour moi qu'un bouquet hors de prix.

— Donc, vous avez besoin de beaux discours ?

— Je n'ai *besoin* de rien, corrigea-t-elle. Je mérite un homme qui soit honnête et prêt à ouvrir son cœur pour moi seule. C'est juste que je ne crois pas qu'un tel homme existe.

Nigel réfléchit à ce qu'elle venait de dire ; il percevait bien la souffrance que ce mur défensif tentait de masquer.

— Et vous ? demanda-t-elle. Est-ce que vous croyez à l'amour ?

— Je ne pense pas que ce soit un mythe, mais je n'ai pas eu le temps jusqu'à maintenant de me consacrer à le chercher. Même si ma grand-mère a hâte de me marier pour que je prolonge la lignée des Townshend.

— Voilà qui me semble un peu archaïque, dit-elle, un rien moqueuse.

— Et vous ne connaissez pas ma grand-mère. Elle a une volonté de fer. Je suis littéralement terrifié par cette femme.

Roslyn éclata de rire.

— Dans ce cas, vous devriez peut-être vous mettre en quête de la future Mme Townshend.

Pour commencer, il devrait faire en sorte de chasser Roslyn de ses rêves éveillés. Comment pourrait-il même songer à une autre femme alors qu'il la désirait autant ?

Et en général, ce que Nigel voulait, il l'obtenait.

Si seulement il pouvait trouver le moyen de contourner sa propre règle de ne jamais sortir avec une employée tout en réussissant à sauver son émission, il pourrait enfin recouvrer ses esprits et reprendre un peu le contrôle de ses émotions.

- 4 -

Sophie repoussa son fauteuil, se leva et remit soigneusement son chemisier dans son pantalon cigarette noir. Ce changement complet de look s'avérait être un véritable pensum. Les robes à la fois confortables et très tendance qu'elle avait l'habitude de porter lui manquaient cruellement. Elle aurait donné cher pour une belle robe longue et des tongs.

Mais, comme c'était l'hiver à New York, elle n'était pas fâchée de porter plusieurs couches de vêtements. Seigneur, ce que le vent pouvait être cruel dans cette ville. Elle avait hâte de retrouver la chaleur et le soleil de Royal, mais elle sentait que les choses avançaient ici… et pas seulement concernant Nigel.

On toqua au chambranle de la porte de son bureau. C'était Craig.

— Bonjour. M. Townshend a appelé. Il voudrait que vous le retrouviez pour dîner. Il vous a envoyé un SMS avec l'adresse et l'heure et il voulait que je m'assure que l'aviez bien reçu.

Sophie attrapa son téléphone sur le bureau.

— Je n'ai pas entendu de SMS arriver, marmonna-t-elle.

Elle ouvrit son écran et, bien sûr, elle y trouva le message de Nigel au sujet du dîner… mais aussi deux SMS de ses frères. Il fallait qu'elle les tienne au courant de la situation.

— C'est bon, dit-elle à Craig avec un sourire. J'avais juste oublié de mettre mon téléphone sur vibreur.

— Pas de problème. Alors, comment ça se passe ? Vous trouvez vos marques ?

— Tout se passe très bien, dit Sophie en hochant la tête.

— J'ai surpris une conversation entre M. Townshend et quelques-uns des cameramans, dit Craig en entrant dans son bureau et en baissant la voix. Il était question de vous et de vos idées d'utiliser des bouts de tournage pour les diffuser sur les réseaux sociaux.

Sophie ne put s'empêcher de ressentir une bouffée de fierté. Lors de leur déjeuner, hier, elle lui avait parlé de *posts* mais aussi de la possibilité de diffuser de petits extraits pour continuer à attirer de nouvelles spectatrices. Elle voulait toucher les femmes de tous les âges et dans toutes les situations. Divorcées, mariées, mères au foyer ou femmes d'affaires. Il y avait chez les protagonistes de *Secret Lives* de quoi parler à chaque femme.

Mais son sentiment de fierté était un peu entaché par la culpabilité. Bien sûr, elle faisait bien le travail pour lequel elle avait été embauchée, mais elle supportait très mal de devoir mentir. Nigel, Craig et tous les gens qu'elle avait rencontrés ici se montraient très gentils avec elle et faisaient tout pour qu'elle se sente chez elle dans l'entreprise.

— J'espère que l'idée se révélera payante pour *Secret Lives*, répondit-elle simplement.

— Il paraît que Seraphina risque de nous quitter, dit Craig avec une grimace. Ça serait un coup dur.

Donc, visiblement, on n'en était encore qu'au stade

de la rumeur. Nigel ne devait en avoir parlé à personne d'autre qu'elle. Au fond d'elle, elle se sentait honorée par sa confiance en elle et en sa capacité de rester discrète. Sophie avait beau vouloir découvrir le plus possible de vilains secrets sur Miranda, elle n'avait aucune intention de fouiller dans la vie des autres femmes de l'émission. Et jamais elle ne trahirait la confidence que Nigel lui avait faite… sauf si Miranda se retrouvait mêlée à tout ça.

— Ça serait vraiment dommage, dit-elle. J'ai l'impression qu'elles s'entendent toutes très bien.

— On verra, dit Craig d'un air résigné. Entre les taux d'audience et le départ potentiel d'une des participantes, j'espère que l'émission ne va pas couler. Mais je ne devrais pas être aussi pessimiste, les autres filles sont géniales.

— Mais il y en a sûrement une que vous préférez, non ?

— Comme tout le monde, non ? J'avoue que j'ai un faible pour Miranda. Le charme des États du Sud, c'est si amusant. Et puis, c'est sans doute la plus gentille de toute la bande, dit-il en souriant. Mais vous avez l'air surprise ; elle ne vous donne pas cette impression ? C'est toujours un peu difficile à dire à l'écran, mais je vous assure que même quand la caméra ne tourne plus elle traite l'équipe avec respect et est très chaleureuse avec tout le monde.

Zut ! Ça n'était pas du tout ce qu'elle avait envie d'entendre. Mais bon, ça n'était qu'une opinion parmi tant d'autres, et son enquête ne faisait que commencer.

— Personne ne peut être aussi gentil en permanence, déclara-t-elle avec un sourire destiné à ce que sa remarque dubitative passe mieux. Et je parie que vous connaissez plein de vilains petits secrets sur toutes ces dames.

L'air malicieux, Craig porta une main à sa bouche qu'il fit semblant de fermer à double tour.

— J'en étais sûre, dit-elle d'un air léger, même si elle aurait bien voulu qu'il se montre un peu plus bavard. Depuis combien de temps travaillez-vous ici, Craig ?

— Trois ans.

— Oh ! alors, vous les avez sûrement vues dans leurs meilleurs et dans leurs plus mauvais jours.

Il hocha la tête et s'appuya contre le mur.

— C'est vrai qu'il leur arrive de se chamailler en coulisses.

— Ça ne m'étonne pas. Avec des femmes fortes et indépendantes comme elles, normal que certaines personnalités se heurtent.

— Oui, acquiesça-t-il, mais je dois dire que la plupart d'entre elles s'entendent bien. C'est d'ailleurs peut-être pour ça que l'audience a chuté. Les gens s'attendent à plus de drames quand il s'agit de télé-réalité. Mais elles, elles se soutiennent parce qu'elles savent ce que c'est que d'être une femme divorcée et de devoir recommencer à zéro.

Ou d'essayer de mettre la main sur des choses qui ne leur appartiennent pas.

— Et puis, elles ont créé un vrai lien entre elles durant les incendies qui se sont déclarés pendant qu'elles aidaient Miranda à gérer son histoire d'héritage après la mort de son ex-mari, ajouta Craig. On se serait vraiment cru dans un film.

Ça, Sophie savait bien quel cauchemar ça avait été… D'ailleurs, ça l'était encore. L'héritage, les incendies. La ville de Royal n'en était pas encore remise, et le club-house du Texas Cattleman – le club des éleveurs de bétail – était encore en cours de rénovation, alors qu'il avait été complètement redécoré et modernisé à peine quelques années plus tôt. Les incendies avaient endommagé une grande partie du magnifique bâtiment principal.

Mais Royal formait une communauté très unie. Il avait beau y avoir comme partout des histoires et des ragots, quand il fallait se mettre à l'ouvrage, tout le monde se serrait les coudes.

Le téléphone de Sophie vibra, et elle jeta un œil à son écran.

C'était son frère Kellan.

— Si vous voulez bien m'excuser, dit-elle à Craig. Il faut que je réponde.

— Bien sûr, répondit-il en se dirigeant vers la porte. Je confirme à M. Townshend que vous le retrouverez ce soir.

Une fois seule, elle s'assit et prit l'appel.

— Kellan. Qu'est-ce qui se passe ?

— Irina et moi n'avons pas eu de tes nouvelles depuis plusieurs jours. Quoi de neuf ?

Irina et Kellan étaient fous amoureux. Très vite, ils avaient compris qu'ils étaient faits l'un pour l'autre. Malgré le passé un peu sombre d'Irina, qui faisait partie de ces jeunes femmes d'Europe de l'Est choisies sur catalogue pour devenir les épouses de riches Américains, Kellan la traitait comme si elle était une reine.

— Rien qui puisse nous servir, dut avouer Sophie.

Tout ce qu'elle avait gagné ces derniers jours, c'étaient des fantasmes brûlants mettant en scène son trop séduisant patron… mais elle doutait que Kellan ait très envie de l'entendre parler de ça. Lui annoncer qu'elle travaillait en contact direct avec un homme atrocement sexy qui faisait naître chez elle de coupables pensées n'était sûrement pas une bonne idée. Mais qui aurait pu lui en vouloir ? Ça n'était pas sa faute si elle avait un mal fou à se concentrer dès qu'elle se trouvait en présence de Nigel.

— Est-ce que ça va ? lui demanda son frère. Je suis inquiet pour toi.

Il se faisait toujours du souci pour elle, surtout depuis qu'elle était à New York sous une fausse identité.

— Je vais bien et je vous promets de vous tenir au courant dès que j'aurai vu ou entendu quelque chose d'utile. Ça prend juste un peu plus de temps que je ne l'avais imaginé. Tout le monde ici a l'air de considérer Miranda comme une sainte.

— Ça m'étonnerait, répliqua Kellan. Tu ne t'es sans doute pas adressée aux bonnes personnes.

— C'est vrai que je n'ai pas encore pu parler à tout le monde ici, reconnut-elle. Mais j'y travaille.

Comme sa porte était ouverte, Sophie parlait à voix basse, mais le couloir semblait désert.

— J'espère pouvoir accéder à la salle technique et visionner une partie des scènes coupées, murmura-t-elle.

— Tu pourrais trouver la preuve dont nous avons besoin. Si elle reconnaît qu'elle a manipulé papa ou manœuvré pour faire changer le testament, il sera possible de la traîner en justice, approuva Kellan.

— Comment est-ce que ça se passe à Royal ?

— Rien de changé. Irina est toujours en train d'organiser le voyage de noces qu'on a dû repousser, et je bosse sur un nouvel accord avec un promoteur de Houston.

Sophie était heureuse que son frère ait trouvé le bonheur avec Irina. Ils s'étaient rencontrés alors qu'elle était au service de Buck. Leur père l'avait embauchée pour la sauver d'un mari violent, mais c'est Kellan qui l'avait aidée à se reconstruire. Kellan et Irina s'entendaient merveilleusement bien, et Sophie se réjouissait qu'ils aient enfin sauté le pas de se marier après des années passées à nier leurs sentiments.

Les enfants Blackwood méritaient tous d'être enfin heureux, mais Sophie doutait que le même genre de destin soit inscrit dans les astres pour elle. En tout cas, elle, elle ne recherchait pas l'amour à tout prix. Tout le monde n'était pas fait pour ce genre d'émotion, tout le monde n'avait pas forcément une âme sœur qui l'attendait quelque part, et personnellement ça ne la dérangeait pas de ne jamais connaître le grand amour.

Mais rien n'empêchait de prendre du plaisir.

Depuis qu'elle connaissait Nigel, elle avait envie de renoncer à son vœu de rester vierge jusqu'au jour où elle aurait rencontré l'homme de sa vie. Pour l'instant, elle n'avait pas trouvé le bon, ni personne qu'elle ait jugé digne de partager ce moment avec elle.

Elle ne voulait pas d'une relation sexuelle purement physique. Peut-être qu'elle n'était pas comme la plupart des gens dans ce domaine, mais elle n'avait de comptes à rendre à personne et elle était fière de ne pas se sentir obligée de coucher à droite et à gauche pour se sentir bien dans sa peau.

Mais, avec Nigel, elle se surprenait à imaginer ce que serait une liaison faite de nuits torrides… de mots coquins murmurés à son oreille avec cet accent british tellement sexy. Peut-être que, s'il était arrivé plus tôt dans sa vie ou s'ils s'étaient croisés dans d'autres circonstances, elle aurait essayé de voir ce qui arriverait si elle baissait la garde et laissait ses désirs la guider.

— Sophie ?

— Désolée, dit-elle. Je pensais à autre chose.

— Tu es vraiment sûre que ça va ? insista Kellan. Tu n'es pas obligée de faire tout ça. On peut trouver un autre moyen de contester le testament et d'obliger Miranda à renoncer à ce qui nous appartient.

— Je t'assure que je vais bien, mais il faut que je me remette au travail. Je vous appelle très vite.

— Je t'aime.

— Moi aussi, je t'aime, répondit-elle avant de raccrocher.

Sophie vérifia l'heure qu'il était. Il ne lui restait que quelques heures avant d'aller retrouver Nigel, et elle voulait encore approfondir quelques questions dont elle souhaitait discuter avec lui. Plus elle prouverait qu'elle était utile, plus il serait enclin à lui confier des secrets au sujet de l'émission, comme il l'avait fait à propos de Seraphina. Si quelqu'un était au courant de quelque chose à propos de Miranda, c'était sûrement lui. Il connaissait probablement mieux ces femmes que quiconque dans l'équipe. Elles lui faisaient confiance.

Son but était de découvrir une preuve concrète que Miranda avait piégé Buck pour qu'il lui lègue sa propriété. Sophie ne pouvait pas imaginer que son père ait fait ça de son propre chef. Et, quand bien même ça aurait été le cas, elle trouvait injuste que ses frères et elle soient privés de l'héritage familial.

Elle comptait utiliser le fait qu'elle côtoyait Nigel de près pour parvenir à ses fins. Sophie n'allait pas user de ses charmes pour obtenir des informations – jamais elle ne s'abaisserait à une chose pareille —, mais elle était prête à passer un peu de temps avec lui autour d'un dîner ou à trouver de nouvelles idées afin de gagner quelques minutes dans son bureau.

Des moments précieux qui pourraient mener à des conversations qui s'avéreraient peut-être utiles.

Après tout, Nigel lui avait clairement fait comprendre qu'il était intéressé par elle. Peut-être allait-il lui confier d'autres secrets qui lui permettraient de rentrer à Royal… avant d'avoir perdu son innocence.

- 5 -

Quand Roslyn entra dans le salon privé, Nigel se leva pour l'accueillir. Il avait réservé sa table habituelle au deuxième étage du restaurant le plus chic de Manhattan. Il ne voulait absolument pas être dérangé.

— Désolée d'être en retard, dit Roslyn en retirant son écharpe rouge et son manteau avant de secouer ses cheveux dorés. C'est un peu plus long de se déplacer en ville ici que là d'où je viens.

— Ah, les filles de la campagne ! plaisanta-t-il en lui indiquant la place à côté de la sienne sur la banquette arrondie.

L'hôtesse prit l'écharpe et le manteau de Roslyn, puis les laissa seuls.

La bougie à la flamme tremblotante et le petit bouquet de roses blanches dans son vase doré conféraient à la scène une atmosphère romantique qu'il n'avait absolument pas cherché à créer. Il voulait passer du temps avec elle et il avait envie d'un bon dîner. Pourquoi ne pas conjuguer les deux ? Pour l'ambiance, il n'était en rien responsable – c'était la décoration du restaurant.

— La prochaine fois, je prendrai la circulation en compte.

— La prochaine fois, je vous enverrai mon chauffeur, dit-il.

— Ça n'est pas la peine. Je doute que vous le fassiez pour les autres employés.

Exact, mais elle n'était pas n'importe quelle employée. Cela dit, il n'avait pas l'intention d'en discuter maintenant. Il se contenterait de lui envoyer la voiture la prochaine fois, et elle n'aurait pas d'autre choix que de le laisser lui faciliter la vie.

— Ce qui me rappelle une question que je voulais vous poser, ajouta-t-elle en se tournant pour lui faire face. Au bureau, tout le monde vous appelle M. Townshend, pourtant vous m'avez demandé de vous appeler Nigel.

Coincé.

— Vous travaillez plus directement avec moi que la plupart d'entre eux. Voulez-vous un verre de vin ? demanda-t-il au lieu de se lancer dans toute une argumentation, dont il finirait par sortir vainqueur de toute façon.

— Du blanc, s'il vous plaît. Bien esquivé.

Nigel se contenta d'un large sourire et d'un clin d'œil avant de faire signe au serveur pour passer commande. Une fois qu'ils furent à nouveau seuls, il se rapprocha d'elle sur la banquette.

— Craig m'a dit que vous aviez eu une journée très chargée. Si je me souviens bien, il a dit que vous étiez « recroquevillée sur votre ordinateur à marmonner des trucs à votre clavier ».

Roslyn ne put s'empêcher de sourire.

— C'est vrai que j'ai travaillé sur quelques petites choses.

— Comme quoi ?

Elle se tourna vers son sac et en tira un dossier.

— J'espérais bien que vous me poseriez la question. J'ai un peu réfléchi et j'ai trouvé quelques pistes de scénarios pour les prochaines émissions. Juste quelques petites choses qui pourraient inciter les téléspectatrices à regarder le numéro suivant et qui pourraient élargir votre base.

Intrigué et très excité par la passion qu'elle mettait dans son travail, Nigel se rapprocha davantage encore. Il voulait jeter un œil aux documents, bien sûr, mais ça aurait été mentir que de prétendre qu'il n'avait pas surtout juste envie d'être plus près d'elle et de respirer son parfum fleuri si enivrant. Pour une fille de la campagne, elle semblait parfaitement s'adapter à la vie en ville. Elle travaillait dur – et vite – et elle avait une classe, une beauté et une intelligence qui ne pouvaient laisser personne indifférent.

Mais pourquoi s'infligeait-il cette torture ? Pourquoi n'avait-il pas cherché une autre femme avec qui passer du temps… une avec laquelle il aurait eu la garantie que la soirée se terminerait de façon satisfaisante ?

Tout simplement parce que aucune des femmes qu'il connaissait ne le fascinait autant que Roslyn Andrews.

Nigel la regardait passer d'un graphique à l'autre, l'écoutait lui donner des explications et même proposer d'intégrer quelques apparitions de célébrités, peut-être à l'occasion d'un cocktail organisé par une des participantes à l'émission.

— … Parce que, si elles parlent de l'événement sur leur propre réseau social, vous étendrez instantanément la base de votre public, conclut-elle.

— Impressionnant, dit Nigel en étendant le bras sur le dossier de la banquette.

Son sourire était rayonnant, et ses yeux étincelaient.

— Je pense vraiment que la solution à votre problème n'est pas compliquée, mais il va falloir mettre un peu les mains dans le cambouis.

Ça, il avait l'habitude. Jamais il n'avait rencontré personne qui travaille plus dur que lui… Jusqu'à ces derniers jours. Et les idées de Roslyn et son angle d'approche si nouveau étaient exactement ce qu'il fallait non seulement pour sauver son émission mais pour faire grimper les taux d'audience plus haut que jamais.

— Je propose qu'on fasse une pause, dit-il. J'ai sauté le déjeuner et je suis tellement affamé que j'ai envie de commander tous les plats qui sont à la carte.

— Je ne crois pas être aussi affamée, fit Roslyn en éclatant de rire, mais j'aimerais beaucoup quelques biscuits apéritifs ou un peu de pain pour accompagner ce vin.

Une fois le serveur reparti après avoir pris leur commande, Nigel se dit qu'il avait envie d'en savoir plus sur la vie personnelle de Roslyn. Il ne pouvait pas s'expliquer ce besoin de tout savoir à son sujet et il n'avait même pas l'intention d'essayer. Il y avait une éternité qu'une femme ne l'avait pas autant attiré. Et tous ceux qui avaient eu l'occasion de la croiser au bureau jusqu'à présent avaient été impressionnés par sa force de travail et par sa volonté… Et son doux accent du Sud n'était pas pour rien non plus dans la fascination qu'elle exerçait sur certains des hommes.

Ça ne plaisait pas à Nigel, mais il ne pouvait pas leur en vouloir. Roslyn était tellement parfaite.

— Donc, vous êtes venue vous installer à New York parce que vous aviez besoin de changer de vie après le décès de votre père, commença-t-il. Est-ce que la vie en ville vous plaît ? Bien sûr, je ne parle pas des embouteillages.

— C'est vrai que ça demande un temps d'adaptation, et je ne suis pas sûre que je me ferai un jour à un tel chaos. Le Texas est un État très vaste, et j'ai l'habitude des grands espaces, de l'herbe verte et du ciel bleu.

Elle hésita un instant avant de relever la tête pour croiser son regard.

— Et vous, d'où venez-vous ? finit-elle par demander.

Elle cherchait à retourner la situation ? À inverser les rôles ? D'accord. Ça ne le dérangeait pas de lui parler de son passé, puisque ça signifiait que l'intérêt qu'il ressentait pour elle était réciproque. Peut-être était-ce un peu orgueilleux de sa part, mais il avait bien remarqué la façon dont elle le regardait. Bien des femmes avaient tout fait pour le charmer – c'était normal qu'un homme dans sa position attire les convoitises —, et certaines y étaient parvenues, mais Roslyn n'essayait pas de le séduire en le flattant ou en portant des tenues sexy… Et pourtant, il était comme hypnotisé.

Tout ce qu'elle était, tout ce qu'elle faisait l'excitait, et les différences qu'il percevait entre eux ne faisaient qu'attiser son désir d'en apprendre plus sur elle. Parce que ces différences, au lieu de les éloigner, faisaient d'eux des êtres complémentaires.

— Ma famille est originaire du comté de Cumbria en Angleterre, commença-t-il. C'est une campagne magnifique, et j'adore y passer du temps, mais j'aime aussi la ville, et il n'y a aucune raison que je ne puisse pas profiter du meilleur de ces deux univers. Je comprends l'attrait que peut exercer un paysage dégagé avec du vert à perte de vue. Ça me rappelle l'endroit où j'ai grandi.

— Je parie que vous avez des chevaux, dit-elle en souriant sans jamais le quitter des yeux.

— Oui. C'est une passion que nous partageons, ma

grand-mère et moi. Et, quand je rentre chez moi, on se donne toujours rendez-vous aux écuries.

— Ça n'est pas la première fois que vous me parlez de votre grand-mère. J'ai l'impression que vous êtes très proches tous les deux.

Roslyn se décala légèrement sur la banquette, et une mèche de ses cheveux effleura la main qu'il avait posée sur le dossier. Il ne put s'empêcher de les caresser.

— Vous avez les cheveux tellement doux, murmura-t-il sans réfléchir.

— Votre grand-mère…

— Je ne lui ai jamais caressé les cheveux.

Roslyn éclata de rire.

— Nous étions en train de parler de votre grand-mère.

— C'est vrai, mais je préfère parler de vous.

Elle hésita une seconde. Une seconde de trop. La magie du moment était passée, et il préféra retirer le bras pour ne pas l'embarrasser ou passer pour un patron qui harcèle ses employées. Il lui avait pourtant dit qu'il ne voulait pas d'une liaison avec elle. Pourquoi continuait-elle à l'attirer autant ? Elle était si fascinante. C'était comme une drogue, il en voulait toujours plus.

— Dites-m'en un peu plus sur la ville où vous viviez, lança-t-il. Vous savez que Miranda aussi a vécu un temps au Texas ?

— Je sais, oui. J'ai mis un point d'honneur à étudier la biographie de toutes nos vedettes. J'imagine que ça faisait partie de mon travail, non ?

— On en revient toujours au boulot, dit Nigel en secouant la tête et en prenant son verre. Je n'ai jamais rencontré personne pour qui le travail compte autant que pour moi.

— Oui, j'aime mon travail, admit-elle, et j'ai toujours pensé que tout le monde pouvait faire avancer les choses, quels que soient son poste ou sa fortune.

Elle trouvait toujours les mots parfaits. En toutes circonstances.

D'ailleurs, une idée lui trottait dans la tête depuis la dernière réunion, mais il avait eu peur que ce soit trop précipité. Mais maintenant il se disait que son idée était peut-être ce qui convenait le mieux non seulement pour lui mais aussi pour l'entreprise.

— Je voulais vous proposer quelque chose, dit-il.

— D'accord. J'en déduis que nous reprenons notre discussion de travail ?

Nigel ne put réprimer un sourire.

— Pour l'instant, oui. Qu'est-ce que vous diriez de diriger les opérations marketing autour du mariage de Seraphina ? Si vous pouviez concocter un petit projet que je pourrais lui montrer, peut-être que ça pourrait la convaincre de nous laisser filmer son mariage et d'en faire un spin-off, qui sait ?

L'idée se précisait à mesure qu'il lui en parlait, et il espérait qu'elle serait partante. Roslyn écarquilla les yeux ; elle avait l'air étonnée. Mais elle reprit vite contenance et but une petite gorgée de son vin.

— J'avoue que je suis flattée que vous pensiez à moi pour un des événements les plus importants de l'émission si ça se fait.

Les mots sortaient de sa bouche comme si elle était en train de réfléchir tout haut à sa proposition et qu'elle avait besoin de construire la réponse la plus claire possible.

— Je serai ravie de préparer un avant-projet, dit-elle enfin. J'espère que ça convaincra Seraphina de poursuivre l'aventure avec nous.

Il eut l'impression qu'on lui retirait un poids énorme des épaules. Tout semblait se mettre parfaitement en place, et Nigel était convaincu que tout ce qu'il avait toujours désiré se trouvait juste devant lui.

— Personne ne peut prédire ce qui arrivera, mais j'ai confiance en vos idées. D'autant que Fee aura du mal à tourner la page sur tout ça. Elle aime beaucoup les autres filles et l'émission, et elle a vraiment envie que tout le monde réussisse. Je suis sûr que vous êtes la clé de mon futur succès et que vous allez m'aider à ramener *Secret Lives* au sommet.

Une ombre passa sur le visage de Roslyn, qu'il ne sut pas s'expliquer, mais elle se reprit instantanément et hocha la tête d'un air décidé.

— Vous pouvez compter sur moi.

Sophie termina son deuxième verre de vin et se demanda une fois de plus pourquoi elle s'était fourrée dans un tel guêpier. Qu'est-ce qui lui avait pris d'accepter de travailler sur un nouveau projet avec Nigel ? Elle n'aurait jamais le temps. Il fallait qu'elle reste dans l'entreprise sous cette fausse identité juste le temps de réunir des éléments et qu'elle soit repartie avant que Miranda se soit aperçue de sa présence. Il fallait qu'elle rentre à Royal et qu'elle récupère l'héritage qui lui revenait.

Mais elle n'avait pas réussi à dire non à Nigel. Quand il l'avait regardée avec tant d'espoir dans les yeux, elle avait compris à quel point il voulait que son émission remonte la pente. Elle avait vu à quel point il travaillait dur, combien il était investi dans l'émission qu'il avait créée. Lui et elle n'étaient-ils pas pareils ? Ne voulait-elle pas elle aussi cette vie pour laquelle elle avait tant travaillé, la vie qu'elle méritait d'avoir ?

Nigel aurait pu lui demander n'importe quoi, elle aurait accepté.

Elle se dit aussi que plus elle se rapprocherait du pouvoir, plus elle aurait de chances de trouver les informations dont elle avait besoin. Mais, d'un autre côté, s'atteler à un nouveau projet, donc prolonger son passage à Green Room Media, pouvait s'avérer dangereux… à tous les points de vue. Elle allait donc rester jusqu'à ce qu'elle ait rassemblé assez de munitions pour s'attaquer à Miranda, et ensuite il lui faudrait s'en aller.

— Avez-vous aimé votre dîner ? demanda Nigel.

Sophie jeta un œil à son assiette, étonnée d'avoir pu avaler ne serait-ce qu'une bouchée alors que la culpabilité et la nervosité lui retournaient littéralement l'estomac.

— C'était parfait, mentit-elle avec un sourire. Bien mieux que d'acheter un plat à emporter en sortant du bureau pour le manger dans mon appartement.

En réalité, son *penthouse* situé dans les quartiers chics était absolument parfait. Quand elle avait cherché une location pour un court séjour, elle n'avait pas regardé à la dépense et avait payé pour un mois entier. Mais elle serait repartie bien avant ça… Du moins, elle l'espérait.

Par les immenses baies vitrées, elle avait une vue spectaculaire sur Central Park et, avec la neige qui était tombée ces derniers jours, à chaque fois qu'elle regardait le parc elle était éblouie par tant de beauté. Dans la partie du Texas où elle habitait, il ne neigeait jamais, et ce manteau blanc immaculé ne cessait de l'émerveiller et l'inspirait pour ses futurs projets.

— Nous pouvons dîner ensemble tous les soirs si

vous préférez ne pas être seule, dit-il, interrompant ses réflexions.

— Ça n'est pas un rendez-vous amoureux.

— Bien sûr que non. Vous savez que je ne sors pas avec mes employées, dit Nigel en levant un sourcil. Vous ai-je donné l'impression que c'était le cas ?

— Pour être honnête, oui.

Il éclata de rire en haussant légèrement les épaules.

— J'apprécie votre compagnie, à la fois sur le plan professionnel et sur le plan personnel. Et je ne vous crois pas complètement indifférente non plus.

Elle sentit son estomac se nouer. Et tout à l'heure, quand il avait caressé une mèche de ses cheveux ? D'un simple geste il avait relancé tous ses besoins de sexe. Mais il ne sortait jamais avec une de ses employées, c'était ce qu'il n'arrêtait pas de répéter, et il n'était pas question qu'elle renonce au bien précieux qu'était sa virginité pour un homme à qui elle mentait et qu'elle utilisait pour atteindre ses propres objectifs.

Et pourtant, elle en avait envie. Elle en mourait littéralement d'envie. Le combat était vraiment trop inégal. Faire du charme, flirter, ça n'était pas son domaine. Elle avait vraiment l'impression d'être une oie blanche.

— Sortir ensemble ne ferait que compliquer les choses, lâcha-t-elle enfin. Et puis, rien ne vous dit que je n'ai pas un petit ami qui m'attend au Texas.

Nigel lui prit la main et de son pouce lui caressa lentement les doigts. Il la regardait droit dans les yeux avec une telle intensité qu'elle avait l'impression qu'il pouvait voir jusqu'au fond de son âme.

Seigneur ! Il s'obstinait à prétendre que jamais il ne sortirait avec une employée, mais ça ne l'empêchait pas de tout mettre en œuvre pour que ladite employée brûle littéralement de désir.

— Si vous avez un amoureux au Texas, alors il est fou de vous avoir laissée venir ici toute seule.

Oh ! cette voix grave et cet accent british… elle en avait les orteils qui se recroquevillaient dans ses ballerines Ferragamo.

— Est-ce que vous draguez toutes vos employées ?

— Je n'ai fait ça avec aucune des femmes avec qui j'ai travaillé. Je n'en ai jamais eu envie.

Avant vous.

Les mots qu'il n'avait pas dits tout haut flottaient entre eux, et elle aurait voulu pouvoir ne pas tenir compte de tous les signaux d'alerte qui s'étaient déclenchés dans son cerveau. À un autre moment, ailleurs, si elle avait pu lui dévoiler qui elle était vraiment et tout recommencer à zéro, l'attirance qu'ils ressentaient l'un pour l'autre aurait peut-être pu mener à quelque chose de plus.

Mais la dure réalité faisait qu'elle n'était là que pour piéger sa monstrueuse ex-belle-mère. Pour y parvenir, elle avait choisi des moyens extrêmes, et il n'était pas question qu'elle se laisse détourner de sa mission. Elle avait promis à ses frères de la mener à bien. Et puis, comment auraient-ils pu bâtir quelque chose de vrai ? Elle ne pourrait pas cacher éternellement sa véritable identité, et plus ils seraient engagés l'un envers l'autre, plus il se sentirait trahi quand il apprendrait qu'elle lui avait menti depuis le début.

— Je dois me rendre à la cérémonie des *CBN Awards* vendredi. J'avais pensé y aller seul parce que ça n'est pas très important et je sais que je m'y prends à la dernière minute, mais… Venez avec moi.

— Nigel, je…

— Mon styliste personnel passera vous voir au bureau demain, poursuivit-il. Choisissez ce qui vous plaira, et je m'assurerai que la coiffeuse et la maquilleuse soient informées que vous avez besoin de leurs services. Ce sont elles qui se déplaceront, ne vous faites aucun souci pour ça.

Était-elle en train de vivre une version un peu tordue de *Pretty Woman* ? Allait-elle se transformer en quelqu'un qu'elle n'était pas et sortir pendue au bras de l'homme le plus sexy qu'elle ait jamais vu ?

Si ses frères avaient su que Nigel Townshend lui faisait du plat, s'ils avaient vu la façon dont il la regardait, dont il la touchait, ils l'auraient forcée à prendre le premier avion et à rentrer au Texas avant même d'avoir eu le temps de dire *Pretty Woman.*

— Je ne suis pas sûre que ce soit une bonne idée que je vienne aux *Awards* avec vous, répondit-elle. D'autant que je suis nouvelle et que nous venons à peine de commencer à travailler ensemble.

Sans oublier que, si les participantes de *Secret Lives* étaient elles aussi présentes à la cérémonie, Miranda la reconnaîtrait aussitôt, malgré ses lunettes et ses cheveux blonds.

— Pourquoi ne pas y aller avec l'équipe de *Secret Lives* ? Montrer un front uni ?

— Cette cérémonie ne les concerne pas, répliqua-t-il. Elle est destinée aux réalisateurs, aux producteurs et aux créateurs. Ça n'est pas grand-chose, vraiment, mais je suis censé y assister.

Miranda ne serait pas présente ? On lui offrait une robe, de se faire coiffer et maquiller et toute une soirée pour étoffer son carnet d'adresses ?

Et surtout, Sophie n'avait jamais ressenti un lien aussi fort avec aucun autre homme. Bien sûr, ça tombait on ne peut plus mal étant donné les circonstances mais, maintenant qu'elle était au cœur de l'action, pouvait-elle reculer ?

— Ça me ferait très plaisir, dit-elle en souriant.

En voyant le sourire qui illuminait le visage de Nigel, elle se surprit à se demander si elle ne venait pas de commettre la pire des folies…

- 6 -

— D'accord, Nigel, dit Lulu en sortant de sa salle de bains. Je vais essayer de convaincre Fee à propos du mariage. Je trouve aussi que ça serait génial d'en faire un épisode spécial de l'émission.

— Merci, Lulu, répondit Nigel. Je savais que je pouvais compter sur ton soutien.

Elle raccrocha et mit son téléphone dans la poche de son peignoir.

Lulu Shepard avait beau être une des vedettes de *Secret Lives*, ça n'empêchait pas sa vie d'être en train de s'effondrer. Sa meilleure amie, celle à qui elle se confiait, la personne en qui elle avait le plus confiance allait quitter l'émission.

Seraphina avait trouvé l'amour et partait s'installer au Texas pour commencer une nouvelle vie. Bien sûr, Lulu était heureuse pour elle, mais une part d'elle-même aurait voulu que son amie reste dans sa vie, qu'elle demeure la présence rassurante qu'elle était depuis quelques années. Et pourtant, elle adorait l'idée d'immortaliser le mariage. L'amour que Fee et Clint vivaient méritait d'être célébré et partagé.

Oui, mais après le mariage… Que deviendrait-elle, alors que Fee serait si loin ? Au lieu de leurs déjeuners, elles s'enverraient des SMS ou elles s'appelleraient de temps en temps. Déjà maintenant, Fee était plus souvent au Texas qu'à New York ; elle voulait passer le plus de temps possible avec Clint et ne revenait que de temps à autre à Manhattan pour préparer son déménagement. De quoi faire presque regretter à Lulu de ne pas être restée plus longtemps au Texas… Mais non, elle avait bien fait de s'en aller.

L'émission tenait une part très importante dans sa vie, et elle adorait y participer. Franchement, elle n'avait aucune idée de ce qu'elle ferait si *Secret Lives* s'arrêtait, si elle perdait ce point de repère.

On sonna à la porte, et Lulu vérifia l'heure qu'il était. Presque 10 heures du soir. Qui pouvait bien passer à l'improviste aussi tard ?

Évidemment quelqu'un que le portier connaissait, mais ce dernier ne l'avait pas avertie, ce qui voulait dire qu'il s'agissait d'un voisin ou qu'il ou elle figurait sur la liste des personnes autorisées à monter sans être annoncées.

Voilà qui rétrécissait la liste des suspects à une poignée de gens.

Elle regarda par le judas. Devant sa porte se tenait *la* personne qu'elle avait le plus envie de voir et qu'elle voulait en même temps éviter.

Kace LeBlanc.

Elle resserra le nœud de son peignoir de soie et prit une profonde inspiration avant de déverrouiller la porte et d'ouvrir.

— Kace.

Son regard brun se posa sur elle, et elle sentit son corps s'électrifier comme s'il avait tendu la main pour la toucher.

Elle avait fait des bêtises quand elle était avec Fee et les autres filles, mais le pire avait été de commencer à perdre l'amour de Kace. Cet homme était son exact opposé, il vivait au Texas et il lui tapait sur les nerfs… mais il y avait quelque chose en lui qui la bouleversait sans qu'elle sache expliquer pourquoi.

Elle avait découvert un aspect différent de lui quand ils avaient aidé à nettoyer après les incendies de Royal. Moins prétentieux et moins arrogant. Alors qu'il travaillait à tout organiser pour que la vie puisse reprendre un cours normal, elle l'avait vu sous un jour nouveau… fort, puissant, autoritaire dans le bon sens du terme.

Et elle avait finalement cédé à l'attirance qu'elle ressentait. Comment faire autrement ? Elle était incapable de nier ses sentiments.

— Qu'est-ce que tu fais ici ?

Kace la détailla tranquillement de la tête aux pieds, et un frisson parcourut tout son corps. C'était fou, la puissance d'un simple regard.

Puis il franchit le seuil et referma la porte derrière lui.

— Je suis en ville pour affaires, dit-il. J'étais en train de rentrer à pied à l'hôtel et, sans même le vouloir, je me suis retrouvé ici.

— Sans même passer un coup de fil ou envoyer un SMS ?

— Est-ce que tu vas me renvoyer ? demanda-t-il en se rapprochant d'elle.

Lulu croisa les bras pour ne pas céder à la tentation de le toucher.

— Non. Bien sûr que non.

En voyant le sourire qui s'épanouissait sur le visage de Kace, elle se dit qu'elle était encore une fois en train de faire une bêtise.

— Vous ai-je dit à quel point vous êtes magnifique ce soir ?

Sophie n'avait pas besoin qu'il le lui dise. Elle l'avait deviné à la manière dont Nigel se tenait tout près d'elle, à la façon qu'il avait eue de la regarder comme s'il savait précisément à quoi son corps ressemblait sous cette robe rouge qui épousait chacune de ses courbes.

Parmi toutes les robes qu'on lui avait présentées, elle était immédiatement tombée amoureuse de celle-ci et n'avait pas pu s'empêcher d'imaginer la réaction de Nigel quand il la verrait la porter. Et il ne l'avait pas déçue. N'empêche qu'elle aurait dû le décourager. Elle aurait dû rester concentrée sur son objectif et ne pas se laisser griser par tout le glamour qui entourait cet homme.

Au lieu de quoi, elle se retrouvait en train de traverser New York, assise avec lui à l'arrière d'une limousine. Il se décala un peu sur le siège, et ses jambes effleurèrent les siennes, lui rappelant qu'ils avaient passé toute la soirée tout près l'un de l'autre.

Pendant toute la réception, Nigel avait fait en sorte de rester en contact physique avec elle – en posant la main dans le bas de son dos pour la guider, en approchant sa cuisse de la sienne sous la table au dîner, en lui prenant la main pour l'aider à sortir et à entrer dans la voiture.

— Tous les hommes étaient subjugués par vous ce soir, poursuivit-il. Mais heureusement, c'était avec moi que vous sortiez.

— Donc, pour vous, c'était un rendez-vous galant ? demanda-t-elle, cherchant à décrypter son expression alors que les lumières de la ville défilaient sur son visage.

— Ce serait un problème ?

Sois prudente.

Une petite voix résonna dans son esprit, mais elle ne l'écouta pas. Pourquoi parler de prudence alors qu'elle était assise tout contre lui et tellement attirée par un homme à qui elle mentait depuis des jours ?

Elle qui n'avait jamais trompé personne dans sa vie, elle se retrouvait en train de piéger le seul homme qu'elle avait vraiment envie d'apprendre à connaître plus intimement.

Mais une telle pensée était ridicule. Sa vie était un tel chaos en ce moment qu'elle ne pouvait rien envisager de sérieux avec Nigel. Ils menaient des vies diamétralement opposées, et il ne savait même pas comment elle s'appelait réellement.

— Je pensais que vous ne sortiez jamais avec vos employées, répliqua-t-elle.

Il fit glisser un doigt le long de la fente de sa robe… de cette fente qui remontait jusqu'à sa cuisse. Sophie frissonna tandis que son regard passait de sa main à son visage si viril.

— Je ne l'ai jamais fait, admit-il en la regardant dans les yeux. Mais il se peut que j'aie changé d'avis… au cas où ça vous intéresserait.

Son doigt montait et redescendait le long de sa cuisse. Il ne s'aventura nulle part ailleurs, mais elle n'en sentait pas moins l'excitation gagner tout son corps. Il fallait qu'il s'arrête… *Elle* aurait dû l'arrêter bien avant, par exemple quand il lui avait proposé de venir le rejoindre pour dîner ou dans le *penthouse*, quand il l'avait regardée comme si elle était la plus délectable des choses et qu'il était lui-même affamé.

— Nigel…

Son doigt se figea.

— Voulez-vous que j'arrête ?

Sophie serra les lèvres pendant qu'une bataille silencieuse se livrait entre son désir et la raison.

Elle, qui avait toujours donné la priorité à sa carrière sur sa vie personnelle, ne pouvait-elle pas tout simplement suivre ses envies ? Juste pour cette fois ? Après tout, qui avait décrété qu'elle devait se préserver pour l'homme de sa vie ? Et si jamais cet homme idéal n'arrivait jamais ? Ou bien si Nigel était cet homme-là ?

— Vous réfléchissez, murmura-t-il. J'ai l'impression de vous voir débattre intérieurement.

— Parfois, j'ai envie de ne pas tenir compte de ce qui se fait, de ce qu'on attend de moi, ne put-elle s'empêcher de répondre. Ça vous arrive de vous sentir coupable d'être égoïste ?

Le regard de Nigel se porta sur ses lèvres.

— Je pèse chaque décision que je prends. Alors, non, je n'ai jamais de regrets.

Évidemment, un homme aussi puissant et sûr de lui que Nigel ne pouvait pas regretter ses actes. Il devait avancer dans la vie, tranquillement, sans jamais se soucier des conséquences.

Sophie avait toujours été très fière d'être une femme forte, mais ici, à l'arrière de cette limousine en compagnie de son faux patron, elle sentait cette volonté de fer fléchir. Et ça ne datait pas de ce soir. Depuis leur rencontre, elle était comme hypnotisée, et il lui faisait désirer des choses qu'elle ne s'était jamais autorisé à vouloir.

Pourquoi n'était-ce pas plus simple ? Pourquoi ne l'avait-elle pas rencontré dans d'autres circonstances ? Pourquoi devait-elle choisir entre tenir la promesse qu'elle avait faite à ses frères et faire ce qu'elle désirait avec tant de force ?

Avant que Sophie ait eu le temps de répondre, la voiture s'arrêta, et bientôt la portière s'ouvrit. Le chauffeur tendit la main pour l'aider à descendre et, dès qu'elle posa le pied par terre, elle s'aperçut qu'ils n'étaient pas devant son immeuble, mais qu'on les avait reconduits à Green Room Media.

Nigel sortit à son tour de la limousine.

— Ce sera tout. Merci, James.

Le chauffeur remonta dans la voiture et démarra.

— Comment vais-je rentrer chez moi ? demanda-t-elle.

— Si c'est ce que vous voulez, je fais revenir la limousine, dit Nigel en souriant.

— Et quelle est l'autre option ?

— Monter avec moi dans le *penthouse*.

Elle fit un pas vers lui, façon silencieuse de lui dire oui. Elle ne savait pas vraiment pourquoi il l'avait amenée ici. Peut-être voulait-il travailler ensuite, peut-être voulait-il lui signifier qu'ils se trouvaient en terrain neutre, puisque sur leur lieu de travail… Elle n'en avait aucune idée.

Elle n'était pas très sûre non plus d'être prête pour plus qu'un peu de badinage et de tension sexuelle. Mais, s'il ne se passait rien maintenant, l'occasion se représenterait-elle ?

Il était évident qu'ils étaient attirés l'un par l'autre, et ils étaient tous deux des adultes responsables. Elle était fatiguée de passer son temps à travailler. Bien sûr, elle adorait son métier, mais sa vie professionnelle était toujours passée avant sa vie personnelle… Même son faux travail prenait trop d'importance par rapport au reste.

— Je boirais bien un verre, dit-elle, un peu grelottante à cause du froid.

Nigel s'empressa d'enlever sa veste de costume et de

la déposer sur ses épaules. Elle se retrouva enveloppée par son parfum et sa chaleur.

Elle avait très envie d'un verre de vin. Qui sait, peut-être qu'ils se mettraient à discuter et qu'elle découvrirait plus d'informations au sujet de Miranda, parce que jusqu'à maintenant ses recherches s'étaient révélées inutiles. Et c'était quand même pour ça qu'elle était là, non ? Pour trouver des éléments prouvant que son ex-belle-mère avait piégé Buck et avait injustement accaparé leur héritage.

Ou alors elle était ici à cet instant pour faire quelque chose *pour elle*. Pour enfin lâcher prise et accepter de recevoir une chose dont elle se privait depuis si longtemps. À cet instant précis, elle le comprenait enfin, elle voulait être ici pour Nigel et pour rien ou personne d'autre.

— Un verre, ça peut se faire, dit-il avec un sourire un peu canaille.

Jamais elle n'avait été aussi consciente de la présence d'un homme à côté d'elle que dans cet ascenseur qui les transportait jusqu'au *penthouse*. Il y avait de la place pourtant, mais il restait le plus près possible, une main posée dans le creux de son dos, là où le profond décolleté de sa robe dévoilait sa peau.

Elle, qui n'avait jamais été sensible auparavant à l'odeur d'un homme, avait été enivrée par son parfum boisé tout au long de la soirée. Avec Nigel, tout était si différent.

La porte de la cabine s'ouvrit, et elle se dirigea instinctivement vers les baies vitrées et la vue sur la ville à leurs pieds. La neige tombait, et les flocons s'illuminaient en passant devant les éclairages des autres buildings et des réverbères dans les rues.

— Je n'aurais jamais cru que le spectacle de la neige m'envoûterait autant.

— Vous êtes parfaite pour cette ville. Vous êtes faite pour cette vie.

Si seulement il avait su à quel point la vraie Sophie lui manquait, avec ses bottes ou ses tongs et ses longues robes fluides. Elle trouvait les pantalons tellement inconfortables. Les jeans serrés et les vestes près du corps, ça n'était pas du tout son style ni sa tasse de thé.

Le ranch lui manquait. Elle se demandait si tout se passait bien là-bas. Et sa maison décorée dans le style français, et son lit… Tout lui manquait.

Elle eut une vision flash de Nigel dans sa chambre là-bas. Mais jamais il ne pourrait y aller. Parce que jamais il ne devait apprendre qu'elle était en réalité une Blackwood. Si un jour il découvrait la véritable raison de sa présence à New York, il ne lui pardonnerait jamais, ne pourrait pas croire qu'elle n'avait pas eu l'intention de le piéger.

Si seulement il avait pu connaître la vraie Sophie, sans tous ces faux-semblants et ces mensonges…

— Plutôt du blanc ou du rouge ?

Sophie se retourna vers Nigel. Il disposait des verres sur le petit bar situé dans un des angles de la pièce. Elle lui sourit tout en resserrant autour de sa poitrine la veste qu'il lui avait prêtée.

— Vous devriez savoir maintenant que je préfère le blanc.

Il prit le verre qu'il avait déjà rempli.

— Je voulais juste m'en assurer, dit-il en lui souriant à son tour.

Alors qu'il s'avançait vers elle, Sophie essaya de mettre de côté son inquiétude et son sentiment de culpabilité. Elle repensa à sa prévenance quand il lui avait posé sa veste sur les épaules pour la protéger du froid. Elle repensa aussi à la façon dont il accueillait ses idées sans jamais les reprendre à son propre compte, alors qu'il aurait parfaitement pu le faire.

Nigel était un homme bien, un homme dont elle aurait facilement pu tomber amoureuse… dont elle était *déjà* en train de tomber amoureuse.

Ce rendez-vous l'entraînait beaucoup plus loin que ce qu'elle s'était imaginé.

Rendez-vous. Non, il ne fallait pas qu'elle pense dans ces termes parce qu'une liaison établie était impossible entre eux. Si cette soirée était un rendez-vous amoureux, cela impliquerait que la relation pouvait évoluer vers autre chose qu'une puissante attirance et un flirt… Or, il ne pourrait jamais rien y avoir de plus.

À moins d'être la plus franche possible avec lui tout en ne compromettant pas sa mission consistant à confondre Miranda.

— Il y a quelque chose dont je dois vous parler, dit-elle en prenant le verre qu'il lui tendait.

— Pensez-vous qu'il y ait eu un malentendu ? demanda Nigel en levant un sourcil.

Elle prit une grande inspiration suivie d'une petite gorgée de vin… Elle allait lui livrer quelque chose de très intime.

— Je me consacre entièrement à ma carrière et à mon entreprise, donc j'ai un peu laissé de côté ma vie sociale.

C'était un doux euphémisme.

— Je tiens à être la meilleure quand j'entreprends quelque chose dans le travail, poursuivit-elle, donc les rendez-vous amoureux ne font en général pas partie de mon programme.

— Je suis très flatté que vous fassiez une exception pour moi.

Sophie leva les yeux au ciel.

— Et il y a de quoi, dit Sophie avec un léger rire. Ce que j'essaye de dire, c'est que vous avez parlé de *rendez-vous*, et je suis certaine que vous m'avez fait monter ici dans l'espoir que nous pourrions… Heu…

— Ne soyez pas timide, coupa-t-il. Vous êtes si franche et honnête depuis que nous travaillons ensemble. Ne changez pas.

— Bien, fit-elle en redressant les épaules et en relevant le menton. Nous avons déjà parlé de l'attirance que nous éprouvons tous les deux, donc je ne vais pas prétendre que vous ne me plaisez pas.

— Mais il y a un *mais*.

— Mais, reprit-elle, vous avez besoin de savoir une chose très importante s'il doit se passer autre chose entre nous.

Il but une gorgée de son vin et fit un pas de plus vers elle.

— Et de quoi s'agit-il ?

— Je n'ai jamais été avec un homme.

- 7 -

Nigel regardait fixement Roslyn, attendant qu'elle éclate de rire ou qu'elle lui dise que c'était une blague. Mais elle soutenait son regard, les yeux brillants, et sur son visage il ne voyait pas l'ombre d'un sourire.

Incroyable. Il aurait pu jurer qu'il ne connaissait aucune personne adulte qui soit encore vierge. Et voilà que cette femme qu'il désirait depuis des jours – même s'il avait l'impression que cela faisait une éternité – se tenait devant lui, complètement vulnérable. Et complètement à l'opposé de la personne sûre d'elle qu'elle était dans tous les autres domaines de sa vie.

Rien ne l'obligeait à lui dire ça, et pourtant elle avait eu assez confiance en lui pour lui avouer la chose la plus intime qui soit.

— Je comprendrai parfaitement si vous préférez que nous en restions là et que vous appeliez votre chauffeur pour qu'il vienne me chercher.

Sans un mot, Nigel lui prit son verre et le posa avec le sien sur la console. Puis il se retourna vers elle, s'approcha et saisit son visage entre ses mains, ne lui laissant d'autre choix que de le regarder dans les yeux.

— Je sais que je me répète, mais je n'ai jamais rencontré une femme comme vous.

— Je n'arrive pas à savoir si vous pensez que c'est une bonne ou une mauvaise chose…

— Bonne, dit-il en éclatant de rire. Excellente, même.

— Donc… Je reste ?

Il était très excité, mais il devait tout faire pour se contenir. Jamais il n'avait eu l'occasion de devoir prendre autant de précautions, mais finalement savoir qu'il se trouvait avec une femme sans expérience ne refroidissait pas ses ardeurs… Au contraire, même.

— À partir de maintenant, c'est vous qui dictez les règles, dit-il en effleurant sa lèvre de son pouce.

Lui qui n'acceptait jamais de perdre le contrôle de quoi que ce soit dans sa vie comprit tout à coup que c'était exactement ce dont il avait envie avec Roslyn. Il ne cherchait pas seulement à ce qu'elle se sente à l'aise, il voulait la suivre, apprendre en même temps qu'elle alors qu'elle découvrait la passion physique.

Il n'avait aucune intention de faire quoi que ce soit contre la volonté de Roslyn ni de la pousser dans ses retranchements, mais il s'interrogeait…

— Vous étiez donc si prise par votre travail que vous ne preniez jamais de temps pour vous-même ?

— Je veux me faire un nom, dit-elle. La vie personnelle, ça viendra après.

Ou maintenant.

Se penchant vers elle, Nigel posa les lèvres sur les siennes. En sentant sa respiration s'accélérer et son pouls battre plus fort au creux de sa gorge, il n'en eut que plus envie de lui faire enfin ressentir tout ce dont elle s'était privée jusqu'à aujourd'hui.

Être le premier homme à qui elle ait souhaité s'abandonner n'était pas seulement flatteur… C'était un cadeau merveilleux.

— Alors, pourquoi êtes-vous ici avec moi ce soir ?

Elle s'humecta les lèvres, et il sut que c'était l'expression de sa nervosité et non une manière subtile de l'aguicher.

— Parce que je n'ai pas pu m'en empêcher, murmura-t-elle. Je ne me suis jamais sentie aussi attirée par quelqu'un. Je sais que ça n'est pas bien étant donné que vous êtes mon employeur et j'ai essayé d'étouffer ce que je ressentais, mais…

Nigel fit glisser la veste de ses épaules et la jeta sur le côté.

— Et que ressentez-vous ? dit-il en passant un bras autour de sa taille et en la maintenant fermement contre lui.

— Je me sens attirée, désirée, répondit-elle, le regard fixé sur sa bouche. Et excitée aussi.

Pour quelqu'un qui avait aussi peu d'expérience, elle savait exactement les mots qu'il fallait dire. D'un geste un peu hésitant, elle vint lui caresser la joue.

Ce manque d'assurance était tellement différent de ce qu'elle lui avait donné à voir dans le travail, où elle était toujours si sûre d'elle et si forte.

— N'ayez pas peur, lui dit-il, bien que la peur commençât à le gagner aussi.

Il voulait que ce soit parfait pour elle. Roslyn méritait mieux qu'une étreinte pressée sur le coin d'un bureau.

Elle n'avait jamais vécu ça avant, et il devait respecter ses raisons… Même si elles lui étaient très étrangères.

Nigel prit les mains de Roslyn dans les siennes et recula d'un pas. Puis il la guida vers l'immense canapé et la fit s'asseoir. Pas un instant, elle ne cessa de le regarder de ses grands yeux intenses. Il aurait donné n'importe quoi pour lui arracher sa robe et explorer son corps, ses courbes voluptueuses avec les yeux, les mains et la bouche, mais il ne voulait ni la presser ni l'effrayer.

Il fallait qu'il se contrôle.

Roslyn tendit la main vers la ceinture de son pantalon, mais il se recula. Elle leva les yeux vers lui, l'air terriblement embarrassée.

Nigel se mit alors à genoux devant elle, encercla sa taille de ses mains et se pencha pour déposer un baiser à la naissance de ses seins, dans le creux de son décolleté.

— Fais-moi confiance, souffla-t-il sur sa peau brûlante. Laisse-moi te faire du bien.

— Je me sens déjà très bien, dit-elle dans un soupir en se renversant davantage sur le canapé.

Impatient soudain, il releva sa robe sur ses jambes magnifiques. Son regard passait de ses yeux à sa peau à la fois brune et lumineuse qu'il découvrait centimètre par centimètre. Il ne voulait rien manquer de ce spectacle merveilleux.

Roslyn regardait ses mains s'affairer sur son corps, la bouche entrouverte et les paupières un peu lourdes. Le désir la rendait plus belle encore, et il comptait bien lui faire comprendre à quel point elle était désirable elle aussi.

Il savait qu'aucun homme avant lui ne l'avait jamais touchée de cette façon, et cela rendait l'expérience encore plus excitante, lui donnait une intensité qu'il n'avait lui-même jamais ressentie. Il n'en pouvait plus d'attendre, et elle non plus, à en juger par les légers soupirs un peu rauques qu'elle poussait.

Le regard de Nigel se posa sur la fine dentelle noire qui dépassait légèrement, et il fit glisser le pouce sur l'étoffe délicate, exactement à l'endroit où il savait que le corps de Roslyn le réclamait.

Elle émit un petit cri qui le fit sourire. Elle était si réactive, si passionnée.

Gêné par la robe fourreau, Nigel la saisit par les hanches et la fit s'allonger. C'était bien mieux comme ça. Maintenant, il pouvait relever sa robe jusqu'à la taille. Il en eut le souffle coupé. Jamais il n'avait vu des formes aussi excitantes. Il brûlait de la toucher, de goûter à la saveur de sa peau.

Il se pencha et posa les lèvres à l'endroit où la dentelle venait épouser sa peau. Sous la caresse, elle se mit à trembler et, maintenant fermement ses hanches, Nigel continua à l'explorer avec la bouche.

Sentir les mains de Roslyn se crisper dans ses cheveux le rendit encore plus fou de désir. Lentement, il fit descendre son slip en dentelle le long de ses jambes. Elle portait toujours ses escarpins hauts et il n'avait aucune intention qu'elle les retire. Les femmes en talons lui faisaient perdre la tête.

— Nigel, murmura-t-elle.

Il s'immobilisa, et son regard remonta le long de son corps jusqu'à ses yeux.

— Tu me fais confiance ?

Elle hocha la tête en se mordant la lèvre. D'un doigt, il effleura son ventre, lui arrachant un doux gémissement.

Puis il descendit entre ses cuisses. Les mains de Roslyn continuaient à fourrager dans ses cheveux, comme si elle ne pouvait s'empêcher de le toucher. Tous ses sens étaient éveillés, et son corps la réclamait, mais ce moment était pour elle.

Il aurait voulu arracher son costume et lui montrer à quel point il la désirait, mais ce n'était pas ce qu'il fallait à Roslyn. Il voulait qu'elle découvre combien l'amour physique pouvait être bon. Il voulait que sa première expérience sexuelle soit parfaite.

À peine ses lèvres l'effleurèrent-elles que les hanches

de Roslyn se soulevèrent. Il sentit qu'elle attendait plus et glissa un doigt en elle.

Roslyn cria, et il adora l'entendre exprimer le plaisir qu'elle ressentait… Le plaisir qu'il était en train de lui donner.

Puis il se mit à la caresser avec la langue. Jamais il n'avait vécu une expérience à la fois aussi douce et aussi érotique.

Nigel poursuivit ses caresses jusqu'à ce qu'il l'entende crier son nom, tout le corps tendu vers lui.

C'était magnifique.

Jamais il n'avait vu une femme se donner avec autant de passion. Elle s'abandonnait totalement, assez sûre d'elle pour ne pas craindre de révéler la part la plus intime d'elle-même.

Une fois qu'elle eut cessé de trembler, Nigel embrassa l'intérieur de ses cuisses et se redressa. La vision qu'il eut alors, jamais il ne l'oublierait. Elle resterait gravée dans sa mémoire pour toujours. Les cheveux de Roslyn défaits, s'étalant en corolle, ses yeux clos, sa bouche entrouverte, sa peau rosie par le plaisir, sa respiration haletante.

Elle était l'image parfaite de ce qu'elle était réellement à cet instant… une femme comblée.

Mais que faire maintenant ? Nigel ne s'était jamais trouvé dans cette situation. Jamais il n'avait autant voulu une femme… Mais Roslyn était toujours vierge.

Bon sang, si jamais on découvrait qu'il avait mis dans son lit sa toute nouvelle employée, c'en était fini de sa réputation. Cela confirmerait tous les doutes que sa famille exprimait à chaque fois qu'ils lui disaient qu'il n'était pas à sa place à New York et qu'il devrait rentrer chez lui, *en Angleterre*. Il s'était bâti une vie ici dont il pouvait être fier… pouvait-il prendre le risque de tout gâcher ?

Mais, en même temps, comment résister à cette femme qui venait de lui faire ce merveilleux cadeau ? Elle lui avait fait confiance… ne pouvait-il pas lui aussi faire preuve de courage et de confiance dans ce que leur réservait l'avenir ?

- 8 -

Sophie poussa un long soupir un peu tremblant, se redressa et rajusta sa robe.

Ils venaient d'enfreindre toutes les règles. Ce qui venait de se passer pouvait mettre en danger l'entreprise à laquelle il tenait tant, et cela pouvait aussi compromettre ses plans à elle. Pourtant, elle ne regrettait pas que ce soit arrivé. Comment aurait-elle pu, alors que Nigel lui avait donné autant de plaisir sans même la déshabiller complètement ?

Ses mains viriles remontèrent le long de ses cuisses jusqu'à sa taille, et il l'attira vers lui.

— Je ne sais pas quoi dire, murmura-t-elle, revenant brutalement à la réalité.

— Tu n'as rien à dire, fit-il avec un sourire coquin. Je t'assure que ça a été un vrai plaisir pour moi.

À ce propos…

— Tu ne veux pas…

— À un point que tu n'imagines même pas, l'interrompit-il avec un rire où perçait plus de frustration que de joie. Mais ce moment était le tien. J'ai envie de toi depuis la minute où tu as franchi le seuil de mon bureau. Je suis incapable de te résister, Roslyn.

Et voilà. C'était la raison pour laquelle elle ne pouvait jouir totalement de cette première expérience. Nigel ne connaissait même pas son vrai nom. Elle se sentait à la fois coupable et déçue. Elle s'était enfin décidée à se donner à un homme, mais son plaisir n'avait pas été complet à cause de ses mensonges. Et elle ne pouvait en faire le reproche à personne d'autre qu'elle-même.

Comment pouvait-elle laisser les choses aller plus loin ? Il était évident que Nigel avait des sentiments pour elle jusqu'à un certain point. Il avait pris son temps, il l'avait caressée avec la bouche et il se comportait maintenant comme si cela l'avait pleinement satisfait lui aussi.

Pourquoi ne l'avait-elle pas rencontré avant de devoir commencer à lui mentir ? Pourquoi ne pouvait-elle tout simplement lui dire qui elle était et ce qui l'avait amenée à New York ?

Parce que ses frères comptaient sur elle et qu'elle ne pouvait pas les laisser tomber. Miranda n'avait aucun droit d'accaparer leur héritage familial, qui en plus ne représentait rien pour elle.

— Peut-être que je n'ai pas beaucoup d'expérience, dit-elle, mais je ne suis ni naïve ni idiote. Je sais bien que tu es… frustré.

Il eut le même rire un peu forcé.

— Je reconnais que ça pourrait être plus… confortable.

Son sourire s'effaça lentement tandis qu'il gardait les yeux rivés sur elle, le regard un peu lourd. Elle sentit le désir monter à nouveau en elle en même temps que la peur de toutes les inconnues qui venaient brouiller et biaiser leur intimité.

À un moment donné, tout allait lui exploser à la figure, et ils finiraient par souffrir tous les deux. Plus son séjour à New York se prolongerait, plus ils deviendraient intimes, plus les choses se termineraient forcément mal.

Nigel soupira et se releva. Il passa une main dans ses cheveux avant de lui sourire avec douceur.

— Tu es magnifique, abandonnée sur mon canapé, dit-il d'une voix un peu sourde. Tu sais que je t'ai imaginée souvent, dans bien des endroits… étendue sur mon lit, sous la douche avec moi, sur mon bureau même.

— Tu as été très occupé, je vois, ironisa gentiment Sophie en faisant glisser sa robe pour couvrir ses cuisses.

Elle plaisantait, mais en réalité elle se sentait très tendue.

— Je te l'ai dit, je n'ai jamais rencontré une femme comme toi, fit-il en replaçant une mèche de ses cheveux derrière son oreille et en lui effleurant le menton de son pouce. Aucune femme n'avait jamais réussi à me distraire de mon travail et ne m'avait donné envie de penser à *elle* avant tout. C'est comme si tu m'avais jeté un sort.

Sophie avala sa salive ; elle était incapable de dire quoi que ce soit après cette déclaration. C'était trop profond, trop intime… et elle savait que cette soirée n'était qu'un point de départ. Elle n'était pas assez naïve pour penser qu'ils en resteraient là.

— Je pourrais dire la même chose, répondit-elle d'une voix émue. Je ne m'attendais pas à ce que tout ça arrive.

Il fallait qu'elle lui dise la vérité tant que c'était possible. Peut-être saurait-il se montrer compréhensif. Peut-être comprendrait-il que son attirance pour lui n'avait rien à voir avec son objectif de prouver au monde entier que Miranda n'était qu'une sale intrigante, une croqueuse de diamants.

Mais si jamais il réagissait mal ? Si jamais il la

mettait dehors avant d'appeler Miranda pour tout lui raconter ? Elle ne pouvait se résoudre à prendre un tel risque.

Elle était triste de devoir lui mentir. Jamais elle ne s'était sentie aussi coupable et aussi moche. Mais elle avait commencé quelque chose et elle devait aller jusqu'au bout.

— Les nouvelles responsabilités que je t'ai confiées n'ont rien à voir avec mon désir pour toi, dit-il. Je tiens à ce que tu le saches. En très peu de temps, tu as réussi à prouver ta valeur au niveau professionnel.

Sophie sourit.

— Je ne pensais pas que tu m'avais confié ce nouveau projet pour t'attirer mes faveurs, mais je suis heureuse de t'entendre dire que tu trouves mes idées intéressantes.

Au moins, elle pouvait tirer un peu de fierté des efforts qu'elle faisait pour mener à bien sa mission de consultante. S'il y avait une chose qu'elle avait apprise de son père, c'était qu'il fallait travailler dur, quel que soit le métier.

Comme elle aurait voulu que son père se préoccupe davantage de ses frères et elle, qu'il leur prouve mieux son attachement de son vivant et dans la mort ! Pourquoi ne leur avait-il rien laissé ? Pourquoi avoir légué le ranch à Miranda qui n'était qu'une parvenue et une snob, qui passait le plus clair de son temps à New York à courir les fêtes avec ses amis et qui ne s'échappait à Royal qu'une fois de temps à autre ?

Même si sa relation avec son père avait toujours été tendue, ne plus rien conserver de lui après sa mort lui semblait si brutal, si définitif. Elle en avait le cœur brisé. C'était comme s'il avait voulu effacer tout lien avec ses enfants. Il était son père, elle l'aimait à sa façon, et il ne lui restait rien de lui.

— Je suis heureux que tu aies accepté de venir à la cérémonie avec moi, dit Nigel, interrompant le cours de ses pensées en lui prenant tendrement la main. En général, je me rends seul à ce genre d'événements.

— J'ai un peu de mal à croire ça, dit Sophie en inclinant légèrement la tête d'un air dubitatif.

Nigel l'entoura de ses bras et l'attira plus près de son corps puissant.

— Et moi, j'ai du mal à croire qu'aucun homme n'ait jamais ravi ton cœur.

Elle se figea.

— Parce que c'est ce que tu veux ? Mon cœur ?

Nigel la serra plus étroitement encore.

— Je ne cherche pas à tomber amoureux, je suis trop occupé par ma carrière et ce que je veux construire. Mais je ne serais pas contre un peu de compagnie le temps que tu resteras à New York.

— Juste pour coucher ensemble, alors ?

— C'est un terme que je n'aime pas, dit-il en effleurant délicatement sa bouche de ses lèvres.

— Qu'est-ce que tu veux dire, alors ?

— Il n'y a pas de raison que nous ne profitions pas de la compagnie de l'autre. Ça me plaît de passer du temps avec une femme qui n'a pas de sexy que le corps. Tu es largement à mon niveau dans le domaine du travail, et je t'assure que c'est rare dans l'industrie de la télé. Tu me pousses à me dépasser, et j'adore ça.

Elle était flattée qu'il la trouve non seulement compétente mais intelligente. C'était très important pour elle parce qu'elle tirait beaucoup de fierté du fait d'être une femme cultivée et de tête.

— Ce n'est que pour ça que tu voudrais qu'on se voie plus ?

— Bien sûr que non, fit-il, les mains remontant le long de ses hanches jusqu'au creux de sa taille. Je veux être l'homme qui va continuer à éveiller tes sens. Je veux être l'homme qui te montrera à quel point c'est bon de partager son intimité. Et, comme je suis un affreux jaloux, je ne supporte pas l'idée qu'un autre que moi puisse t'apporter tout ça.

Sophie tressaillit légèrement au ton ferme et autoritaire qu'avait pris sa voix. Ce soir, elle avait appris des choses très importantes au sujet de Nigel : c'était un amant généreux et attentionné mais qui ne se laissait pas marcher sur les pieds. Elle-même étant très jalouse de son indépendance, sa vision des choses lui plaisait.

Pourquoi ne pas profiter de la compagnie de Nigel tant qu'elle resterait à New York ? Elle était une adulte et ne voulait pas avoir à justifier ses choix. Elle n'avait pas l'intention de lui faire du mal ni de nuire à Green Room Media. Tout ce que voulait Sophie, c'était découvrir des éléments compromettants contre Miranda et ensuite s'en aller.

Mais il allait falloir qu'elle passe à la vitesse supérieure. La semaine était presque terminée, et elle n'avait rien à ramener au Texas sinon la plus agréable expérience sexuelle de sa vie. Non, elle n'était pas prête à partir… À cette perspective, elle sentait tout son corps se nouer d'anxiété.

Elle n'était pas sûre de tenir émotionnellement en continuant à mentir. Même si elle était à l'origine de cette mascarade, fondamentalement elle était honnête et elle détestait avoir recours à la manipulation. Mais partir signifiait aussi quitter Nigel…

— Tu as l'air d'avoir du mal à te décider.

Tirée de ses réflexions, elle plongea le regard dans celui de Nigel.

— Peut-être ne me suis-je pas montré assez persuasif, poursuivit-il en se penchant pour déposer un langoureux baiser dans son cou.

Sophie enfonça les doigts dans les épaules de Nigel. C'était si bon. Existait-il quelqu'un au monde qui puisse dire non à cet homme ?

— Je suis à toi, murmura-t-elle, vaincue. Aussi longtemps que je serai ici.

Restait à savoir si elle devait se dépêcher de s'en aller pour ne pas souffrir ou au contraire prendre le temps de profiter de l'aventure.

— Nous n'avons toujours pas reçu la confirmation que tu venais accompagné.

Nigel se pinça le haut du nez et ferma les yeux. Il n'avait aucun mal à gérer les petites disputes et les accrochages entre les participantes de *Secret Lives*, mais dès qu'il s'agissait de sa grand-mère il avait l'impression d'être un petit garçon en train de se faire sermonner.

— Parce que je ne l'ai pas envoyée, répondit-il en poussant un soupir.

— Oui, je m'en doute. D'où mon appel.

Lady Claire Worthington n'avait pas l'habitude de mâcher ses mots, et personne dans la famille ni dans tout le comté de Cumbria n'osait lui chercher des noises. Mais, si elle était sévère et exigeante, elle n'en était pas moins aimante, loyale et respectée… Et c'est pour ça qu'il détestait l'idée de la contrarier.

Nigel se détourna de la vue sur la ville enneigée… Il se trouvait près du grand canapé en cuir où Roslyn s'était abandonnée la veille. Il s'était dit qu'il allait monter dans le *penthouse* pour réfléchir et s'éloigner de l'agitation qui régnait dans les bureaux, mais peut-être avait-il en réalité eu envie de revenir sur la scène de la plus belle nuit de sa vie.

Il n'avait aucune idée de ce qui était en train de se passer entre lui et Roslyn. Tout ce qu'il savait, c'est qu'il avait besoin d'elle professionnellement… et personnellement. Et pourquoi ne pourrait-il avoir les deux ? Après tout, c'était lui le patron, lui qui dictait les règles dans cette entreprise. Et il voulait qu'elle reste, non seulement parce qu'il avait envie d'elle, mais parce qu'elle avait déjà beaucoup apporté à Green Room Media. Les histoires d'amour au travail, ça n'avait rien de rare… Il devait bien exister une sorte de protocole à appliquer qui les protégerait du scandale.

— Nigel.

— Oui, oui. Je sais. Ma cavalière.

— La date limite pour les réponses était aujourd'hui, mais je me suis dit que tu étais tellement occupé par ta vie citadine que tu avais dû oublier. Il suffit que tu me dises que tu viendras accompagné au mariage de ta sœur pour que je puisse m'organiser avec le traiteur.

Comme si une personne de plus ou de moins allait changer quoi que ce soit et bouleverser les préparatifs de façon irrémédiable ! Non, sa grand-mère cherchait seulement à lui faire sentir qu'il n'allait pas en rajeunissant et qu'elle désapprouvait le fait qu'il ne soit pas encore marié, sans parler de s'être attelé à la tâche de produire une nouvelle génération de petits Townshend.

Sa grand-mère était de la vieille école *et* anglaise… Il était impossible de discuter avec elle, et elle le savait très bien. Pour autant, elle n'avait rien de la caricature de la vieille dame anglaise avec collier de perles et passant son temps à boire du thé. Toute sa vie, elle avait travaillé dur. Elle avait élevé ses enfants sans l'aide d'une nourrice et avait géré leur ferme équine aux côtés de son mari. Elle comprenait parfaitement le besoin qu'il éprouvait de bâtir son propre empire et qu'il ait décidé de s'installer à New York. Pour autant, elle n'était pas prête à céder sur la nécessité de se stabiliser et de fonder une famille.

— Tu vas finir par être pris par le temps, ajouta-t-elle. Je te rappelle que le mariage a lieu dans une semaine.

— Je sais, oui.

Sa sœur allait épouser le grand amour de sa vie… Du moins, c'est ce qu'elle disait. Les futurs époux avaient choisi de se marier le jour de la Saint-Valentin, ce qui était un peu mièvre et ridicule à son goût, mais on ne lui avait pas demandé son avis.

Nigel avait rencontré son futur beau-frère à plusieurs reprises lors de séjours dans le Cumbria, et il lui avait semblé qu'il aurait parfaitement sa place dans la famille Townshend. Mais lui n'était pas pressé d'amener une femme dans la demeure familiale. Il faudrait que ce soit quelqu'un de vraiment spécial pour qu'il la présente au reste du clan.

L'image de Roslyn traversa son esprit.

Non. Impossible. Premièrement, le jour où il viendrait avec une petite amie, sa famille ne pourrait concevoir que ce soit quelqu'un du bureau. Et, deuxièmement, il ne pouvait pas y aller avec Roslyn parce que…

Pourquoi pas ? En fait, elle serait la candidate idéale. Elle avait de la classe, de la personnalité… Et il n'avait envie de personne d'autre à ses côtés.

Nigel ne put réprimer un sourire. Sa famille n'aurait

aucun moyen de savoir que Roslyn travaillait à Green Room Media. Et, si elle l'accompagnait en tant que cavalière, cela lui donnerait l'occasion d'apprendre à mieux la connaître. Il ne se sentait pas prêt à s'engager de la façon que sa grand-mère voulait, mais passer plus de temps avec Roslyn pouvait se révéler intéressant. Une fausse relation pour le bien de la famille, ça ne pouvait faire de mal à personne.

Ensuite, il suffirait qu'il leur explique qu'ils avaient rompu, et l'affaire s'arrêterait là.

Encore fallait-il que Roslyn accepte ce plan un peu fou.

— Et par pitié, mets une cravate, dit Lady Claire d'un ton autoritaire. Je sais que tu as ton propre style mais, en l'occurrence, la cravate noire est de mise.

— À vos ordres, madame, ironisa-t-il tout en réfléchissant au moyen de proposer son idée à Roslyn. Je promets de ne rien faire qui puisse vous embarrasser, toi ou les autres membres de la famille.

— Là n'est pas la question, tu le sais bien. En tout cas, toi et ta cavalière ne devez pas arriver après mercredi. Le mariage a lieu samedi.

— Je serai là, promit-il.

— *Vous* serez là tous les deux, corrigea la vieille dame.

Nigel éclata de rire. Bien sûr, elle allait s'imaginer qu'il venait avec quelqu'un uniquement parce qu'elle le lui avait ordonné. Après lui avoir demandé d'embrasser tout le monde de sa part, il raccrocha.

Puis, sans perdre de temps, il tapa un SMS. Résister à une grand-mère qui était une telle tête de mule nécessitait d'employer les grands moyens.

Viens me retrouver au *penthouse* du bureau.

Il appuya sur « Envoyer », puis ajouta un autre SMS.

J'ai besoin d'un service.

On était samedi soir, peut-être était-elle sortie, mais il en doutait. Roslyn travaillait dur et semblait donner la priorité à sa carrière plutôt qu'à sa vie sociale. Il n'avait aucune intention de discuter de ses problèmes de famille et de l'affaire du mariage par SMS. Et puis, il avait envie de la voir… Le mariage de sa sœur était l'excuse parfaite.

Nigel voulait que Roslyn sache qu'il n'était pas un goujat qui ne cherchait qu'à la mettre dans son lit. Il était sincère quand il lui avait dit qu'il la respectait et voulait prendre son temps avec elle.

De toute façon, elle avait déjà accepté ses avances. Et ce voyage en Angleterre ? En fait, il avait hâte de l'emmener sur les lieux où il avait grandi, où s'étaient formés ses premiers rêves d'avenir. Elle ne pourrait être que séduite par la propriété familiale de Shrewsbury Hall. Le château lui-même, avec ses innombrables pièces et son architecture très ornementée pouvait rivaliser avec Buckingham Palace.

Roslyn adorerait la maison de son enfance s'il réussissait à la convaincre de venir. Il ne pouvait pas imaginer qu'une décoratrice ne tombe pas sous le charme de ces lieux et de ces objets chargés d'histoire.

Il fallait que Nigel réussisse à la convaincre d'être sa cavalière. Et, étant donné la façon dont s'était déroulée leur soirée la veille, il espérait que ça ne serait pas trop difficile.

- 9 -

— Rencontrer ta famille ?

Sophie savait bien que s'impliquer physiquement avec Nigel était risqué, à la fois pour son cœur et pour son esprit, mais prendre l'avion jusque dans le comté de Cumbria en Angleterre pour lui servir de cavalière au mariage de sa sœur ? Le jour de la Saint-Valentin ?

C'était plus que faire un pas dans une direction dangereuse – c'était un peu comme sauter à l'élastique du haut d'une falaise. Rencontrer son clan, assister à un mariage aussi huppé qu'un mariage princier tout en prétendant être sa petite amie aux yeux de la famille ?

Ça faisait beaucoup trop de mensonges. Elle n'était pas sûre de tenir le coup mentalement.

— Je sais que c'est rapide, dit Nigel en se passant la main dans les cheveux, visiblement stressé.

Il n'y avait pas longtemps qu'elle le connaissait, mais elle savait déjà qu'il n'avait pas l'habitude de perdre son flegme tout britannique. Il était évident que la situation le mettait aussi mal à l'aise qu'elle. Elle se dit aussi qu'il ne l'aurait pas invitée s'il avait eu le choix.

— Ma grand-mère est très têtue, dit-il en l'implorant de ses yeux bleus.

— Et mon travail ici ? Que vont penser les gens ? D'abord, je suis engagée comme simple consultante, ensuite on me charge de diriger la campagne marketing de l'épisode du mariage qui se fera ou pas. Puis c'est la cérémonie des *Awards* avec toi et maintenant un mariage dans ta famille en Angleterre ?

Rien qu'en énonçant tout ça à voix haute, elle avait un peu le tournis. Et encore, elle n'avait pas évoqué le sujet dont elle n'osait pas parler. Sans doute à cause du tourbillon d'événements par lequel elle s'était laissé emporter, elle allait manquer de temps pour découvrir dcs informations sur Miranda. Toutes les pistes qu'elle avait explorées avaient abouti à des impasses. Tous les gens à qui elle parlait étaient absolument dingues de cette femme.

— Je sais que ça a l'air fou… *C'est fou*, d'ailleurs, dit-il en lui prenant la main, mais personne ici n'a besoin de savoir où nous allons. Je pourrais dire que je t'envoie en reconnaissance pour des lieux de tournage.

Encore un mensonge. Pour quelqu'un qui se targuait d'être honnête, elle descendait de plus en plus bas et elle avait peur de ne jamais pouvoir remonter.

Si elle partait avec lui, Sophie savait très bien qu'ils reprendraient les choses là où ils les avaient laissées la nuit dernière… ce qui l'excitait et la terrifiait à la fois. Jamais elle n'avait désiré un homme autant qu'elle désirait Nigel, et c'était ce qui lui faisait le plus peur. Comment pourrait-elle renoncer à lui un jour ?

Nigel la tenait toujours entre ses bras puissants, tout en la regardant d'un air implorant.

— Combien de temps serons-nous partis ?

Un sourire absolument craquant s'épanouit sur son visage.

— Cinq jours.

Cinq jours dans une propriété de la campagne anglaise avec un homme dont elle était en train de tomber amoureuse, cinq jours durant lesquels elle devrait se faire passer pour sa petite amie pour que sa famille arrête de le harceler au sujet de son propre mariage. Franchement, il n'y avait pas de quoi s'affoler.

Sophie avait déjà dû mentir pour se retrouver ici, à New York, et maintenant elle allait se lancer dans une tournée internationale. Seigneur, qu'est-ce que ses frères allaient penser quand elle leur parlerait de cette nouvelle péripétie ?

Peut-être valait-il mieux qu'elle garde cette partie de l'aventure pour elle. Elle n'avait jamais voulu utiliser Nigel. D'accord, elle avait menti pour obtenir ce poste, mais elle était sincère concernant ses sentiments et l'attirance qu'elle éprouvait pour lui. Elle n'aurait pas été capable de jouer la comédie dans ce domaine. Il n'empêche que toutes ces émotions causaient des problèmes qu'elle était loin d'avoir anticipés.

— Je ne veux pas te mettre la pression, ajouta-t-il. Mais je ne voulais demander à personne d'autre.

Le fait qu'il se sente assez en confiance avec elle pour lui présenter sa famille la culpabilisait encore plus. Il était si transparent, il lui avait ouvertement parlé de sa vie… alors qu'elle n'était qu'une imposture.

Mais elle ne pouvait pas refuser. Elle voulait passer du temps avec l'homme qui lui donnait envie que tout ça soit réel, qui lui permettait d'imaginer ce que pourrait être une vraie relation… Une vraie histoire d'amour… sans tous ces mensonges.

— D'accord, dit-elle. J'irai en Angleterre avec toi.

Les épaules de Nigel se détendirent, et il s'approcha encore un peu plus d'elle.

— Tu vas adorer ma maison et ma famille. Lady Claire est parfois un peu envahissante, mais tout ce qu'elle fait, c'est par amour.

Sophie ne savait pas bien comment elle allait gérer une famille nombreuse et aimante et une grand-mère très maman poule, et qui plus est dotée d'un titre de noblesse. Bien sûr, elle et ses frères étaient proches, et elle avait aimé sa mère, mais sa relation avec son père lui avait fait beaucoup de mal.

Quelle aurait été sa vie si elle avait été proche de lui ? Peut-être son testament aurait-il été différent et elle et ses frères auraient-ils eu droit à leur héritage ?

Désormais, il ne lui restait que ses frères, et ils comptaient sur elle. Et, même si Kellan lui avait dit qu'elle pouvait rentrer, elle ne voulait pas les laisser tomber. Elle voulait être celle qui rétablirait la situation, qui leur rendrait ce qu'on leur avait pris.

— Que devrai-je emporter dans mes bagages pour ce mariage ?

— Tout est organisé. Mon jet sera prêt à partir mercredi matin, et tes robes et tes bijoux seront déjà à bord.

Et voilà, Sophie s'enfonçait encore plus profondément dans ce scénario à la *Pretty Woman.*

Central Park était absolument somptueux l'hiver. Glacial mais d'une beauté à couper le souffle.

Sophie s'emmitoufla dans son manteau, il faisait très froid sur ce petit sentier sinueux qui traversait le parc. Elle appréciait cette fraîcheur sur ses joues, elle qui ne connaissait habituellement que la chaleur du Texas. Elle avait besoin de prendre l'air, de s'échapper un peu de Green Media, aussi avait-elle pris une pause déjeuner bien méritée.

Elle avait déjà essayé d'appeler Vaughn, mais était tombée sur sa messagerie. Avisant un banc dont la neige avait été déblayée, elle s'assit et sortit son téléphone pour appeler Kellan.

Elle avait retardé au maximum le moment de les joindre, mais dans toute cette confusion, elle avait besoin d'être honnête… au moins avec eux. Elle n'allait quand même pas quitter le pays sans le leur dire. Elle les aimait et les respectait trop pour leur mentir.

Kellan répondit dès la première sonnerie.

— Tiens, tiens, mon espionne préférée.

Même si c'était elle qui avait eu l'idée de toute cette affaire, Sophie détestait ce sobriquet.

— Ça me fait plaisir d'entendre ta voix, à moi aussi.

— Tu as trouvé quelque chose ?

— J'avance, dit-elle, ce qui était en partie vrai.

Tout à l'heure, elle avait une réunion avec deux cameramans. Si quelqu'un connaissait les coulisses de l'émission, c'était bien eux.

— J'espère avoir des infos d'ici quelques jours, ajouta-t-elle, mais si j'appelle c'est pour vous dire que je pars en voyage. Je vous tiendrai au courant et je garde les yeux et les oreilles ouverts, mais… je serai à l'étranger.

— À l'étranger ? Mais je pensais que Miranda venait pour un tournage à New York…

En effet. À l'origine, elle avait prévu qu'elle aurait déjà quitté New York, avec toutes les preuves en main. Mais Sophie avait vérifié les plannings de tournage, et il n'y avait pas de raison que Miranda vienne dans les locaux de Green Room Media avant plusieurs semaines.

— Je ne veux pas éveiller les soupçons, déclara-t-elle. On m'a demandé de faire ce voyage, alors je le fais.

— Ce voyage, c'est un ordre direct du patron ? plaisanta Kellan.

— C'est ça, marmonna-t-elle en regardant passer quelques joggeurs qui affrontaient le froid. Écoute, il n'y en a que pour cinq jours, et je te promets que je n'oublie pas notre objectif.

— Je sais bien, mais Darius a dit que Miranda l'avait invité à Blackwood Hollow. Je ne sais pas ce qu'elle mijote.

— Et il va y aller ? s'exclama Sophie.

Darius Taylor-Pratt était leur demi-frère… Un secret révélé après le décès de leur père. Même après sa mort, leur père continuait à avoir une influence décisive sur leur vie.

— Visiblement, oui. Peut-être qu'elle essaye de le monter contre nous. Mais ne t'inquiète pas, je reste vigilant.

— Qu'est-ce qu'elle complote encore ? marmonna Sophie.

Elle se demandait s'ils sortiraient indemnes de cette affreuse situation. Et tout ça parce que son père avait été égoïste ou aveuglé par sa très jeune ex-femme et avait décrété qu'aucun de ses enfants ne méritait son héritage.

Mais Miranda le méritait encore moins. Pourquoi aurait-elle épousé Buckley, qui avait vingt-six ans de plus qu'elle, sinon pour son argent ? Miranda ne se cachait pas d'aimer les belles choses, et Sophie savait qu'elle était en train de thésauriser pour pouvoir assurer son train de vie. Et voilà qu'elle essayait d'attirer Darius dans ses filets.

Le problème, ça n'était pas vraiment l'argent mais, pour Sophie, Miranda n'aurait pas dû toucher un dollar de ce qui leur revenait. Et surtout, elle n'avait aucun droit à la maison familiale, où Sophie avait tellement de souvenirs d'enfance. Ses frères avaient le droit de garder la propriété pour la transmettre à leurs enfants un jour.

— Est-ce que Vaughn sait que Darius va venir ?

— Oui. On en a parlé ce matin. Tu sais qu'il n'aime pas tous ces drames familiaux, mais il a quand même envie de savoir ce qui se trame.

Sophie se releva et soupira.

— Ne me laissez pas à l'écart juste parce que vous êtes inquiets pour moi. Tenez-moi au courant dès que vous savez quelque chose.

— Promis. Je t'appelle dès que j'en sais plus. Alors, tu ne m'as pas dit… Où est-ce que tu t'en vas ?

Sophie était fatiguée de mentir. Elle savait que Kellan et Vaughn la désapprouveraient, mais elle tenait à être franche. C'était ce qu'elle attendait de leur part.

— Dans le comté de Cumbria.

— Mais pour quoi faire ?

Sophie s'éclaircit la gorge.

— Nigel m'emmène au mariage de sa sœur.

— Là, ça va trop loin, Sophie. Rentre à la maison, on se débrouillera autrement. Aller en Angleterre avec Nigel Townshend, c'est une très, très mauvaise idée.

Sophie cherchait quoi répondre à son frère, mais il la prit de vitesse.

— Oh ! non. Ne me dis pas que tu couches avec lui.

— Non.

Pas encore.

— Il m'a demandé d'être sa cavalière parce que sa grand-mère le harcèle pour qu'il se marie.

— Hum. Et tu prétends qu'il ne s'intéresse pas à toi ?

— Écoute, je sais ce que je fais. Je suis une grande fille. Occupe-toi de savoir ce qui se passe du côté de Darius, je me charge de Miranda.

Elle raccrocha et reprit le chemin de Green Room Media. Elle devait assister à une réunion, préparer son voyage et trouver de quoi vaincre une ex-belle-mère.

L'après-midi s'annonçait chargé.

- 10 -

Nigel s'installa sur son siège tandis que le jet commençait à rouler sur la piste de décollage. Il se demandait pourquoi Roslyn était si silencieuse et réservée depuis qu'ils s'étaient mis en route pour l'aéroport.

Peut-être avait-il trop exigé d'elle en lui demandant de l'accompagner. Peut-être avait-elle cru que son emploi était menacé si elle refusait. Mais il n'était pas ce genre d'homme. Il tenait à ce qu'elle sache qu'elle comptait, qu'il n'allait pas la remplacer si elle n'obéissait pas au moindre de ses ordres.

Seigneur ! Qu'est-ce qui lui prenait de tant s'inquiéter de ce qu'une femme pensait de lui ? Bien sûr, il avait toujours mis un point d'honneur à respecter ses maîtresses, mais aucune n'avait autant compté que Roslyn.

Il admirait ses talents, son intelligence et aussi sa fougue amoureuse, la passion dont il avait été témoin. Il était curieux de découvrir toutes les surprises que cette femme extraordinaire lui réservait encore.

Amener Roslyn dans sa famille était risqué, certes, mais il avait toujours pris des risques dans la vie… Il n'allait pas s'en priver maintenant, alors que la récompense s'annonçait si excitante.

Bien sûr, il n'avait aucune intention de tomber amoureux ou de s'engager sur le long terme, mais il appréciait la compagnie de Roslyn et avait envie de voir où tout ça allait mener.

Quand l'avion décolla, Roslyn agrippa son siège et ferma les yeux. Voilà qui expliquait pourquoi elle était si fermée depuis qu'ils avaient embarqué. Il avait enfin trouvé la faille... Cela dit, si la peur de l'avion était son seul défaut, il avait du souci à se faire.

Il se leva, alla s'asseoir à côté d'elle et lui prit la main, qu'il pressa doucement.

— Qu'est-ce que tu fais ?

— Tu avais l'air d'en avoir besoin. Pourquoi ne pas m'avoir dit que tu avais peur de l'avion ?

— J'avais un peu honte. C'est tellement ridicule.

— Mais non, murmura-t-il, tu aurais dû me demander de m'asseoir à côté de toi et de te tenir la main.

— Je n'ai jamais demandé à qui que ce soit de me tenir la main quand j'avais peur. C'est humiliant.

— On a tous nos peurs, tu sais.

Elle leva un sourcil.

— Parce qu'il y a des choses qui te font peur, à toi ? À part ta grand-mère, je veux dire.

Nigel éclata de rire mais, au fond, elle n'était pas si loin du compte. Il n'en avait jamais discuté avec personne, mais...

— J'ai peur de décevoir ma famille, finit-il par admettre. C'est pour ça que je tiens à ce que l'émission reste un succès. Pas juste pour moi, mais pour eux. Et puis, il y a ma vie personnelle. On attend de moi que je me marie et que je mette en route la nouvelle génération de Townshend. Je sais que ma famille est déçue que ça ne soit pas encore fait. Bien sûr, je pourrais trouver une femme et avoir des enfants, mais ça n'est pas ce que je veux. Ce que je cherche, c'est le véritable amour. Mais pour l'instant je suis trop pris par mon travail.

Nigel s'interrompit avant d'en dire trop. Il avait déjà l'air d'un idiot de croire à l'amour alors que Roslyn lui avait dit qu'elle n'était pas sûre que ça existe vraiment et que lui-même n'avait jamais trouvé personne qui lui convenait.

Peut-être qu'un jour il serait bien obligé de renoncer et d'épouser une femme pour en faire la mère de ses enfants, mais il espérait vraiment que non.

— Ta famille a l'air de beaucoup compter pour toi, murmura Roslyn.

— La famille, c'est tout. D'où les efforts considérables que je déploie pour leur amener une cavalière.

Elle eut un sourire qui éclaira tout son visage.

— Dire que je croyais que c'était parce que tu ne pouvais pas te passer de moi.

Nigel s'approcha, la plaqua doucement contre le dossier en cuir du siège et déposa un baiser sur ses lèvres.

— Aussi.

Il la sentit gémir contre sa bouche, et son corps s'enflamma. Il avait envie d'elle, mais il n'oubliait pas qu'elle était toujours vierge.

Roslyn arqua son corps voluptueux vers lui. Il glissa les mains sous son chemisier et sentit sa peau chaude et douce comme de la soie.

Elle prononça son nom dans un gémissement.

— Dis-moi ce que tu veux.

Il n'allait pas faire quoi que ce soit qui puisse la mettre mal à l'aise, mais il avait tellement envie d'elle… Et, durant les quelques heures qu'allait durer le vol, il aurait amplement le temps de lui montrer à quel point.

— Dis-moi, répéta-t-il en s'écartant légèrement

pour pouvoir lire sur son visage la moindre hésitation qui indiquerait qu'elle n'était pas encore prête à aller plus loin.

Leurs regards se rencontrèrent, et elle sourit… et son corps répondit immédiatement. Il n'y avait rien d'autre dans les yeux de Roslyn que du désir et de l'impatience.

Ses mains tremblaient quand il déboutonna son chemisier, puis quand il essaya de dégrafer son soutien-gorge en dentelle noire. Elle sourit avec douceur et lui prit le visage entre les mains.

— Tu es nerveux… C'est adorable.

Adorable. Personne ne lui avait jamais dit une chose pareille. En tout cas, pas depuis qu'il n'était plus un tout petit enfant.

Et nerveux ? Jamais Nigel ne l'avouerait, même si c'était vrai. Tous les deux, ils attendaient ce moment depuis l'instant où elle était entrée dans son bureau avec son jean moulant et ses talons aiguilles, depuis la seconde où il était tombé sous le charme de sa beauté et de son intelligence.

Plutôt que de répondre, il baissa la tête et vint écraser les lèvres sur ses seins. Roslyn retira son soutien-gorge d'un geste habile et plongea les yeux dans les siens, le suppliant du regard de la prendre.

Cette femme savait ce qu'elle voulait, *qui* elle désirait. Et, si Nigel avait du mal à comprendre pourquoi elle avait attendu aussi longtemps avant de se donner à un homme, il était au septième ciel que son choix se soit porté sur lui.

Il acheva de la déshabiller et, quand elle fut nue devant lui, il se leva et se hâta de retirer tous ses vêtements, prit un préservatif dans son portefeuille et se coucha au-dessus d'elle.

Elle lui caressa les bras et les épaules de ses mains tremblantes.

— On dirait que nous sommes nerveux tous les deux, lui dit-elle, un peu timide.

C'est vrai qu'il était aussi nerveux que si ça avait été sa première fois à lui aussi, parce qu'il ne voulait pas tout gâcher. Il voulait que Roslyn vive l'expérience extraordinaire qu'elle méritait. Tout ce qui allait se passer ici resterait gravé en elle à jamais… et sans doute en lui aussi.

Nigel était sur le point de lui demander si tout allait bien quand il sentit les genoux de Roslyn enserrer ses hanches et ses jambes s'enrouler autour de sa taille. Il se pencha un peu plus, recouvrant son corps et sa bouche… Mais il voulait attendre encore.

Il aurait dû prendre son temps, mais il n'avait envie que d'une chose, ne faire qu'un avec elle, enfin sentir sa chaleur l'envelopper, enfin sentir son plaisir… et accepter tout ce qu'elle était prête à lui donner.

Ils prendraient le temps de s'explorer plus tard. Il savait, il sentait qu'elle avait envie de lui, qu'elle le voulait *maintenant.*

Il releva un peu la tête parce qu'il souhaitait voir chacune de ses émotions sur son visage et il entra en elle.

La bouche de Roslyn s'ouvrit, elle se mordit la lèvre, ferma les yeux et rejeta la tête en arrière, pressant ses seins contre sa poitrine.

Elle était magnifique.

D'abord, Nigel bougea avec précaution, attentif à chacun de ses gémissements, à chacune de ses expressions. Puis ils s'installèrent dans un rythme si parfaitement accordé qu'on aurait dit qu'ils avaient déjà fait l'amour ensemble avant… ou qu'ils étaient faits pour se rencontrer physiquement.

Elle murmura son nom comme une prière tandis que le mouvement de ses hanches s'accélérait. Nigel suivait son rythme. Il lui laissait l'initiative.

Quand elle atteignit la jouissance, ses ongles s'enfoncèrent dans son dos, elle se raidit, le serrant plus fort encore entre ses genoux, et poussa un cri de plaisir. Il n'avait jamais rien vu d'aussi érotique.

En la sentant s'abandonner, il put lui aussi complètement lâcher prise et la suivre dans la jouissance. Il agrippa ses hanches et plaqua la bouche contre la sienne… pour que leurs corps communient totalement.

Quelques instants plus tard, Nigel se redressa légèrement et vit que Roslyn était rayonnante et qu'elle le regardait avec intensité.

— Si tu essayais de détourner mon attention du vol, c'est tout à fait réussi.

Nigel éclata de rire, se releva et lui tendit la main.

— Étant donné qu'il nous reste encore quelques heures de vol, je propose que nous poursuivions dans la chambre, histoire que tu te détendes complètement.

Roslyn se leva à son tour.

— Montre-moi le chemin.

- 11 -

Le comté de Cumbria était exactement tel que Sophie l'avait imaginé. Des collines recouvertes de neige et parsemées de petits cottages défilaient le long de l'étroite route sinueuse. Le trajet de la piste d'atterrissage jusqu'au domaine des Townshend était tellement pittoresque qu'elle ne pouvait détacher les yeux du paysage. Elle avait l'impression d'être transportée dans le passé. À une époque où la vie était simple et insouciante. Comme celle qu'elle avait connue à Royal.

Peut-être Nigel et elle n'étaient-ils pas si différents l'un de l'autre, après tout. Il tenait beaucoup à sa famille et était prêt à se plier en quatre pour leur faire plaisir… et Sophie était pareille.

Plus le temps passait, plus elle constatait à quel point ils étaient compatibles.

Nigel lui prit la main et la pressa doucement.

— Ne t'inquiète pas. Ma famille va t'adorer. Il suffit que nous fassions comme si nous étions amoureux.

Était-elle nerveuse à l'idée de rencontrer sa famille ? C'était au-delà de ça. Sa grand-mère était ce qu'on appelait une lady. Autrement dit, elle appartenait à l'Ordre de l'Empire britannique, une des plus grandes distinctions en Grande-Bretagne.

Pour ce qui était de faire semblant, elle connaissait,

merci. Étant donné sa performance ces derniers temps, elle aurait carrément mérité un oscar.

Et l'amour ? Non, il ne s'agissait pas d'amour ici. On pouvait parler d'une bonne dose de désir et de sexe, mais pas d'amour. Il fallait absolument qu'elle garde ça en tête, sinon son pauvre cœur risquait de finir broyé. Le problème, c'est qu'elle ne savait pas vraiment où poser la limite.

— Est-ce que tu veux qu'on parle de ce qui s'est passé dans l'avion ? s'enquit-elle.

Il négocia un autre virage serré avant de lui adresser un sourire rayonnant.

— De quoi est-ce que tu voudrais parler ? J'ai passé un excellent moment. Je n'ai jamais fait un vol aussi agréable.

Elle se demandait combien de femmes avaient eu droit à la chambre de son jet privé. Elle n'avait aucune raison d'être jalouse, bien sûr. Après tout, elle lui mentait depuis le début, et ils ne s'étaient rien promis, mais elle ne pouvait pas empêcher son esprit de vagabonder.

— J'aurais peut-être dû t'emmener dans mon avion plus tôt, plaisanta-t-il.

Sophie sentit son estomac se contracter.

— C'est une habitude chez toi de séduire les femmes dans ton jet privé ?

— Par pitié, gronda-t-il. Je ne suis pas le tombeur qu'on décrit dans les tabloïds et je n'utilise pas mon jet comme arme de séduction.

— Pourtant, tu m'avais déjà complètement déshabillée avant même que nous ayons atteint l'altitude de croisière, répliqua-t-elle. Tu m'as eu l'air sacrément expérimenté.

— Je ne suis pas un moine, mais je te jure que je n'ai couché avec aucune autre femme dans mon avion.

Il avait l'air sincère, et Sophie n'avait aucune raison de ne pas le croire. D'ailleurs, peu importaient les précédentes conquêtes de Nigel. Bien sûr qu'il avait connu des femmes avant elle. C'était un homme séduisant et puissant. Ils avaient couché ensemble, et elle devait faire croire qu'elle était sa petite amie jusqu'à la fin de la semaine. C'était simple, non ?

Mais, en réalité, rien n'était simple. Avant de prendre cet avion, elle avait déjà l'impression qu'elle tombait amoureuse, et l'intimité qu'ils venaient de partager n'avait fait qu'aggraver le problème. Elle était complètement perdue.

Le cours de ses pensées fut interrompu quand Nigel s'engagea dans une longue allée bordée de grands sapins couverts d'un manteau de neige immaculée.

Après une dernière courbe, les arbres s'ouvrirent sur une vaste demeure en brique de deux étages, aux innombrables fenêtres et avec des avancées en encorbellement à chaque niveau.

La demeure était manifestement ancienne mais très bien entretenue. À l'image de la petite ville et de la campagne qu'ils avaient traversées, cette maison lui donnait l'impression de plonger dans le passé. Elle avait hâte de visiter l'intérieur, de tout apprendre sur l'histoire du manoir ; elle savait d'avance qu'elle en tirerait de l'inspiration pour de futurs projets.

Devant le manoir, il y avait un immense bassin, et Sophie imagina sans peine les journées d'été ici, au milieu des pelouses bien vertes et des fleurs de toutes les couleurs. Mais, même sous la neige fraîchement tombée, l'ensemble était à couper le souffle.

— Bienvenue à Shrewsbury Hall, dit Nigel tout en se garant devant l'entrée principale.

Elle l'avait déjà entendu prononcer ce nom mais, maintenant qu'elle se trouvait devant l'immense demeure, elle comprenait que le domaine méritait certainement ce titre impressionnant. Dire qu'elle croyait que sa propre famille avait de l'argent. Sa propre maison de style français aurait facilement pu tenir trois fois dans celle-ci. Même le ranch de son père aurait semblé petit comparé au manoir de la famille de Nigel.

Un homme en manteau de laine et portant un chapeau sortit immédiatement et vint ouvrir sa portière. Sophie s'enveloppa dans son manteau et descendit de voiture en le remerciant.

Nigel fit le tour du véhicule pour venir serrer la main de l'homme.

— Merci, William.

— Heureux de vous voir de retour à la maison, Sir Nigel.

« Sir ». Bien sûr, c'était de cette façon que les gens s'adressaient à lui ici.

— C'est bon d'être là, répondit Nigel en désignant la demeure du menton. Est-ce qu'ils sont tous là ?

— Lady Claire vous attend avec du bourbon et une légère collation. Elle s'est dit que vous auriez faim après votre vol et que vous aimeriez prendre un verre pour vous détendre.

— Vous voulez dire qu'elle veut nous mettre sur le gril, ma petite amie et moi ?

— Sans doute aussi, sir.

Sophie n'en était pas encore revenue du terme *petite amie* que Nigel lui avait saisi la main pour la guider jusqu'aux marches de pierre qui menaient à la porte principale. L'architecture de la façade était magnifique, et Sophie était impatiente de découvrir l'intérieur. Elle s'imaginait les vidéos qu'elle aurait pu tourner ici si seulement elle avait été là en tant que Sophie Blackwood et non en tant que Roslyn Andrews.

Son travail de décoratrice lui manquait, mais il avait bien fallu qu'elle le mette un peu de côté, se contentant de répondre aux commentaires laissés sur les médias sociaux. Elle avait hâte de pouvoir se remettre à la création, et Shrewsbury Hall aurait constitué un décor parfait.

Mais ici, elle n'était pas décoratrice. Ici, elle n'était qu'un imposteur, et elle aurait de la chance si elle n'avait pas besoin d'une thérapie après tous ces imbroglios.

Une fois sa santé mentale – et sans doute son cœur aussi – mise à mal, restait à espérer qu'elle découvrirait les munitions nécessaires pour abattre Miranda en rentrant à New York.

— Après ce que tu m'en as dit, je n'imaginais pas ta grand-mère en buveuse de bourbon, murmura-t-elle. Je pensais que nous aurions droit à du thé et quelques biscuits.

Nigel éclata de rire.

— N'essaye pas de la cataloguer. Tu ne trouveras aucune case où ranger Lady Claire Worthington.

Sophie était partagée entre une crainte diffuse et l'amusement, mais déjà Nigel avait ouvert la porte à double battant et l'avait fait pénétrer dans le hall.

C'était grandiose. Les lumières du lustre monumental se reflétaient sur les dalles de marbre, et d'immenses bouquets de fleurs fraîches garnissaient les urnes de marbre qui trônaient au pied de chaque escalier. On se serait cru dans une demeure royale sortie tout droit d'un magazine, mais il régnait un doux parfum de senteurs mélangées évoquant Noël, qui rendait l'imposante demeure accueillante.

— Ah, voilà mon citadin préféré.

Sophie se tourna vers une femme grande et impressionnante aux cheveux gris coupés à la garçonne. Elle portait un jean, un pull d'un vert éclatant et une paire de baskets argentées. Pas du tout l'image que Sophie se faisait d'une *lady.* Mais son style décontracté la mit un peu plus à l'aise.

La grand-mère de Nigel le serra dans ses bras avant de se tourner vers Sophie, qu'elle étreignit chaleureusement sous le regard amusé et malicieux de son petit-fils.

— Soyez la bienvenue, dit-elle.

— Roslyn Andrews. Enchantée de vous connaître, Lady Worthington.

La vieille dame agita une main en secouant la tête.

— Je vous en prie, pas de ça. Ces titres sont si archaïques. Appelez-moi Claire. Et, tant que vous y êtes, racontez-moi comment vous avez réussi à suffisamment captiver l'attention de mon acharné du travail de petit-fils pour qu'il vous amène jusqu'ici.

— Est-ce qu'on peut au moins retirer nos manteaux et s'asseoir avant que l'interrogatoire commence ? demanda Nigel. Et puis, tu m'as ordonné de venir avec quelqu'un, alors ne fais pas semblant d'être surprise.

— Comme si tu avais l'habitude de m'obéir, marmonna Claire. Comme tu n'as jamais amené aucune femme ici, j'avoue que je suis impressionnée.

Sophie retira son manteau et le tendit à un homme qui sembla apparaître comme par enchantement, accompagné de deux autres, qui prirent leurs affaires.

Ainsi Nigel n'était jamais venu avec aucune amie féminine ici ? Intéressant. Est-ce que finalement son véritable objectif avait été de passer du temps avec elle et de la présenter à sa famille ?

Sophie préféra ne pas s'appesantir sur cette hypothèse. Parce que, si jamais c'était le cas, elle allait se sentir encore plus coupable. Elle aurait aimé pouvoir remonter le temps et tout lui dire, tout recommencer à zéro. Pour qu'ils puissent partager quelque chose de réel.

Mais revenir en arrière était impossible, et il était trop tard pour lui dire la vérité.

— William a dit qu'il y avait du bourbon, déclara Nigel.

— Ton préféré, répondit Claire avec un clin d'œil.

— Je te rappelle que c'est toi qui m'en as fait boire pour la première fois à mes dix-huit ans et qui m'as dit de ne jamais en boire d'autres.

La vieille dame éclata de rire.

— Je plaide coupable. Allez, venez. Nous allons bavarder un peu.

Se plaçant entre Nigel et Sophie, elle les entoura chacun d'un bras et les entraîna vers une pièce immense. Dans la cheminée, le feu crépitait doucement, et tout un assortiment de fruits, de fromages et de biscuits avait été disposé sur une table basse, entre les deux grands canapés en cuir.

— Est-ce qu'Ellen est là ? demanda Nigel.

— Elle ne va pas tarder. Ta sœur a hâte de voir qui tu as ramené à la maison.

Sophie prit place à côté de Nigel sur le canapé faisant face à celui où Claire s'assit. Elle s'étonnait d'être aussi nerveuse de rencontrer la famille de Nigel mais, après ce qui s'était passé dans l'avion, elle devait bien s'avouer qu'elle avait du mal à démêler ses émotions.

— Racontez-moi comment vous vous êtes rencontrés,

dit Claire en lui saisissant les mains par-dessus la table basse.

— Au bureau, intervint Nigel. Tu sais que j'ai pour principe de ne jamais sortir avec une employée, mais l'arrivée de Roslyn a tout changé.

Ils avaient discuté et décidé de raconter une version la plus proche possible de la réalité.

Le regard perçant de Claire passa de l'un à l'autre, puis s'arrêta sur Nigel.

— Est-ce que tu travailles toujours autant ? Non, inutile de répondre, je sais que oui. J'espère au moins que tu emmènes cette pauvre jeune femme dîner dehors de temps en temps.

— Bien sûr, répondit Nigel en prenant un quartier de citron sur une coupelle. Nous avons de fréquents dîners de travail.

— Nigel Phillip Townshend, lâcha-t-elle d'un ton réprobateur.

Il éclata de rire.

— Je plaisante. Détends-toi.

Claire s'adressa alors à Sophie.

— Vous devez être une véritable sainte pour pouvoir le supporter. C'est à lui que je dois chacun de mes cheveux blancs, vous pouvez me croire.

Sophie posa la main sur le genou de Nigel.

— Ne faites pas attention à ce qu'il raconte. La première chose qu'il a voulu savoir quand j'ai commencé à travailler avec lui, c'est quelle nourriture je préférais.

— Pour les réunions de travail ? demanda Claire en haussant un sourcil à la ligne parfaite.

— Pour un repas en amoureux, dit Nigel. J'ai su à la seconde où je l'ai vue que je voulais qu'elle devienne plus que ma consultante.

— Une histoire d'amour au bureau, donc. Eh bien,

c'est ton entreprise et, personnellement, je trouve ça très romantique… tant que vous communiquez autrement qu'avec des tableaux de chiffres et des rapports d'activité.

— Je l'aime beaucoup, dit Sophie en riant à Nigel. Dire qu'à cause de toi j'étais dans mes petits souliers.

Nigel eut un sourire un peu crispé tandis que Claire éclatait de rire.

— C'est vrai ? Racontez-moi. J'adorerais savoir quel sombre tableau il avait brossé de moi.

— Et j'aimerais aussi savoir ce qu'il a dit de moi.

Sophie se retourna vers la porte du salon dont une très belle femme venait de franchir le seuil. Longs cheveux bruns dénoués tombant jusqu'aux épaules, pantalon d'équitation noir, hautes bottes marron et veste rouge vif. Visiblement, elle revenait d'une balade à cheval.

— Tu arrives juste à temps, dit Claire en se levant pour embrasser sur la joue la jeune femme qui était certainement sa petite-fille. La petite amie de Nigel était justement en train de me raconter ce qu'il pense vraiment de sa famille.

Nigel grommela quelque chose dans sa barbe et se leva pour embrasser sa sœur. Sophie se leva aussi, un peu nerveuse de rencontrer une autre personne de la famille. Mais c'était bien que les choses se fassent progressivement… Le jour du mariage n'en serait que moins intimidant.

— Un amour de bureau ? dit Ellen en s'adressant plus particulièrement à Nigel. Seigneur, on est loin des cœurs en chocolat et des bouquets de fleurs !

— En fait, Roslyn n'aime pas les bouquets, répliqua-t-il. Elle trouve ça trop banal.

— Tu te souviens de ça ? s'étonna Sophie.

Le regard de Nigel passa de ses yeux à sa bouche.
— Je me rappelle chaque chose que tu m'as dite.
Le cœur de Sophie fit un bond. Elle comprit que Nigel ne faisait pas semblant. Ce qu'il venait de dire, il le pensait sincèrement. Lui aussi, il était en train de tomber amoureux… Mais le savait-il ? Était-il conscient de la façon dont il la regardait ?

Et soudain, elle fut remplie de peur à l'idée que Nigel finisse par souffrir. Elle n'avait jamais voulu faire de mal à personne, à part à Miranda. Tout ce qu'elle voulait au départ, c'était aller à New York, récupérer quelques chutes de pellicule et parler avec des membres de l'équipe de tournage. Et puis repartir. Le tout en une semaine.

Et voilà qu'elle se retrouvait à devoir passer les cinq prochains jours en Angleterre à se faire passer pour la petite amie de Nigel Townshend alors que ce qu'elle voulait vraiment, c'était être avec lui dans la *vraie vie*.

— C'est amusant, dit Ellen à Sophie en fronçant les sourcils d'un air concentré. Votre visage ne m'est pas inconnu. Je crois que nous nous connaissons.

Sophie se figea. Elle n'était pas venue aussi loin pour se faire démasquer, mais son déguisement n'était pas parfait et, à voir le sourire d'Ellen, elle eut l'impression que la sœur de Nigel avait deviné son sale petit secret.

- 12 -

Étant donné que Nigel était à l'étranger pour quelques jours, Lulu était chargée de convaincre Fee d'accepter le spin-off – ou au minimum qu'on puisse tourner un épisode sur son mariage pour *Secret Lives*.

— Si c'est vraiment ce que tu as envie de faire, je te soutiendrai, dit-elle à Fee.

Les caméras tournaient autour d'elle, mais ça ne la dérangeait absolument pas. Elle s'était habituée à ce que sa vie entière soit filmée. Aujourd'hui, elle déjeunait avec Seraphina, et elles bavardaient au sujet du prochain déménagement de sa meilleure amie au Texas. Même si c'était très dur de perdre sa confidente, elle savait que Fee adorait la ville de Royal et ses habitants – et pas seulement Clint, même si l'amour que Fee portait à son fiancé était vraiment de nature exceptionnelle.

Lors du tournage de Noël dans la propriété de Miranda, toute l'équipe était tombée un peu amoureuse de la charmante ville de Royal. Et, après ces incendies dévastateurs, Lulu comprenait parfaitement que Fee ressente le besoin d'être aux côtés de l'homme qu'elle aimait. Chez lui.

Après tout, n'avaient-elles pas toutes eu envie de se trouver un beau cow-boy ?

Malheureusement pour Lulu, le seul qui lui avait

tapé dans l'œil mais aussi sur les nerfs durant tout le temps qu'elle avait passé là-bas, c'était Kace, le sarcastique avocat… Sarcastique avocat qui s'était présenté chez elle *juste pour discuter* quelques jours plus tôt. Bien sûr, comme s'il leur était déjà arrivé de *juste discuter.* En fait, ils ne pouvaient pas rester seuls dans la même pièce plus de deux minutes sans se retrouver nus. C'était incroyable ce que cet homme était habile de ses mains.

— Est-ce que ça va ? demanda Fee en tendant la main vers son verre d'eau.

— Quoi ? Oh ! oui. Désolée, répondit Lulu avec un sourire en chassant Kace de ses pensées. Je réfléchissais.

— Et je le connais ?

Les yeux de Fee étaient brillants de malice, elle devinait toujours tout. Lulu n'avait aucun secret pour son amie, mais il n'était pas question qu'elle parle de Kace devant les caméras. Bien sûr, si elle avouait qu'elle était attirée par le très sexy avocat texan, l'audience grimperait, mais elle n'avait envie de faire part de ses sentiments ni au monde entier… ni à Kace. Il y avait eu assez de scènes tournées pendant le nettoyage après les incendies du mois dernier où on les voyait se disputer. D'ici le moment où la scène qu'elle tournait aujourd'hui passerait à la télévision, qui savait où elle en serait avec lui. Allait-elle lui avouer ses sentiments ? Et lui, allait-il reconnaître ceux qu'il ressentait ?

— Concentrons-nous plutôt sur toi et ton nouvel amour, répondit Lulu en lançant un clin d'œil à son amie. Je propose qu'on organise une super fête pour ton départ. On pourrait faire ça sur la terrasse de mon *penthouse*.

— Je suis toujours prête à faire la fête, dit Fee en faisant mine de porter un toast avec son verre d'eau.

— Génial. Je m'occupe de tout organiser.

Jouer les parfaites hôtesses l'empêcherait de trop penser à Kace LeBlanc.

Lulu avait décidé d'attendre que l'équipe de tournage soit partie pour parler de l'épisode du mariage et sonder son amie au sujet du spin-off. Elle aimait trop Fee pour lui imposer cette conversation sous les yeux des spectateurs.

Mais elle croisait les doigts pour que Fee accepte les deux projets. Nigel comptait sur elle, et elle ne le laisserait pas tomber.

— C'est bizarre la façon dont ma sœur est persuadée de t'avoir déjà vue, dit Nigel tout en ouvrant la porte de leur suite au deuxième étage.

Oui. L'alerte avait été chaude, et le cœur de Sophie battait encore à tout rompre. Sous le regard scrutateur d'Ellen, elle avait eu un instant envie de bondir dans le jet de Nigel et de repartir directement pour New York.

— Oui, c'est bizarre, acquiesça-t-elle, ne voyant pas quoi dire d'autre.

En entrant dans la chambre, Sophie fut époustouflée par la vue. Face à elle, plusieurs portes-fenêtres menaient à un balcon offrant un panorama magnifique sur la campagne environnante.

Les portes-fenêtres étaient encadrées de lourds rideaux dorés. On se serait cru dans une demeure royale. Mais elle inspecterait la chambre avec son œil de décoratrice plus tard ; elle voulait d'abord aller sur le balcon et admirer la vue sur le parc recouvert de neige.

— Il fait glacial dehors, dit Nigel quand elle tourna une des poignées.

— Je veux juste aller regarder quelques instants. J'imagine à quel point ça doit être beau en été.

Elle ouvrit une des portes-fenêtres et respira à fond l'air frais du dehors, un peu éblouie par la blancheur éclatante de la neige qui recouvrait le paysage à perte de vue. Les hauts conifères se détachaient sur le manteau blanc, et elle regretta un instant de ne pas avoir vu cet endroit au moment des fêtes de Noël. Elle s'imaginait parfaitement les sapins de Noël couverts de décorations blanches et dorées, les feux de cheminée crépitants, les dîners en robes de soirée arrosés au champagne.

Elle se détourna de la vue, rentra dans la chambre et referma la porte-fenêtre.

— Tu as grandi ici ?

— J'ai vécu ici toute ma vie, sauf quand j'étais en pension, jusqu'à mon départ pour New York, dit Nigel en balayant la pièce du regard. En fait, c'est ma chambre, pas une chambre d'amis.

Et, bien sûr, ils allaient dormir dans sa chambre d'enfant. De quoi rajouter une couche de culpabilité. Elle mourait d'envie d'être honnête avec lui, de lui dire toute la vérité. Mais comment faire sans trahir ses frères ?

Tout aurait dû être tellement simple. Quelques jours à Green Room Media à chercher des scènes coupées et à discuter avec les cameramans. En théorie, c'était le plan idéal… Sauf que tout était allé de travers et qu'elle risquait de finir avec le cœur brisé et de blesser la seule personne qui lui donnait envie d'oublier toute cette histoire de vengeance.

— Je t'imagine enfant sur ton balcon, déclara-t-elle

en souriant. Et tous les rêves que tu devais faire. Moi, c'est là que je me serais installée pour rêver.

— Et à quoi aurait donc rêvé la jeune Roslyn ? demanda-t-il avec douceur en s'approchant d'elle.

La jeune *Sophie* aurait adoré cette chambre.

— Elle se serait imaginé qu'elle était une reine admirant ses terres et protégeant son château et sa famille.

Ce qui n'était pas si éloigné des rêves de la Sophie adulte.

— Ah, oui ? dit-il en posant les mains sur ses épaules. Cette petite fille n'aurait pas rêvé d'un chevalier qui viendrait la libérer de la tour où elle était enfermée ?

— Je n'ai jamais eu besoin qu'on vienne à mon secours, répliqua-t-elle. C'est moi qui réglais tous les problèmes. Toujours.

Et n'était-ce pas ce qu'elle était en train de faire, justement ? De se sacrifier pour sauver l'héritage de sa famille ?

Qu'allait-il se passer maintenant que Darius avait accepté de se rendre à Royal sur l'invitation de Miranda ?

Tout ce qu'elle savait, c'est qu'elle refusait que les terres des Blackwood et leur fortune restent entre les mains de cette mondaine de bas étage qui avait certainement déjà jeté son dévolu sur un autre homme aussi naïf que riche. Sophie se demandait d'ailleurs pourquoi elle ne s'était pas encore remariée. Sans doute faute d'avoir trouvé le parfait milliardaire.

— Tu as un sens très aigu de la famille, dit-il tout en effleurant de son pouce son cou et son menton. Je trouve ça admirable.

Et il n'avait pas idée de jusqu'où elle était allée.

Elle avait beaucoup de mal à se concentrer sur la

conversation ; les caresses de Nigel lui électrisaient tout le corps.

— Toi et ta sœur devez être très proches puisque tu vas participer à la cérémonie, déclara-t-elle.

— On a toujours été proches, oui. Et, comme elle est plus âgée que moi, ma grand-mère lui a mis encore plus de pression pour qu'elle se marie et ait des enfants. Maintenant qu'elle touche au but de ce côté-là, Nana concentre toute son attention sur moi. Te voilà prévenue, dit Nigel avec un rire léger.

— Je devrais pouvoir tenir le coup quelques jours, répliqua Sophie en souriant. D'autant que ça ne me dérange pas de faire semblant d'être ta petite amie. Tu n'as rien d'un ogre.

— Je vais prendre ça comme un compliment. Tu es plutôt sexy aussi, lâcha-t-il d'une voix un peu sourde.

Sophie n'avait pas vraiment besoin qu'il le lui dise. Après la façon dont il avait vénéré son corps pendant le vol, elle savait très bien ce qu'il pensait d'elle. Pendant ces quelques heures merveilleuses, elle avait pu chasser de son esprit tous les problèmes qui les attendaient, tous les mensonges et les tromperies. Et elle n'avait pensé qu'à eux, à leur désir et à leur plaisir.

Mais, maintenant qu'ils étaient arrivés, la réalité se rappelait brutalement à elle, et il allait falloir qu'elle fasse bonne figure en espérant qu'Ellen ne découvrirait pas le pot aux roses durant ces cinq jours.

— Tu sais, on ne va pas descendre dîner avant un moment, annonça Nigel en poussant Sophie vers le lit à baldaquin.

— Si on perd la notion du temps et qu'on manque le dîner, ta grand-mère va nous sermonner.

— Pas si elle pense qu'il y a une chance que

nous mettions en route la prochaine génération de Townshend, dit Nigel en secouant la tête.

L'idée était tentante… mais elle savait que ce n'était rien d'autre qu'un fantasme. Même s'il n'y avait pas eu tous ces mensonges, elle était certaine qu'elle n'était pas faite pour ce monde. Les Townshend étaient presque aussi puissants et riches que la famille royale. Et, même si les Blackwood n'avaient pas à se plaindre, la différence était énorme. Et puis, Nigel avait beau avoir grandi à la campagne, il était citadin jusqu'au bout des ongles. Il avait besoin de ce rythme effréné, de travailler dur. La petite ville de Royal au Texas n'était pas un endroit pour un homme qui avait sans cesse besoin de s'atteler à un nouveau projet.

Elle au contraire appréciait son style de vie décontracté. Elle adorait les moments de détente après une bonne journée de travail et elle aimait faire les choses à son propre rythme.

Nigel l'embrassa dans le cou. Soudain, elle se sentit complètement idiote d'avoir imaginé un instant qu'il puisse y avoir quelque chose de plus entre eux. Ils n'étaient pas en train de poser les bases d'une vraie relation, c'était juste une passade. Ils allaient jouer la comédie quelques jours et, de toute façon, elle lui mentait depuis le début. Pas vraiment l'idéal pour se construire un avenir à deux.

— Je croyais que nous ne faisions que semblant, murmura-t-elle en lui caressant les cheveux.

— Pas pour tout, dit-il en faisant courir les lèvres sur sa peau déjà brûlante. J'ai envie de toi. Et là, je ne fais pas semblant.

Que répondre à ça, alors qu'elle aussi le désirait si fort ?

En quelques instants, leurs vêtements se retrouvèrent

éparpillés sur le sol. Sophie se laissa tomber sur le lit, et Nigel vint s'allonger sur elle.

Jamais elle n'aurait pensé aimer autant le plaisir physique avant de rencontrer Nigel. Avant lui, jamais elle n'aurait été prête à renoncer à ses propres buts et à tout donner, y compris et surtout son corps, à un homme.

— Je reviens, dit Nigel en se relevant.

Il traversa la pièce, lui laissant tout loisir d'admirer son corps viril aux larges épaules, au dos et aux fesses bien musclés.

Pas un instant, elle ne détourna le regard. Il était trop magnifique, et elle ne pouvait se rassasier de la vision de ce corps.

Nigel fouilla dans ses bagages et en extirpa une boîte de préservatifs.

— Dis donc, tu es plutôt optimiste, je vois.

— Plein d'espoir, dit-il avec un sourire coquin. Et puis, nous sommes quand même là pour cinq jours.

— Je te rappelle que tu participes à une cérémonie de mariage.

— Oh ! jamais je ne manquerais le mariage de ma sœur, déclara-t-il en posant la boîte sur la table de chevet avant de remonter sur le lit. Mais pour rien au monde je ne renoncerais à explorer ce corps plus avant. Je crois que je n'en ai pas assez profité dans l'avion.

— Je dirais que tu en as bien profité au contraire, fit-elle en riant. Maintenant, c'est mon tour.

Avec une assurance qui l'étonna elle-même, Sophie se mit à genoux, poussa des deux mains sur son torse puissant pour qu'il s'allonge et se plaça à califourchon sur lui.

— À moi de prendre un peu le contrôle.

Nigel croisa les bras sous sa tête et sourit.

— Je n'ai pas l'intention de me disputer avec une jolie femme.

Sophie n'avait rien calculé, rien anticipé. Elle voulait juste se laisser guider par son désir.

Tendant la main vers la table de chevet, elle attrapa un préservatif. Ses mains tremblèrent légèrement quand elle ouvrit l'emballage et déroula soigneusement le préservatif sur son pénis.

Pas un instant, il ne cessa de l'observer.

Ce regard intense ajoutait à sa nervosité… et l'excitait à la fois. Il avait tellement de pouvoir sur elle sans même prononcer une parole ou la toucher. La façon qu'il avait de la contempler, comme si elle était la chose la plus importante dans sa vie, lui était tellement étrangère. Et elle savait qu'il était en train de tomber amoureux, même s'il n'en disait rien ou n'en était même pas conscient.

Mais elle ne voulait pas s'attarder sur ses sentiments pour l'instant. Nigel avait éveillé quelque chose en elle, et elle comptait profiter du temps qu'ils passaient ensemble sans s'inquiéter des problèmes qui l'attendaient une fois rentrée. Tant qu'ils seraient ici, elle serait la petite amie idéale et une amante passionnée.

Tout en s'appuyant sur sa poitrine des deux mains, Sophie le fit pénétrer en elle et poussa un cri au moment où leurs corps se joignaient. C'était si différent cette fois. Elle ignorait si c'était dû à cette position particulière, mais elle ferma les yeux et se laissa envahir par la puissante sensation.

Nigel agrippa ses hanches, et elle ouvrit les yeux. Il avait ce regard… qui exprimait tellement plus que seulement du désir… Ce regard qui lui faisait craindre qu'ils finissent tous les deux par beaucoup souffrir.

Mais ça n'était pas le moment de penser à ça. Plaçant

les mains des deux côtés de la tête de Nigel, elle se pencha vers lui et saisit sa bouche avec la sienne. Elle voulait tout ce qu'il pouvait lui donner. Elle voulait tout son corps. Et, tandis que ses hanches allaient et venaient au-dessus du ventre de Nigel, le plaisir la submergea par vagues jusqu'à ce qu'elle arrache ses lèvres aux siennes et pousse un cri de jouissance.

Nigel planta les mains dans ses hanches, le corps tremblant, et Sophie le regarda tandis que le plaisir le submergeait à son tour, et elle se dit qu'il n'existait rien de comparable à ce qu'ils venaient de vivre.

Elle allait apprécier, savourer chaque minute des quelques jours à venir, parce qu'une fois rentrée à New York elle devrait mener sa mission à son terme et repartir le plus vite possible. Malheureusement, plus elle passait de temps avec Nigel, plus elle comprenait qu'il pourrait bien être celui qu'elle avait toujours attendu sans le savoir.

- 13 -

Debout devant la porte de leur chambre, Nigel rajusta nerveusement son nœud papillon. Il détestait vraiment ces fichus machins mais, comme il allait faire partie du cortège, il fallait qu'il en porte un.

Un peu plus tôt, il avait laissé Roslyn se préparer tranquillement pendant qu'il descendait voir si on avait besoin de lui pour préparer la cérémonie. Ellen avait décidé de se marier dans la grande salle de bal, et toute l'aile est du manoir était envahie par une ruche bourdonnante d'organisateurs de mariage, de fleuristes, de traiteurs et de Dieu sait qui encore.

Nigel était donc allé se réfugier dans la bibliothèque pour lire les SMS de Seraphina. Elle lui disait qu'elle était désolée, mais que Clint et elle avaient pris la décision de refuser le spin-off. Elle poursuivait en disant qu'elle savait bien que ça n'était pas la nouvelle que Nigel attendait. Elle avait longuement discuté avec Lulu au sujet de la nouvelle émission mais, elle en était sûre, ça n'était pas un projet pour elle. Elle concluait en annonçant qu'elle serait heureuse de discuter avec lui de la fin de son contrat quand il serait de retour.

Nigel secoua la tête et poussa un soupir. Il n'avait aucune idée de ce qu'il allait faire au sujet du contrat de Fee et il n'avait pas l'intention d'y penser aujourd'hui.

Sa sœur était sur le point de se marier, et Roslyn

allait certainement être belle à tomber. Avant de quitter New York, sur les conseils de son styliste personnel il avait sélectionné cinq robes parmi lesquelles elle pourrait choisir.

Il toqua légèrement et tourna la poignée. À la seconde où il poussa la porte et vit Roslyn debout devant le grand miroir psyché, il oublia tout le reste.

Ses yeux rencontrèrent les siens dans le reflet tandis qu'elle était en train de fermer une de ses boucles d'oreilles. Ses cheveux couleur de miel tombaient en cascade sur l'une de ses épaules, et la robe fourreau rouge rubis épousait si parfaitement ses formes qu'on aurait dit qu'elle avait été faite sur mesure.

Drapée dans le dos, profondément décolletée devant et s'évasant légèrement en bas, elle mettait en valeur la silhouette de pin-up de Roslyn.

— J'espère que ça te plaît, dit-elle en se tournant face à lui tout en lissant le devant de sa robe. Je sais qu'elle est un peu voyante pour un mariage, mais quelqu'un m'a dit que le rouge était ta couleur préférée.

Voyante ? Plutôt à la fois élégante et sexy. Cette robe, cette femme… C'était absolument parfait.

Nigel s'avança vers elle en souriant.

— Toi, tu as parlé avec ma grand-mère.

— C'est possible.

Nigel s'arrêta avant de la toucher ; s'il s'approchait trop, jamais ils ne quitteraient cette pièce. En la voyant, il avait complètement oublié *Secret Lives* et tous les problèmes qui l'attendaient à New York.

— Ça ne se fait pas en général d'éclipser la mariée, dit-il.

— Oh ! ça m'étonnerait que j'y arrive, répondit Roslyn en riant. Je n'ai pas encore vu la robe d'Ellen, mais je suis sûre qu'elle sera magnifique.

— Et moi, je sais que je ne pourrai pas détacher les yeux de toi. Et si on séchait la cérémonie et qu'on ne rejoignait tout le monde que pour la réception ?

Il s'approcha, et elle l'esquiva en riant.

— Je te rappelle que tu es témoin. Je suis prête à parier que ta famille le remarquerait si tu étais absent.

— Belle comme tu l'es, je me fiche un peu de ce que pense ma famille, dit-il en se rapprochant, les yeux rivés aux siens. Je ne peux même pas m'imaginer ici sans toi.

Le sourire de Roslyn se figea, et elle baissa les yeux. Nigel lui prit doucement le bras.

— Est-ce que tout va bien ?

— J'ai quelque chose à te dire.

En général, ce genre de phrase n'annonçait rien de bon.

— Tu as l'air inquiète. Tu peux me parler sans crainte. J'ai confiance en toi.

Elle ouvrit la bouche, puis la referma. Enfin, elle sourit, mais il voyait bien qu'elle se forçait.

— C'est juste que…

Il la sentait tellement soucieuse qu'il se pencha sur elle et effleura ses lèvres d'un doux baiser.

— Je crois que je suis en train de tomber amoureuse, soupira-t-elle.

Il ne s'attendait pas à cette révélation, même s'il n'était pas surpris. Mort de peur maintenant que les mots avaient été prononcés à voix haute, mais pas vraiment surpris. Il était très conscient de sa façon de le regarder, de le toucher.

— Je sais qu'il ne faut pas, se hâta-t-elle d'ajouter. Et que nous sommes seulement censés faire semblant pendant quelques jours, mais…

Il fallait qu'il l'empêche d'aller plus loin.

— Roslyn, tu es séduisante, tu m'obliges à me dépasser, tu es sexy à en mourir, et j'adore les moments qu'on passe ensemble, mais… je n'ai pas d'amour à t'offrir. C'est comme si j'étais marié à mon émission, je veux qu'elle atteigne des sommets. Alors, je ne sais pas quand je serai prêt à aimer, à m'engager. Et toi, tu mérites bien plus que ce que je suis capable de te donner.

Roslyn ferma les yeux et secoua la tête.

— J'aurais mieux fait de me taire, murmura-t-elle.

— Mais non. Je suis heureux que tu aies partagé avec moi ce que tu ressentais. C'est juste que… je ne peux pas en dire autant. Je tiens beaucoup à toi, mais je ne suis pas prêt à aimer.

Elle le regarda à nouveau, de ses yeux noirs si profonds, et Nigel l'embrassa sur le front. Il aurait aimé pouvoir lui offrir tout ce qu'elle méritait, tout ce qu'elle désirait. Mais il ne se sentait pas prêt à aimer tout de suite… L'amour, c'était trop fort, trop permanent. Ça n'était pas envisageable pour lui. En ce moment surtout, alors que l'avenir de l'émission pour laquelle il avait tant travaillé était en train de se jouer.

— Et puis, il y a beaucoup de choses de moi que tu ignores, poursuivit-il. Profitons de notre séjour ici, et on pourra reprendre les choses lentement et en douceur une fois rentrés à New York.

— Je ne pense pas que lenteur et douceur soient compatibles avec New York. Mais tu as raison. Profitons du moment présent, on parlera plus tard.

Nigel la prit dans ses bras. Peut-être était-elle la femme de sa vie. Sa grand-mère était folle de Roslyn, mais pour Nigel tout ça semblait trop beau pour être vrai.

Peut-être étaient-ils destinés l'un à l'autre. Il la

connaissait depuis si peu de temps et pourtant il était conscient du lien très fort qui les unissait déjà.

Mais il ne devait pas oublier que l'émission était sa priorité en ce moment. Les événements se précipitaient, et de nombreuses personnes dépendaient de lui. Sa vie amoureuse ne pouvait occuper le devant de la scène pour l'instant.

Sophie dansait dans les bras de Nigel dans la salle de bal. Mais elle avait beau essayer de toutes ses forces, elle n'arrivait pas à chasser le terrible sentiment de culpabilité qu'elle avait ressenti quand il lui avait dit ne pas s'imaginer ici sans elle. À ce moment-là, elle lui avait avoué ses sentiments et, maintenant, elle ne pouvait plus revenir sur cette déclaration.

Au départ, elle avait voulu parler pour tout lui avouer, parce qu'elle ne supportait plus de devoir mentir à cet homme extraordinaire. Mais, au lieu de lui dire la vérité sur qui elle était en réalité, elle lui avait annoncé qu'elle était en train de tomber amoureuse.

Mais comment pouvait-elle prétendre qu'elle l'aimait alors qu'il ne connaissait même pas son vrai nom ?

Elle avait transformé quelque chose de beau, de merveilleux, en une histoire fausse et sordide. Que penserait-il quand il saurait qu'elle s'était infiltrée dans son entreprise pour obtenir des renseignements sur une femme qu'il considérait probablement comme une amie ?

Sophie se serra encore plus fort contre lui, ferma les yeux et se laissa emporter par la musique. Sans doute allait-il la détester quand il découvrirait qui elle était vraiment, et elle l'aurait bien mérité.

Mais, en attendant, elle allait profiter de la beauté de ce moment aussi longtemps que possible. Elle ne voulait pas gâcher le mariage de sa sœur, mais une fois le mariage passé elle devrait tout lui raconter. S'il désirait mieux la connaître, s'il existait la plus petite chance d'un avenir entre eux, il fallait qu'il sache la vérité avant que les choses aillent plus loin.

D'abord, il faudrait qu'elle parle à ses frères parce que toute cette histoire avait commencé quand elle leur avait promis de trouver de quoi confondre Miranda. Or, il semblait de plus en plus clair qu'il n'existait rien de compromettant à son sujet. Peut-être n'était-elle pas le monstre qu'ils imaginaient. Mais, dans ce cas, qu'allaient-ils faire ? Sophie tenait toujours à ce que la maison de leur enfance revienne à ses frères. Cette maison devait rester dans la famille. Mais, s'ils ne disposaient d'aucun élément pour attaquer Miranda en justice, comment faire ?

Il lui faudrait trouver un autre moyen quand elle discuterait avec Vaughn et Kellan.

De toute façon, elle ne pouvait pas continuer à mentir à Nigel. Ses sentiments étaient beaucoup plus puissants que ce qu'elle s'était imaginé et, maintenant qu'elle était aussi engagée, elle ne supportait plus l'idée de le manipuler. Elle était prête à supporter les conséquences de cet aveu ; elle l'avait bien cherché.

À la fin du morceau de musique, Sophie s'écarta.

— Je vais chercher une coupe de champagne.

Nigel fronça les sourcils, l'air inquiet.

— Est-ce que tout va bien ? C'est comme si tu n'étais pas vraiment là.

En effet, elle n'avait jamais été *vraiment là* depuis le début de toute cette affaire.

— Tu devrais inviter ta grand-mère à danser pendant que je fais une pause.

Il la fixa encore un instant avant de hocher la tête

et de relâcher son étreinte. D'une main, Sophie releva légèrement le bas de sa robe et se fraya un passage au milieu des couples de danseurs, mémorisant sans même y prendre garde la beauté de cette réception, avec ses tables magnifiquement dressées et scintillant de mille feux sous la lumière des bougies et des grands lustres de cristal.

L'immense salle de bal au sol de marbre était remplie de gens vêtus de robes somptueuses et de costumes impeccables. Sophie ne se sentait pas à sa place ici. Et c'était bien naturel, parce qu'*elle* n'aurait jamais dû être ici.

À peine eut-elle quitté la piste de danse qu'un serveur lui présenta un plateau de coupes de champagne. Sophie lui sourit et prit un verre ; elle avait besoin de tenir quelque chose pour empêcher ses mains de trembler.

— C'est gentil d'être venue.

Sophie se retourna d'un bond. C'était Ellen, qui lui souriait, une coupe de champagne à la main.

— Mais c'est tout à fait normal, répondit Sophie. Je n'ai jamais assisté à un aussi beau mariage.

La robe de satin incrustée de dentelle d'Ellen était fabuleuse. Sans bretelles, elle s'évasait légèrement à partir de la taille pour s'achever en une traîne délicate. Dans les cheveux, elle portait un simple diadème de diamants auquel était accroché un voile presque translucide aussi long que la traîne.

— Je voulais dire, merci d'être venue ici avec mon frère, clarifia Ellen. Je ne l'ai jamais vu aussi heureux et je suis certaine que c'est vous qu'il faut remercier pour ça.

— Eh bien, lui aussi me rend très heureuse.

— Vous lui faites du bien, dit Ellen avant de prendre une gorgée de champagne. J'espère qu'il va rentrer à la maison plus souvent – et qu'il vous amènera avec lui. Je me suis toujours demandé ce que ça ferait d'avoir une sœur.

— J'ai deux frères, alors je sais bien ce que ça fait, dit Sophie avec un rire léger.

Mais en réalité elle se sentait de plus en plus coupable. Ses mensonges l'avaient entraînée beaucoup plus loin qu'elle ne l'avait prévu. Voilà qu'elle était en train de mentir à des gens adorables et qu'elle s'immisçait dans un événement familial où elle n'avait absolument pas sa place. Elle allait se trouver sur de nombreuses photos du mariage et, quand Nigel ou Ellen les regarderaient, il leur faudrait revivre tout ça. La trahison et les mensonges.

Ellen lui prit la main.

— J'espère que nous aurons l'occasion de mieux nous connaître. Je vous jure que j'ai l'impression de vous avoir déjà vue, mais c'est sans doute parce que le courant est immédiatement passé entre nous. Avec certaines personnes, le lien se crée instantanément.

Oui, c'était sûrement ça.

— En tout cas, poursuivit-elle, je suis heureuse que mon frère ait rencontré une femme qu'il a eu envie d'amener ici. Il travaille tellement… Peut-être que vous réussirez à le convaincre de s'accorder plus de temps et d'en profiter pour voir plus souvent sa famille.

— Je verrai ce que je peux faire, promit Sophie avec un sourire.

Ellen se pencha et la serra légèrement dans ses bras avant de repartir vers sa réception et ses invités… laissant Sophie seule avec sa coupe de champagne et les pensées qui se bousculaient dans sa tête. Même si elle avait dû mentir, au départ ses intentions étaient bonnes. Le problème, c'est qu'elle n'était pas sûre que d'autres personnes que ses frères puissent le comprendre.

Même le champagne ne parvenait pas à lui faire oublier ses problèmes, à alléger son humeur. Une fois que cette journée magique serait passée et que Nigel et elle seraient sur le chemin du retour, il faudrait qu'elle lui parle. Elle était responsable parce que c'était elle qui avait mis en place ce plan ridicule pour piéger Miranda, mais les choses s'étaient emballées, et ce qui aurait pu être la plus belle chose de sa vie allait sans doute se transformer en une catastrophe impossible à réparer.

Sur la piste, Nigel dansait avec sa grand-mère et, quand leurs regards se croisèrent et qu'il lui lança un clin d'œil complice, tout son corps tressaillit d'amour.

Parce qu'elle l'aimait. Inutile de nier la réalité.

Maintenant, il fallait qu'elle trouve le moyen de réparer les dégâts qu'elle avait causés, qu'elle se débrouille pour récupérer l'héritage qui lui revenait tout en gardant l'homme qu'elle avait attendu toute sa vie sans le savoir. Oh ! et il fallait aussi qu'elle patiente pour voir s'il allait tomber amoureux d'elle parce qu'il n'en était pas encore sûr.

Sophie savait que tout ça allait finir par lui briser le cœur et elle serait la seule à blâmer.

- 14 -

En sortant de la voiture pour gagner le jet de Nigel, Sophie remonta le col de son manteau sur son cou. Après le mariage, ils avaient passé encore une journée à Shrewsbury Hall, mais maintenant il leur fallait retourner travailler.

Et elle, elle devait revenir à la réalité… et pour ça elle allait devoir dire la vérité à Nigel.

Sophie se disait qu'une fois que l'avion aurait décollé ce serait le moment idéal. Nigel ne pourrait pas s'en aller sous l'effet de la colère, et elle aurait peut-être une chance de lui faire comprendre comment toute la situation avait échappé à son contrôle.

Elle n'avait pas l'intention de se chercher des excuses. Il n'y en avait pas. Elle lui avait menti de façon éhontée, et à chaque fois qu'il l'appelait Roslyn elle se sentait… Bref, elle avait l'impression d'être sale.

Comment pouvait-elle espérer jeter l'opprobre sur Miranda quand elle-même employait des moyens aussi vils ?

En montant à bord de l'avion, Sophie était extrêmement tendue. Elle avait parlé à ses frères la veille au soir, et ils avaient approuvé sa décision de tout dire à Nigel. Ils avaient admis qu'il n'y avait peut-être rien de compromettant à découvrir sur Miranda et qu'il leur faudrait trouver un autre moyen de récupérer leur propriété.

Sophie s'installa sur un des canapés en cuir blanc, attacha sa ceinture et attendit que Nigel ait terminé de discuter avec le pilote. Elle n'appréhendait pas autant le vol qu'à l'aller… Sans doute parce qu'elle était préoccupée par tant d'autres choses. Même si elle avait cent fois répété mentalement ce qu'elle s'apprêtait à dire, elle était terrifiée à l'idée de prononcer ces mots.

Alors que Nigel sortait de la cabine de pilotage, leurs regards se croisèrent. Elle ne pouvait plus reculer.

— Tout est prêt pour le départ ? demanda-t-elle.

Nigel poussa un soupir et s'enfonça dans son siège.

— Oui, on peut décoller.

— Ça n'a pas l'air d'aller.

Il prit sa main dans la sienne et se tourna vers elle.

— Je déteste quitter ma famille. Et c'est pire à chaque fois. C'est pour ça que je ne viens pas plus souvent. Ma grand-mère croit que c'est parce que je travaille trop, mais ça n'est pas ça. Je pourrais me dégager du temps, mais c'est si difficile de venir ici et de devoir repartir ensuite.

Sophie comprenait ce besoin d'être près de sa famille. Elle aimait ses frères de tout son cœur et ne pouvait s'imaginer vivre à l'étranger et ne pas pouvoir les voir aussi souvent qu'elle le souhaitait.

— Il t'arrive de penser à revenir t'installer ici ?

— Pas vraiment, reconnut-il. J'adore être ici, mais je me suis fait une vie à New York. J'y suis chez moi. Mais il faudra quand même que je vienne les voir plus souvent.

— Ta grand-mère et ta sœur en seraient ravies, lui dit Sophie. Au final, rien ne compte plus que la famille.

— Tout à fait d'accord. C'est pourquoi j'espère que tu seras avec moi quand je reviendrai le mois prochain.

— Quoi ?

Sophie se figea. Revenir ici avec lui ? Était-ce bien ce qu'il était en train de lui demander ? Ça n'était pas possible. D'abord parce que tout ce voyage n'avait été qu'une mise en scène, et ensuite parce que dans un mois ils ne s'adresseraient probablement plus la parole.

Elle lut tant d'espoir dans ses yeux tandis qu'il attendait sa réponse qu'elle en eut la gorge nouée.

— Ma famille semble t'avoir acceptée comme l'une des nôtres et, si nous continuons à nous voir, il me semble normal que tu reviennes ici avec moi, poursuivit-il. Enfin, si tu en as envie.

Tandis que l'avion atteignait le bout de la piste, Sophie ferma les yeux, la respiration bloquée. Mais, si elle avait peur maintenant, ce n'était pas du vol, c'était de briser le cœur de Nigel.

Elle ne pouvait pas faire ça. Pas maintenant. Pas alors qu'il était en train de dévoiler ses véritables sentiments. Bien sûr, il n'avait pas utilisé le mot *amour*, mais il était déjà en train de lui demander de revenir. Et ça en disait long sur ce qu'il ressentait.

Il était en train de s'offrir à elle. Lui dire la vérité maintenant aurait été comme tout lui renvoyer à la figure, et il ne pourrait que la détester après ça.

Il y avait sûrement un meilleur moyen.

— Je suis là, murmura-t-il en lui pressant doucement la main au moment où l'avion décollait. Respire à fond.

Il pensait que son silence était dû à la peur… Si seulement il avait su.

Quand il connaîtrait son vrai nom, son histoire… Il ne voudrait probablement plus avoir affaire à elle.

Sophie ouvrit les yeux et pivota sur son siège pour lui faire face.

— Je reviendrai avec toi avec plaisir, mais d'abord je veux que tu rencontres ma famille. Enfin, mes frères. Et ensuite, tu décideras si tu as toujours envie que je t'accompagne.

Le sourire de Nigel s'élargit.

— Parce que tu crois que je vais prendre peur en rencontrant tes frères ? Est-ce qu'ils sont si affreux que ça ?

— Ils sont géniaux.

Mais la vérité l'est moins.

— Je veux simplement que tu saches tout de moi avant que nous allions plus loin.

Il la regarda fixement une minute de plus, et Sophie aurait voulu trouver le courage de lui dire la vérité maintenant, comme elle avait prévu de le faire. Mais elle en était incapable.

— J'ai hâte de connaître tes frères, dit Nigel en se penchant vers elle et en lui caressant la joue. Je veux tout connaître de toi, Roslyn Andrews.

Sophie Blackwood.

Elle l'avait sur le bout de la langue, mais elle ne dit rien. Elle était trop lâche.

Comment pouvait-elle jeter la pierre à Miranda après ce qu'elle avait fait, elle ? Jour après jour, elle avait trahi Nigel et elle avait le culot d'appeler ça de l'amour. Oui. Parce qu'elle l'aimait. Elle avait commis une faute qu'elle ne pouvait pas réparer, mais jamais elle n'aurait pu prévoir ce désastre. Tout simplement parce que jamais auparavant elle n'avait cherché consciemment à faire du mal à qui que ce soit, jamais elle n'avait menti sans vergogne comme elle l'avait fait avec Nigel. Quand toute l'histoire avait commencé, elle savait qu'elle aurait à mentir, mais jamais elle n'aurait pu imaginer que tant de gens souffriraient.

Son cœur était rempli de honte et de culpabilité, et il s'alourdit encore quand Nigel l'embrassa. Il était si aimant. Elle espérait que ce serait suffisant pour qu'il lui pardonne.

— Tu as une seconde ?

Nigel se rctourna. Miranda se tenait debout sur le seuil de son bureau.

— Pour ma plus grande star ? Bien sûr.

Miranda éclata de rire, entra et ferma la porte derrière elle.

— Je sais que je peux toujours compter sur toi pour booster mon ego.

Mais il était sincère. Nigel appréciait vraiment chacune des femmes de *Secret Lives*. Miranda était quelqu'un d'authentique et de bienveillant qui cherchait toujours à aider les autres. Il ne pouvait pas imaginer qu'on ne l'aime pas, même s'il avait entendu parler de ses difficultés relationnelles avec les enfants de son ex-mari.

Nigel savait que Miranda et les enfants Blackwood ne s'entendaient pas, mais il n'avait jamais vraiment réussi à comprendre pourquoi. Cela dit, il ne connaissait pas les enfants Blackwood.

Lui n'avait jamais eu aucun problème avec elle et il la respectait pour ses qualités de femme d'affaires et pour tout ce qu'elle apportait à son émission.

— Qu'est-ce que tu fais à New York ? Si tu m'avais dit que tu venais, j'aurais organisé un déjeuner.

— Ne t'inquiète pas pour ça, dit Miranda en replaçant une de ses mèches rousses derrière l'oreille. Je suis venue pour rencontrer des investisseurs potentiels pour Goddess Inc.

Goddess Inc., le bébé de Miranda, se trouvait être l'étoile montante dans le domaine du fitness aux États-Unis. Miranda était une redoutable femme d'affaires, et son entreprise prenait de plus en plus d'ampleur.

— Mais on peut dîner ensemble si tu veux, proposa-t-il. J'ai une nouvelle consultante que j'aimerais te présenter. Elle a d'excellentes idées pour l'émission et pour faire grimper les taux d'audience.

— J'aimerais beaucoup la connaître, répondit Miranda.

Les mains dans les poches, Nigel s'appuya contre l'appui de fenêtre.

— Alors, qu'est-ce qui me vaut ta visite ? J'imagine que tu n'es pas juste passée me faire un petit coucou.

Miranda secoua la tête.

— Je m'inquiète à propos de Fee. Du fait qu'elle quitte l'émission.

Nigel prit une profonde inspiration.

— Personne ici n'a envie de la perdre, mais parfois le changement a du bon.

— Elle m'a dit que tu lui avais demandé de réfléchir à un spin-off.

— En effet, mais elle a décidé de gérer sa nouvelle vie complètement différemment. Sans les caméras, annonça Nigel en haussant les épaules. Et je ne peux pas le lui reprocher. Ça m'ennuie, et j'aimerais qu'elle change d'avis, mais je comprends qu'elle ait envie de profiter de son mariage en toute tranquillité.

— Et tu penses la remplacer dans l'émission ?

Il y avait déjà réfléchi et il voulait en discuter avec Roslyn mais, depuis qu'ils étaient rentrés d'Angleterre la veille, il n'avait pas eu une minute à lui. Tout le travail qu'il n'avait pas pu gérer par mail ou au téléphone s'était accumulé pendant ces quelques jours, et maintenant il mettait les bouchées doubles pour rattraper son retard.

— Je n'ai encore rien décidé, répondit-il en toute franchise. On va peut-être commencer par voir comment on se débrouille sans elle. D'autant que j'espère convaincre Seraphina de faire des apparitions de temps à autre…

Du moins, ils pouvaient peut-être aller jusqu'à la fin de son contrat en faisant les choses de cette manière.

— Écoute, je vais réserver une table quelque part pour qu'on puisse discuter plus longuement, dit-il en tendant la main vers son téléphone.

— Oh ! non, fit Miranda en secouant une main. Il faut que je rentre au Texas. J'ai encore des choses à régler suite au décès de Buck.

— Bon, mais la prochaine fois que tu débarques en ville tâche de me prévenir un peu à l'avance, déclara-t-il avec un sourire.

— Pas de problème, promit-elle.

Miranda traversa la pièce et vint l'embrasser sur la joue.

— Je vais voir si je peux parler à Fee au sujet de ces apparitions dans l'émission. Il vaut mieux que ça vienne d'une amie que du type qui signe les chèques et qui discute contrats.

— Merci d'avance, dit Nigel en hochant la tête tandis que Miranda se dépêchait de quitter son bureau.

Vraiment, il ne savait pas comment gérer le départ de Fee. Quelques semaines plus tôt, cette nouvelle l'aurait mis dans tous ses états, et il en aurait perdu le sommeil. Mais, depuis qu'il avait rencontré Roslyn et qu'elle occupait presque toutes ses pensées, le travail était devenu beaucoup moins stressant.

Il avait l'impression d'être un adolescent amoureux, ce qui était un peu ridicule à trente ans passés, et il redoutait d'être déçu par Roslyn. Mais le fait qu'elle se soit donnée à lui pour sa première fois en disait long sur ce qu'elle était et sur ce qu'elle ressentait pour lui. Il savait qu'elle n'aurait jamais pu partager son intimité avec lui si ses sentiments n'avaient pas été très profonds.

Il était censé faire très bientôt la connaissance de ses frères. Roslyn avait promis de les faire venir à New York et d'organiser un dîner pour tous les quatre dans son *penthouse*. Il avait hâte de découvrir un nouvel aspect de sa vie et ne s'expliquait pas pourquoi elle semblait si inquiète. Ses frères ne pouvaient quand même pas être des monstres. Quand il lui avait dit qu'il ne pouvait pas l'aimer, qu'il avait d'autres priorités, c'était sa peur qui s'exprimait en réalité. Parce qu'il ne l'aurait jamais emmenée dans sa famille en Angleterre s'il n'avait pas ressenti quelque chose de très fort pour elle.

Nigel voulait voir jusqu'où tout ça les mènerait, et rien au monde ne pourrait le faire changer d'avis à ce sujet.

- 15 -

Sophie s'apprêtait à sortir de son bureau quand elle perçut du coin de l'œil l'image d'une chevelure rousse. Étouffant un petit cri, elle battit en retraite et referma précipitamment la porte derrière elle.

Miranda était ici ? Mais pourquoi ? Est-ce qu'elle était au courant de ses plans ? Est-ce qu'elle était venue pour la dénoncer ?

L'oreille collée contre la porte, Sophie essayait d'écouter ce qui se disait, mais elle n'entendait rien. Le souffle court, elle ferma les yeux et tenta de retrouver son calme. Si jamais Miranda avait révélé son secret et que Nigel savait la vérité, il allait se précipiter ici.

Elle entendit la voix étouffée de Craig au bout du couloir suivie du rire de Miranda. Ouf. Elle était en train de s'éloigner de son bureau et de celui de Nigel.

Vas-y. Continue sur ta lancée. Monte dans cet ascenseur et fiche le camp d'ici.

Sophie avait toujours su que Miranda risquait de débarquer à Green Room Media mais, comme elle avait prévu à l'origine de ne rester qu'une semaine, ça ne l'avait pas inquiétée outre mesure.

Sauf qu'elle était là depuis quinze jours maintenant, et elle avait conscience que c'était tenter le diable.

Elle avait demandé à ses frères quand ils comptaient la rejoindre à New York. Elle leur raconterait tout à ce moment-là et elle les avait suppliés de l'aider à parler à Nigel. Peut-être était-ce un peu lâche de sa part d'attendre qu'ils viennent en renfort, mais elle ne pouvait pas se décider à renoncer à la meilleure chose qui lui soit jamais arrivée.

Heureusement, Vaughn et Kellan avaient pu s'organiser pour gagner la Grosse Pomme le lendemain, et Sophie allait enfin pouvoir avouer tous ses mensonges et dire à Nigel qui elle était et pourquoi elle l'avait manipulé. Mais il fallait qu'il comprenne que tout ce qui s'était passé entre eux était vrai – qu'elle était réellement tombée amoureuse de lui.

Tant que tout ne serait pas réglé, elle serait incapable de se détendre. Et voilà que maintenant elle risquait en plus de tomber sur Miranda à chaque instant. Elle ferait peut-être mieux de rester enfermée dans son bureau ou, mieux encore, de prétendre qu'elle était malade et de rentrer chez elle, où elle pourrait se cacher en attendant la confrontation avec Nigel.

Quoi qu'il en soit, elle marchait sur une crête étroite et risquait à tout moment de tomber et de s'emmêler dans la toile de ses mensonges.

Nigel s'était à peine assis à l'arrière de sa voiture que son téléphone sonna. Il venait de passer douze heures au bureau à tâcher de mettre sur pied une grande fête pour les adieux de Seraphina à l'émission. Bien sûr, l'événement serait filmé, et il fallait que ce soit le plus grandiose possible. Un cocktail noir et blanc au Waldo ? Un luau à Hawaï ? Il ne savait pas quoi choisir, mais il avait l'intention d'en discuter avec Roslyn.

Nigel prit l'appel sans regarder de qui il provenait.

— Nigel Townshend.

— Très professionnel.

Il sourit en entendant le ton un peu ironique de sa sœur.

— Tu n'es pas censée être en voyage de noces ?

— Justement, je suis au Maroc. On vient d'arriver après deux jours en Espagne. Et c'était très beau, au fait. Merci d'avoir demandé.

Nigel éclata de rire, se cala plus confortablement dans son siège, renversa la tête en arrière et ferma les yeux. Il avait besoin de se relaxer un peu. Essayer de faire remonter les taux d'audience de *Secret Lives* au moment même où une des participantes vedettes annonçait son départ, c'était plutôt stressant.

Et c'était une des raisons pour lesquelles il avait hâte de retrouver Roslyn. Avec elle, les choses paraissaient toujours plus faciles, plus légères.

— Pourquoi appelles-tu ton frère alors que tu devrais être en train de filer le parfait amour avec ton tout nouveau mari ?

— Est-ce que tu es seul ?

— Je viens de quitter le bureau. Je suis dans la voiture avec mon chauffeur. Pourquoi ? Est-ce que tout va bien ? demanda-t-il, soudain inquiet.

— Je vais très bien, mais je me fais du souci pour toi.

— Pour moi ? Mais pourquoi ?

Ellen soupira.

— Tu te rappelles que je n'arrêtais pas de dire que j'avais l'impression d'avoir déjà vu Roslyn quelque part ?

— Oui.

— Je ne sais pas comment te l'annoncer, murmura-t-elle.

Nigel se redressa sur son siège, la peur au ventre.

— Crache le morceau, bon sang !

— Eh bien, en réalité, elle s'appelle Sophie Blackwood.

Blackwood. Comme… l'ex-mari de Miranda, qui était mort ?

— En fait, c'est une célèbre décoratrice, continua Ellen. J'étais en train de regarder une de mes chaînes YouTube préférée dans l'avion et là, j'ai compris. Elle a sa propre chaîne, *Dream It, Live It*, et j'ai vu tellement de ses vidéos que j'aurais dû la reconnaître tout de suite, sauf qu'elle a modifié son apparence. En réalité, elle n'est pas blonde et normalement elle ne porte pas de lunettes.

Nigel se frotta le front. Il avait du mal à réaliser.

— Tu es sûre de ce que tu dis ? demanda-t-il en espérant qu'elle ne l'était pas, mais sachant qu'elle l'était sinon elle ne l'aurait pas appelé.

— Oui. Je suis désolée.

La poitrine de Nigel se contracta. La voiture filait toujours vers l'appartement de Roslyn. Non, l'appartement de *Sophie Blackwood.*

Mais pourquoi ce mensonge ? À cause de Miranda ? Pour faire du mal à son ex-belle-mère ? Il n'avait pas les réponses, mais il avait le droit de savoir… À commencer par pourquoi elle s'était servie de lui, en allant jusqu'à lui dire qu'elle était en train de tomber amoureuse.

Jusqu'à coucher avec lui encore et encore.

Serrant les mâchoires, Nigel décida qu'il devait garder son calme. Il fallait qu'il parle à Roslyn… ou quel que soit le nom qu'elle voulait qu'on lui donne. Il fallait qu'il entende sa version des choses, même s'il ne voyait pas comment elle pourrait l'amener à oublier sans parler de pardonner ce qu'elle lui avait fait.

— Nigel, dit Ellen. Tu es toujours là ?

— Oui. Je suis en route pour chez elle, justement.

— Je suis désolée, répéta-t-elle. Je ne veux pas que tu souffres.

Ça oui, il souffrait. Mais pour l'instant c'était surtout la colère qui dominait.

— Est-ce que tu peux m'envoyer un SMS ou m'appeler après ? dit Ellen. Je suis inquiète pour toi.

— Ça va aller, mentit-il. Merci de me l'avoir dit – tu as bien fait. Profite bien de ta lune de miel. On s'appelle à ton retour.

Nigel raccrocha et tapa immédiatement *Dream It, Live It* dans son moteur de recherche. Quand il vit apparaître une brune souriante sur l'écran, il sentit son cœur se serrer. Elle s'appuyait nonchalamment contre un canapé jaune pâle, portait une jolie robe à fleurs et très peu de maquillage. Elle était même pieds nus et avait un verre de vin à la main. La tête légèrement inclinée, elle adressait un sourire parfait à la caméra.

C'était sa Roslyn.

Non. C'était Sophie Blackwood avec ses millions de *followers*. Apparemment, elle avait beaucoup de succès et aucun besoin d'un nouvel emploi. Et pourtant, elle s'était infiltrée à Green Room Media en tant que consultante, allant même jusqu'à coucher avec son patron… Et pourquoi ? Ça avait sûrement à voir avec Miranda. Mais Nigel ne comprenait pas pourquoi il s'était retrouvé impliqué dans ce drame familial.

Il cliqua successivement sur les photos des vidéos. Elle était vraiment très différente avec ses épais cheveux bruns.

En fait, elle était encore plus sexy. Elle avait l'air plus naturelle.

Et il était toujours aussi excité en voyant ce sourire

et ces courbes. Aucune trahison ne pourrait remédier à ça.

— Voulez-vous que je vous attende, monsieur ?

Réalisant que la voiture s'était arrêtée, Nigel rangea son téléphone dans sa poche et ouvrit la portière.

— Je ne sais pas combien de temps je vais rester, répondit-il. N'allez pas trop loin.

— Bien, monsieur.

Il n'avait aucune idée de ce qui allait se passer une fois avec Sophie Blackwood. Pour l'instant, elle était devenue une parfaite étrangère. Et lui qui lui avait dit vouloir mieux la connaître… alors qu'en fait il ne la connaissait pas du tout. Qu'il ne connaissait même pas son nom, bon sang !

Tout ce qui s'était passé ces deux dernières semaines n'avait été que mensonges, et Nigel ne partirait pas d'ici avant d'avoir obtenu les réponses auxquelles il avait droit.

Le gardien avertit Sophie de l'arrivée d'un visiteur, et elle donna l'autorisation pour qu'il monte. Elle jeta un coup d'œil au *penthouse* et au balcon devant lequel elle avait dressé la table pour leur dîner tardif. Elle savait que Nigel travaillait dur et qu'il en aurait besoin.

Elle voulait que tout soit parfait pour qu'il sache à quel point elle admirait sa façon de tout gérer. Elle avait envie de le dorloter un peu.

Vaughn et Kellan avaient fini par accepter de venir le lendemain, alors ce serait la dernière fois où elle pourrait profiter de Nigel avant qu'il découvre la vérité. Elle avait envie d'une soirée magique de plus avec l'homme qu'elle aimait. Avant de peut-être le perdre à jamais.

Il lui restait peu de temps, il fallait qu'elle savoure chaque instant.

Les portes de l'ascenseur s'ouvrirent sur Nigel. Il avait les cheveux un peu en bataille. Apparemment, il avait eu une journée difficile. Elle lui sourit, mais son visage resta fermé.

— Rude journée ? demanda-t-elle.

— Ça, on peut le dire.

Sophie alla prendre sur le bar le verre qu'elle lui avait préparé.

— Je me suis dit que tu aurais envie d'un bon bourbon avant de dîner, déclara-t-elle en lui tendant son verre. J'ai installé la table devant le balcon pour qu'on puisse profiter de la vue sans se geler.

Nigel but son bourbon d'un trait et reposa le verre sur le bar. Il fourra les mains dans ses poches et demeura silencieux. Sa journée de travail avait vraiment dû être difficile. Jamais elle ne l'avait vu aussi épuisé et taciturne.

— J'ai une bonne nouvelle, annonça-t-elle. J'ai eu mes frères au téléphone, et ils seront là demain. J'aimerais beaucoup que nous dînions tous les quatre si tu penses pouvoir quitter le bureau assez tôt.

Puis elle se tourna vers l'îlot de la cuisine et commença à servir les pâtes dans les assiettes.

— Tes frères ? répéta-t-il lentement. Tu veux dire Vaughn et Kellan Blackwood ?

L'assiette qu'elle tenait lui échappa des mains et se brisa sur le sol.

— Ce qui veut dire que, toi, tu es Sophie, ajouta-t-il.

Sophie le regarda par-dessus son épaule, et Nigel brandit son téléphone pour lui montrer une vidéo de sa chaîne YouTube.

— Je ne savais pas du tout que tu étais aussi célèbre avant de découvrir ça, dit-il. Sophie Blackwood, star de YouTube et décoratrice de talent.

Sophie s'agrippa au bord du plan de travail.

— Accorde-moi une seconde pour que je t'explique.

— Une seconde ? À mon avis, il te faudrait bien plus que ça. Parce que, apparemment, tu prépares ton coup depuis longtemps, répliqua-t-il en rangeant son téléphone dans sa poche. Combien de temps comptais-tu continuer ce petit jeu, *Roslyn* ?

Elle sentit que les larmes lui montaient aux yeux, mais il fallait qu'elle fasse face. Elle ne devait pas se montrer faible. Il fallait qu'il comprenne pourquoi elle avait fait ça. Il appréciait qu'on soit loyal à sa famille, non ?

— C'est pour ça que je voulais que tu rencontres mes frères, dit-elle. Je voulais tout te raconter en leur présence pour qu'ils m'aident à t'expliquer à quoi nous avons affaire.

Sophie voulut s'approcher de lui, mais le sol était jonché de débris d'assiette, et elle était pieds nus.

— Tu vas te couper.

Étouffant un juron, Nigel traversa la cuisine, l'attrapa par la taille, la souleva et la déposa en lieu sûr.

Même en colère, il restait un gentleman. Comment aurait-elle pu s'empêcher d'être amoureuse de lui ? Et lui aussi tenait visiblement à elle, sinon il n'aurait pas été aussi affecté par ce qu'elle avait fait.

Elle reprit un peu espoir. Peu importait comment il découvrirait la vérité, elle avait toujours su qu'il serait blessé. Mais elle aurait aimé pouvoir tout lui avouer elle-même. Maintenant, la trahison n'en paraissait que plus ignoble.

— Comment l'as-tu appris ? demanda-t-elle.

— Peu importe, répondit Nigel en secouant la tête. Tu m'as menti. Tu t'es servie de moi.

— Miranda, murmura Sophie.

— Quoi ?

— C'est Miranda qui te l'a appris, dit-elle en soutenant son regard. Je l'ai vue au bureau hier.

— Tu l'as vue hier et tu n'as rien dit ? s'exclama Nigel.

— Tout ce que j'ai fait, c'était pour de bonnes raisons.

Les muscles de la mâchoire de Nigel se contractèrent.

— Miranda ne m'a rien dit. Apparemment, elle ne sait pas que tu es à New York.

Dans ce cas, Sophie ne voyait pas comment il avait découvert la vérité. Mais au fond, ça n'avait pas d'importance. Ce qui comptait vraiment, c'est qu'elle lui avait fait du mal. Il fallait absolument qu'elle réussisse à lui faire comprendre pourquoi elle avait agi ainsi. La croirait-il si elle lui disait qu'elle était prête à renoncer à se venger de Miranda rien que pour avoir droit à une seconde chance avec lui ?

À cet instant précis, non. La nouvelle était trop fraîche, la douleur trop intense.

— Mon père a tout légué à Miranda, dit Sophie. Mes frères et moi, nous n'avons rien eu.

— Alors la pauvre petite fille riche cherche à se venger, c'est ça ?

Sophie ravala ses larmes.

— Je sais qu'on pourrait penser ça, mais ça n'a rien à voir avec l'argent. Miranda ne mérite pas de recevoir quoi que ce soit de mon père. Elle l'a épousé pour sa fortune – le ranch et toute son histoire ne veulent rien dire pour elle, mais elle a hérité de la maison de mon enfance et de tout ce qui devrait rester dans la famille Blackwood.

— Alors, ton objectif, c'était quoi ? demanda Nigel en plissant les yeux. Tu voulais trouver des choses compromettantes sur Miranda pour l'obliger à te rendre ce que tu estimes être à toi ? Franchement, c'est minable et puéril.

— Mes frères et moi, nous voulons notre maison. Nous voulons la garder dans la famille, s'écria-t-elle. Miranda n'aime pas Royal comme nous, nous l'aimons. Elle a sa vie ailleurs, son propre empire. Mon frère et sa femme vont bientôt avoir un enfant, et nous voulons pouvoir transmettre l'héritage des Blackwood.

Sophie se tut et le regarda avec intensité, attendant un signe montrant qu'il avait compris que sa loyauté envers sa famille n'était pas une mauvaise chose en soi, même si ça l'avait conduite à faire de mauvais choix.

— Et tu as trouvé ce que tu venais chercher ? finit-il par demander.

— Non, dit Sophie en croisant les bras sur sa poitrine. Je n'ai rien trouvé de négatif sur Miranda. Et je n'ai pas cherché à tomber amoureuse.

Nigel laissa échapper un rire amer et lui tourna le dos.

— Je t'interdis de prononcer ce mot. Plus maintenant. Tu n'as aucune idée de ce qu'est l'amour. On ne ment pas aux gens qu'on aime… On ne les trahit pas.

Sophie fit quelques pas vers lui et posa la main sur le dos de Nigel. Il se raidit davantage encore et continua à lui tourner le dos.

— Je n'ai jamais cherché à te trahir, dit-elle. Quand j'ai postulé à Green Room Media, c'était pour pouvoir parler avec des gens et obtenir des informations sur Miranda. Je n'avais pas imaginé une seconde que j'allais travailler directement avec toi.

Il se retourna enfin.

— Et pourtant, c'est ce qui s'est passé. Et tu t'es

tellement rapprochée de moi que tu as même couché avec moi. J'imagine que ça faisait partie du plan aussi.

Il secoua la tête et fourragea dans ses cheveux des deux mains.

— Quand tu as compris que tu allais travailler en binôme avec moi, j'imagine que ça a comblé tes espérances. Quoi de mieux que le P-DG pour récolter des ragots, hein ? Personne dans l'entreprise n'a passé plus de temps avec Miranda que moi. Mais j'avoue que renoncer à ta virginité pour l'occasion, ça a dû être un gros sacrifice.

Ça suffisait. Ce qu'il venait de dire lui faisait trop mal.

— Assez, ordonna-t-elle. Je n'avais jamais eu envie d'aucun homme avant de te rencontrer. Je savais que tu finirais par découvrir qui j'étais vraiment mais, quand j'ai compris que je t'aimais, j'ai eu peur de tout gâcher entre nous… Je ne savais pas comment t'avouer la vérité. Mais je veux que tu saches que je n'aurais jamais pu me donner à toi si je n'avais pas été aussi amoureuse.

— Tout s'est vraiment bien goupillé pour toi, n'est-ce pas ? Tu obtiens le poste, tu te retrouves à travailler directement avec moi, donc tu as accès à toutes les informations concernant l'émission et tu as même droit à un voyage gratuit en Angleterre. Je n'arrive pas à croire que j'aie été aussi naïf. J'aurais dû me fier à mon intuition. Je sentais que tout ça était trop beau pour être vrai.

— On n'est pas obligés de se séparer, dit-elle d'une petite voix étouffée. Je sais que tu es en colère, que tu souffres et que tu es perdu. Je sais aussi que je n'ai pas le droit d'attendre quoi que ce soit de toi, mais je te demande de prendre le temps de réfléchir avant de me jeter hors de ta vie.

— Parce que tu crois que j'ai le choix ? s'écria-t-il d'une voix rageuse. Ce n'est pas moi qui ai tout gâché. C'est toi. Tu aurais pu me dire qui tu étais vraiment à n'importe quel moment ces dernières semaines, mais tu as choisi de te taire. Tu aurais pu au moins parler quand tu as prétendu que tu commençais à tomber amoureuse de moi.

— Avec le recul, je comprends ça, reconnut-elle, mais ça aurait signifié que je laissais tomber ma famille – que je te choisissais au détriment de la promesse que je leur avais faite. J'avais dit à mes frères que je n'abandonnerais pas, que je trouverais les informations dont nous avions besoin. Je ne voulais pas les trahir.

Peut-être qu'en évoquant son sens de la famille elle allait parvenir à lui faire comprendre qu'elle n'était pas un monstre.

— Je suis la même personne que celle qui était avec toi dans le Cumbria. Je ne t'ai jamais menti au sujet de mes sentiments.

— Non, tu n'es pas la même personne, répliqua-t-il. Je ne connaissais même pas ton nom.

Brûlante de honte, elle hocha la tête.

— Mais tu sais que je t'aime. Tu l'as senti à ma façon de te toucher, de faire l'amour avec toi. Et, si tu repenses aux moments que nous avons passés ensemble, ça te semblera évident. Tu t'es souvenu de ce que j'avais dit à propos des bouquets de fleurs, tu connais mes petites bizarreries en matière de nourriture, tu sais comme nous travaillons bien ensemble. Nous fonctionnons parfaitement ensemble à tous les niveaux. Et, une fois que le choc et la colère seront passés, j'espère que tu comprendras que quoi qu'il arrive je t'aimerai toute ma vie.

Il la regardait sans rien dire. Sophie avait tellement envie de s'approcher de lui ! Elle souhaitait plus que tout qu'il la prenne dans ses bras et lui dise qu'il ne la détestait pas et qu'ils allaient surmonter cette épreuve ensemble.

Mais elle était ridicule d'espérer. Elle ne méritait pas son pardon.

— Je n'ai pas besoin de rencontrer tes frères, finit par lâcher Nigel. Et inutile de dire que tu n'es plus la bienvenue à Green Room Media et que tu ne fais plus partie de ma vie. Retourne au Texas et règle tes histoires de famille, mais surtout ne me mêle plus à tout ça.

Sans un mot de plus, il tourna les talons et se dirigea vers l'ascenseur. Sophie le regarda y entrer, mais il ne se retourna pas. Elle attendit, espérant qu'il allait se passer quelque chose. Mais rien. C'était fini. Il l'avait rayée de sa vie en un instant.

Les portes de l'ascenseur s'étaient à peine refermées sur lui que Sophie éclata en sanglots. Elle avait bien mérité ce qui lui arrivait, et tout s'écroulait en même temps ; elle n'avait rien contre Miranda, et sa relation avec Nigel était déjà du passé. Elle allait rentrer à Royal les mains vides, seule et encore plus triste que lorsqu'elle était arrivée à New York.

Elle se tourna vers la cuisine et les débris d'assiette qui jonchaient le sol. Décidément, elle n'était bonne qu'à une chose : tout détruire autour d'elle. Elle ramassa les morceaux d'assiette et les jeta à la poubelle. Pour son cœur brisé, les choses allaient prendre beaucoup plus de temps.

- 16 -

Il n'avait pas vu Sophie depuis cinq jours, et Nigel n'avait toujours pas trouvé le courage de monter jusqu'au *penthouse*. Cet endroit où il aimait tant aller se reposer naguère était plein de souvenirs désormais, et c'était trop douloureux.

Debout face à la fenêtre de son bureau, il regardait la neige tomber, se remémorant la façon dont les flocons venaient se poser sur les cils de Sophie.

Sophie. Ça lui allait bien, et pourtant c'était si étrange de penser à elle sous ce prénom. Comme un idiot, il avait regardé toutes les vidéos d'elle qu'il avait pu. Peut-être était-ce du masochisme, mais il voulait voir la vraie Sophie Blackwood dans son élément.

Elle était positivement rayonnante. Pleine de charme et drôle. Et il était bien obligé d'admettre qu'il retrouvait chez elle la femme dont il était tombé amoureux. Il avait cru que Roslyn n'était qu'une façade, mais Sophie était la même personne, même s'il y avait une différence… qu'il n'arrivait pas à s'expliquer. Mais ça n'était pas le moment de penser à ça, il devait se remettre au travail.

Le temps maussade n'arrangeait rien à son humeur, d'autant qu'il n'arrivait pas à trouver l'endroit idéal pour la fête d'adieux de Seraphina.

Son téléphone vibra sur son bureau. Il se retourna

pour regarder qui lui envoyait un SMS, et le nom d'Ellen s'afficha.

Avec un soupir, il prit son téléphone et ouvrit le message.

Je n'entends plus parler de toi et je m'inquiète. Nana n'est visiblement au courant de rien. Elle vient de m'envoyer un SMS me disant que « la charmante jeune femme américaine » revenait le mois prochain et qu'elle avait envie d'organiser un déjeuner de filles.

Seigneur ! Sa grand-mère allait avoir le cœur brisé. Il allait lui dire qu'ils avaient rompu. Il ne voulait pas qu'elle sache que Sophie leur avait menti à tous.

En plus, il l'avait amenée chez eux en la faisant passer pour sa petite amie, donc lui aussi avait menti. Tout ça était désolant. Tant de mensonges, tant de souffrance.

Nigel répondit rapidement à sa sœur qu'il allait bien, qu'il était débordé de travail et qu'il se chargeait de Nana.

Il n'avait pas reposé son téléphone qu'il sonna. C'était Miranda.

— Miranda. Qu'est-ce que je peux faire pour toi ?

— J'espère que je ne tombe pas trop mal.

Étant donné qu'il était en train de s'apitoyer sur son propre sort, il avait plutôt besoin de se changer les idées… À moins que ça ne soit une mauvaise nouvelle de plus.

— Je t'interdis de quitter l'émission, dit-il.

— Mais non, le rassura-t-elle. Je n'appelle pas pour le travail.

— Ah, non ?

— Écoute, je ne me suis jamais mêlée de ta vie privée, mais là c'est nécessaire. Je sais que Sophie est venue à New York chercher de quoi me discréditer. Et je sais aussi qu'elle a travaillé pour toi.

Nigel traversa son bureau et s'effondra sur son canapé en cuir.

— Tu savais depuis le début ?

— Je l'ai appris juste avant de quitter Green Room Media l'autre jour. Mais je ne savais pas quoi faire. Il fallait que je réfléchisse.

— C'est pour ça que tu m'appelles, alors ? Elle n'a rien trouvé, si c'est ce qui t'inquiète.

— Tant mieux, mais ça n'est pas pour ça que j'appelle.

Nigel n'avait envie de parler de Sophie avec personne. Bien sûr, il était tombé amoureux de *Roslyn*, même s'il avait essayé de nier ses sentiments parce qu'il préférait attendre. En fait, il était tombé amoureux dès le premier jour. Il n'aurait pas autant souffert s'il n'avait été question que de sexe. Elle lui manquait. Son sourire lui manquait, sa façon de lui tenir la main, son intelligence, son esprit de répartie… Tout lui manquait.

— Sophie et ses frères ont le sentiment d'avoir été lésés par le testament qu'a laissé leur père, et je les comprends. Ils ont toujours cru que j'en voulais à la fortune des Blackwood. Ça n'était pas le cas, mais ce testament a confirmé leurs soupçons.

— C'est parce qu'ils ne te connaissent pas vraiment. Il n'y a pas une once de calcul chez toi.

— Bref. Buck m'a laissé des instructions avant sa mort, et j'essaye juste de respecter ses dernières volontés. Sophie est prête à tout pour sa famille, Nigel, mais je suis convaincue qu'elle n'a jamais cherché à te faire du mal.

Nigel n'aurait pas dû être surpris d'entendre Miranda

prendre la défense de Sophie. Miranda cherchait toujours à apaiser les tensions, elle était toujours prête à aider sans poser de questions. Elle avait besoin que tout le monde autour d'elle soit heureux… Même, visiblement, ceux qui s'acharnaient à sa perte.

— Je ne comprends pas que tu cherches à l'aider.

— C'est *vous deux* que je veux aider. J'ai appris que tu avais emmené Sophie au mariage d'Ellen en Angleterre. Ça prouve combien tu tiens à elle. Jamais tu n'as emmené personne dans ta famille… Surtout pas pour un mariage.

— Elle devait me servir d'alibi pour que ma grand-mère arrête de me seriner avec mon propre mariage, marmonna-t-il.

— En partie peut-être, mais ne cherche pas à nier tes sentiments. Sois honnête avec toi-même. Il y a eu assez de mensonges comme ça, et je tenais à ce que tu saches quel genre de personne est réellement Sophie. Son père n'était pas commode, surtout avec ses enfants, mais du fond de sa tombe il cherche à réparer ses torts. Malheureusement, il se sert de moi pour ça, et tout est tellement entouré de mystère que ses enfants voient en moi une ennemie.

Nigel ne comprenait rien à tout cet imbroglio, mais il savait que Miranda ne l'aurait pas appelé si elle n'avait pas sincèrement pensé que Sophie était quelqu'un de bien.

— Tu feras comme tu voudras, poursuivit Miranda, mais je voulais te donner mon avis. Et, si tu veux savoir, Sophie travaille sur le chantier de rénovation du club house à Royal. Elle le fait gratuitement, et c'est même elle qui paye les fournitures. Personne n'est au courant parce qu'elle ne voulait pas que ça se sache. Ça en dit long sur le genre de personne qu'elle est, non ?

Sur ces paroles, Miranda lui dit au revoir et raccrocha. Nigel était encore plus perdu maintenant. Il ne savait absolument pas quoi faire.

Tout ce qu'il savait, c'est qu'il ne voulait plus souffrir. Mais comment oublier la femme qu'il voulait le plus au monde ?

Lulu sourit à Kace.

— Alors, tu en dis quoi ? demanda-t-elle d'une voix excitée.

Elle avait proposé à Kace de déjeuner ensemble… Mais ça n'était pas un rendez-vous amoureux. C'était pour parler travail.

Le très sexy avocat cow-boy texan serait parfait dans *Secret Lives* ; il fallait absolument qu'il accepte de faire quelques apparitions dans l'émission. Lors du tournage à Royal, les spectatrices étaient littéralement tombées sous le charme de tous ces beaux Texans.

Mais Lulu, elle, n'avait eu d'yeux que pour celui qui se trouvait actuellement assis en face d'elle.

— Est-ce que tu as posé la question à Nigel et aux autres ? finit-il par demander.

— Je voulais t'en parler d'abord.

— Est-ce que c'est pour remonter les taux d'audience ou parce que tu ne peux pas te passer de moi ? demanda-t-il avec un sourire taquin.

— Pour les taux d'audience… Mais je ne suis pas sûre qu'on ait les moyens de vous payer, toi et ton monstrueux ego.

Kace s'appuya contre le dossier de sa chaise et posa sa main puissante sur la table. Lulu en fut bouleversée de désir.

Quelle importance si elle voulait qu'il participe à

l'émission parce qu'elle avait envie de le voir davantage ? Elle était humaine et avait des besoins. Et peut-être que les choses avaient été tendues entre eux au début, mais le sexe avait tout changé.

— Contente-toi de dire oui, et je m'occupe du reste… À moins que tu ne supportes vraiment pas la vie en ville.

— New York est un peu speed pour moi, mais je devrais pouvoir supporter de temps en temps.

Lulu eut toutes les peines du monde à résister à l'envie de bondir par-dessus la table pour le prendre dans ses bras.

— Ça veut dire que tu es d'accord ?

Il lui adressa son fameux sourire ravageur.

— Si tu organises tout et que tu mets tout le monde d'accord, je suis partant.

— Parfait. Tu ne le regretteras pas, s'exclama Lulu en tapant dans ses mains comme une petite fille.

Kace se pencha par-dessus la table.

— Mais sache que tu me dois une faveur, dit-il à voix basse.

Voilà qui sonnait comme la plus délicieuse des promesses.

- 17 -

Sophie jeta un œil à son carnet de croquis, puis balaya la pièce du regard. L'architecte et l'entrepreneur avaient fait de l'excellent travail. Ils avaient parfaitement restauré la partie du club house qui avait brûlé. À elle maintenant de créer un décor qui s'accorde au reste du bâtiment, tout en ajoutant quelques touches personnelles, avant la réouverture de cette aile.

— Apparemment, il reste encore du travail.

Sophie faillit laisser échapper son carnet en entendant cette voix familière.

— Nigel… Qu'est-ce que tu fais ici ?

Il était nonchalamment appuyé contre le chambranle de la porte. Avec son T-shirt gris, son jean usé et même une paire de bottes de cow-boy, il était tout à fait raccord avec le décor. Elle ne put s'empêcher de sourire.

— Tu penses t'installer au Texas ?

— Je me suis dit que j'allais essayer de faire couleur locale. Mais j'ai fait l'impasse sur le chapeau, j'avoue.

Comment réussissait-il à la faire sourire alors que le regarder lui faisait aussi mal ? Mais, courage. S'il était là, c'était sûrement pour une bonne raison. Elle espérait seulement que cette raison, c'était *elle*.

— C'est pour moi que tu es ici ou est-ce que tu vas faire un autre tournage à Royal ?

— Peut-être les deux.

Nigel s'écarta de la porte et fit lentement le tour de la pièce. Il ne dit pas un mot pendant qu'il inspectait le tout… À savoir des murs nus, des pots de peinture et des fenêtres aux vitres gravées.

Peut-être n'était-il venu que pour la rendre folle et lui faire payer ce qu'elle lui avait fait. Si c'était ça, elle ne pourrait pas supporter bien davantage que l'enfer qu'elle vivait déjà depuis ces quelques jours sans le voir.

— On m'a dit que tu allais faire la décoration, finit-il par dire. J'ai vu tes vidéos… Ils ont de la chance d'avoir quelqu'un qui a autant de talent.

— Merci, répondit simplement Sophie.

Nigel fit un pas vers elle, puis un autre, jusqu'à ce qu'il ne soit plus qu'à quelques centimètres. Son regard se promena sur son visage, ses cheveux, avant de venir se poser sur ses yeux.

— Tu t'es recoloré les cheveux en brun, murmura-t-il en replaçant une mèche folle derrière l'oreille de Sophie.

À son contact, elle tressaillit.

— Je voulais redevenir moi-même, maintenant que je suis rentrée chez moi.

Combien de temps ce petit ballet et ce badinage allaient-ils durer ? C'était une vraie torture, et le voir ici ne faisait que raviver sa peine. Cet homme avait été le sien, et elle avait tout gâché.

— Je préfère comme ça.

L'odeur boisée de son parfum l'enveloppait, lui rappelant les nuits où elle avait dormi la tête posée sur son torse en Angleterre et le soir où il faisait si froid à New York et qu'il avait déposé sa veste sur ses épaules.

Que de souvenirs ils s'étaient fabriqués en si peu de temps.

— Pourquoi es-tu ici ? demanda-t-elle, incapable de supporter plus longtemps le silence.

— Je suis là pour toi.

Soudain, toute sa peur s'envola, et l'espoir s'engouffra en elle. Sophie brûlait d'envie de le toucher, mais elle voulait d'abord entendre ce qu'il avait à dire. Pourquoi avoir fait tout ce chemin au lieu de lui envoyer un SMS ou d'appeler ? Que s'était-il passé durant les cinq jours qui avaient suivi son départ ?

— Miranda m'a appelé, poursuivit-il.

— Miranda ? Mais pourquoi ?

— Pour toi. Pour prendre ta défense.

Vraiment ?

Sophie ne savait pas quoi répondre. Jamais elle n'aurait imaginé que Miranda puisse prendre sa défense. Bien sûr, tous les gens à qui elle avait parlé avaient chanté ses louanges et juré que Miranda était une vraie sainte, mais elle, elle n'avait jamais eu affaire à cette version-là de son ex-belle-mère. Cela dit, elles n'avaient jamais passé beaucoup de temps ensemble, même à l'époque où Miranda et Buck étaient encore mariés.

— Qu'est-ce qu'elle a dit ?

— En gros que tu avais de bonnes raisons d'être venue à New York.

Mais comment Miranda avait-elle appris que Sophie était allée à New York ? L'avait-elle vue ce jour-là au bureau ?

— J'ai appris que Craig avait parlé de ma nouvelle consultante avec Miranda, poursuivit Nigel. Il a dit que tu étais merveilleuse et que, vu ton physique et le reste, tu aurais parfaitement pu faire partie de l'émission. Tu connais Craig. Bref, il a fini par lui montrer ta photo.

— Elle aurait pu me dénoncer à ce moment-là, murmura Sophie. Pourquoi ne l'a-t-elle pas fait ?

— Sans doute parce qu'elle avait compris pourquoi tu étais là. Quand elle m'a appelé, elle m'a expliqué que toi et tes frères vous estimiez lésés par le testament.

— Et nous le sommes. Nous n'avons toujours pas compris pourquoi notre père a fait ça.

— Je ne comprends pas pourquoi tu as continué à me mentir alors que nous étions devenus si proches, mais les raisons qui t'ont amenée à New York je les comprends. Tu voulais sauver l'héritage de ta famille, et je sais combien il est important d'être fidèle à sa famille.

— Je ne vois toujours pas pourquoi elle m'a défendue…

— Peut-être parce qu'elle n'est pas le monstre que vous imaginez, dit Nigel en lui prenant la main. Peut-être parce qu'elle veut te voir heureuse. Elle a vraiment envie que les choses s'arrangent entre elle et vous, tu sais.

— Et c'est parce qu'elle t'a appelé que tu es venu ?

Il lui pressa doucement la main.

— Son appel m'a fait réfléchir à la situation selon *ton* point de vue. Depuis des années, je suis un peu la brebis galeuse de la famille parce que j'ai quitté l'Angleterre et que je ne suis toujours pas marié. Malgré tout, ils restent tous importants pour moi, même si je ne me précipite pas pour fabriquer des héritiers.

Sophie sourit. Maintenant qu'elle connaissait sa grand-mère et sa sœur, ces idées apparemment un peu archaïques ne lui semblaient plus aussi étranges.

— Mais surtout, je ne supporte pas de vivre

sans toi. Au bureau, je me sens seul, même si toute l'équipe s'agite autour de moi. À chaque fois que je réfléchis aux futurs tournages, je me demande ce que tu en penserais. Je n'arrive même plus à monter dans le *penthouse* parce que je te revois, allongée sur ce canapé. Et je ne peux même plus retourner en Angleterre parce que Nana pense que nous sommes en couple.

— Et c'est tout ? dit Sophie en souriant.

Nigel se rapprocha encore un peu plus d'elle, prit son visage entre ses mains et se pencha au point que leurs lèvres se touchaient presque.

— Non, ça n'est pas tout, murmura-t-il. Je t'aime. Je ne vais pas te demander de renoncer à ta vie ici. Jamais je ne ferais ça. Je ferai des allers-retours entre New York et ici s'il le faut. Ça m'est égal, parce que j'ai besoin de toi.

Sophie eut l'impression que son cœur allait exploser. Jamais elle n'aurait cru qu'il allait lui pardonner ni surtout que ce serait Miranda qui plaiderait en sa faveur. S'était-elle trompée sur toute la ligne à son sujet ?

— Moi aussi j'ai besoin de toi, dit-elle en se lovant contre lui. J'ai tellement souffert de t'avoir fait du mal. Mais je ne savais pas quoi faire. J'étais déchirée entre…

Nigel l'interrompit d'un baiser, et elle ne pensa plus à rien d'autre. Il était là, il la tenait dans ses bras et il l'aimait. Elle n'était pas en train de rêver, c'était bien réel.

Elle s'écarta légèrement de Nigel et lui caressa les cheveux.

— Je te jure de ne plus jamais te mentir.

— C'est bien, dit Nigel avec un sourire, mais j'espère que tu sais dans quoi tu t'engages.

— J'ai ma petite idée sur la question.

— Et tu sais aussi que, même si tu décides de rester ici, il va falloir que tu m'accompagnes en Angleterre le mois prochain ? Que ma grand-mère va te mettre sur le gril concernant les futurs bébés et le mariage ?

— Rien de tout ça ne me fait peur, affirma Sophie avec un sourire.

— Jamais plus je ne te laisserai t'en aller, dit-il. Et j'espère que tu n'es pas contre l'idée d'accueillir un invité parce que je suis venu avec une grosse valise.

— Reste aussi longtemps que tu voudras.

— Pourquoi pas pour toujours ?

Retrouvez en octobre 2020,
dans votre collection

PASSIONS

Un patron si irrésistible, de Brenda Jackson - N°884

En devenant la nounou de la petite Ciara, Myra ne s'attendait pas à tomber aussitôt sous le charme du tuteur de celle-ci, Pete Higgins. Hélas, Myra le sait, la promesse de tout amour lui est interdite car – depuis que son demi-frère veut s'emparer de l'entreprise familiale – elle craint pour son avenir. Si seulement Pete ne posait pas sur elle ce regard empreint de désir qui fait renaître en elle l'espoir d'un nouveau départ !

L'héritière amoureuse, de Dani Wade

Le cœur battant, Trinity Hyatt repense à l'inconnu au regard pénétrant rencontré la veille lors d'un gala. Mais, surprise ! Celui-ci n'est autre que le nouveau consultant de Hyatt Heights, l'entreprise qu'elle a hérité de son défunt mari... Pour prouver sa légitimité dans les nouvelles fonctions qu'elle occupe, Trinity n'a pas le choix : elle doit rester professionnelle. Cependant elle se demande combien de temps elle pourra résister à un homme si tentant...

Coup de foudre à Las Vegas, de Barbara Dunlop - N°885

SÉRIE : LE JEU DES APPARENCES TOME 1

Lors d'un week-end entre amies à Las Vegas, Layla rencontre Max Kendrick, un homme aux traits ensorceleurs. De sa carrure imposante à ses yeux d'un bleu éclatant, tout en lui la fait succomber. À tel point que Layla – qui s'était pourtant juré de ne pas se laisser distraire – se laisse bientôt emporter par son désir. Or elle sait bien que, dans la ville de tous les interdits, Max n'a rien de plus à lui offrir qu'une aventure sans lendemain...

Un défi si séduisant, de Barbara Dunlop

SÉRIE : LE JEU DES APPARENCES TOME 2

Amis de longue date et lassés d'être célibataires, Natasha et James se sont lancé un défi mutuel : devenir des pros de la séduction ! Pari gagné pour James : lui d'ordinaire si sage dégage désormais un charme irrésistible. À tel point que Natasha se met à éprouver pour lui une attirance inédite. Des sentiments qu'elle s'efforce de repousser, par crainte d'être rejetée par James, qui ne voit en elle qu'une simple amie…

Une nuit de rêve, de Katherine Garbera - N°886

SÉRIE : INCONTRÔLABLES PASSIONS TOME 3

Lors de la soirée de Nouvel an dans les Hamptons chez une de ses amies, Marielle rencontre l'envoûtant Inigo et l'embrasse quand sonnent les douze coups de minuit. Mais le lendemain, l'enchantement prend fin : alors que Marielle se prenait à rêver d'un avenir avec Inigo, voilà que son passé scandaleux refait surface. Déçu, Inigo la quitte sans un au revoir. Bien décidée à lui prouver qu'elle n'est pas une femme légère, elle fait tout pour le retrouver…

Une mission délicate, de Maureen Child

Fiona a reçu une mission secrète de la part de Jamison Barrett, P-DG d'une fabrique de jouets : faire revenir Luke, son petit-fils, dans le droit chemin tracé par sa famille. Mais, quand elle rencontre cet héritier si sexy, Fiona sent sa résolution vaciller. Pire ! À mesure que le temps passe, les sentiments qu'elle éprouve pour Luke s'intensifient, tout comme son malaise. Car elle ne doit surtout pas lui révéler son secret, au risque de tout gâcher…

Ce troublant aveu, d'Emily McKay - N°887

Bien qu'elle sache que son mariage avec Jonathan n'était qu'un arrangement, Wendy ne peut s'empêcher d'espérer qu'il finisse par l'aimer. Hélas, elle comprend vite à quel point elle se trompe. Car, même si Jonathan se montre de plus en plus attentionné à son égard, il n'est pas homme à tomber amoureux. Si bien qu'elle doit se rendre à l'évidence : jamais ce séducteur ne prononcera les mots tendres qui feraient d'elle la plus heureuse des femmes…

Rivaux, amoureux, d'Elizabeth Bevarly

Lorsqu'elle revoit Peyton des années après le lycée, Ava est sous le choc. Le mauvais garçon qui séchait les cours et s'attirait des ennuis est devenu un homme d'affaires puissant et charismatique. Tandis qu'Ava, la star du lycée, a tout perdu. Et si aujourd'hui elle se sent irrésistiblement attirée par celui qu'elle a snobé par le passé, Peyton, lui, a conservé une rancune tenace…

Une délicieuse folie, de Kate Carlisle - N°888

Maggie doit réunir une importante somme d'argent afin de pouvoir aider son grand-père malade. Aussi se voit-elle contrainte d'accepter la proposition de Connor, celui qu'elle a tant aimé il y a dix ans : il paiera les soins si elle l'accompagne à un événement important pour sa carrière. Cette collaboration forcée avec l'homme qui lui a brisé le cœur autrefois ne risque-t-elle pas de raviver des sentiments qu'elle croyait enfouis ?

La force d'un souvenir, d'Ann Major

Fébrile, Caitlyn attend l'arrivée de Raffi Bin Najjar, l'homme d'affaires qui doit statuer sur l'avenir de son ranch. Mais, lorsque son visiteur se présente à elle, Caitlyn est partagée entre le choc et la panique. Car elle reconnaît en lui l'homme auquel elle s'est offerte le temps d'une nuit passionnée. Et qui a disparu avant qu'elle comprenne qu'elle était enceinte. À présent, Caitlyn doit-elle lui révéler son secret, alors qu'elle a tout à perdre ?

Composé et édité par HarperCollins France.

Achevé d'imprimer en août 2020.

CPi
BLACK PRINT

Barcelone

Dépôt légal : septembre 2020.

MIXTE
Papier issu de sources responsables
FSC® C108412
FSC
www.fsc.org

Pour limiter l'empreinte environnementale de ses livres, HarperCollins France s'engage à n'utiliser que du papier fabriqué à partir de bois provenant de forêts gérées durablement et de manière responsable.

Imprimé en Espagne.